LA PROMESSE DES TÉNÈBRES

MAXIME CHATTAM

LA PROMESSE DES TÉNÈBRES

ROMAN

ALBIN MICHEL

Parce qu'il n'existe pas meilleure bulle pour s'isoler de la réalité et plonger parmi les mots, voici les musiques qui m'ont accompagné le plus souvent pendant ce voyage. Puissent-elles opérer sur vous avec la même magie si vous tentez l'expérience :

– *Existenz* de Howard Shore,
– *Le Silence des agneaux* de Howard Shore,
– *The Hours* de Philip Glass.

Au peuple-taupe.

« Il y a des choses que l'homme préfère ignorer de lui-même s'il ne veut pas bannir tous les miroirs du monde. »

STEIN HARDEN

PREMIÈRE PARTIE

OUVERTURE DU PUITS

« … de toute façon je ne suis pour rien dans ces épanchements, ça pourrait être une autre, même pas une putain mais une poupée d'air, une parcelle d'image cristallisée, le point de fuite d'une bouche qui s'ouvre sur eux tandis qu'ils jouissent de l'idée qu'ils se font de ce qui fait jouir.. »

NELLY ARCAN
Putain.

1

La fin sera abrupte.

Violente.

C'est ainsi que Brady O'Donnel envisageait ses derniers instants. Depuis tout petit, il était convaincu qu'il mourrait tôt, et dans la douleur. Généralement, cette prédiction disparaît avec l'adolescence, mais, chez lui, elle avait perduré, avec insistance.

Elle rejaillissait de temps à autre, souvent après un film, lorsque les notes du générique de fin s'élançaient, et que les premiers noms blancs sur fond noir se déroulaient.

Brady était de ces cinéphiles sensibles qu'un long métrage pouvait influencer, la pellicule rendait son âme malléable. Combien de fois était-il ressorti d'une séance galvanisé ou au contraire bouleversé ?

Ce jour-là, il venait de revoir *Casablanca*. Ce couple fascinant, ce vain amour. L'adieu sur une passerelle d'embarquement et cette dernière phrase, à mettre au panthéon des plans finals du cinéma au même titre que *Citizen Kane*. Une émotion quasi mystique, qui ne manquait pas de faire ressurgir en lui la même certitude :

Je vais mourir jeune et ce sera brutal.

Que lui prenait-il de songer à pareille chose ?

Certes, la mélancolie d'une fin de film avait d'étranges pouvoirs sur l'esprit. Il l'avait souvent remarqué, et il suffisait d'aller voir un *James Bond* pour observer combien à la sortie les hommes bombaient le torse, ou combien les films de Meg Ryan faisaient briller les yeux des femmes, apportant un sourire particulier à leurs lèvres : entre espoir et résignation ; tandis qu'un bon Woody Allen provoquait la bonne humeur et lançait les débats entre amis.

Pour lui, c'était différent à présent, il n'avait plus le temps de courir les films et puis la prolifération des multiplexes au détriment du cinéma de quartier plein de charme l'avait peu à peu chassé des salles obscures.

Il s'était aménagé son antre.

Dans son vaste atelier de Brooklyn, Brady avait transformé une partie de l'espace en cinéma privé. C'était un ancien entrepôt aux pièces longues et larges, flanquées de hautes fenêtres en ogive, et Brady en occupait tout le dernier étage. Il fallait soulever la lourde grille d'accès du monte-charge pour regagner son repaire. Dès l'entrée, son immense salle de travail l'accueillait, où le moindre pas lançait un écho, où le port du pull, même en demi-saison, devenait obligatoire tant elle était impossible à chauffer

Le lieu était pourtant idéal à ses yeux, spacieux et fonctionnel.

Le QG parfait pour un reporter indépendant.

Son bureau occupait un espace central : une longue planche sur des tréteaux où disposer cartes, notes et livres ; une table à dessin ; un coin photos ; son poste informatique avec ordinateurs, scanners, imprimantes et autres appareils bourdonnants ; et d'interminables étagères couvertes de bric-à-brac. Dans un angle s'étalait le coin loisir où il avait passé nombre de nuits : fauteuils, sofa, puis kitchenette et enfin sur son trône sa guitare électrique. Avec une acoustique pareille, Brady montait le son de l'ampli et jouait des heures parmi les échos naturels qui remplaçaient le *chorus* d'une pédale.

Tout au fond, entre les grandes affiches de films, une porte noire ouvrait sur une pièce aveugle, enveloppée de tissu violet et occupée par un rack de sièges de cinéma élimés et tachés qu'il avait récupérés à la fermeture de sa salle préférée. Un écran blanc, de plus de trois mètres, fermait le mur du fond, et quelques enceintes suspendues achevaient le décor. Certes, il n'était pas adepte de l'image numérique si propre mais froide, la magie du Celluloïd lui manquait, mais c'était le prix à payer pour profiter du cinéma à domicile.

Ce jeudi midi, il coupa le projecteur qui ronronnait au plafond et referma la porte derrière lui. La fraîcheur de son atelier parvint à l'extraire de l'hypnose du spectateur. Il déposa le DVD entre une pile d'encyclopédies et de vieilles VHS et vint se poster face à l'une des fenêtres.

Le radiateur laissa échapper des borborygmes humides.

Le froid extrême de l'hiver était en avance cette année. Il ne neigeait pas encore mais cela viendrait. Décembre 2000, New York avait survécu au changement de millénaire malgré les prophéties délirantes des prédicateurs de Time Square, les saisons s'étaient néanmoins installées avec un certain décalage, laissant à penser que le monde n'avait pas franchi le cap tout à fait indemne.

Le visage de Brady apparut dans le reflet des vitres.

Auréolés de la Skyline de Manhattan en ombres chinoises, ses yeux creusaient deux trous noirs cernés de sillons nets, comme des cratères de météorites. Ils ne renvoyaient aucune émotion, tout semblait se dérouler ailleurs, loin à l'intérieur, dans le sanctuaire d'un monde souterrain dont la surface ne trahissait rien. Bouche fine, noyée sous la barbe naissante, fossettes aux joues à peine marquées, cheveux longs et sombres. Brady n'avait pas le physique du bel homme selon les critères esthétiques des magazines de la Grosse Pomme, en revanche, il dégageait une assurance troublante, séduisante. Brady était de ces individus qui se tiennent droit, qui marchent non pas en effleurant timidement le sol mais en le conquérant à chaque foulée, affirmant son équilibre, sa présence, qui fend la foule et qu'on préfère éviter que de bousculer.

Depuis qu'il avait atteint la quarantaine, le silence se faisait rapidement quand il prenait la parole, et il avait entendu plusieurs fois des amis expliquer qu'il en imposait.

« Tu donnes le sentiment d'être sûr de toi ! » lui disait-on, « Pas prétentieux, plutôt le genre super-zen-difficile-à-impressionner. On a l'impression que tu n'as jamais peur de rien. »

L'impression.

D'une certaine manière, Brady n'était pas en désaccord avec ce portrait : les années lui avaient apporté une assurance de façade. Ce qu'il ressentait vraiment s'était terré sous une couenne que les rides rendaient plus hermétique encore. Ce qui se passait dessous ne regardait que lui. Une vulnérabilité excessive. Face aux émotions « factices ».

Celles du cinéma, mais plus simplement celles du jeu des humains, qui s'amusent à se dévoiler, à se mentir, à se manipuler.

Brady ne ressentait pas grand-chose au quotidien, il n'était pas de ceux qui s'écrient « Mon Dieu ! » dès qu'on annonce le meurtre d'un enfant. Son cœur ne changeait pas de rythme dès qu'un officier de police l'arrêtait dans la rue pour contrôler ses papiers ; tout cela ne constituait qu'un tissu d'informations que son cerveau prenait en compte, sans toutefois leur laisser passer le filtre de l'affect. Ce qui le titillait vraiment logeait ailleurs. Dans le domaine du ludisme. Ce qui pouvait le toucher relevait d'une certaine légèreté.

Depuis ses années universitaires il avait commencé à considérer les humains comme une espèce à peine évoluée qui jouait une comédie pétrie de règles strictes et sélectives. Les bonnes manières, le politiquement correct, l'hypocrisie des relations, le pacifisme, la fidélité, le mariage, la nécessité de faire des enfants, ou encore les religions. Il rejetait tout en bloc.

Ce qui avait fait de lui un élève singulier, peu apprécié par la plupart, vénéré par une minorité. Il ne disait que ce qu'il pensait, ne s'embarrassait jamais d'un mot si ce n'était pas utile, séduisait une fille si elle le touchait, et peu importait qu'il soit ou non engagé dans une autre relation – Brady affirmait qu'aimer se conjuguait *invariablement au pluriel* – c'était un athée profond, un flegmatique à qui il arrivait de se battre lorsqu'il estimait devoir en arriver là. La violence, selon lui, servait de soupape à la vie en société. Trop d'ego mitoyens ne pouvaient s'harmoniser sans une bonne dose de violence pour réguler la place des uns et des autres. Une violence maîtrisée, qui s'arrêtait à l'humiliation du dominé.

Au milieu de cette foire d'empoigne, Brady éprouvait une fascination pour la comédie. Ainsi se passionnait-il pour les cours de théâtre dans lesquels il traînait sa cinglante présence, moquant l'amateurisme et traquant le talent de quelques-uns.

Lorsqu'il rencontrait des individus qui savaient jouer dans leurs rapports aux autres, Brady succombait. Ce fut le cas de son premier vrai grand amour, une femme dont il était impossible de dire si elle était sincère ou si elle jouait la comédie. Cette complexité le subjugua et en fit un garçon fidèle pour quelques mois. Jusqu'à ce que le jeu de son amante s'étiole, que le fard coule et que le vrai, mis à nu, lui fasse baisser la garde.

Le temps aidant, il avait beaucoup changé, s'était modéré, l'adulte qu'il était devenu se coulait davantage dans le moule tout en gardant certains réflexes. Il portait sur cette époque un regard amusé, et n'en reniait rien même s'il s'était marié, s'il avait juré fidélité, et s'il adoptait l'hypocrisie ambiante de sa profession, commandement suprême pour survivre à New York. Il continuait toutefois de faire la différence entre la farce humaine – ce quotidien modelé de codes absurdes – et la savoureuse comédie que l'homme en tirait. Il adorait croiser ceux qui endossaient un rôle et enfouissaient leur personnalité sous plusieurs couches de déguisements : charmeurs, taquins, ouvertement manipulateurs, et avec qui il fallait redoubler d'attention pour faire le poids. Ces gens-là le divertissaient, lui donnaient le sentiment de vivre. Intensément.

– Une sacrée psychanalyse à envisager, murmura-t-il à son reflet.

Il rejoignit son bureau sur lequel il saisit une carte couverte de sang séché : un permis de conduire. La photo d'une jolie jeune femme pouvait encore s'y distinguer.

Une croûte brunâtre se détacha du plastique et tomba sur le sous-main en cuir.

Il replongeait dans ce qu'il était à cause d'elle. Pour s'interroger sur lui.

Pour fuir ce qui s'était passé.

Avait-il une conscience en définitive ?

Brady avala sa salive, incapable de se décider.

Me rendre à la police ?

Il inspira à pleins poumons.

Elle est morte.

Il ferma les paupières, pour quitter cette pièce, la réalité, pour entrer en soi, tout au fond, dans cette absence de lumière rassurante.

Ses ténèbres à lui.

2

Trois jours plus tôt.

Brady terminait son reportage sur l'architecture de Gaudí, un mois de préparation et quinze jours sur place, en Espagne. Le *National Geographic* lui avait déjà acheté l'exclusivité sur huit pages. Indépendant, Brady choisissait ses sujets, les prévendait à son réseau avant de les réaliser. Il rédigeait et fournissait les photos, estimant qu'il lui était impensable de ne pas tout effectuer lui-même. Si la photo illustrait le texte alors le papier était raté. Elle devait le sublimer, non seulement l'enrichir mais lui offrir un supplément de profondeur. Une visite guidée des mots. Si les phrases relevaient de l'âme, les clichés donnaient au sujet un corps d'émotion.

Pour ce périple, il ouvrait sur une phrase de l'Espagnol : « L'architecture est la mise en ordre de la lumière. » L'entrée principale du Palais Güell en miroir sur la page opposée. L'éclat du soleil venait frapper sa façade blanche, miroitant sur le fer forgé de ses vastes portes ouvertes sur deux bouches noires, deux gueules abyssales invitant le lecteur à oser l'aventure.

Brady déposa l'impression laser sur son bureau et hocha la tête. C'était réussi. Les types de la rédac seraient contents.

Il s'étira en grognant et alla se réchauffer un café dans le petit coin cuisine de l'atelier.

Et maintenant ?

Cette fois il avait tenu jusqu'à la fin de son travail avant d'embrayer sur la suite. Qu'allait-il faire à présent ? Quel sujet attaquer ? Habituellement, il en avait toujours deux ou trois d'avance, pour les apprivoiser, les mûrir dans son esprit, afin de définir l'angle d'approche avant de s'y consacrer pleinement.

Cette fois, rien de ce qui trottait en lui ne l'émoustillait. Brady fonctionnait à l'envie. Il ne se consacrait à un reportage que si le sujet l'interpellait.

Déjà, avant de choisir Gaudí, il avait hésité longuement, s'offrant quinze jours de réflexion. Et ce fait se reproduisait de plus en plus souvent. Était-ce la lassitude qui l'envahissait ?

Non, c'est l'usure de la simplicité. J'ai bossé sur des projets qui n'étaient pas assez originaux, pas exceptionnels, sans risque, sans vraie saveur. C'est ça la vérité...

Il lui fallait passer à autre chose de plus captivant. S'étonner lui-même.

Prendre son temps pour sélectionner *le* thème. Il pouvait se le permettre, il gagnait très bien sa vie.

– Lequel cette fois ? fit-il tout haut. Les gangs de New York ? Le trafic d'armes dans le pays ? Les nouvelles drogues ?

Nan... déjà vu.

Il nota au passage qu'il s'orientait d'instinct vers les zones violentes, criminelles. *C'est de ça dont j'ai besoin ? Du vice et du sang...*, gloussa-t-il intérieurement. Rien d'étonnant avec le métier d'Annabel, sa femme, flic à Brooklyn. Une déformation matrimoniale, en somme, qui déteignait sur lui et son inspiration.

Il demeura un quart d'heure à réfléchir en sirotant son café avant d'abandonner sa tasse sur le rebord de l'évier et de s'exclamer :

– C'est tout pour aujourd'hui, je rends les armes.

Il quitta l'atelier, emmitouflé dans une veste polaire recouverte d'un cuir usé, et gagna les rues de Dumbo.

Coincé entre les piles du Brooklyn et du Manhattan Bridge, Dumbo était un quartier minuscule, une zone industrielle du siècle dernier qui avait laissé derrière elle de grands entrepôts et de hauts locaux commerciaux que les artistes s'étaient réappropriés pour en faire des lofts et des galeries d'art. Les ruelles obscures alternaient avec les clubs branchés et les façades austères pouvaient aussi bien abriter un complexe d'appartements spacieux qu'une ruine livrée à la rouille. De jour comme de nuit, Dumbo pouvait plaire autant que rebuter. Enfermé sous la silhouette de ces géants de pierre et d'acier, le tumulte des voitures et du métro aérien ne cessait jamais. Brady avait fait de ce vacarme un écran entre le monde et son territoire. Quitter Dumbo, retrouver la douce rumeur urbaine, c'était comme sortir de sa douche et renoncer à son voile chaud et caressant.

Brady profita des dernières lueurs de la fin d'après-midi et rentra à pied jusqu'au Heights, où il vivait avec Annabel. Ici, nul hangar aménagé, plutôt de belles bâtisses accolées, dominant la mer et offrant une vue splendide sur la pointe de Manhattan, les îles de la baie et une longue promenade en surplomb.

L'appartement était désert, Annabel n'était pas rentrée. Il ne s'habituait pas à ses horaires toujours différents. Service de nuit, du petit matin ou de jour, elle prenait tout pour peu que les enquêtes suivent. Annabel était une passionnée, ce qui valait autant pour ses hobbies que pour son métier. Elle ne faisait pas les choses à moitié.

La traîne du jour glissait doucement sur le dôme de verre coiffant le salon. Brady n'alluma pas tout de suite, savourant un moment cette ambiance spectrale. La pièce était décorée d'objets qu'il avait rapportés de ses voyages ou des vacances avec sa femme, bois sculptés et antiquités. La lumière, d'un bleu tendre, enveloppait les meubles et les bibelots de reflets légèrement mouvants, les dotant d'un semblant de vie.

Brady enclencha l'interrupteur et l'éclairage des ampoules chassa les ombres.

Annabel rentra en début de soirée, défit son holster pour déposer son arme sur un guéridon et alla saluer son mari dans la cuisine. Il faisait mijoter des lamelles de poulet avec des oignons et des piments.

La jeune femme, d'une dizaine d'années sa cadette, tentait de nouer avec un élastique la masse de tresses fines qui recouvraient son crâne. Métisse au physique athlétique, elle irradiait la confiance en soi et le dynamisme. Ils s'étaient rencontrés huit ans plus tôt, et le caractère révolté de cette belle apprentie policière l'avait charmé.

– Journée de merde, lança-t-elle après l'avoir embrassé. Un braquage qui a mal tourné ce matin dans une supérette, le caissier est mort et on n'a rien pour boucler l'affaire. C'était un gamin qui faisait ça pour payer ses études.

– Moche, commenta Brady sans émotion.

– Comme d'hab'.

Annabel se massa le visage en s'adossant au frigo.

– J'ai terminé Gaudí, fit Brady.

– Génial. Le *National* le prend toujours ?

– C'est signé.

– Et maintenant, tu vas faire quoi ?

Brady souleva la poêle :

– Manger.

Au début de leur relation, Brady sollicitait souvent sa femme pour avoir son opinion sur les sujets qu'il préparait. Au fil des ans, il avait gagné en certitude, et dans le même temps les réponses d'Annabel s'étaient faites de plus en plus laconiques, si bien qu'il choisissait seul désormais. Il n'avait plus envie de l'entendre approuver d'un « super, fonce » à l'enthousiasme à peine sincère. Annabel tiquait de temps à autre, soulignait qu'il ne lui faisait plus vraiment part de ses projets, qu'ils se parlaient moins, et lui se contentait d'un « ah bon ? » qui lui épargnait une conversation inutile, qui ne pouvait s'achever que dans la frustration et la peine. La vie de couple lui avait appris ceci : l'amour ne peut durer qu'à condition d'avoir son jardin secret avec un petit cimetière tout au fond, pour y enterrer les griefs du quotidien, ceux qui risquent de pourrir les sentiments. Il fallait ensuite veiller à ce que le cimetière n'empiète pas sur le reste.

Ils dînèrent en échangeant des banalités sur leurs journées, puis Brady proposa d'aller louer un film, Annabel préféra lire. Elle chercha parmi les piles de romans qu'elle entassait un peu partout dans l'appartement pour se plonger dans la fiction.

Ils se couchèrent tôt, s'effleurèrent, Brady sentit le galbe de ce corps ferme et doux, l'étincelle érotique naquit, le combustible de l'imaginaire nourrit le feu et il commença à la toucher. D'abord insensible, plongée dans son livre, elle ne tarda pas à se laisser faire, puis à devenir flamme à son tour.

L'étreinte s'intensifia cependant elle n'explosa pas, la promesse d'un brasier crépitant n'accoucha que d'une longue flambée ondoyante.

Ils retrouvèrent rapidement leur souffle avant qu'Annabel ne s'éclipse vers la salle de bains.

Brady en était là de son existence.

42 ans, pas d'enfant parce qu'ils n'avaient ni l'un ni l'autre la fibre parentale, qu'ils s'étaient aimés dès le début avec l'égoïsme des passions qu'on ne partage qu'à deux.

Marié à une jolie femme, avec laquelle il avait beaucoup échangé, beaucoup parlé, qu'il avait beaucoup aimée, il lui semblait à présent qu'un couple détient un capital de mots appelé à fondre au fil du temps. Annabel et lui en avaient beaucoup prononcé, il leur en manquait de plus en plus, leur réserve s'était épuisée sans prendre gare, ils n'avaient plus grand-chose en stock sinon des gestes parfaitement définis pour les remplacer.

Brady en était là de sa vie. Avec sa femme.

Il devait agir vite. Il en était conscient. Trop de fois il avait repoussé à plus tard la nécessité de se reprendre en main, de poser cartes sur table et de tout se dire, viser un dialogue réparateur, qu'un *new deal* puisse voir le jour, que l'amour avait cette plasticité. Finalement les sentiments étaient pareils aux corps. Ils s'affaissaient avec le voyage du temps. En cette ère moderne où tout pouvait se réparer, se rajeunir, en était-il de même avec les relations ?

Ce ne serait qu'artificiel, Brady le savait.

Pour rénover une plastique, on injectait parfois un corps étranger. Était-ce pour cela que la plupart des hommes qu'il fréquentait se trouvaient une maîtresse pour fêter leurs quarante ans ?

Ils s'injectaient un corps réparateur.

Bon sang ! Écoute-toi penser !

Et il comprit qu'il avait atteint ses limites.

Le moment était venu de se battre s'il voulait sauver son couple.

3

Pearl Street, extrémité sud de Manhattan.

Une rue étroite et en courbe, délimitée par d'interminables immeubles aux façades tantôt blanches, tantôt noires, où l'architecture gothique côtoyait le moderne. La foule de tous les jours se croisait sur ses trottoirs étriqués tandis que la lumière du début de matinée peinait à s'infiltrer par les rues transversales.

Brady poussa la porte d'un building en briques rouges et grimpa au deuxième étage, jusqu'à un loft épuré.

Un immense canapé jaune occupait le milieu de la grande pièce, et un original de Roy Lichtenstein une large portion du mur face aux fenêtres. Un homme contemplait la rue, le nez collé à la vitre, les mains dans les poches de son pantalon. Obèse, les traits dissimulés par une barbe poivre et sel, un béret vissé sur ses quelques touffes de cheveux, il respirait avec la difficulté de celui qui a le cœur écrasé par la graisse.

– Salut Pierre, dit Brady en venant à ses côtés.

– *Bonjour*, répondit le barbu en français.

– Tu reluques les jolis garçons ?

Pierre avait le regard triste. Son visage bouffi atténuait le masque des émotions, si bien qu'on ne devinait jamais s'il était malheureux, content ou en colère avant que ses yeux ou sa voix ne le trahissent.

– J'observe le cancer se développer dans l'organisme, lâcha-t-il avec son accent presque chantant.

Brady scruta le visage de son ami. Il le savait malade, condamné. Tous, autour de lui, se demandaient si chaque visite ne serait pas la dernière avant de le revoir, intubé, sur un lit d'hôpital.

– Le cancer, ce sont ces gens-là, en bas, reprit-il. Pas tous, pas encore, mais quelques-uns. Ils vont proliférer, comme ils le font depuis l'apparition de l'espèce humaine.

– Tu nous détestes à ce point ?

– Je constate. Nous nous gavons des ressources, nous pompons tout ce que nous pouvons, en songeant déjà à la prochaine planète qu'il nous faudra coloniser pour survivre. Heureusement, le mal est là, en nous, nous nous autodétruisons. On tente bien de colmater les brèches, mais la violence ne saurait être canalisée, les guerres surgissent par toutes les fissures du bandage. C'est par la violence que nous nous sommes hissés au sommet, c'est par elle que nous nous sommes structurés, elle est la pièce maîtresse de notre évolution, de notre suprématie, et maintenant on veut croire qu'on la contrôle, qu'on la maîtrise. Connerie. La haine, l'agressivité sont le cancer que nous portons en nous, et le paradoxe est cruel : sans lui nous aurions disparu quelque part dans la préhistoire, et pourtant il nous ronge, il a besoin de toujours plus d'espace, c'est la raison d'être de la violence : bouillonner, croître, exploser. On propage ce cancer de génération en génération, on le transmet à nos enfants. Faut juste espérer qu'il se généralise, qu'on s'entretue très vite, avant qu'on quitte la Terre, avant que l'épidémie ne contamine le cosmos.

Brady resta silencieux. Pierre était son confident. Une rencontre lors d'un dîner, des rires, des petites phrases qui restent le lendemain à flotter dans l'esprit, deux personnalités qui se trouvent. Ils ne s'étaient plus quittés depuis près de dix ans. La franchise du Français plaisait à Brady. Ils se disaient beaucoup de choses, y compris ce qu'il ne pouvait avouer à sa femme. Certains de ses fantasmes, ses doutes sur la vie de couple et leur sexualité monotone. Pierre avait suivi le délitement depuis le début à mesure qu'il progressait. Son homosexualité rendait ces échanges plus faciles encore, l'absence de jugement, et parfois un avis singulier, neuf.

Brady posa une main sur son épaule.

– Tu as des nouvelles de ta santé ? l'interrogea-t-il d'une voix douce.

– Ouais. Cette saloperie m'aura appris au moins une chose : on a le cancer qu'on mérite. J'ai toujours pissé partout, pour marquer mon territoire, j'ai écrasé les petits cons sur mon chemin, j'ai baisé à tout-va, et c'est ma prostate qui va me tuer. Ce qui est marrant, c'est que mon père était un gars discret, avec de l'ambition, mais il n'a jamais réussi à s'exprimer, il n'a pas osé, il n'avait pas de coffre, il avait le souffle court, si tu vois ce que je veux dire. Il est mort d'un cancer du poumon. Belle ironie, hein ? Même la voisine y a eu droit l'année dernière, elle c'était la gorge. Normal pour une grande gueule. Puisse Fred Phelps[1] crever d'un cancer du côlon.

Il n'en dirait pas plus, Brady le connaissait. Pierre n'avait aucune pudeur quand il s'agissait de narrer ses exploits sexuels avec ses compagnons de passage, en revanche tout ce qui touchait à sa sensibilité, ses émotions, demeurait verrouillé à double tour.

– Dis-moi, enchaîna-t-il en rajustant son béret, t'es un homme heureux ?

– Je n'ai pas à me plaindre.

– Et Annabel ?

Brady mit plusieurs secondes à répondre, songeant à la nuit passée, à l'urgence de soigner son couple.

– Elle encaisse la pression de son job, donc elle se porte bien.

Pierre jeta un coup d'œil à son visiteur.

– Ça ne va pas fort entre vous ?

– Tu le lis sur mon front ?

– Les silences en disent long.

– En effet, ça ne va pas fort. Je me prends dans la gueule les ravages du quotidien et ça fait mal.

– Un truc de mecs ça, on sent les problèmes, mais on les ignore et quand ça commence à craquer de partout, on ne gère plus !

---

1. Célèbre révérend américain extrêmement homophobe.

– Ça va aller, ne t'en fais pas, il faut juste que je fasse le point et… probablement que je redéfinisse ce qu'est notre relation.

– Qu'est-ce qu'elle en dit, elle ?

– Je n'en sais rien, on n'a pas parlé. À vrai dire, elle ne sait pas ce que je traverse.

– Laisse-moi rire ! Ta femme l'a su bien avant que tu le réalises !

– Annabel est un garçon manqué, là-dessus en tout cas. Elle préfère éluder ce qui lui pose problème. Je crois qu'elle sent que quelque chose cloche entre nous mais elle ignore que c'est à ce point. En tout cas de mon côté. Tu sais comment c'est : on cherche la tendresse du début, la complicité, on se rassure en…

– Arrête tes âneries ! Tu baises le même cul depuis plusieurs années ! Tu t'es lassé ! C'est mécanique, vous vous connaissez par cœur, c'est du tout cuit, alors le sexe sans mystère et sans piment, ça devient de l'hygiène, c'est tout ! Tu sais comme moi que chez l'homme la passion est dépendante de l'orgasme ; petite jouissance pépère : relation pépère. Vous devriez vous prendre un amant chacun.

Brady balaya cette proposition d'un revers de main :

– Nous ne marchons pas comme toi, Pierre.

– Vous devriez. L'homme n'est pas fait pour vivre avec une seule partenaire toute sa vie, c'est purement biologique ce que je dis là, tu forces ta nature à l'asservissement. Pas bon ! Prends-le comme une bonne action pour ton mariage ! Envoie-toi en l'air à côté pour t'épanouir et quand tu rentreras chez toi tu seras un type plus détendu, plus à même de rendre ta femme heureuse. Là, vous aurez une bonne chance de finir vos jours ensemble, sans cette agaçante manie qu'ont les couples fidèles de se détester comme si c'était la faute de l'autre si la vie est merdique !

– Merci, cela dit… Annabel et moi sommes du genre jaloux, tu vois…

– Et alors ? C'est bon ça ! Faut pas dire à ton mari ou à ta femme que tu le trompes, au fond il s'en doute, mais au moins il ou elle redouble d'attention et d'ingéniosité pour te garder ! Et puis si ça fait de toi quelqu'un de meilleur au quotidien…

Allez, j'arrête de jouer le rôle du diable. Le boulot, ça marche ? Sur quoi tu planches ?

– Rien, j'ai tout bouclé. Pourquoi, tu as des idées ?

Fils d'un riche banquier, Pierre n'avait jamais eu besoin de travailler, aussi trompait-il son ennui en multipliant les rencontres, les soirées et les repas en tout genre. Au fil des années, sa personnalité et son carnet d'adresses en avaient fait un des hommes les plus en vue de New York. Il connaissait tout sur tout le monde et avait ses entrées partout. Il fréquentait la table du maire, fumait des cigares avec les milliardaires, sympathisait dans les galeries d'art et œuvrait plusieurs heures par mois dans les foyers sociaux auprès des clochards, des toxicomanes et des miséreux. Pour Brady, c'était un *fixer* d'exception. Il suffisait qu'il mentionne son désir d'enquêter dans tel ou tel domaine pour que Pierre décroche son téléphone et lui obtienne informations et rendez-vous.

– Le porno. Faut que tu bosses sur l'industrie du porno.

Brady pouffa, le rire navré.

– Aucun magazine avec qui je travaille ne sera intéressé, et puis franchement, question originalité, on peut mieux faire.

– Détrompe-toi ! Le cul se vend toujours ! Les télés sont trop frileuses pour s'aventurer dans les coulisses de cet empire, mais toi, tu pourrais y mettre les pieds, dire ce qu'on ne montre pas, briser les tabous.

– Qu'est-ce qui t'amène à me brancher là-dessus ? Ton dernier éphèbe est un acteur de films X ?

Pierre se détourna de la fenêtre pour lui faire face. Il semblait épuisé, blessé par la maladie.

– Le porno cristallise tout ce que notre société refuse d'admettre, tout ce que nous sommes et qu'aucun livre ne raconte. Si l'histoire de l'Homme était une maison, je dirais que le porno en est le grenier. On n'aime déjà pas trop descendre à la cave remuer toute la merde qu'on entasse au fil du temps, mais se taper une visite tout là-haut, dans la poussière, les toiles d'araignées et l'obscurité à la recherche de vieux secrets de famille, non merci ! La plupart du temps, on en oublie même l'accès. Disons que sur ce coup, je t'ai retrouvé la trappe et qu'en plus j'ai même un escabeau pour y grimper.

– Je ne le sens pas, Pierre. Ce genre de reportages un peu glauques ça n'a jamais été mon truc.

– Te fous pas de moi, il y a une époque où tu partais couvrir la découverte des charniers en Bosnie !

– Je suivais les légistes envoyés sur place, ce n'est pas tout à fait pareil.

Pierre haussa les épaules.

– Quoi qu'il en soit j'ai ce contact pour toi, si tu le veux. La fille s'appelle Rubis, elle est prête à tout balancer, en la cuisinant un peu je suis sûr qu'elle te présentera du monde.

– Tu l'as rencontrée comment ?

– À une fête. On s'est croisés aux toilettes, on se repoudrait le nez ensemble.

– En plus c'est une camée, laisse tomber...

– Attention à ce que tu dis sur les sniffeurs, ça me concerne je te rappelle.

– Dans ton cas, la coke c'est thérapeutique.

– Rattrape-toi. Bon, je te le concède : c'est une junkie, bien défoncée, en tout cas ce soir-là. En même temps dans ce milieu t'en trouveras pas beaucoup des pucelles de la narine ou des vierges du coude.

– Merci du tuyau, mais je crois que je vais passer mon tour cette fois.

Pierre inspira longuement et approuva mollement.

– C'est toi qui vois. De toute façon, si c'est tiède avec Anna, ce n'est pas le moment d'aller te fourrer dans le porno. Faut être bien campé sur ses pieds et prêt dans sa tête pour s'y coller.

Ils burent un café, évoquèrent quelques amis communs. Brady, conscient que chaque minute en compagnie de son ami était précieuse, prolongeait la visite. Mais vint le moment de se quitter.

Sur le seuil, Pierre l'arrêta d'un geste et s'en alla chercher un flyer cartonné qu'il lui tendit.

– Tiens, prends-le tout de même, des fois que je crève dans la nuit, ça te permettra d'y réfléchir.

Brady saisit ce qui était en fait une photo avec un numéro de téléphone et une adresse de site Internet. Le portrait d'une jeune femme blonde, à peine la vingtaine, dont les prunelles bleues inondaient le cliché. Son sourire plein de malice plut immédiatement à Brady.

Brady la fit disparaître dans sa poche.

– Pierre, tu es le vice incarné.

De retour à son atelier, Brady déposa sur son bureau un gobelet de *Latte* frappé aux armes du Starbucks Café et alluma son ordinateur portable. Il consulta ses e-mails, fit un tour sur les différents forums qu'il fréquentait puis, par dépit, s'informa des derniers résultats sportifs.

Il tournait en rond.

J'ai bouclé mon reportage hier, je peux bien m'octroyer deux jours de glande, non ?

Aussitôt, la réalité de sa situation remonta à sa conscience : ce n'était pas de repos dont il avait besoin, mais d'un sujet. Lui qui en avait habituellement plusieurs en gestation. C'était son obsession pendant le voyage en Espagne. Le soir dans son hôtel de Barcelone, il allait boire des bières dans un bar, tout en regardant les matchs de football pour ne pas y songer, parce qu'il savait qu'il n'avait rien prévu pour la suite. Il n'avait rien cherché.

C'est toujours venu tout seul, je n'ai pas besoin d'être proactif, ce n'est pas moi, ça. Mes reportages se font d'eux-mêmes. Voilà la vérité ! Cette fois, rien ne vient. Je suis sec. Vidé.

Plus d'idées ou plus d'envie ? La question le taraudait. Il erra sur le Net pour s'occuper, sinon pour s'abrutir, afin de faire filer le temps dans l'espoir que quelque chose surgisse dans son esprit.

Les bourrasques de vent cognaient contre les vitres tandis que ses doigts tapotaient le pavé tactile dans l'attente d'un ordre. Même sur Internet, il ne savait plus quoi faire, quoi regarder.

Le nom du site sur la photo de Rubis revint partiellement à sa mémoire.

Qu'est-ce que j'irais faire là-dessus ? Pierre et ses lubies...

Pourtant il ne parvint pas à chasser l'adresse de sa tête. En fait, il n'en avait qu'un fragment et cela l'agaça. *Qu'est-ce que c'était déjà ?*

Il soupira en donnant un coup de talon pour faire rouler sa chaise sur trois mètres afin d'atteindre le portemanteau. Il s'empara de la photo et retrouva le site *www.intherubisclub.net.*

L'affaire était entendue pour lui, il ne ferait pas ce reportage sur les dessous du X, ça ne l'intéressait pas, ce n'était pas son créneau. En revanche, la fille l'intriguait. Sa beauté était attirante, mais au-delà de son physique c'était l'attitude qu'il aimait. Un soupçon de provocation, l'œil vif, et ce sourire calculé. La prise de vue était remarquable.

Brady étudia le visage de la jeune fille, puis reposa le cliché.

Un papier sur elle ? Comment en vient-on à devenir une actrice de porno ? À qui le vendrait-il ? Une enquête d'une semaine pour finir dans un tabloïd imprimé sur du papier-toilette ! Non, il n'en était pas là !

Il tapa l'adresse de son site sur son navigateur et frappa la touche ENTER.

Après tout, cela l'occuperait dix minutes.

Un rideau rouge s'afficha. À peine le curseur de la souris l'effleura-t-il qu'il s'ouvrit sur une scène. L'internaute était invité à confirmer qu'il était bien majeur.

– Ça devient intéressant.

Il passa la formalité pour déboucher sur une page noire, une seule vidéo disponible, aucun autre clic possible. Brady la lança en montant un peu le volume.

Qu'était-ce ? Probablement un extrait du dernier film de la jeune actrice. Brady ne l'imaginait pas entretenant un journal de confessions intimes en ligne.

L'image était de mauvaise qualité, le son rapidement saturé, la caméra se déplaçait dans ce qui ressemblait à la pièce d'une maison abandonnée, peut-être un hangar. Très mal filmé, nota aussitôt le cinéphile, aucune stabilité, l'autofocus rétablissait automatiquement la netteté, et même la trajectoire du plan semblait incertaine. Une femme apparut, vêtue d'une robe grise, de collants noirs épais et de bottes à fourrure. Son manteau gisait à ses pieds. Brady remarqua que non seulement elle avait les yeux bandés mais qu'en plus ses mains étaient retenues en l'air par deux chaînes suspendues au plafond.

– Lenny, arrête tes conneries, ça ne me fait plus rire, ordonna la fille.

Rubis, à n'en pas douter. La caméra s'approcha lentement et Brady reconnut ses traits singuliers.

– Allez, retire-moi ça et détache-moi. Magne-toi, insista-t-elle.

La justesse du ton le troublait. On était si loin des productions pornographiques habituelles qu'immédiatement un signal d'alarme s'alluma dans l'esprit du reporter.

Le cameraman fit surgir un objet métallique dans sa main et d'un geste souple du poignet le cylindre s'allongea pour constituer une matraque télescopique. Il la fit tournoyer dans les airs puis la guida vers le bas de la robe qu'il commença à soulever.

– Ah non ! laisse tomber ! gronda Rubis, c'est pas le moment, tu commences à me gonfler avec tes jeux débiles. Maintenant c'est bon, détache-moi.

La matraque continua de soulever la robe.

Rubis s'écarta d'un mouvement brusque des hanches. Les chaînes du plafond lui laissaient une faible marge de manœuvre.

– Stop ! s'énerva-t-elle. C'est fini, je laisse tomber.

La colère grondait dans sa voix. Brady ne se sentait pas à l'aise. Un instant il faillit se déconnecter du site et pourtant la curiosité le poussa à rester.

La main réapparut, sans la matraque, cette fois. Elle fila sous la robe pour saisir le collant et le tirer avec une violence surprenante. Rubis hurla :

– Putain ! T'es malade ou quoi ? Qu'est-ce qui te prend ? Détache-moi je t'ai dit !

Son collant pendait à mi-cuisse, déchiré, avec sa culotte enroulée dedans.

– Qu'est-ce que tu es con des fois !

La colère se teintait de trémolos, Brady identifia une pointe de panique. C'était très bien joué pour une scène de film. Trop bien, se répéta-t-il.

C'est néanmoins une scène de fiction, je ne suis pas en train de regarder une agression sur Internet ! Et puis qu'est-ce que ça ficherait ici, sur sa propre page ?

Du voyeurisme, voilà tout. Un jeu entre elle et son copain.

Dieu que c'était bien joué en tout cas.

Rubis renifla. Un sanglot ?

La main revint et cette fois tira brutalement sur la robe, plusieurs fois, de plus en plus fort. Le tissu entraîna Rubis en arrière, tendant ses bras, prisonniers. Elle hurla, et cette fois sa panique devenait évidente.

– Putain, mais qu'est-ce qui te prend ? s'écria-t-elle, des tremblements dans la gorge.

La main s'acharna sur le vêtement, à chaque traction le corps de Rubis ployait, elle gémissait, de peur plus que de douleur, et soudain tout l'arrière de la robe se déchira, dénudant d'un coup le bas de son dos et ses fesses.

La caméra recula pour faire un plan plus large. Rubis sanglotait.

– Lenny, c'est bon, arrête, implora-t-elle sur un ton plus doux, s'il te plaît, arrête.

La matraque revint dans le champ.

La voix du caméraman se fit entendre, toute proche du micro, plus discernable que le son ambiant, elle murmura doucement mielleuse :

– Je ne suis pas Lenny.

Brady vit Rubis se raidir. Ses cuisses se crispèrent et elle se redressa d'un coup.

La main se posa sur une de ses fesses et la caressa. Rubis fit un bond en avant pour s'y soustraire, aussi loin que le lui permettaient ses entraves.

La matraque fusa et vint frapper les fesses en claquant contre les chairs. Rubis hurla à pleins poumons.

– Tu peux y aller, y a personne à la ronde, commenta l'homme avec satisfaction.

L'arme se faufila entre ses cuisses pour effleurer son sexe. Rubis cria encore, terrorisée, et tenta de fuir la menace.

La matraque la fouetta à nouveau, laissant une empreinte rouge sur la peau. Ensuite, l'homme se rapprocha et brandit son sexe qu'il appuya contre la jeune femme.

Le concert de hurlements, de coups de poing dans les flancs n'étaient rien en comparaison de la bestialité de la pénétration. La caméra tressautait mais essayait tant bien que mal de ne rien manquer, l'agresseur filmant lui-même son viol.

Brady restait bouche bée, tétanisé par le déchaînement de barbarie.

Au bout d'une minute Rubis ne bougeait plus, elle demeurait néanmoins consciente car ses pleurs parvenaient jusqu'au micro.

Et l'homme jouit, un long râle écœurant, tandis qu'il zoomait sur son sexe planté dans sa victime.

Le journaliste fixait encore l'écran quand celui-ci se figea pour retourner au début, prêt à relancer la vidéo.

Un viol.

Qu'est-ce que ça fout sur le site de Rubis ? Elle ne mettrait pas ça en ligne elle-même !

Le site n'était peut-être pas le sien ?

C'est sur sa propre photo !

Elle l'avait donnée à Pierre, elle n'aurait jamais cautionné ce site si un type malintentionné avait fabriqué son flyer à sa place !

Brady souffla bruyamment et porta le *Latte* tiède à ses lèvres. Le contact du liquide sur sa langue l'écœura et il balança le gobelet à la poubelle.

Une fiction... Pourtant les coups étaient portés ! Et ses cris semblaient vrais...

Brady ne parvenait pas à s'en remettre, tout avait tellement la puissance de la réalité... Soudain, il réalisa ce qui le perturbait le plus.

Il n'avait pu s'empêcher d'éprouver une pointe d'excitation.

Des fourmillements lui avaient envahi le bas-ventre pour ne se dissiper qu'une fois le film terminé.

Il bondit pour aller boire de l'eau au robinet. L'amertume du café au lait ne passait plus. Il s'arrosa le visage.

Une putain de fiction...

Il fallait être sacrément dingue pour faire et filmer des trucs pareils !

Et des mecs encore plus glauques pour les regarder, c'est ça ? Qu'est-ce que je peux être con parfois !

Il coupa la fenêtre du navigateur et alla même dans l'historique pour détruire toute trace de son passage. Il se sentirait mieux ensuite, une fois tout cela effacé de la mémoire.

Laquelle ? Le PC ou la mienne ?

– Bill Gates, tu seras un vrai génie le jour où tu feras un Windows pour le cerveau humain, dit-il tout haut.

Il s'assura qu'il n'y avait plus rien sur son ordinateur et s'avachit sur son siège.

– Un génie du Mal, corrigea-t-il aussitôt.

Le soir, confortablement installé sur le canapé, Brady dînait en piochant dans les différentes boîtes en carton du traiteur chinois. Annabel, emmitouflée dans un plaid andin bariolé, avait déjà terminé et se tenait chaud en enveloppant des deux mains sa tasse de thé fumante.

– Je vais probablement prendre quelques jours pour souffler un peu, recharger les accus et réfléchir à mon prochain reportage, annonça Brady. Tu pourrais te libérer ? Qu'on loue le chalet dans les Catskills ? Ça nous ferait du bien.

– Là, non, c'est impossible. Et puis nous avons les vacances qui approchent, Woodbine va m'étriper si je déserte le poste.

Brady hocha la tête pour dire qu'il comprenait.

– Des nouvelles pour le braquage de la supérette ?

– Rien, la bande vidéo est inexploitable, pas de témoin, j'attends les résultats du labo pour les empreintes, enfin faut pas rêver. Je suis dans l'impasse.

Lorsqu'elle porta la tasse à ses lèvres, plusieurs de ses tresses glissèrent pour lui couvrir le visage. Brady l'observa qui passait les mèches derrière son oreille.

C'était une très belle femme, au corps merveilleux. Il aimait son caractère, sa franchise, sa détermination. Alors pourquoi se sentait-il si distant parfois ? Parce qu'il la connaissait par cœur, qu'il pouvait prédire ses réactions, anticiper ses remarques ? En repensant à Pierre, il le réentendit expliquer sa vision conquérante de l'espèce humaine.

Parce que ma femme n'est plus une terre à explorer, parce que c'est une lande conquise dont j'ai cartographié toutes les ressources et que mon cortex reptilien se tourne déjà, depuis longtemps, vers de nouveaux territoires ? Quelle horreur…

Il n'aimait pas du tout cette pensée, cette vision des hommes en ignobles conquistadores insatiables.

– Tu vas bien ? demanda Annabel. Tu fais une drôle de tête !

– Oui, je pensais à… Pierre, mentit-il à moitié. Je suis passé le voir ce matin. Il ne va pas fort.

– Il refuse de dire où il en est ?

– Fidèle à lui-même. Il était marqué. Je crois même qu'il a maigri, c'est dire…

– C'est horrible. J'espère que je ne partirai pas comme ça, je veux dire : pas d'une longue maladie. C'est le truc qui m'angoisse le plus dans la mort.

Brady passa un bras autour de ses épaules et la serra contre lui.

Cette nuit-là il fit un cauchemar bouleversant. Il faisait l'amour à une femme sans visage, et lorsque l'orgasme commença à monter, il perçut des myriades d'organismes se précipiter de son bas-ventre jusque dans son sexe ; il les sentit mais les entendit rire aussi, des ricanements démoniaques, pervers.

Il comprit que la femme se débattait, qu'elle n'était pas consentante, mais il continuait. Le plaisir était le plus fort. Le sexe, voilà tout ce qui comptait. Un rapport moite, jouissif. C'était la clé de la survie.

La clé de l'équilibre de l'homme.

Jouir. Encore et encore. Faire l'amour ou violer, mais jouir. Toujours avec la même intensité.

Et cette obsession guidait et guiderait l'homme à jamais. Il le savait. Son rêve tout entier le savait. Il savait aussi que la cause de ses vices, de ses perversions, et même de ses soucis de couple résidait dans la jouissance même. Ce jet de bonheur, se diffuser en l'autre...

Lui transmettre cette vie.

Cette obsession aussi.

Le Mal en l'homme, c'était sa semence.

Et il voulait l'écouler partout, encore et encore.

Brady se réveilla, en sueur, le sexe tendu jusqu'à la douleur.

Une dernière image flottait encore dans le sillage du rêve.

Il jouissait dans cette femme avec un plaisir infini.

C'était Rubis. Et l'image était celle du film Internet.

Brady se répandit dans les draps.

4

Les certitudes de la nuit sont inébranlables.

Après son cauchemar érotique, Brady sut qu'il prendrait contact avec Rubis. Il fallait qu'il lui demande. Qu'il sache. Les yeux grands ouverts, dans son lit à une heure tardive, Brady comprit que regarder cette vidéo, en éprouver du dégoût mais aussi de l'excitation, le condamnait à traquer la vérité. Il voulait comprendre. Se rassurer.

Si c'était une invention, rudement bien menée, mais rien qu'une mise en scène, alors il garderait intact ce qu'il lui restait d'amour-propre. Le reste relèverait de ses fantasmes.

Brady avait attendu neuf heures pour prendre son téléphone. Une fille comme Rubis devait assurément se coucher tard. Il s'attendait même à la réveiller, mais il n'y tenait plus.

La voix qui décrocha, un peu rauque, lui confirma qu'il la tirait de son sommeil.

– Bonjour, je m'appelle Brady, je suis un ami de Pierre, je vous dérange ?

– Qui ça ? Pierre ? Ah, oui, le gros…

Elle ne dormait pas. Elle parlait doucement, avec le ton de celle que la mélancolie hante.

– Je ne sais pas s'il vous a parlé de moi, reprit Brady, je suis journaliste indépendant.

– Je me souviens. Il a dit que vous n'étiez pas comme les autres.

– Ah ? Tant mieux… Je… Je voudrais vous voir.

Il serra le poing sur le combiné. Pourquoi tout d'un coup modifier ce qu'il avait prévu ? Il pouvait tout à fait l'interroger par téléphone !

– C'est pour parler du X ?

– Entre autres.

Brady ordonna ses pensées, prépara ses arguments et sélectionna les mots clés qu'il espérait convaincants. Il n'en eut pas le temps. Rubis reprenait déjà :

– Vous êtes dans quel coin ?

– Brooklyn, le Heights. Je peux me déplacer et ven...

– C'est bien. Retrouvez-moi sur Furman Street, à l'angle de Montague. Disons... à onze heures ce matin, ça vous va ?

– Parfait, répliqua-t-il.

– C'est parce que vous n'êtes pas comme les autres et que le gros avait l'air sincère que je viens. À tout à l'heure.

Elle raccrocha.

Le vacarme des véhicules filant à toute vitesse sur la BQE ne déparait pas le paysage de friches dans lequel Brady patientait.

Une rue sordide, sale et jalonnée de grilles rouillées, quelques bâtiments abandonnés, la route express en surplomb. Ce coin du rivage, face à l'extrémité sud de Manhattan, n'avait pas profité de sa situation pourtant idéale.

Le journaliste attendait là depuis cinq minutes, entre les tags et les détritus que le vent promenait, lorsqu'une silhouette apparut au loin. Petite, blonde, ce pouvait être elle.

Lorsqu'elle fut presque à son niveau, il avança à sa rencontre. Rubis marchait les mains engoncées dans une doudoune, fixant ses pieds. Ses boucles dorées s'échappaient d'un bonnet en laine.

– Je suis Rubis.

– Brady. Merci d'être venue.

Elle était aussi belle que sur la photo. Ses grands yeux étirés vers les tempes le scrutèrent un instant avant de fuir vers la mer. Aussitôt, Brady s'interrogea sur ce qu'elle dégageait : une profonde mélancolie. Il lui semblait qu'elle était incapable de sourire, d'éprouver de la joie. Était-ce le froid qui lui figeait ainsi les traits ?

– Venez, dit-elle en l'entraînant vers le terrain vague qui bordait la route. On pourra s'entendre plus facilement en s'éloignant de l'autoroute.

Ils suivirent un chemin à l'asphalte morcelé pour s'enfoncer parmi les herbes jaunies. Brady attendit que le clapotis de l'eau grise devienne plus audible que le trafic. Puis se lança :

– Vous êtes new-yorkaise ?

– Pas du tout. J'ai grandi dans l'Ohio.

– Qu'est-ce qui vous a fait monter ici ?

– La même chose que tout le monde : l'envie de réussir ma vie, de gagner du fric, de voir cette ville.

Elle répondait sans émotion, d'une voix monocorde.

– Pourquoi New York, vous étiez plus près de Chicago ou même de Detroit ?

– Vous croyez vraiment que le rêve d'une adolescente c'est d'aller à Detroit pour bosser ? J'y aurais fait quoi ? Travailler dans une chaîne de montage automobile ? Non, c'était ici ou rien.

– En tout cas je vous remercie d'avoir accepté cette rencontre. Je serai franc : je ne sais pas encore ce que je vais faire, il n'y aura peut-être même pas d'article, tout ça s'est décidé très vite.

– C'est vous qui voyez, moi j'obéis.

Brady n'aima pas sa repartie, trop soumise, comme s'il était l'un de ses producteurs. *Déformation professionnelle*, comprit-il.

– Pourquoi moi ? voulut-elle savoir.

– J'écoute mes instincts.

– Et qu'est-ce qu'ils vous racontent ?

– Que vous êtes une fille atypique, qu'il y a une histoire à entendre.

Rubis souffla sèchement par le nez pour se moquer d'elle-même.

– Rien qu'avec ma photo ? Vous êtes fortiche, vous.

Brady se surprit à aimer également sa voix, sa douceur. Une fois encore, ce qui le perturbait était la tristesse qu'elle dégageait.

– Je dois vous avouer quelque chose, dit-il. J'ai vu la vidéo sur votre site.

Elle s'immobilisa et tourna la tête dans sa direction. Ses prunelles le sondèrent longuement, la température hivernale les rendait pures comme de la glace.

– Vous avez aimé ? demanda-t-elle enfin.

– Je ne dirais pas ça.

– Mais ça vous a tout de même plu, d'une certaine manière ?

Brady inspira tout son soûl, se redressa et entendit sa colonne vertébrale craquer.

– Rubis, c'était une mise en scène, n'est-ce pas ?

– Vous tenez absolument à le savoir ?

– Je suis... intrigué.

– Non. Ce n'en était pas une.

Sur quoi elle reprit sa marche vers une grande halle bleue construite sur une jetée et dont les piliers de béton ouverts aux vents soutenaient un toit défoncé.

Brady voulut insister sur le sujet mais elle lui posa un index sur les lèvres, ce qui le troubla au point de le museler. Plus déconcertant encore, elle saisit sa main pour le conduire sous la halle et l'emmener tout au bout, au bord de l'eau. Le lieu était jonché de gravas et de bouteilles de bière. Il ne faisait pas bon y traîner la nuit.

Rubis s'assit sur un bloc de pierre et invita Brady à faire de même, face à elle. Son écharpe glissa et dévoila une partie de son cou. Le journaliste distingua une ecchymose importante, la peau violacée. Rubis s'empressa de resserrer son étole.

Subissait-elle des violences régulières ? La vidéo pouvait le laisser croire. Il enchaîna :

– Si ce que j'ai vu est vrai, alors pourquoi l'avoir mis sur votre site ? Je ne comprends pas...

– Je suis une fille atypique, vous vous rappelez ? Le sexe sous toutes ses formes, c'est ce que je suis aujourd'hui. Sans tabous, sans limites. Tenez, là, je pourrais me pencher et vous faire une pipe, juste pour vous rendre heureux, ça ne me dérangerait pas, je suis un instrument de plaisir.

Brady déglutit et croisa les bras sur sa poitrine, soudainement mal à l'aise.

– Ça vous dit ? insista Rubis.

Brady demeura silencieux. Lui qui avait détesté la mascarade des rapports codifiés se voyait battu à son propre jeu. Elle l'acculait à une franchise avec lui-même qui lui faisait perdre pied.

– C'est désert ici, insista-t-elle, personne ne le saura, et c'est juste un peu de bonheur échangé, c'est tout. On s'en fout d'à peine se connaître, vous venez dans ma bouche, ensuite ce sera beaucoup plus facile de tout se raconter, les barrières seront brisées.

Brady ignorait de quelle manière réagir. Il savait qu'il n'allait pas accepter, et pourtant restait incapable de trancher d'un simple « non » déterminé.

Pour la première fois depuis qu'elle était arrivée, il vit un semblant de sourire se profiler sur ses lèvres. Un rictus amer, désabusé, qu'il détesta aussitôt.

– Voilà comment capturer l'attention d'un homme, railla-t-elle. Comment le fasciner.

– Vous êtes… déstabilisante.

– Non, culpabilisante. C'est différent. Ce soir vous repenserez à cet instant, ça vous trottera dans la tête un petit moment. Que se serait-il passé si vous aviez dit oui immédiatement ? Je serais déjà à genoux devant vous au lieu de vous parler. Pourtant vous avez culpabilisé. Et vous allez continuer.

Brady se sentit entraîné sur une pente qu'il n'appréciait pas. Il préféra biaiser :

– Rubis, ce n'est pas votre vrai nom ?

La jeune femme le considéra plusieurs secondes. Brady se demanda ce qui pouvait bien se passer sous son crâne. Elle était imprévisible.

Et bon sang, ce qu'elle est belle !

Elle fouilla l'une de ses poches et lui tendit son permis de conduire.

Sondra Ann Weaver, lut-il. Vingt-deux ans.

Brusquement, l'idée qu'une fille si singulière, si envoûtante, puisse tourner dans des films pornographiques agaça Brady. L'imaginer couverte par les corps de ces types lui remua les tripes.

– Qu'est-ce qui vous pousse à faire du X ?

Rubis émit un ricanement sec, plein d'ironie.

– Vous n'êtes pas prêt à mettre votre queue dans ma bouche par contre pour ce qui est de me faire accoucher de mon intimité, ça ne vous dérange pas.

À nouveau désemparé par la sécheresse de son ton, Brady répliqua, un peu trop cassant :

– Je suis là pour vous poser des questions, c'est tout, libre à vous d'y répondre ou non. Vous êtes venue pour ça, non ?

– Et vous Brady, si vous me disiez *vraiment* pourquoi vous êtes venu ? Pour voir si ça valait le coup de consacrer votre temps à cette minable actrice de porno ou parce que ma vidéo vous avait sacrément secoué, que vous vouliez me voir en vrai ?

– Non, non, ce n'est pas ce que vous croyez, je ne suis pas l'un de ces pervers qui...

Quelque chose en elle lâcha brusquement, et un flot de larmes l'aveugla.

– Je vais aller en Enfer, Brady. Alors ce que vous êtes, je m'en fous.

– Je suis désolé, je ne voulais pas vous brusquer.

– L'Enfer, le Paradis, tout ça, vous y croyez ?

Brady secoua lentement la tête :

– Pas plus que ça.

Elle parcourut la baie du regard, les lèvres serrées pour retenir ses sanglots. Quand elle revint vers lui, Brady lut la terreur dans ces deux lacs bleus qui l'engloutissaient.

– On m'a fait des choses que vous n'imaginerez jamais, avoua-t-elle dans un murmure. Des choses dont on ne se remet pas.

– J'ai vu cette vidéo, Sondra, et je peux...

– Ça, ce n'était rien du tout, une partie de plaisir à côté de ce qu'ils m'ont fait.

– Qui ça, *ils* ?

– Les démons. Je n'y ai jamais cru jusqu'à ce que j'en rencontre. Les démons existent, pour de vrai, pas le folklore de Halloween, mais les vraies créatures de Satan. Elles sillonnent nos rues, je les ai croisées.

Brady agita le permis qu'il tenait toujours en main :

– Écoutez, je vous propose de venir avec moi, dans mon atelier, je vais vous faire un café chaud et l'on parlera au calme. C'est d'accord ?

Elle secoua la tête :

– Votre copain avait tort.

Elle sortit quelque chose de sa poche, et Brady ne comprit pas tout de suite.

Lorsqu'il perçut le cliquetis métallique, ses sens s'alarmèrent, ses muscles se contractèrent. Rubis lança :

– Finalement, vous êtes bien comme tous les autres.

Et la lumière lui arracha le visage.

5

L'écho de la détonation flottait encore au-dessus de la baie.

Les morceaux de Rubis s'étaient répandus à ses pieds, son buste s'affaissa et tout le corps se renversa, les jambes étrangement croisées, dans une position peu naturelle.

Un fragment rouge et spongieux glissa depuis le permis de conduire que Brady tendait encore et s'écrasa au sol en émettant un son mou. Le sang recouvrait la photo et dessinait un masque filandreux. Celle qui fixait l'objectif, dont il tenait l'acte officiel d'existence, n'était plus qu'un être au crâne ouvert en deux par la face avant.

Brady était tétanisé.

Les mâchoires bloquées. Le geste en suspens.

Les informations qui lui parvenaient refusaient d'être traitées par son cerveau.

Impossible.

Il allait ciller et elle serait là, à lui parler, mélancolique et belle, intacte.

L'odeur de la poudre lui piquait pourtant les narines. Malgré le vent, malgré le déni.

Il voulut se lever et ses jambes se dérobèrent, il se retrouva accroupi dans la poussière, au milieu des débris de chair. Ce fut seulement là qu'il remarqua le goût de fer dans sa bouche. Rubis s'était projeté en lui, son sang sur son palais, sur sa langue.

Son ventre se creusa et il parvint à se retourner pour rendre ce qu'il avait absorbé au petit déjeuner avant de s'effondrer sur le dos, le visage dans les mains.

Il réfléchissait à toute vitesse pour dérouler le film à l'envers, empêcher ce qui venait de se produire. Désespérément.

Elle est morte. Morte, répétait-il.

Il ne pouvait pas rester là.

Il ne songea pas à prévenir la police, mais à s'enfuir. Ne pas être mêlé à cela. Comment expliquerait-il sa présence ici, avec elle ?

Parce que j'avais en tête un reportage sur le porno ? Un rendez-vous dans un endroit paumé avec une starlette et personne d'autre ? Pas d'agent, pas d'assistant, pas d'ami, rien ? Je n'ai pas de carnet de notes, pas de dictaphone, pas d'appareil photo !

Une rencontre préliminaire. Pour tâter le terrain.

Et s'ils m'accusent de l'avoir tuée ?

Ce n'était pas son arme, il n'y avait pas ses empreintes dessus !

Brady ne le sentait pas. Tout ça était louche, la vidéo du viol était louche. Heureusement il en avait effacé toute trace sur son ordinateur.

Toute trace, vraiment ? Ne peut-on pas retrouver des documents détruits avec les moyens informatiques modernes ?

Ils allaient l'accuser de non-assistance, de ne pas avoir empêché le coup de feu. Peut-être même de l'avoir incitée à presser la détente !

On entend des histoires encore plus dingues que ça !

Il avait pris sa décision.

Autour de lui, le paysage s'était mis à tourner. Il se releva et prit soin de contourner le corps, il ne voulait surtout plus le voir, s'en sentait incapable.

Fuir, le plus vite possible.

Avant que quelqu'un le voie.

Il observa la colline qui plus loin dominait l'autoroute. La promenade du Heights en surplomb, et les façades de toutes ces maisons accolées les unes aux autres.

Il vivait là-bas. Il repéra les fenêtres de son appartement. À bonne distance. Il se remémora la vue qu'il avait depuis son nid et se souvint qu'il ne pouvait distinguer clairement un individu, encore moins son visage. Un point positif.

Un rendez-vous discret, avec une fille qui le fascinait, et il acceptait de s'y rendre sous ses propres fenêtres.

L'ironie de la situation manqua le faire vomir à nouveau.

Je n'ai rien à me reprocher. Rien à cacher !

Alors pourquoi fuyait-il ?

Il réalisa qu'il fuyait comme il avait quelques heures plus tôt effacé toute preuve de son passage sur le site de Rubis. Pour nettoyer la culpabilité. Parce que, avant même de la rencontrer, il avait su au fond de lui qu'il éprouvait un désir sexuel manifeste pour elle.

Il s'était consciemment mis dans une position dangereuse en la rencontrant.

« Vous avez culpabilisé. Et vous allez continuer », avait-elle dit.

Brady se précipita vers la rue.

Il avait conscience de commettre une erreur monumentale.

Mais n'était pas prêt à affronter la vérité.

Tandis qu'il remontait Montague Street il s'immobilisa et inspecta ses vêtements.

De petites taches rouges maculaient son pull. Il referma vivement sa veste pour les dissimuler.

Incapable de prendre le métro – l'idée même de se trouver en face d'autres passagers qui pourraient l'épier lui donna un haut-le-cœur – il regagna le quartier de Dumbo par les grands axes et les larges trottoirs, là où la foule se bousculait sans y prêter attention.

À mi-chemin, il vit une cabine téléphonique et sut ce qu'il devait faire.

Il devait au moins ça à Rubis.

Il composa le 911 et prit une voix grave pour les informer qu'il avait vu une femme se tirer une balle dans la tête, en mentionnant l'adresse du drame. Il raccrocha avant qu'on puisse lui demander son identité et acheta une petite bouteille d'eau au premier distributeur automatique qu'il trouva. Il la but d'une traite, espérant noyer ce goût de pièce de monnaie qui persistait sous sa langue. Le goût du sang de Rubis.

Il souleva enfin la lourde grille de son atelier, se débarrassa de son pull et frotta les taches avec un Kleenex humide jusqu'à ce que le vermillon devienne brun, puis gris. Dans le miroir, il remarqua des points rouges sur son front. Assez épars et discrets pour n'avoir alerté aucun passant sur son chemin, mais suffisants pour le plier en deux au-dessus du lavabo et rendre toute la bile de son corps.

Qu'avait-il fait ?

Ce n'est pas moi qui l'ai tuée ! Il faut que je me fourre ça en tête, je ne suis pas responsable !

Il avait pourtant fui, comme un coupable.

Coupable d'un désir qu'il ne parvenait pas à assumer.

Mais pas de son suicide, se répéta-t-il.

Il retrouva le permis de conduire dans sa poche. Incapable de le nettoyer, il l'abandonna sur son bureau avant de se laisser tomber sur le sofa.

Et maintenant ?

Passer à autre chose. Ne plus y penser, effacer de sa mémoire tout ce qui concernait Rubis, voilà ce qu'il devait s'atteler à faire.

L'image de la flamme jaillissant du canon le hantait.

Elle avait soufflé ses traits aussi simplement qu'on souffle une bougie.

Il ne pourrait jamais l'oublier.

Il n'en dormirait plus.

L'idée d'affronter le regard d'Annabel ce soir lui donna la nausée. Il serait incapable de tenir le choc. Elle le sentirait. Elle comprendrait qu'il s'était passé quelque chose.

Cependant il ne devait rien lui dire. C'était bien au-delà de ce qu'elle pourrait comprendre. Il aurait pu déguiser la vérité, prétexter que c'était pour un reportage, mais aujourd'hui, il se savait inapte à mentir à sa femme, Annabel était trop forte à ce jeu-là pour qu'il s'y risque en étant diminué.

Il composa son numéro sur le portable et tomba sur la messagerie, soulagé.

– Chérie, je ne rentrerai pas ce soir, ou bien tard, je ne sais pas encore, les gars du *National* m'ont demandé des modifications urgentes, j'en ai pour un moment. Au pire je dormirai ici, je t'embrasse.

Son cœur s'emballa. Il raccrocha.

Désormais, à défaut d'oublier, il lui faudrait cloisonner ses émotions, dresser un mur entre lui et ce qu'il venait de vivre.

Et enterrer Rubis dans le cimetière de son jardin secret.

Le plus profondément possible.

6

La pelleteuse creusait la terre, préparant la tombe.

Un couple d'Asiatiques se serrait l'un contre l'autre comme si la peine était un courant d'air froid à qui il ne fallait offrir aucun espace où s'insinuer. Leur fils unique était mort et ils tenaient à voir sa dernière demeure.

Annabel leur présenta ses condoléances et s'éloigna parmi les sépultures pour rejoindre son partenaire : Jack Thayer. La quarantaine, bien que ses rides nombreuses et profondes ainsi que ses cheveux gris lui en fassent paraître dix de plus. Il rangea un livre de poésie de Russell Edson dans sa poche de pardessus.

– Laisse-moi deviner, dit-il, tu n'es pas plus avancée ?

– Je devais le faire, Jack. Savoir s'il avait des ennemis.

– Ce gamin est mort de s'être trouvé au mauvais endroit au mauvais moment, c'est absolument tragique, je te l'accorde, quoi qu'il en soit, ses parents ne nous seront d'aucun secours pour arrêter l'assassin.

– C'était notre seule piste.

– Non, c'était un dernier soubresaut d'espoir, une piste implique une amorce valable, ne mélange pas tout, conclut-il sur un ton aussi didactique qu'ironique. Fin de l'enquête, nous avons tout donné, désormais c'est à un hypothétique *deus ex machina* de venir à nous sans quoi ce ne sera bientôt plus qu'un numéro de dossier à oublier.

– Jack, tu me déprimes.

– Faire face à la réalité est déprimant. Viens, je t'offre à déjeuner sur le chemin du retour.

Ils retrouvèrent le commissariat de quartier, le 78e Precinct de New York, en début d'après-midi, et les deux détectives se firent alpaguer par le géant noir qui régnait sur les lieux :

– Vous deux, dans mon bureau !

Deux autres flics en costume bon marché les y attendaient.

Le capitaine Woodbine claqua la porte derrière Annabel et se posta face à ses équipes. Il était si grand qu'il devait se pencher pour ne pas heurter la lampe qui pendait du plafond.

– Où en êtes-vous du meurtre de la supérette ? s'enquit-il.

– Nous sommes dans l'impasse, avoua Annabel.

– C'est ce que je craignais. Bon, le 84e Precinct est débordé, deux homicides, un braquage et un carambolage qui ressemble à une tentative de suicide, tout ça depuis ce matin, les gars ne chôment pas. Ils ont besoin de notre aide. Thayer et O'Donnel, vous partez sur une rixe qui a mal tourné dans un restaurant, sur Gold Street, Lenhart et Collins j'ai un cadavre sans identité découvert sur Fulton Terminal.

– Sous la Brooklyn-Queens Expressway ? interrogea Annabel.

– Exactement.

– On peut prendre cette affaire ? C'est en face de chez moi, je connais bien le coin.

Woodbine jeta un coup d'œil à Lenhart.

– Si tu veux te coltiner un John Doe[1], je te le laisse avec plaisir ! intervint ce dernier en lissant sa fine moustache rousse.

Woodbine leva l'un des battoirs qui lui servait de main en guise d'acceptation.

– Un appel anonyme a permis de localiser le corps, précisa-t-il. Le type a dit qu'il l'avait vu se tirer une balle dans la tête.

– La provenance du coup de fil ? s'enquit Thayer.

– Une cabine téléphonique dans le Heights, je sais qu'une voiture s'y est arrêtée mais ils ne relèveront pas les empreintes, il y en a beaucoup trop.

1. Désigne les morts masculins sans identité, Jane Doe est utilisé pour les femmes.

Annabel s'apprêtait à ressortir quand elle demanda :

– Une dernière chose, capitaine, cette enquête on la débute pour refiler le boulot au 84e ou c'est pour nous ?

– Ce que tu commences, tu le termines.

Deux voitures de police stationnaient sous le fronton bleu de la halle, gyrophares en action.

Les nuages prenaient une teinte plombée, si denses qu'ils semblaient prêts à déverser toute l'eau du déluge. La baie renvoyait en miroir la même couleur menaçante, secouée par les bourrasques de l'océan Atlantique.

Jack et Annabel se garèrent. Tout au fond de l'entrepôt abandonné, deux officiers de police en uniforme terminaient de baliser une portion assez large, enroulant autour des piliers leur bande jaune et noire. Ces dernières sifflaient en s'agitant dans le vent.

Annabel laissa son partenaire faire les présentations en brandissant son badge :

– Détectives Thayer et O'Donnel du 78e, il paraît que vous êtes submergés ?

– C'est rien de le dire ! répondit le plus gros des deux officiers, que sa bedaine précédait. La fille est là, c'est un peu dégueulasse, je vous préviens !

L'autre flic bondit brusquement en agitant les bras dans tous les sens.

Trois mouettes s'envolèrent en criaillant.

– Ces saloperies bouffent tous les morceaux de cerveau ! s'énerva-t-il. C'est à cause des abattoirs et des marchés de viande de la ville, les gars entreposent les carcasses dans des bennes à l'air libre, les mouettes ont pris l'habitude d'aller se servir.

Annabel s'approcha et avisa les dégâts.

La fille n'avait plus de visage, totalement emporté par le coup de feu.

La détective expira longuement, pour évacuer la pression que le macabre spectacle faisait naître dans son esprit.

Tu en as vu d'autres, des pires, alors relax.

Pourtant, la vue d'un cadavre l'atteignait chaque fois avec la même violence.

Annabel reporta son attention sur les mains. Intactes.

Avec un peu de bol ses empreintes seront dans la base de données. Sinon ce sera coton pour lui trouver un nom...

Thayer s'accroupit au-dessus de l'arme qu'elle tenait encore.

– C'est rare qu'un suicidé garde son revolver dans le poing en tombant, fit-il remarquer.

– Mais ça arrive, nuança aussitôt Annabel.

Parler lui faisait du bien.

Tiens-t'en aux faits, sois pragmatique, et ça ira.

– C'est un Smith & Wesson, calibre .44, précisa celui qui avait délogé les oiseaux. Un modèle de la série 629, je crois. Il ressemble pas mal à celui qui est vendu dans le kit de survie contre les ours, le 629ES.

Thayer lui jeta un regard surpris :

– Vous êtes copain avec l'inspecteur Harry ?

– J'aime bien les armes à feu. Je les collectionne, et j'ai vu le même genre chez mon cousin, il chasse souvent dans les forêts du Tennessee, là-bas faut faire gaffe aux ours. M'étonne pas qu'elle se soit arraché la moitié de la tête avec un truc pareil !

– Vous l'avez touchée ?

– Non, j'ai seulement fouillé ses poches pour trouver un document d'identité, mais je n'ai rien déplacé.

Annabel commençait à réfléchir au meilleur moyen de balayer la zone, cherchant une méthode de quadrillage efficace.

– Dites, commença-t-elle, il n'y a pas de photographe, pas de légiste, personne ?

– C'est la folie aujourd'hui, répliqua le gros, le capitaine savait qu'il ne pouvait envoyer du monde, alors il nous a dit d'attendre sagement que vous arriviez. Tout ça par portable. Dès l'instant où je commanderai au dispatch l'ambulance et tout le toutim, les journalistes vont se pointer. Moi, je vous laisse bosser et je suis vos méthodes.

Annabel acquiesça. Ce n'était pas plus mal.

– Il y a du vomi, nota Thayer. Juste en face de notre morte.

– Elle a eu peur avant d'oser se foutre en l'air ? proposa Annabel.

Jack Thayer examina à nouveau le corps de la jeune femme. Il se rejoua la scène à voix haute :

– Elle vient jusque-là pour se suicider, elle est décidée, en même temps terrorisée, elle en dégueule de peur, puis vient s'asseoir là, sur ce bloc, et presse la détente. Pourquoi pas ? Reste que les femmes ne se tirent que très rarement une balle en pleine face, c'est plus un truc de mecs : elles détruisent leur cœur qui les fait souffrir ! Les hommes, eux, détruisent ce qui est la source de leur problème : leur cerveau, et donc leurs pensées, leur personnalité. Deux notions caractéristiques des rapports hommes-femmes

Annabel se souvint d'une conversation qu'ils avaient déjà eue à plusieurs reprises en constatant que les femmes qui se suicidaient à l'arme à feu visaient majoritairement la poitrine.

– Ce que je vois d'ici, insista Thayer, c'est une fille qui prenait soin d'elle, son corps est superbe. Pourquoi détruire le visage qui devait l'être aussi ?

– Parce que subitement elle se rend compte que ça n'a servi à rien ? Un rejet en bloc de notre société de l'illusion, de l'apparence ?

Thayer fit la moue.

– Et si c'était un homicide déguisé ? proposa-t-il.

Annabel fit signe qu'elle n'était pas d'accord.

– Je savais que tu allais dans cette direction ! Un suicide, répliqua-t-elle en rejetant ses tresses en arrière.

– Je prends le pari, le gagnant invite l'autre au théâtre, pièce de son choix.

– Comédie musicale, ça compte ?

Thayer désigna la flaque de vomi et le corps de l'autre main, plusieurs mètres les séparaient :

– Pourquoi, alors qu'elle s'apprête à détruire ce qui la singularise le plus : ses traits, pourquoi ne vomit-elle pas à l'endroit où elle se tue ?

– Jack, ce genre d'analyse ne vaut rien, elle a pu errer pendant un quart d'heure, faire les cent pas et passer à l'acte.

– La tête, Anna, elle s'est flinguée en plein visage ! Pas dans la tempe ou à l'arrière du crâne, bien de face, par en dessous semble-t-il ! C'est un geste déterminé, pas d'hésitation, elle assume ce qu'elle fait, elle y a pensé tellement qu'elle ne flanche pas, elle a regardé le canon pour faire face à sa propre extinction ! Je ne crois pas qu'elle ait vomi.

Annabel écarquilla les yeux.

– Alors qui ?

– Quelqu'un se tenait là, il a rendu son petit déj' après l'avoir tuée. L'émotion était trop forte, l'adrénaline l'a rendu malade.

– Ça pourrait être le témoin : il assiste à la scène, ne le supporte pas et s'éloigne pour vomir. Jack, je doute qu'extrapoler de la sorte nous soit très utile à l'heure actuelle.

Il leva la main pour réclamer un instant d'attention supplémentaire :

– Justement, un témoin aurait pu l'empêcher d'agir, or je n'ai pas l'impression qu'il y ait eu signe de lutte. Et maintenant, question finale : pour quelle raison notre témoin a-t-il attendu d'être dans le Heights pour nous prévenir ? S'il n'a rien à se reprocher, il pouvait prévenir la police plus vite, je suis certain qu'il y a des cabines beaucoup plus près ! Regarde autour de nous, pour qu'il ait vraiment pu la voir se tirer une balle, fallait qu'il soit dans le secteur. C'est sombre ici, il était près. Tout près. On va prélever cette charmante offrande et je suis certain que ce ne sera pas l'ADN de notre morte. Un homicide, je te dis ! Je le sens.

Le gros officier s'approcha :

– Qu'est-ce qu'on fait alors ? J'appelle la cavalerie pour les prélèvements ? Les scribouillards vont rappliquer illico !

Annabel fixa son partenaire avant de répondre :

– On va dresser deux scènes de crime, la première sera celle que vous avez déjà délimitée, n'y auront accès que nous, le photographe et un légiste uniquement. Préparez un autre périmètre, le secondaire, à l'entrée de la halle. Ce sera là que pourront accéder les chieurs et les huiles, ils auront le sentiment d'être privilégiés sans pour autant nous contaminer. Mais avant cela on va passer tout le secteur au peigne fin.

– À quatre ? On va y passer trois heures !

– C'est pourquoi on s'y met tout de suite.

7

Annabel insista pour qu'ils prélèvent tous les objets susceptibles de contenir des traces d'ADN ou papillaires : cannettes de bière, mégots de cigarettes et les quelques prospectus ou emballages de sandwiches que le vent n'avait pas emportés.

S'il fallait garder ouverte la piste d'un homicide, mieux valait disposer des indices.

Ils firent tout le travail à quatre, avec les sachets plastiques qu'Annabel conservait dans la voiture. Le photographe arriva en premier, suivi du légiste et de la presse. Trois camionnettes de télévision surgirent en crissant des pneus, comme s'il ne fallait surtout pas manquer la levée de corps. À défaut de filmer le cadavre, ils parviendraient au moins à faire un gros plan sur la housse noire.

Le légiste ne put rien affirmer de précis sur place, l'heure du décès ne pouvait être établie avec certitude, les vents avaient passablement accéléré le refroidissement du cadavre, il situa néanmoins l'heure de la mort entre le milieu et la fin de matinée.

Thayer conduisit l'enquête de voisinage en compagnie des deux officiers de police toujours présents à ses côtés. Elle se résuma à un rapide tour des environs pour s'assurer qu'aucun clochard n'était présent. Annabel gagna le sommet de la colline. Au-dessus de la rampe de la route express se dressait une longue promenade pour piétons. Elle la connaissait d'autant mieux qu'elle habitait une des maisons jalonnant cet espace public.

Annabel fit le tour pour demander aux passants s'ils avaient vu ou entendu quelque chose.

Le défilé de véhicules en contrebas dressait un mur qui lui laissait peu d'espoir, il semblait impossible de percevoir ici un coup de feu provenant de la jetée, plusieurs centaines de mètres plus loin. Elle chercha les habitués, des personnes âgées essentiellement, et les questionna sans obtenir de réponses positives.

En fin d'après-midi, elle retrouva Thayer pour rédiger les premiers rapports et soumettre les demandes d'expertises aux laboratoires.

Ils bouclèrent la paperasse pour le dîner.

Elle s'approcha du bureau de son collègue pour demander :

– Je t'invite à dîner chez Tanner, ça te dit ? Ensuite on file au Kings County Hospital pour l'autopsie.

– Tu ne rentres pas chez toi ?

– Brady m'a laissé un message, il bosse tard ce soir.

– Alors je suis ton homme !

Lorsqu'ils arrivèrent face à l'imposante façade brune du Kings County Hospital, Annabel se gara à l'opposé de l'entrée principale. Par expérience, elle savait qu'il fallait l'éviter, ici on recevait près de cent mille patients par an rien qu'aux urgences. Situé au milieu des pires quartiers de Brooklyn, l'hôpital ne désemplissait jamais. Les blessés par armes à feu affluaient en si grand nombre que l'armée y avait établi un de ses principaux centres de formation médicale.

Se faufilant dans le complexe par une porte de service, Annabel et Jack Thayer gagnèrent les sous-sols pour y retrouver le Dr Mitchels, un Black quadragénaire dont la barbe se teintait de blanc.

– J'ai déjà commencé les observations préliminaires, exposa-t-il, poids, taille et découpe des vêtements. Vous n'allez pas être déçus.

– Pourquoi ? s'inquiéta Annabel.

– Elle a de sacrées blessures ! Venez, ce sera plus parlant de visu.

La salle d'autopsie – carrelage blanc, meubles en inox et scialytiques aveuglants – sentait le détergent tandis que la clim' y maintenait une température de frigo. Sur la table d'examen, le corps de la victime était nu, exhibant des plaies multiples comme autant de bouches roses.

Les entailles avaient trois à cinq centimètres de long, toutes fraîchement suturées. Deux dans le ventre, une dans le flanc droit, une autre dans le sein gauche, et une dernière dans la cuisse droite.

– Une idée de ce que ça pourrait être ? s'enquit Thayer.

– Non, je vous attendais pour les ouvrir, dit le médecin en prenant un scalpel. Elle a aussi de nombreuses petites cicatrices, assez anciennes, on ne les voit pas bien, comme des blessures au rasoir. J'ai pris les photos, et fait des radios générales sans rien remarquer.

D'un geste sûr, il découpa les fils qui retenaient les bords de l'entaille sur le flanc et braqua une petite lampe à l'intérieur du trou étroit.

Pendant ce temps Annabel parcourut la silhouette du regard. *Belle* était le mot qui convenait, hors cette fleur obscène qui lui ouvrait le crâne par l'avant. Des jambes fines et musclées, abdominaux à peine masqués par un voile de peau, et de beaux seins ronds. Elle devait avoir un succès certain auprès de la gent masculine. Son pubis était parfaitement épilé, tout juste un trait fin, les aisselles glabres, elle avait pris soin d'elle jusqu'au bout. Annabel avisa son cou tuméfié. Une ecchymose de la taille du poing lui colorait le derme, avec deux croûtes de sang côte à côte, au centre.

On dirait une morsure de vampire, songea-t-elle.

– C'est profond, rapporta le légiste en sortant Annabel de ses pensées. Au moins dix centimètres.

Il était plié en deux pour scruter l'intérieur des chairs.

– Causé par une lame ? demanda Annabel.

– Probablement, un seul tranchant, il y a un effilement dans un sens uniquement. En revanche, la lésion a été élargie ensuite. Infection. Je ne sais pas comment elle s'est fait cela mais elle était dans un sale état, cette fille aurait eu besoin d'un tour à l'hosto !

Il répéta l'opération avec chacune des coupures et prit le temps d'étudier le corps en réfléchissant.

– Un problème ? intervient Annabel.

– Non, je me disais juste qu'elle s'en était bien sortie, si je puis dire, car aucune artère n'a été touchée, pas même à la cuisse. Les blessures sont profondes mais jamais... dangereuses, pas directement en tout cas. Sur une ou deux je veux bien parler de chance, sur cinq, on peut présumer qu'une attention toute particulière a été portée pour ne pas mettre sa vie en danger.

– Elle pourrait se les être faites elle-même ?

– Éventuellement. Dans ce cas, ce sont les cliniques psychiatriques qu'il vous faut sonder ! Sans compter toutes les cicatrices fines dont je vous parlais. Ici, là, ou encore là, dit-il en désignant le torse et les bras.

Annabel fixa Thayer.

– Mutilations de répétition, pour s'encourager, dit-elle, c'est assez classique et ça renforce la thèse du suicide.

– Dans ce cas, pourquoi prendre le soin de ne pas toucher de partie vitale ? Ce n'est pas logique !

– Elle n'ose pas ?

Thayer secoua la tête.

Le Dr Mitchels poursuivit l'autopsie en ouvrant l'abdomen. L'ecchymose du cou demeurait superficielle bien qu'il fût incapable d'en déterminer l'origine. Il ne releva rien d'anormal avant de découper l'appareil génital pour fendre d'un coup de scalpel le vagin et l'étudier de près.

– Lésions nombreuses, révéla-t-il.

– Viols, pesta Annabel.

– Pas obligatoirement, cela peut provenir de rapports sexuels violents, ou tout simplement d'un manque de lubrification, peu d'excitation ou malformation, bref, il ne faut se fermer à aucune hypothèse.

– Vous avez effectué un prélèvement avant l'autopsie pour détecter la présence de sperme ? insista Annabel.

– Oui, les écouvillons sont dans leurs tubes, prêts pour l'analyse.

– À l'examen visuel, il n'y avait rien ?

– Je n'ai rien remarqué.

– Peut-être parce qu'elle est morte ?

– Non, au contraire. Le sperme se conserve mieux dans un cadavre. Jusqu'à deux semaines, le temps que la décomposition fasse son œuvre, alors qu'il ne dépasse guère les vingt-quatre heures dans un vagin vivant, à cause des sécrétions. Encore qu'on puisse relever les traces des phosphatases acides jusqu'à soixante-douze heures tant elles abondent dans le liquide séminal. Je procéderai à tout cela ensuite, vous aurez le rapport de toxicologie, soyez sans crainte.

Lorsqu'il se pencha pour étudier l'anus, Mitchels se racla la gorge avant de grimacer.

– Mêmes lésions anales, dit-il. Soit notre victime avait des rapports particulièrement intenses soit elle a été violée récemment.

– Un motif pour la conduire au suicide ? proposa Annabel en guettant Thayer. Qu'en penses-tu ?

Celui-ci se contenta de hausser les épaules.

Il observait cette femme béante, les pans de la poitrine renversés de part et d'autre de ses bras, l'écarlate de son intérieur brillant sous les projecteurs.

– Elle ne s'est pas mutilée toute seule. Et ce n'est pas un suicide. Voilà ce que j'en pense. Il y a un pervers en liberté responsable d'un meurtre et je veux le choper. Vite.

8

J*eudi midi.*

Le ciel avait cette teinte métallique propre aux journées d'hiver, quand la lumière baisse au point de transformer un début d'après-midi en crépuscule de plomb.

Brady n'avait presque pas dormi de la nuit. Il s'était éveillé avec la sensation que sa santé mentale vacillait. Obsédé par la vision dantesque du visage de Rubis projeté en moins d'une seconde en centaines de fragments, aussi sûrement que si c'était le canon lui-même qui avait craché tout ce sang et cette chair.

Sauf que dans son souvenir l'éclatement pourpre s'immobilisait dans les airs, en une sombre suspension, avant de retomber peu à peu, au ralenti.

Il passa en mode d'autoprotection et décida de s'entourer d'émotions qu'il tenait pour factices : le cinéma. Brady se réfugia dans sa salle de projection et enchaîna les films : *À des millions de kilomètres de la Terre* où la magie de Ray Harryhausen éclatait à l'écran, et *Casablanca*.

Si le premier le fit voyager, le second le renvoya à plus de doutes.

Dans tous les cas revenait le moment de faire face à la réalité. Et ni les heures, ni la fiction n'avaient altéré l'horreur qui nichait, incrustée dans son cerveau. Il pouvait continuer de s'abrutir devant son écran, de fuir encore et encore vers le refuge anxiolytique de la pellicule, viendrait finalement la nécessité de coller à ses vraies émotions, à ses pensées. Il attendait trop du cinéma.

Brady examina pour la centième fois le permis de Sondra Ann Weaver.

Il gratta le sang avec son ongle, pour révéler le visage dans sa totalité.

Je ne peux pas aller voir les flics. C'est trop tard. Je dois l'oublier. Détruire son permis avec mes souvenirs. Quant à Annabel... Trop compliqué.

En était-il seulement capable ? Il s'y était efforcé depuis la veille, incapable de manger, de dormir. De vivre.

Pourquoi as-tu fait ça, Rubis ?

Et devant lui ! Qu'avait-elle voulu dire en lui lançant qu'il était comme les autres ? Parce qu'il était resté silencieux face à ses avances ? Incapable de les repousser franchement ?

Au creux de cette hésitation vit l'essence même des Hommes. Un impérieux besoin de jouissance...

Comment une femme peut-elle en arriver à se coller une balle en pleine tête devant un parfait inconnu ?

Il y avait dans la trajectoire de Rubis un hiatus tel qu'il avait fini par la stopper net. Quel était-il ?

Les démons existent, pour de vrai... Les vraies créatures de Satan. Elles sillonnent nos rues, je les ai croisées, avait-elle dit, tremblante.

Qui se cachait derrière cette métaphore ?

Brady ne parvenait pas à obtenir le vide dans son esprit.

Au-delà de sa mort, c'était bien sa vie qui le hantait. Ce qu'elle était. Ce qu'elle avait été. Jusqu'à se tuer ainsi.

Devant lui.

Elle l'avait choisi pour dernier confident.

S'était-elle donné une ultime chance avant cette rencontre ? Sa survie avait-elle dépendu des mots ou des gestes de Brady ? Il voulait savoir quelle part de responsabilité lui avait déléguée Rubis dans sa mise à mort.

Elle n'avait pas accepté ce rendez-vous par hasard. Avec un *journaliste.*

Brady serra les paupières.

Il sut aussitôt ce qu'il devait faire.

De son propre aveu, Rubis s'était damnée. Les fantômes n'existent qu'au travers de ceux qui leur survivent. Et ils choisissent ceux qu'ils vont hanter. Son spectre ne s'était pas adjugé Brady par hasard. Elle l'avait installé auprès d'un homme dont la vie consistait à faire le jour sur des ombres, à traquer une vérité dans les replis des histoires et des secrets.

Une chaîne lourde et bruyante les reliait à présent.

Et s'il espérait s'en défaire, il n'avait plus qu'une solution.

Remonter jusqu'à sa tombe.

Celle où Sondra Ann Weaver était enterrée.

Là même où Rubis était née.

Brady commença par s'emparer du flyer de Rubis pour le tenir au-dessus de la flamme d'un briquet. Le papier cartonné s'enroula sur lui-même, des cloques gonflèrent sur le visage de la jeune femme et Brady l'observa se consumer au fond de la poubelle. Il jeta le permis de conduire dans les flammes après en avoir mémorisé toutes les informations.

Plus de preuves pour faire le lien entre elle et moi.

En bon journaliste, Brady savait comment dresser le profil d'un individu, les méandres du système administratif américain n'avaient aucun secret pour lui. Comprendre Rubis, c'était tout d'abord dévoiler celle qu'elle avait été pour la société.

Il entama ses recherches sur Internet. Le permis de conduire n'indiquait que son adresse au moment de l'obtention du document : une ville de l'Ohio, ce qui n'était pas d'une grande utilité pour Brady.

Il disposait néanmoins du nom complet de Rubis et de son numéro de téléphone. Il commença par un annuaire inversé qui ne donna aucun résultat. Il poursuivit avec d'autres sites sans plus de réussite. Elle était sur liste rouge. Le préfixe de son téléphone était le 212, code réservé à Manhattan. Brady attrapa son combiné et demanda à être transféré vers le NYC-DEP, le département de protection de l'environnement de la ville de New York, distributeur et régisseur de l'eau potable de la ville.

Il savait les compagnies d'eau très peu sollicitées pour des renseignements et du coup bien plus enclines à parler, au contraire des compagnies de téléphone très méfiantes.

– Bonjour, Mark Filter de la bibliothèque publique de Manhattan, se présenta-t-il, je vous appelle pour une demande exceptionnelle, car j'ai un paquet d'amendes pour non-retours de prêts qui me sont revenues, et je me demandais si vous auriez la bonne adresse pour cet usager.

– C'est que je ne sais pas si..., lui répondit une femme hésitante.

– Tout le monde a besoin d'eau potable et je me suis dit que vous seriez à même de m'aider, vous avez sûrement une adresse, je dois absolument retrouver cette personne, plusieurs centaines de dollars à collecter, je ne peux pas laisser passer, si les gens commencent à nous prendre les livres sans les rapporter, à ce rythme on finira par fermer !

– Oui, c'est sûr...

Brady la sentait mal à l'aise, il fallait la faire céder rapidement.

– Vous verrez, à la prochaine crise, ce sont nos budgets que la mairie fermera, on ne pourra plus rien acheter, et pour nos gamins, les bibliothèques deviendront des musées ! Non, franchement, les usagers qui ne rendent pas leurs bouquins, ça commence à suffire !

– Je comprends, le coupa-t-elle enfin. Je vais voir ce que je peux trouver.

– Merci à vous, j'espère qu'elle habite toujours à Manhattan ! Son nom est Sondra Ann Weaver. Si les adultes ne sont pas fichus de respecter les règles, comment voulez-vous que nos enfants le fassent ?

Brady jouait son rôle au mieux, créant un lien avec son interlocutrice qui prit le temps de balayer ses listings au nom de Weaver.

– J'ai douze personnes sur New York, attendez, deux à Manhattan et... oui, une Sondra A. Vous avez de quoi noter ?

Brady prit l'adresse, dans l'East Village, la remercia chaleureusement et raccrocha.

Premier point : identité, adresse et téléphone.

Pour la suite, il tapa *www.publicrecordfinder.com*, un site rattaché aux bases de données gouvernementales et disposant d'informations complètes sur les citoyens américains, telles que les infractions, les jugements civils, les certificats de naissance et de mort, le fichier militaire, les hypothèques ou les mariages. L'effet pervers d'une société très à cheval sur l'accès de ses citoyens à l'information : une prolifération de détails sur tous, où chaque contribuable dispose du droit à fouiller dans les registres de tout organisme créé et financé par ses impôts. Brady comptait ne pas s'en priver.

Il tapa le nom complet de Rubis et aborda la partie délicate. Tout était classé par régions. Si on ne disposait pas d'un lieu précis, rien ne s'affichait. Il demanda les résultats sur la ville de New York. En général il n'obtenait pas grand-chose de plus qu'une ligne ou deux et surtout des numéros de dossiers qu'il pouvait consulter auprès des archives de chaque service : tribunal, mairie, bureau du shérif... Cette fois, rien n'apparut au nom de Sondra Ann Weaver. Brady répéta l'opération pour le comté de Seneca dans l'Ohio, ce qui correspondait à l'adresse de son permis de conduire. Elle avait apparemment grandi dans la ville de Tiffin. Cela n'évoquait rien à Brady, aucun souvenir, il ne connaissait pas cet endroit.

Rien ne s'afficha. Elle n'était pas née à Tiffin mais probablement dans une ville de la région. Le certificat de naissance indiquait la ville où la mère avait accouché. Compte tenu du profil de Rubis, Brady fut étonné de ne rien débusquer. Était-elle arrivée au porno directement ? Sans même passer par la case prostitution ? Il localisa Tiffin sur une carte de l'Ohio et avisa les agglomérations environnantes. Cleveland, Colombus, Dayton ou Cincinnati. Il essaya pour chacune, sans plus de réussite.

Une fille modèle ? Sans condamnation d'aucune sorte ?

Peut-être a-t-elle pas mal bougé avant de débarquer à New York ?

Il n'en était pas sûr. Rubis avait vingt-deux ans, cela ne lui avait pas laissé énormément de temps. Depuis quand tournait-elle dans le X ? Brady mit aussitôt cette question de côté en se promettant d'y revenir plus tard.

Il avait atteint les limites de ce qu'il pouvait faire lui-même sur Internet. Il se résolut à sortir sa carte de crédit et pianota pour trouver l'un des nombreux sites de recherches commerciales publiques. Moyennant une quarantaine de dollars, il lança une recherche au nom civil de Rubis. Ces sites collectent toutes les informations de chaque internaute : chaque fois qu'une personne entre son adresse, son identité dans le fichier d'une page web, voire seulement son e-mail, ces renseignements sont collectés et échangés via des programmes d'analyses commerciales dont l'historique est répertorié et étudié par des entreprises de recoupement marketing.

En moins d'une demi-heure, Brady obtint plusieurs fois le nom de Sondra Weaver, il y retrouva l'adresse à Tiffin, mais aussi une autre à Fort Wayne dans l'Indiana. Il rebascula vers la fenêtre du site de données publiques et configura une requête pour l'État d'Indiana, puis la ville de Fort Wayne.

Cette fois Sondra Ann Weaver y était enregistrée.

Une condamnation pour outrage public et exhibition sexuelle.

On y arrive...

Aucun détail, en revanche le numéro du dossier était disponible. Brady le nota bien qu'il ne faille rien espérer d'un coup de fil au bureau du shérif local. Et il n'envisageait pas de se déplacer dans l'Indiana pour accéder aux archives du tribunal.

Il avait fait le tour de ce qu'il pouvait se procurer sur Rubis sans bouger de son bureau. Il était temps d'aller approfondir tout cela.

Brady nettoya l'historique de son PC, attrapa sa veste et sortit en direction du Heights où il prit le métro pour rejoindre Manhattan. Il descendit sur Canal Street et longea trois blocs d'immeubles jusqu'au tribunal du comté de New York-Manhattan. Au guichet « Infractions de la circulation » il retira un formulaire pour demander un historique complet au nom de Sondra Ann Weaver, en fournissant sa date de naissance et l'adresse obtenue le matin même. Brady certifia sur l'honneur qu'il ne se servirait pas de ces informations dans un but commercial ou malhonnête, et ce fut à peu près tout.

Sans poser de questions, l'employé vérifia le permis de Brady puis lança la procédure et imprima plusieurs pages qu'il lui remit.

D'après ces documents, Rubis n'avait jamais mis à jour son permis en arrivant dans l'État de New York. Elle avait un véhicule à son nom, et la plaque d'immatriculation renvoyait à son domicile à Tiffin. Rien d'utilisable. La dernière partie regroupait toutes les amendes. Des excès de vitesse, dans l'État de New York, et quelques contraventions de parking, essentiellement dans Manhattan et parfois dans la ville de Kingston dans le même État. Brady vérifia les excès de vitesse. Commis sur la route express 87, reliant la Grosse Pomme à Kingston. Travaillait-elle sur une production là-bas ? Les dates de ces infractions collaient aux mois d'octobre et novembre. C'était récent.

Brady lut et relut les papiers jusqu'à retenir les informations qui l'intéressaient, les jeta, et sortit pour avaler un hot-dog à l'un des vendeurs de rue. Remonter la piste de Rubis lui rendait la vie.

Il avait encore le temps de fouiner avant que les administrations ne ferment, aussi prit-il la direction du tribunal fédéral, armé du nom, de l'adresse et de la date de naissance de Rubis. Il s'assura qu'aucun avis de faillite n'était enregistré, aucune poursuite judiciaire civile pas plus qu'un dossier criminel à l'échelon fédéral. Sondra Weaver était une citoyenne sans aspérités.

Lorsqu'il retrouva l'air libre, le soleil avait disparu, laissant la place aux lueurs palpitantes des buildings et aux décorations de Noël qui s'illuminaient. Le ciel, noir, lui parut défiler presque trop rapidement pour être naturel. *Je suis rattrapé par les heures perdues depuis hier, mon esprit s'insère à nouveau dans notre réalité*, s'amusa Brady en constatant que les nuages glissaient vraiment à toute vitesse au-dessus de la mégapole.

East Village.

Rubis vivait tout près, à trois stations de métro et quelques blocs.

Les flics y seront. Aucune chance que je m'y risque !

À bien y réfléchir, rien n'était moins sûr. Combien de temps mettraient-ils à l'identifier ? Une femme sans visage...

Sauf qu'il ne l'avait pas fouillée, elle portait certainement un portefeuille, carte de crédit, téléphone portable, autant d'éléments qui faisaient que le NYPD, la police de New York, en savait déjà autant que lui-même sur cette femme retrouvée morte la veille.

Toutefois, Brady ne parvenait pas à rentrer chez lui. Aussitôt il songea à sa femme. Comment réagirait-il ce soir, avec Annabel ? Était-il capable d'avoir une conversation basique, d'agir comme pour une soirée banale, bavarder, s'intéresser à sa journée, ne rien trahir du traumatisme qu'il venait de vivre ?

En s'engouffrant dans l'escalier du métro, il nota qu'il venait d'emprunter le passage nord de la ligne, et non celui qui conduisait vers Brooklyn, chez lui. Ses pieds le guidaient vers l'East Village.

Je peux jeter un œil, au moins voir son quartier, son immeuble.

Il franchit les tourniquets et s'approcha du quai.

S'il y a des scellés sur sa porte c'est que les flics sont passés. Si j'en croise, je ne m'arrête pas, je monte, je me comporte aussi à l'aise qu'un habitué...

Tout plutôt que de se retrouver face à sa femme, entre les murs de leur appartement.

Vingt minutes plus tard il arpentait East 3rd Street, et sa faune cosmopolite. C'était un coin éloigné des zones touristiques, constitué d'immeubles bruns et rouges et de boutiques minuscules vendant absolument tout et n'importe quoi, avec des vendeurs parlant souvent plusieurs langues, mais rarement un bon anglais, un quartier encore peu affecté par la *gentrification* que subissait New York depuis une dizaine d'années. Ici les graffitis tapissaient les murs et les voitures stationnées sur les bas-côtés renvoyaient aux années 80.

Brady trouva l'entrée d'un bâtiment de quatre étages où Rubis était supposée vivre et lista les noms sur les boîtes aux lettres du hall.

Sondra A. Weaver, lut-il. *Appartement 34.*

Il grimpa au troisième et fut rassuré de n'apercevoir personne dans le couloir. La porte du 34 ne présentait aucune marque particulière.

Ils n'ont peut-être pas condamné son habitation. Et s'ils n'y sont pas encore venus ? S'ils arrivent pendant que je suis là ?

Faibles probabilités.

Faudrait que je sois sacrément malchanceux.

Il se tenait face à la sonnette. Réfléchissant. Que pouvait-il faire d'autre ? Aucun autre indice ne pouvait l'orienter.

Il avisa à nouveau le couloir.

Pour la connaître, pas de miracle, il fallait visiter son intérieur. Sonder, au moins du regard, sa tanière.

Hors de question. Si j'entre ici par effraction, je me fourre dans une situation inextricable. Avoir fui son suicide n'était probablement pas une bonne idée, mais là, ça devient dément ! Je ne pourrai jamais expliquer ça à un flic s'ils me tombent dessus ! Ils ne me croiront pas...

Sa main se leva et pressa la sonnette.

Et merde, qu'est-ce que je fais ?

Il attendit une minute en insistant sur le bouton. Aucune réponse.

Et maintenant ?

Il tentait de se convaincre qu'il pouvait rebrousser chemin, alors même qu'une part de son esprit travaillait déjà à entrer dans l'appartement. Brady capitula. Pouvait-on lutter contre une obsession ? Mieux valait la contrôler pour limiter les débordements.

Il voulut étudier les différentes options lorsqu'il se rendit compte que son sens de l'observation avait déjà fait le travail : la porte était à la mesure de l'immeuble : vieille et rudimentaire, pas de verrou supplémentaire, bref, tout ce qui facilitait l'intrusion.

Je suis complètement fou..., se dit-il en sortant son portefeuille. Il évita les cartes de crédit et prit sa carte de fidélité de l'épicerie, celle-là il pouvait se permettre de l'abîmer.

Il tendit l'oreille vers l'escalier, puis glissa le rectangle de plastique entre le battant et le chambranle, jusqu'à sentir une résistance, l'inclina vers la poignée, et la fit coulisser vers le bas. Le déclic magique se produisit.

Aussi simple qu'à la télé.

L'appartement était plongé dans l'obscurité. Brady tâtonna à la recherche de l'interrupteur, pénétra chez Rubis en refermant derrière lui.

Cette fois, il était allé beaucoup trop loin pour faire demi-tour.

9

Plus de deux mille par jour.

C'était le chiffre qu'Annabel avait trouvé, concernant les personnes disparues dans le pays. La plupart étaient retrouvées rapidement, relevant d'affaires mineures, toutefois, plusieurs dizaines ou centaines de cas selon les jours, demeuraient non résolus.

Plus qu'une statistique inquiétante, c'était devenu un véritable business, entre les sites Internet, les détectives privés spécialisés et les différentes émissions de télévision. L'esprit pragmatique qui régnait sur les États-Unis avait su s'adapter pour tirer le meilleur profit de l'un de ses maux.

Annabel avait passé sa matinée du jeudi à éplucher les avis de disparitions sur la ville de New York, sélectionnant dans un premier temps les cas récents ; la fille qu'elle avait vue sur la table d'autopsie avait pris soin d'elle, elle n'arpentait pas les rues. Elle se concentra sur les blondes, relativement jeunes, avant d'élargir, sans plus de succès.

Jack Thayer, qui témoignait au tribunal dans le cadre d'une enquête bouclée un an plus tôt, la rejoignit en début d'après-midi, l'air déçu.

– La défense t'a mené la vie dure ? demanda Annabel.

– Non, tout roule, le gars va prendre au moins dix ans. En revanche, je viens de passer par le bureau du capitaine, nos demandes d'expertise pour la Jane Doe d'hier sont refusées. Tout ce qu'on a prélevé sur la scène du crime reste à quai.

– Quel motif ? s'insurgea aussitôt la jeune métisse.

– Trop de frais pour un cas de ce genre. J'ai eu beau insister pour faire comprendre à Woodbine qu'il s'agissait peut-être d'un homicide déguisé, c'était comme de chercher à avoir le dernier mot avec mon écho au-dessus d'un canyon !

– Et merde ! Maintenant, même si on retrouve notre témoin, on ne pourra pas le rattacher à la scène ! Dis-moi qu'il n'a pas gelé les analyses de l'autopsie, les dessous d'ongles ou la toxicologie ?

– Non, il n'est pas inconscient non plus, ce sont les envois aux labos extérieurs qui sont bloqués.

– Bref, tout ce qu'on a relevé sous la halle ! Et il s'attend à ce qu'on boucle l'affaire ?

Thayer leva un index :

– J'ai tout de même obtenu que tout soit conservé sous scellés. Si notre enquête débouche sur une arrestation, Woodbine acceptera qu'on lance les comparaisons ADN.

– Il a oublié qu'une enquête fonctionne dans l'autre sens ? Les indices doivent nous aider à trouver un coupable ! Ce sera génial, dans dix ans, quand on découvrira l'identité de cette fille par hasard et qu'on viendra voir la famille en expliquant qu'on a mis si longtemps parce qu'on n'avait pas les budgets !

Thayer leva les mains devant lui :

– Relax, Anna, tu ne vas pas refaire le système.

Elle secoua la tête, rageuse.

– Tu as toujours des contacts dans les télés locales ? demanda-t-elle.

– On se calme ! Si tu as en tête d'aller tout balancer, ce n'est pas une bonne…

– Je veux donner le signalement de notre victime et les photos de ses fringues pour qu'ils les diffusent pendant les infos. Il nous faut son identité.

Thayer la jaugea pour s'assurer qu'elle ne le menait pas en bateau, puis approuva.

À quinze heures, les télévisions locales affichaient des photos de vêtements posés sur une table en carrelage blanc, le message transmis par Annabel se répétait mot pour mot :

« *Le NYPD lance un appel pour identifier une femme portant ces vêtements, hier, dans Brooklyn Heights. Elle est blonde, et mesure 1,66 mètre pour 48 kilos. Si cette description vous est familière, merci de contacter le…* »

Une ligne avec des opératrices avait été libérée et les appels tombèrent dès les premières annonces. La plupart étaient fantaisistes, ou bien servaient à poser plus de questions, pour satisfaire les curiosités. Annabel et Jack avaient obtenu le feu vert de Woodbine, ils pouvaient se consacrer à l'affaire tant qu'elle n'empiéterait pas sur d'autres, « plus graves et autrement plus rapides à résoudre », avait-il dit.

Thayer était assis dans une grande pièce au premier étage d'Atlantic Avenue, où les standards téléphoniques recueillaient les témoignages. Trois appels à témoins différents se partageaient les infos cette semaine, une fusillade près d'une station-service du Queens, la disparition d'une jeune adolescente vers Pelham Bay et la Jane Doe de Fulton Terminal.

Pendant ce temps, Annabel assurait la permanence au Precinct.

Jack épluchait les imprimés qui sortaient après chaque appel le concernant. Deux heures plus tard, ils avaient récolté trois noms qui, après vérification, ne pouvaient correspondre pour deux d'entre elles. La troisième décrocha son téléphone elle-même et insulta Jack pour l'avoir dérangée.

À dix-neuf heures, il guettait la grosse pendule suspendue au-dessus de l'entrée, se préparant à capituler pour la journée lorsqu'on lui tendit une transcription :

– Ça vient d'arriver, lui confia une petite rousse un peu ronde.

Thayer éplucha le contenu :

« *Appelant :* C'est à propos de cette fille que vous recherchez, la blonde avec une doudoune, je crois que je reconnais ses fringues. L'écharpe, le bonnet, tout ça.

Opérateur : Vous pouvez l'identifier ?

Appelant : Je crois, ouais. C'est quoi le problème avec elle ?

Opérateur : Monsieur, vous connaissez son nom ?

Appelant : Rubis. Elle s'appelle Rubis, elle vit à Manhattan, je peux vous donner l'adresse.

Opérateur : Ce serait une information précieuse, en effet. Rubis, c'est son vrai nom ? »

S'ensuivait une demi-page où l'homme avouait ne la connaître que sous cette identité. Il donnait l'adresse d'un studio en insistant pour savoir s'il lui était arrivé quelque chose. Au moment où l'opérateur lui demanda de décliner son identité, il raccrocha.

Thayer se leva et après avoir vérifié le numéro du standard qui avait reçu l'appel, se dirigea vers le poste 7 où un jeune garçon filiforme, d'origine mexicaine estima l'enquêteur, fixait son écran d'ordinateur en attendant une communication. Thayer le salua et montra la transcription :

– Ce type, il vous a paru comment ? Nerveux ?

– Non, détective, plutôt inquiet. Si vous voulez mon avis, il connaît cette fille, mais ce n'est pas un proche, il est juste curieux et probablement anxieux à l'idée qu'il lui soit arrivé quelque chose. Peut-être un amant de passage, ou un voisin.

Thayer laissa échapper un sourire.

– Vous êtes attentif, mon garçon !

– Je suis étudiant en psychologie, je fais ça pour payer mes études.

– Un numéro de téléphone s'est affiché ?

– Non, il a appelé avec un numéro masqué.

Thayer le remercia et ouvrit son portable en dévalant les marches qui menaient dans la rue :

– Annabel, on a peut-être quelque chose. Une certaine Rubis. Pas plus de précisions, je ne peux pas lancer une recherche d'ici, mais j'ai une adresse, alors je m'y rends.

– Passe me prendre, j'ai fini mon service.

– Je savais que tu allais dire ça. Je suis en route.

10

Une route perdue dans la nuit. Les traits jaunes de son marquage au sol pour unique repère. Et le titre en gros, au-dessus : *Lost Highway.*

L'affiche accueillit Brady, remplissant le mur du minuscule vestibule.

Il avait vu ce film de David Lynch, l'un de ses préférés. Une histoire tordue de dédoublement de personnalité, un voyage dans la schizophrénie avec des acteurs envoûtants et une musique troublante, voilà ce qu'il en retenait. Patricia Arquette était mystérieuse et séduisante dans ce rôle, il n'était pas étonnant que Rubis l'ait appréciée. En y songeant, Rubis avait tout de la femme sibylline et érotique des productions de Lynch. Elle devait se reconnaître en elles.

Et moi qui croyais que c'était un film de mecs...

Brady n'était pas à l'aise, il ne parvenait pas à accepter sa présence ici. Une part de son esprit ne cessait de crier à la folie, tandis que son corps obéissait à une volonté bien plus déterminée, située quelque part entre la curiosité, l'instinct de survie et la sexualité.

Un besoin impérieux.

Il pénétra dans la pièce principale de ce qui était en définitive un studio. Les stores tirés, le canapé-lit défait, pour le reste tout semblait bien rangé. Aucun vêtement ne traînait, pas de poussière sur les étagères, Rubis ne vivait pas dans le capharnaüm qu'il s'était attendu à trouver : une âme désespérée devait évoluer dans un environnement à son image, relâché jusqu'à devenir dépotoir. Il n'en était rien. Un espace cuisine s'agençait derrière un bar en briques. Propre, sans vaisselle dans l'évier. Le frigo était peu rempli, mais entre les laitages et les plats cuisinés au tofu il repéra la présence de légumes, Rubis ne se laissait pas aller.

Il repassa dans la pièce centrale et découvrit la salle de bains, minuscule.

Deux petites culottes séchaient sur le bord du lavabo. Des modèles classiques bien qu'un peu échancrés. Tout autour : laque pour les cheveux, dentifrice, parfum bon marché et déodorant. Aucun produit superflu. Elle ne roulait pas sur l'or, apparemment.

Brady nota les deux brosses à dents dans le verre. Un petit ami ?

La plaquette de pilules contraceptives était accrochée par une pince au miroir. Instinctivement, il regarda où elle en était. Elle avait pris celle du mardi, la veille de sa mort.

Des frissons glissèrent depuis ses reins jusqu'à sa nuque.

Il souleva le petit rideau qui masquait les flacons sous la vasque : une trousse de maquillage bien fournie – et cette fois les marques étaient de qualité – des produits d'entretien et une grosse bouteille de spermicide.

On n'est jamais trop prudente dans ce métier, n'est-ce pas ?

Il y avait davantage que de l'amertume dans ses pensées. Une profonde tristesse. Comment une fille si belle, au regard si pénétrant, pouvait en être arrivée là ? Elle possédait quelque chose de plus que la plupart des gens qu'il croisait. Une brillance, une lucidité qui éclairait tout son être.

Une lueur qui lui avait coûté la vie ?

Brady alla s'asseoir sur le lit d'où il contempla l'appartement. La décoration se réduisait à pas grand-chose : des affiches de groupes de musique : « Baby Chaos » et « Marmottes exhibitionnistes » en concert à Manhattan et celle d'une comédie musicale : HEDWIG AND THE ANGRY INCH. Les trois semblaient avoir été arrachées d'un mur il y a bien longtemps. Une petite télé, un cendrier, un cadre renversé... Brady le saisit pour aviser une photo de Rubis en compagnie d'un grand brun. Collés l'un contre l'autre. Prise depuis un ferry. Brady reconnut la vue de la baie, Ellis Island en arrière-plan. Rubis souriait à belles dents, l'œil vif. Une joie de vivre insoupçonnable chez la femme qu'il avait rencontrée la veille. La Rubis qu'il avait vue était si différente, froide et magnétique, quand celle-ci évoquait l'insouciance et la bonne humeur.

Tout le monde change avec le temps, songea Brady, *on perd de son innocence et de son enthousiasme, à force de désillusions, d'expérience.* Chez Rubis, il s'agissait presque de deux femmes séparées par vingt ou trente ans de déceptions, tant le visage avait évolué.

En à peine un ou deux ans.

Elle devait avoir environ vingt ans sur la photo.

L'homme était un peu plus âgé, d'une dizaine d'années. Plus sombre, un regard en retrait dans l'ombre de ses sourcils épais, assez bel homme. Lui ne riait pas, à peine esquissait-il un demi-sourire qui pouvait prendre bien des significations.

Ce cadre n'était pas couché par hasard. Elle ne voulait plus affronter ce souvenir et pourtant elle ne l'a pas enlevé de la pièce. Il demeurait un bon *souvenir. Cependant il la renvoyait à ce qu'elle devenait. Et elle ne pouvait plus affronter cette réalité ?*

Brady soupira. Il aurait fait un piètre analyste.

Il remit le cadre en place et prit soin d'effacer ses empreintes avec sa manche.

L'absence d'ordinateur le laissait sceptique. Elle gérait pourtant son site Internet, lisait probablement des e-mails... Il ouvrit l'armoire en quête d'un portable. Fringues par dizaines, pas d'ordinateur.

Un petit sac de voyage plein trônait en bas.

Brady l'attira à lui et l'ouvrit délicatement.

Il débordait de lingerie sexy : bas, porte-jarretelles, strings, tout y était, de toutes les couleurs. Au fond, il trouva plusieurs godemichés, des préservatifs, encore du spermicide, du gel lubrifiant en grande quantité, une poire de lavement et des serviettes bien pliées. Le parfait petit attirail de l'actrice porno.

Vu sous cet angle, il n'y avait rien d'excitant là-dedans.

Il réalisa alors qu'il n'avait aperçu aucun DVD ou cassette vidéo. Elle n'en gardait aucune trace ? D'ailleurs, rien à part ce sac parfaitement rangé sinon caché, n'évoquait le monde des films X.

Brady ignorait totalement quel pouvait être le rapport d'une actrice de X à ses films ; un semblant de satisfaction ? Le rejet complet ? En les écoutant parfois se vanter d'aimer leur métier, il ne pouvait s'empêcher d'être sceptique, et soupçonnait là-dessous un discours mercantile, rien d'autre. S'exhiber nue, jambes écartées, objet sexuel malmené du matin au soir, il doutait qu'on puisse *vraiment* aimer cela.

De là à ne garder aucune trace de son métier chez soi, voire à en dissimuler toute preuve... C'était le cas de Rubis.

Peut-être fallait-il creuser du côté de ses films, son parcours professionnel ? À vingt-deux ans, elle ne devait pas avoir énormément de titres à son actif, elle n'était pas venue à New York dans l'espoir de tourner du X, il lui avait fallu faire des rencontres, et, d'une manière ou d'une autre, finir acculée, n'avoir aucune alternative.

En effet, Brady en était désormais certain : elle n'était pas fière de sa profession, elle la reléguait à un sac d'accessoires à l'abri des regards dans une armoire.

Il se releva pour feuilleter les magazines entassés dans un coin. Elle n'avait ni bureau, ni bloc-notes ou stylo, ce qui semblait surprenant. Brady sonda du regard le studio avant d'ouvrir un grand tiroir dans la cuisine. Il découvrit enfin un vrai bordel chez Rubis. Post-it, factures, courrier pas ouvert, notes éparses, tout s'entassait en vrac parmi des chewing-gums, trombones, élastiques et autres fournitures de papeterie. Il collecta diverses notes manuscrites pour les étudier, des listes de courses, quelques numéros de téléphone, et termina sur un papier déchiré « Kingston, 6 octobre, 11 h ».

Kingston.

Il se rappela qu'elle avait pris des contraventions sur Kingston pendant les mois d'octobre et novembre derniers.

Le lieu de tournage de son dernier film ?

Assez traîné, j'efface toute trace de mon passage et je me tire.

Il venait à peine d'essuyer la poignée du réfrigérateur qu'on frappa sèchement à la porte.

Brady se redressa, le souffle coupé.

Troisième étage, pas de balcon et aucune cachette possible.

Les martèlements insistèrent.

Cette fois il était fichu.

11

Jack frappa à nouveau tandis qu'Annabel pressait la sonnette. Cette dernière finit par s'en remettre au concierge qui les accompagnait et lui fit signe d'ouvrir.

Le vieil homme ajusta ses demi-lunes sur son nez et sonda son imposant trousseau de clés avant d'en introduire une dans la serrure.

Le déclic résonna enfin et il recula pour les laisser passer.

– Police de New York, avertit Thayer en pénétrant dans le studio.

Annabel le suivait, la main sur la crosse de son arme, prête à dégainer.

– Vide comme une église un soir de Superbowl ! commenta Jack après un rapide tour des lieux. (Il se tourna vers le concierge.) Vous la voyez souvent ?

– Ben... c'est que j'ai autre chose à faire que de guetter les allées et venues.

– Elle ne vous demandait rien ? Pas de problème de chauffage, d'électricité, de toilettes bouchées, des colis à distribuer, rien du tout ?

– Non, très discrète à vrai dire.

Pendant ce temps, Annabel explorait l'appartement. Elle examina la salle de bains, sonda les étagères de la pièce principale et y trouva la photo d'une jeune femme blonde en compagnie d'un individu assez grand et brun. Elle la tendit à son partenaire :

– Très ressemblant, on dirait bien qu'on a trouvé l'identité de notre Jane Doe.

Jack demanda au concierge :

– Comment vous dites qu'elle s'appelle ?

– Weaver, c'est le nom qu'elle m'a donné.

– Un petit ami ?

– Franchement ? J'en sais foutre rien ! Les locataires font ce qu'ils veulent, moi je suis là pour l'intendance, pas pour materner ce petit monde !

Jack recula en marmonnant l'un de ses sarcasmes :

– « Je rêvais d'un Argus pour Cerbère de ce temple, nous n'avons qu'un aveugle pour guide… »

On frappa à la porte laissée entrouverte.

– Excusez-moi…

Thayer se présenta à l'entrée :

– Je peux vous aider ?

Un jeune trentenaire à lunettes et sweat-shirt arborant le logo de Superman haussa les épaules.

– J'ai entendu du bruit et le mot « police », alors je suis venu voir.

– Vous êtes voisin ?

– Juste en face.

– Vous connaissez la locataire du 34 ?

– Un peu.

Jack sortit dans le couloir et repoussa la porte derrière lui pour laisser Annabel à son inspection.

– Quand l'avez-vous vue pour la dernière fois ?

– Hier matin.

Jack leva les sourcils. D'après le légiste elle était morte dans la matinée, ce qui faisait de cet homme l'un des derniers à l'avoir vue vivante

– Dans quelles circonstances ?

– Je partais bosser, je suis employé dans un magasin de photocopies sur Houston Street, je l'ai croisée au moment où elle sortait aussi.

– Vous vous êtes parlé ?

– Euh… pas vraiment. Nous gardions nos distances dernièrement.

– Pourquoi ça ?

Le voisin se passa la main dans les cheveux, l'air embarrassé.

– Disons que… je l'ai invitée à dîner pour faire connaissance et on n'a pas eu la même vision des choses.

– Vous vouliez la connaître bibliquement, ironisa Thayer.

– Pardon ?

Le détective soupira d'être à nouveau entouré d'ignorants et simplifia :

– Vous vouliez la sauter !

– Ah, non, justement ! Enfin, vous méprenez pas, elle est super-mignonne, c'est même indécent d'être aussi canon, c'est juste qu'elle… m'a pris de court.

– C'est-à-dire ?

– Eh bien… Je sais qu'elle tourne dans des films pornos, un ami à moi l'a reconnue en la croisant dans le couloir, un soir en venant chez moi, ce type est une véritable encyclopédie des films X ! Il connaît par cœur toutes les actrices et même les mensurations des mecs ! Il…

– Épargnez-moi son cursus, quel a été le problème avec la jolie voisine ?

L'homme se renfrogna un peu et lança un regard déçu à Thayer.

– Bien, reprit-il, je l'ai invitée à dîner pour savoir qui elle est vraiment, c'est tout, et on n'en était pas encore au dessert qu'elle m'a proposé de la sauter dans les toilettes du restau. Juste comme ça, pour me faire plaisir, pour me décoincer un peu.

– Et ?

– Et rien, ça m'a tellement scotché que je n'ai pas su quoi répondre. Ensuite, le lendemain, quand je suis passé sonner à sa porte, elle était froide comme un M. Freeze, elle m'a à peine salué avant de me rembarrer. Depuis, elle m'ignore. Super-étrange cette fille !

– Soyez franc, vous l'avez sautée ?

Le jeune homme déglutit en fixant Thayer, puis il fit la moue.

– Non.

Jack n'y croyait pas. Il voyait d'ici la situation : le type décontenancé par l'aplomb de la jolie voisine, et enfin l'excitation. Pourquoi refuser un coup si facile ? Il se l'était envoyée, sûr. Soudain, il fut pris d'un doute.

– Son nom, c'est quoi ? interrogea-t-il.

– Rubis.

– Rubis comment ?

– Euh... Je ne sais pas. Rubis, c'est tout. C'est son nom d'actrice.

Jack hocha la tête.

– C'est vous qui avez appelé, pas vrai ?

– Écoutez...

– Ouais, c'est vous.

– Hey, je veux pas d'ennuis, d'accord ? C'est juste que j'ai vu les news et la description ressemblait trop à elle hier, quand elle est sortie, j'ai fait ça pour rendre service, c'est tout !

Thayer leva la main devant lui :

– Et vous avez bien fait. En qualité de témoin, je vais avoir besoin de votre nom.

– Témoin ? De quoi ? Il lui est arrivé quelque chose alors ?

– On ne sait pas encore. Tout ce que vous pourrez me dire sur elle peut nous servir dans notre enquête, quoi que ce soit, c'est le moment de vous lâcher.

– Elle a disparu ?

– Encore une fois : c'est trop tôt pour que nous soyons sûrs de quoi que ce soit, mais j'ai besoin de votre aide pour avancer.

– C'est que je ne sais rien d'elle, je vous l'ai dit : j'ai eu un contact d'un soir et puis plus rien.

– A-t-elle un petit ami ?

– Je crois bien. En tout cas un mec, du genre grand brun ténébreux, vient tout le temps la voir. Ils s'engueulent souvent.

– De la violence entre eux ?

– Je ne crois pas, ça crie fort, mais jamais entendu de coups ou de casse.

Jack lui fit signe d'attendre un instant et fila dans l'appartement.

Annabel l'interrogea du regard.

– Le voisin d'en face, répondit Jack. Je le questionne.

– J'ai trouvé ça, fit Annabel en ouvrant le sac de voyage. Une prostituée ?

– Une actrice de pornos. Rien d'autre ?

– Non, c'est propre, elle ne possédait pas grand-chose. Si elle faisait carrière dans le X, ce n'était pas une star parce qu'il n'y a rien ici, elle était fauchée, cette pauvre fille.

Jack attrapa le cadre avec la photo et retourna dans le couloir pour la montrer au jeune homme.

– C'est lui ?

– Exact. Je le vois plusieurs fois par semaine. Dites, je viens de repenser à un truc : quand elle est arrivée ici, il y a environ un an et demi, c'était une fille... comment dire ? Lumineuse ? Enfin, joyeuse, comme sur cette photo. Au fil des mois, elle s'est un peu renfermée, son attitude a changé. Depuis un ou deux mois elle est devenue sinistre, pour ne pas dire flippante.

– Vous voyez que vous en savez des choses ! Elle avait beaucoup de visites ?

– Je l'ignore. Je ne la surveillais pas. À part le grand brun qui venait souvent, je n'ai rien remarqué.

– La dernière fois que vous l'avez vu ?

– Je ne sais pas, il y a deux semaines je crois. En revanche, tout à l'heure il était peut-être là, juste avant vous.

Jack se redressa, son attention subitement captivée.

– J'ai entendu du bruit dans l'appart', continua le voisin, avec cette histoire d'appel à témoin à la télé, je me suis inquiété, j'ai voulu savoir si c'était elle qui était rentrée, j'ai toqué à la porte, j'ai même insisté. Personne n'a répondu alors je suis rentré chez moi. Sauf qu'une ou deux minutes plus tard j'ai entendu des pas dans le couloir, quelqu'un sortait de chez Rubis, j'en mettrais ma main à couper.

– Et c'est maintenant que vous me dites ça ?

– C'est vous qui jouez à rien me raconter ! Le coup du « c'est trop tôt pour être sûr de quoi que ce soit », c'est un peu facile ! Si elle est portée disparue, faut être franc, mon vieux !

Jack préféra ignorer.

– Vous avez pu voir qui c'était ?

– Non, il n'y a pas d'œilleton sur ma porte. Je ne veux pas d'emmerdes.

– Vous voulez me faire croire que vous n'avez même pas jeté un coup d'œil ?

– Ce n'est pas ce que j'ai dit ! Je n'ai pas ouvert tout de suite. J'ai attendu d'être sûr que le type soit loin pour glisser une tête.

– C'était un homme ?

– Il descendait l'escalier à toute vitesse, sans avoir allumé, je n'ai donc rien vu. Juste sa silhouette. Ce n'était pas Rubis. Grand, carré. Peut-être le petit copain. C'est tout.

– Ses vêtements ?

– Aucune idée. Il faisait noir, ça n'a duré qu'une seconde. Juste une impression. Désolé.

Jack Thayer approuva.

– C'est mieux que rien, merci...

– Nick.

– Merci Nick. Je vais avoir besoin de votre nom complet.

– Bien, il y a juste un truc auquel je pense : vous devriez regarder au dos de sa porte d'entrée.

– Pourquoi ?

– Regardez, vous allez comprendre ce que je veux dire quand je vous dis qu'elle est devenue... étrange.

– OK, je vais jeter un coup d'œil. Comment sais-tu ce qu'il y a ?

– Elle me l'a montré, le soir où je l'ai invitée au restaurant. Elle en était très fière. Moi, ça m'a filé les jetons.

12

Une peur primitive.

Le cœur battant, le sang bouillant, le souffle court, l'esprit asphyxié et le champ de vision qui se rétrécit en même temps que les alternatives. Voilà ce que Brady avait expérimenté dans cet appartement.

Il s'en était fallu de peu qu'il soit découvert.

Qui avait frappé à la porte ? Peu importait, ce qui comptait c'était qu'on ne l'ait pas vu. Lorsqu'il avait entendu les pas s'éloigner, un frisson de soulagement l'avait envahi, il s'était gardé quelques longues secondes de marge, avant de sortir à toute vitesse dans le couloir.

Il ne pouvait plus continuer ainsi, il jouait avec sa vie.

Un instant, il caressa l'idée de tout arrêter, de l'oublier.

Le métro le bringuebalait en crissant au rythme des gerbes d'étincelles. Hypnotique.

Il n'avait pourtant pas fini. Rubis ne lui avait rien dévoilé de sa personnalité sinon qu'elle avait été, dans une lointaine vie antérieure, une jeune femme radieuse.

Stopper cette course à l'indice qui n'a aucun sens !

Le visage de Rubis… un masque de chair en bouillie et d'os éclatés.

Qu'avait-elle pensé au moment de presser la détente ? Doute ? Délivrance ?

Elle n'était que détermination. Rien d'autre que le tyrannique besoin de se foutre en l'air.

Comment en être si sûr ? Et si les larmes qui avaient coulé avant l'impact étaient celles de la détresse ? Un appel au secours. Et si Rubis n'était que confusion et désespoir avant de tirer ? Il aurait suffi d'un geste, peut-être d'un mot de sa part pour l'en empêcher ..

Je n'en sais rien !

Il se mordit la lèvre en sachant que toutes ces questions n'auraient jamais de réponses. Quant à lui, il ne pouvait mettre un terme à ce qu'il avait entrepris. Pas avant d'avoir compris.

La prochaine étape serait de s'intéresser à son parcours professionnel. Se procurer la liste de ses films, trouver sa bio de hardeuse sur le Net, rien de bien sorcier.

Je dois être plus prudent. Si j'avais été surpris tout à l'heure, je serais chez les flics, dans une merde noire.

En sortant du métro, dans Brooklyn Heights, il fit un crochet par l'une des banques du centre-ville pour y prendre un formulaire de demande de renseignement pour une carte de crédit, puis il traversa la rue pour obtenir une brochure d'assurance-maladie. Une fois à l'appartement, il s'assura qu'Annabel n'était pas encore rentrée et remplit les deux dépliants sous un faux nom : Kyle Lorenzo. Il les dissimula ensuite parmi ses affaires et sauta sous la douche.

Il avait besoin de se laver avant de faire face à sa femme. Miraculeusement, l'eau chaude eut l'effet escompté : elle délia une partie de ses tensions et tissa un voile entre cette histoire obsédante et son présent. Ici, dans cet appartement, dans leur nid, il se sentait protégé du fantôme de Rubis.

Lorsqu'il se sécha, il réalisa qu'il venait de passer près de quarante minutes sous le jet puissant.

Annabel rentra tôt, un sac à la main.

– Bonsoir chéri, j'ai acheté de la soupe pour nous réchauffer !

Elle vint l'embrasser et il la serra contre lui. Sa présence lui fit plus de bien qu'il ne l'avait pensé. Il avait eu tort de craindre ces retrouvailles. Si sa propre femme ne pouvait le réconforter alors qu'attendait-il de ce monde ?

Annabel sauta dans un large sarouel et s'enveloppa dans son sweat à capuche puis ils s'installèrent pour dîner.

– Ta journée ? demanda-t-elle en servant deux grands verres de lait.

– Rien de particulier.

– Tu as pu finir toutes les modifications pour le *National* ?

– J'ai travaillé jusque tard hier soir, mentit-il.

Il détestait rouler sa femme dans la farine.

– Je suis sur une autre enquête, avec Jack.

Heureux de changer de sujet, Brady embraya aussitôt, avec plus d'enthousiasme et de curiosité que d'habitude :

– Une chance de la résoudre, j'espère ! Pas comme avec la supérette...

– Justement ! Ce n'est pas gagné. On a retrouvé le corps d'une femme, la tête en partie arrachée par une balle. Je pense à un suicide, Jack à un homicide.

La soupe coinça dans sa gorge. Il fixa Annabel.

– Une idée de sa motivation ? Pourquoi un geste pareil ? interrogea-t-il, entre intérêt et panique.

– Pas encore. Le corps a été signalé hier midi, c'est du tout frais.

Brady posa ses coudes sur la table, les mains moites.

– C'est dans quel coin de ton secteur ?

– Normalement l'affaire était pour le 84ᵉ, mais ils étaient débordés et nous sommes intervenus à leur place. J'ai pris l'enquête, ça s'est déroulé juste en bas de chez nous, sur Fulton Terminal.

Brady lâcha sa cuillère qui rebondit contre son bol en projetant de la soupe sur la table.

– Woho ! fit Annabel. Désolée, je ne pensais pas que ça te secouerait ! Si ça peut te rassurer, ce n'était pas une fille du quartier.

– Je... Je suis navré, s'excusa Brady en se levant pour aller chercher une éponge.

– Quand j'ai entendu l'adresse, j'ai demandé à être sur le coup, je suis la mieux placée, je connais le coin, les habitants, les habitudes.

Brady écrasa l'éponge pour dissimuler son tremblement.

– Qu'est-ce qui fait que Jack penche pour un homicide ? s'enquit-il en s'efforçant de ne pas trahir son émotion.

– Rien en soi, plutôt une accumulation de détails. Elle s'est tirée dans le visage, les femmes ne font presque jamais ça, elles visent plutôt la poitrine.

Brady se rassit. Il n'y avait pourtant aucun doute, Rubis s'était braqué l'arme sur le menton en visant le cerveau. Non seulement elle avait voulu voir la mort en face, mais elle avait souhaité arracher ses traits ; qu'ils disparaissent dans la violence. Elle ne s'était pas seulement tuée, elle avait voulu réduire son identité en bouillie. Disparaître de cette société sous toutes les formes possibles, jusqu'à nier son existence même.

– Si tu avais vu son appart ! continua Annabel. Sans vie, triste, ça m'a foutu le cafard.

Une seconde terrorisé à l'idée qu'elle puisse savoir et soit en train de jouer avec lui, Brady se ressaisit rapidement. *Impossible qu'elle sache que j'y étais ! Personne ne m'a vu !*

– Jack ne verrait pas le mal partout ? insinua-t-il, l'air de rien, pour dévier la conversation.

Il craignait que sa femme ne remarque les mouvements irréguliers de ses vêtements sur son torse : son rythme cardiaque frénétique, son manque de souffle.

– C'est Jack. Cela dit, je lui fais confiance, il a parfois de sacrés éclairs de génie !

– La fille, vous l'avez identifiée ?

– Probablement.

– Et tu... tu es donc allée chez elle ?

– Tout à l'heure. Cette visite m'a vraiment confortée dans l'idée de ne rien lâcher. C'était une pauvre fille, tu vois, et je ne veux pas qu'on bâcle l'enquête sous prétexte que tout prouve que c'est un suicide. Je veux en avoir la certitude.

La chair de poule inonda les avant-bras de Brady qui se leva à nouveau.

– Excuse-moi, je vais me chercher un pull, j'ai froid. (Il s'écria depuis la chambre :) Et vous avez trouvé quelque chose qui renforce une thèse plutôt qu'une autre ?

– Non, sinon qu'elle travaillait dans le porno. À se faire passer sur le corps par des inconnus montés comme des poneys à longueur de journée, je peux comprendre qu'elle ait voulu en finir.

Brady revint s'asseoir. Il n'avait plus du tout faim. Il termina son bol pour donner le change.

– On peut être actrice de X et être heureuse, non ?

– Ah, tu crois ça ?

Il haussa les épaules.

– À vrai dire, je n'en sais rien, j'espère juste que les hardeuses ne sont pas toutes comme cette nana.

– Quoi qu'il en soit tout ça est étrange. Tu sais ce qu'on a découvert au dos de sa porte d'entrée ?

Brady tenta de se remémorer cette partie du studio. Il se souvint d'un duffle-coat et d'un imperméable accrochés à une patère.

– Sous des vêtements, reprit Annabel, elle avait dessiné un symbole ésotérique, une sorte de pentagramme !

Il ne l'avait pas remarqué. À aucun moment il n'avait soulevé les manteaux.

– Quoi, un truc satanique ?

– Quelque chose dans le genre. J'ai fait un dessin, demain j'irai demander à ma grand-mère ce qu'elle en pense.

Brady acquiesça. Mae Zappe. Une vieille excentrique adepte des croyances vaudoues. Il l'avait toujours évitée, jamais à l'aise en sa présence, ses yeux le fouillaient sans gêne. Il avait beau aimer la comédie de la vie, Mae en faisait trop.

– Si tu veux, je peux en faire une copie et me renseigner de mon côté, proposa-t-il, j'ai quelques amis qui...

– C'est gentil, chéri, mais je préfère garder notre couple en dehors de ça.

Brady serra les poings sous la table, la nausée à la lisière de la gorge.

Garder notre couple en dehors de ça !

Pour le coup, c'était raté.

S'il mit plusieurs heures à s'endormir, Brady se réveilla tôt le lendemain matin. Il sortit du sommeil l'esprit vif, comme s'il avait dormi en état de veille.

Il s'était tout d'abord effondré d'apprendre que sa femme menait cette enquête.

Sur des dizaines de détectives dans le nord de Brooklyn, il fallait que ce soit elle !

Avant de se souvenir qu'elle avait demandé à la prendre. À cause de la proximité de leur appartement.

Le hasard n'y était donc pour rien.

Je ne crois pas au destin, à toutes ces conneries ! Pourquoi je m'embrouille la tête avec ça ? Parce que la situation avait tout du bon et du mauvais karma ? *Je suis traqué par ma propre femme pour avoir mal agi ! Ridicule...*

Puis la frustration se transforma peu à peu en motivation.

Il ne devait pas la laisser prendre de l'avance sur lui. Au contraire, en savoir plus, le premier, pour contrôler l'issue de tout cela. Savoir pour pouvoir.

Il n'avait plus une minute à perdre.

Annabel sortait à peine de sa douche qu'il était déjà habillé, veste sur les épaules.

– Je viens d'avoir une idée, je fonce à l'atelier pour la creuser !

– Si tôt ? Pour un nouveau reportage ?

– Possible.

– Bon. À ce soir...

Il l'embrassa en vitesse et dévala les marches pour gagner la rue. Il faisait encore nuit. Il boutonna plus haut sa veste en cuir sur la polaire, le menton enfoui dans le col pour échapper à la morsure du froid.

Sa démarche rapide le mena en peu de temps vers le centre-ville, d'où il gagna Flatbush Avenue. Le trafic déjà dense s'écoulait vers les courbes du Manhattan Bridge, tout au bout de la rue. Un vent glacial s'engouffrait dans ce large couloir, sifflant entre les façades. Après vingt minutes de marche, il ne sentait plus ses oreilles.

Il connaissait un sex-shop pas loin, un des rares de la ville à avoir survécu aux années 90 et à la magie de l'Internet.

Serait-il ouvert de si bonne heure ? Peu probable... Tant pis, il n'avait pas fait tout ce chemin pour rien. Au moins s'assurer qu'il existait encore.

Brady déambula un quart d'heure autour de Times Plaza avant de retrouver la boutique. Non contente d'avoir survécu, elle s'était même agrandie, jusqu'à devenir un bazar où l'on pouvait tout trouver ayant peu ou prou un rapport avec le sexe. Ses néons clignotaient, de toutes les couleurs, comme autant de fantasmes agressifs.

Brady pénétra dans l'antre où flottait une curieuse odeur, mélange de détergent, de plastique neuf et de transpiration. Trois sections se partageaient le grand espace : cassettes vidéo et DVD en premier, puis suivaient les accessoires et la lingerie avant une série de cabines ouvrant sur des peep-shows. Brady s'intéressa à la section des films. Des centaines.

Des milliers, corrigea-t-il in petto. Il avait sous-estimé la nécessité de se renseigner *avant* de venir.

Brady se dirigea vers un homme mal rasé, l'air contrarié, qui lisait un magazine de voitures derrière le comptoir.

– Bonjour, je suis étonné que vous soyez déjà ouvert !

– C'est parce qu'on ne ferme pas. Y a des mecs qui ne bandent qu'entre cinq et huit heures du mat, faut pas les oublier ceux-là, lâcha le vendeur sans lever les yeux de ses pages.

Brady, surpris, mit plusieurs secondes à enchaîner :

– Je suis un peu largué parmi tous vos films, je... je ne m'attendais pas à en trouver autant.

– Y en faut pour tous les goûts. C'est classé par catégories, suffit de lire les panneaux.

De fait, des écriteaux bleus et jaunes semblables à ceux des Blockbusters Video se succédaient, sauf qu'ici « ROMANCE » ou « ACTION » se voyaient remplacés par « ANAL », « LESBIEN », « LATINO », etc.

Face au peu d'enthousiasme exprimé par le vendeur, Brady tenta une dernière sonde.

– À tout hasard, vous êtes juste là pour faire la caisse ou je peux vous demander un coup de main ? Du genre une bonne colle sur le porno...

Cette fois l'homme abandonna sa lecture pour étudier Brady.

– Y a deux catégories de mecs qui bossent ici, expliqua-t-il, ceux qui s'en contrefoutent, pour qui c'est de l'alimentaire, et ceux qui considèrent le X comme de l'art. Est-ce que j'ai la gueule d'un mec qui s'en contrefout ?

N'osant répondre ce qu'il pensait vraiment, Brady se contenta de faire la moue.

– Je cherche tous les films d'une actrice en particulier, vous pourriez m'aider ?

– Hey, je suis pas ce putain d'Internet ! Rien que dans notre pays, on produit plus de dix mille nouveaux films pornos chaque année, alors imagine un peu !

– OK, j'ai compris.

Brady se détourna pour faire face aux linéaires couverts de jaquettes.

– C'est quoi son nom ? demanda le vendeur.

– Rubis. C'est tout ce que je sais.

Le type ricana.

– Là, déjà, c'est plus facile.

– Pourquoi, elle est connue ?

L'homme leva la planche de son comptoir et rejoignit Brady au milieu des étagères.

– C'est pas une star, mais ses dernières productions lui ont fait un coup de pub.

– Ah ? Pour quelle raison ?

L'homme découvrit ses dents jaunes en souriant, son regard brillait.

– Vous savez ce que c'est que le porno gonzo ?

– Non.

– Des films crads, avec des trucs dégueulasses, on se pisse dessus, on boit le sperme de vingt types en même temps, ce genre de pratique.

– Il y a des amateurs pour ça ?

Le vendeur gloussa, surpris par la question.

– Dans les années 90 c'est le genre qui a le plus marché. Donc oui, on peut dire qu'il y a des amateurs. C'est pas le truc qu'on avoue au bureau, cela dit.

– Rubis a tourné dans du gonzo ?

Le vendeur entra dans une allée et s'accroupit pour prendre un DVD posé tout en bas, presque à l'abri des regards. Il le tendit à Brady. La jaquette, impression de mauvaise qualité sur imprimante, trahissait l'artisanat du film.

– Vous me refourguez une copie ?

– C'est une petite production locale, mais t'en fais pas, les images sont à la hauteur !

– Elle en a tourné d'autres, des films ? Tous des gonzos ?

Le vendeur, qui allait repartir s'asseoir, s'arrêta pour fixer Brady.

– Oui, mais les derniers sortent du lot. En fait, pour ces films-là, va falloir inventer un nouveau terme, parce que franchement, les gonzos à côté de ce que tu tiens dans la main, c'est tellement léger que je pourrais les refourguer à mon gamin de huit ans.

13

Trente-sept partenaires.

En douze films.

De retour dans son atelier, Brady avait pianoté le nom de Rubis jusqu'à trouver quelques références. Son premier film X remontait à novembre 1999, *Anal pour révisions coquines.* Le titre à lui seul renvoyait déjà à une production de mauvaise qualité. Contrairement à certaines starlettes, aucun site spécifique n'était dédié à Rubis. Elle faisait partie de ces centaines d'actrices anonymes qui tentaient de se faire un nom. Pourtant, depuis l'automne, plusieurs forums la mentionnaient à cause de sa présence dans un film intitulé *Orgasme primal* puis, plus récemment, dans *Enfer et contre tous.* Deux DVD qu'il s'était procurés. C'était ce dernier que lui avait conseillé le vendeur du sex-shop. Au final, ils étaient parvenus à identifier six films avec Rubis parmi les stocks et Brady les avait tous achetés.

Il éprouvait beaucoup de difficulté à définir ce qu'il ressentait maintenant qu'il les tenait en main. Curiosité ? Excitation ? Désir ? Dégoût ? Peur ? Il y avait un peu de tout cela à la fois, semblait-il.

Puis vint le moment d'en choisir un. Il prit le plus ancien. Peut-être capturerait-il quelque chose en les visionnant dans l'ordre chronologique ?

Brady eut un sourire moqueur. Espérait-il vraiment en apprendre plus sur cette femme à travers ses films ? Des films pornographiques où la moindre émotion devait être feinte ?

Qui sait ?

Il alla s'enfermer dans sa salle de projection et enfourna la galette argentée dans le lecteur tandis que le vidéoprojecteur lançait son feulement.

Générique aux couleurs criardes, dialogues aussi crédibles que le jeu des acteurs, d'emblée il était clair que les scènes à caractère sexuel constituaient l'unique intérêt de ce navet. La première ne se fit pas attendre. Ne reconnaissant pas Rubis, Brady accéléra la vitesse de lecture, il avait encore cinq autres films à visionner.

Deuxième scène, deux hommes, une femme. Blonde, trente ans environ, seins énormes, Brady accéléra encore.

Il pressa le bouton « play » dès qu'il vit le visage familier entrer dans la pièce, une laverie automatique. Dialogue insipide, on se déshabille sans tarder. C'était elle, aucun doute. Presque candide. Quel âge pouvait-elle avoir ? À en croire la date de production : vingt et un ans tout juste. Brady lui en donnait deux de moins.

À genoux en train de pratiquer une fellation à ce type hypermusclé, Brady se sentit mal à l'aise. Voyeur.

Il n'avait pourtant jamais ressenti la moindre once de gêne à regarder du porno de temps en temps, le puritanisme consistant à nier les pulsions masculines le dégoûtait. Il fallait être malhonnête ou profondément bête pour refuser d'admettre que le porno répondait aux fantasmes des hommes, de quasiment tous les hommes du monde industrialisé. Brady se souvenait des chiffres d'une étude édifiante qu'il avait contribué à mettre en page pour un ami journaliste : chaque seconde, près de 2 000 dollars sont dépensés en prestations pornographiques dans le pays. Plus de cinquante milliards de dollars de chiffre d'affaires annuel. Trente mille personnes par seconde cliquent sur un site X. Un nouveau film en ligne par minute.

La plupart des mecs disaient à leur femme « non, pas moi ». Cela faisait un paquet de célibataires s'excitant frénétiquement sur leurs souris, dépensant une montagne de fric avec un choix hallucinant pour si peu de clients… La vérité flottait quelque part entre le mensonge, l'hypocrisie et un besoin peut-être honteux mais ancestral : la très grande majorité des hommes, en couple ou non, visionnaient une scène porno de temps à autre. On retrouvait des peintures très explicites de coït dans l'Antiquité, les clients des lupanars de Rome attendaient leur tour en visionnant des représentations sexuelles, des gravures au Moyen Âge, des livres illustrés en Asie, sur les façades des temples en Inde...

Brady n'avait pas de tabous à ce sujet, il assumait pleinement cette sexualité solitaire même s'il n'en faisait pas étalage auprès d'Annabel.

Mais cette fois, il ne parvenait pas à se l'expliquer, les images le dérangeaient. Était-ce parce qu'il connaissait Rubis ?

Lorsque son partenaire la pénétra, avec cette indélicatesse typique, son index lança la vitesse accélérée. Il ne tenait pas à voir en détail ce qu'elle subissait. Il remit la lecture normale quand le visage de Rubis apparut, lèvres retroussées, une main parfaitement manucurée glissant ses faux ongles trop longs dans sa bouche pour insister sur le plaisir qu'elle prenait.

Sauf que ses yeux affirmaient le contraire.

Brady aperçut sa main plaquée contre le pelvis de son partenaire, tandis qu'il la sodomisait énergiquement, probablement lorsque la douleur devenait trop forte.

Brady se passa trois autres films en accéléré, prenant un peu plus son temps lorsque Rubis apparaissait, et il remarqua que si son esprit n'était pas excité par cet enchaînement de scènes, son sexe, lui, s'érigeait mécaniquement. La dichotomie du désir commune à chaque homme.

Brady s'était souvent interrogé sur ces deux aspects de l'érotisme masculin. La séparation du corps et de l'esprit. Lequel avait le pouvoir sur l'autre ?

Pour Brady, deux notions s'affrontaient. Le désir et la pulsion. Une excitation aux deux visages.

Le désir, le plus régulier, le plus tiède aussi, pouvait naître d'une simple envie, d'un affect, il pouvait même être invoqué ; il procurait une jouissance libératrice. Brady le considérait cérébral, sous contrôle.

La pulsion, plus rare, surgissait tel un tsunami des profondeurs du cortex, dévastatrice. L'héritage d'un comportement animal. Imprévisible, obsédante. Elle progressait inlassablement comme la marée, noyant toutes réticences. Jusqu'à l'extase aussi éblouissante qu'épuisante.

Brady appelait cette dernière : le sexe primal. Du domaine de l'instinct. Parfois agressif. Elle pouvait causer des dérapages, des agressions, mais avait permis à l'espèce humaine de se propager.

Le désir appartenait à la civilisation, il nichait avec la séduction.

La pulsion relevait du bestial, de la survie. Une boussole ancestrale incrustée en chaque mâle.

Et si celle-ci était inhérente à l'espèce humaine, Brady s'était souvent demandé si le désir n'était pas né avec l'homme moderne, celui qui avait bâti les sociétés, dans le but de s'opposer à la pulsion, pour parvenir à la contrôler.

Codifier la sexualité pour avoir moins peur de l'homme. De ce qu'il abrite, tout au fond. De ce qui le guide. Reprendre le contrôle.

Pour imprimer à l'humanité une nouvelle trajectoire. Séparer la bête de l'individu.

Y parvenait-on vraiment ?

À bien y penser, cette globalisation, cette mondialisation économique et culturelle qui faisait si peur depuis quelques années existait depuis plusieurs millénaires dans l'approche sexuelle. Avec un seul but : que l'animal ne domine plus. Le triomphe de l'esprit.

L'omniprésence du porno fit douter Brady : pouvait-on museler l'essence même d'une créature ?

– Tout ça commence à me rendre malade..., fit Brady en sortant de sa salle de cinéma.

Il se fit chauffer un café avant d'attraper le boîtier que le vendeur du sex-shop lui avait remis en premier.

– Pire que du gonzo ? murmura-t-il.

Il n'était plus sûr de vouloir le visionner.

Et si ses deux derniers films étaient ce qui l'avait détruite ?

Brady but à petites gorgées en contemplant la silhouette brune et massive du pont de Brooklyn, puis retourna s'enfermer dans le noir.

Comme tous les films dans lesquels Rubis avait tourné, il s'agissait là encore d'une petite production. Chaque fois ces boîtes de production différaient ; cependant Brady remarqua un nom qui revenait régulièrement : Leonard K.

Lenny !

La vidéo sur le site de Rubis. Son viol. Elle appelait un certain Lenny avant de se rentre compte que ce n'était pas lui.

Ce Leonard K. apparaissait à chaque générique. En creusant du côté des maisons de production, il pourrait peut-être remonter jusqu'à lui.

La première scène du film surprit Brady par son esthétisme. Un long plan-séquence sur le crépuscule filmé depuis le sommet d'une colline escarpée, au milieu d'une forêt dense. Aucune trace de civilisation à l'horizon, rien qu'une mer végétale soulevée par de hautes vagues qu'une écume rocheuse perçait, çà et là. Où était-ce filmé ? Nord de l'État ? Vermont ? Virginie ? Impossible à localiser, trancha Brady.

La caméra s'immobilisa derrière un couple assis dans les hautes herbes, au moment où les rayons du soleil s'estompaient.

Puis gros plan sur leurs visages, un jeune métis et Rubis. Aucune expression sur les traits de l'actrice. L'homme l'embrassa sur le front et l'invita à se relever.

Les plans, stables et bien cadrés, témoignaient du savoir-faire inhabituel pour ce genre de film. On suivait le couple progressant tant bien que mal sur un sentier étroit, les ombres d'un groupe d'individus les traquant sur le côté. Puis l'agression. Loin des altercations des pornos, ici tout paraissait crédible. Les coups fusèrent sur le métis, plus vrais que nature. Gros plan sur son corps recroquevillé, ses traits ensanglantés.

La meute captura Rubis, qui criait et se débattait.

Ils l'entraînèrent dans les bois. Elle hurlait toujours, puis les coups se mirent à pleuvoir. Elle tomba, inconsciente.

Elle revint à elle dans une salle sans fenêtre, parois de parpaings, sol brut, éclairée par des centaines de bougies plantées dans des cannettes de bière. Une sorte de bunker souterrain. Brady distingua les agresseurs. Il en compta six. Look gothique, en cuir, fer, piercing, tatouage et maquillage. Si Rubis avait droit à des plans soulignant ses expressions de peur, la caméra ne s'arrêtait jamais sur les types, si bien que Brady fut incapable de les détailler. La musique s'éleva. Des percussions, une mélopée tribale qui ne ressemblait pas à un ajout de post-production, les rythmes provenaient du sous-sol même.

En quelques secondes les agresseurs fondirent sur elle pour lui arracher ses vêtements telles des bêtes sauvages, avant de reculer comme un seul homme pour admirer son corps nu.

Elle était belle, Brady dut se l'avouer. À la lueur des bougies, ses courbes parfaites, ses seins durcis par le froid, son pubis à peine visible, le firent frissonner.

Jusqu'à ce que la meute réapparaisse. Ils la caressèrent, en gloussant, tous ensemble, longuement. Succession de plans serrés sur les paumes effleurant sa peau, les bagues à tête de mort comme autant de petits squelettes glissant sur sa chair. Ils la découvraient tels des aveugles, parcourant le moindre pli, le moindre creux, ils glissèrent sur tout son corps pendant de longues minutes.

Cela apaisa Rubis qui cessa de gémir pour les observer.

Les ombres de leurs gestes dessinaient d'étranges motifs contre les murs, le roulement hypnotique des tambours et la lumière dansante des flammes semblaient bercer Rubis dont les paupières se refermaient peu à peu. Puis on lui passa une sangle en cuir autour du cou. Un des hommes réapparut, le pantalon ouvert, son sexe droit et prêt à la posséder. Son membre était tatoué. D'obscurs symboles indiscernables avec la pénombre.

Il la pénétra sans une réaction de Rubis sinon qu'elle sembla se réveiller.

Les va-et-vient s'enchaînèrent sous les murmures du groupe, pendant que le martèlement s'intensifiait. La sangle se raffermit, on alternait les gros plans sur le visage et le corps de la jeune femme. On serrait de plus en plus pour la priver lentement d'oxygène.

Au fil des minutes, la cadence de l'homme gagnait en violence, il grimaçait lors des rares séquences où l'on pouvait distinguer son menton et ses mâchoires. Une grimace de plaisir, mais aussi de souffrance. Il luttait pour maintenir son effort.

La sangle se rétrécissait.

Les yeux de Rubis papillonnaient. La peau de son cou s'enfonçait sous le cuir, veines palpitantes.

Gros plan sur la pénétration.

Soudain, la caméra s'attarda sur la bouche de Rubis qui s'ouvrait comme celle d'un poisson hors de l'eau, ses paupières se soulevèrent et Brady vit un nuage rouge surgir dans le blanc de l'œil tandis qu'une veinule explosait. Elle allait mourir asphyxiée ! Brady avait déjà entendu sa femme lui raconter comment les pétéchies apparaissaient lors de strangulations.

Ils vont trop loin !

Car il ne faisait aucun doute qu'aucun effet spécial ne se cachait derrière cette mise en scène.

L'homme se mit alors à pousser un cri animal en agrippant les cuisses de Rubis, il ralentit les mouvements de son bassin tandis qu'il se déversait en elle. On desserra l'étreinte suffocante autour de sa gorge et elle reprit sa respiration en sifflant.

À peine l'homme s'éloignait-il qu'un autre le remplaçait pour jouir de Rubis.

Et lentement, la sangle recommençait à l'étouffer.

L'opération dura un quart d'heure, six hommes en elle, les uns après les autres. Elle manqua perdre connaissance à trois reprises et l'on défit le garrot pour la laisser se remettre avant de continuer.

Brady trouvait tout cela très glauque et il passa la suite en accéléré.

Une autre fille était capturée, on la prenait avec une brutalité hallucinante pour un film en vente libre. Ils la frappaient au rythme des coups de reins, de la paume puis avec les poings. Elle s'évanouit trois fois ; les hommes la ranimèrent pour recommencer. Encore et encore.

Puis Rubis revint, toujours sous cet éclairage orangé et ces percussions lancinantes.

Cette fois, pendant que l'un la prenait, les cinq autres lui incisaient légèrement la chair à l'aide de lames de rasoir, sur les flancs, les bras, les seins, le cou, les cuisses…

Elle fut vite couverte de sang, une pellicule huileuse sur laquelle ils s'agitaient en grognant de satisfaction.

Rubis avait le regard halluciné, pourtant elle se soumettait, comme asservie à leur moindre lubie. De temps à autre elle geignait, mais étouffait aussitôt son cri.

Brady, le menton dans la main, secouait la tête, atterré.

Le jeune métis avec qui Rubis formait un couple au début du film réapparut, sorti d'une chambre lambrissée. Tandis qu'ils circulaient dans un couloir, Brady remarqua la lune au loin à travers un carreau. Tout était donc filmé de nuit ? Les tortionnaires restaient invisibles, la caméra prenant soin de ne jamais filmer leurs traits.

Un nom sur le mur.

Brady se précipita sur la télécommande pour revenir en arrière et lancer le défilement, image par image, pour faire pause au moment où un panneau, à l'entrée d'un autre couloir, représentait un plan de maison, positionnant les extincteurs, sortie de secours et toutes les informations relatives à la sécurité. En haut les lettres KING s'affichaient en caractères gras bien que l'angle dissimulât la fin du nom.

Le métis, visage tuméfié, fut à son tour violé par le groupe de sauvages. Avec des mâchoires en acier ils lui déchiraient lentement les tétons, ils le sodomisaient tandis qu'on lui électrocutait les testicules avec une batterie de voiture et des pinces, et rien ne semblait simulé. Du live.

Brady pressait la touche d'accélération, pour accéder à la dernière séquence. Il n'en pouvait plus de ce spectacle pour malades mentaux.

Rubis était enchaînée dans le sous-sol, harassée, désespérée, elle guettait au-delà de la caméra dans l'espoir d'un signe, pour que tout s'arrête. Une silhouette entra, enveloppée dans un long manteau en cuir, les cheveux longs masquant ses traits. Des bagues plein les doigts.

– Relâchez-moi, murmura Rubis, à bout de force.

L'homme renifla et vint s'accroupir devant elle.

Deux bougies seulement éclairaient la pièce. Il se pencha vers la jeune femme pour lui dire :

– Ne t'en fais pas. Tu as l'impression que ton corps est las. Que ton âme est vidée. Que tu vas bientôt disparaître. Il n'en est rien.

Il parlait en chuchotant, sur un ton mielleux, presque écœurant.

– Pitié, implora Rubis pendant qu'une larme coulait sur sa joue sale.

– Chaque fois que tu tomberas dans les pommes, on te ranimera, chaque fois que tu croiras mourir, on sera là pour toi, on fera tout pour que tu restes en vie.

D'un geste rapide, il souffla sur les bougies pour invoquer les ténèbres.

La peinture phosphorescente qu'il avait sur le visage se mit à briller d'un jaune vif. Des traits agressifs, des angles et des pointes, avec des abîmes à la place des yeux. Un faciès de mort. Il ajouta :

– Et notre plaisir durera. Longtemps.

FIN.

14

Annabel demanda à Jack de se garer dans Little Nassau Street, ce qu'il fit devant une épicerie si vétuste qu'elle semblait abandonnée.

– Est-ce que maintenant tu vas me dire ce qu'on vient faire ici ? répéta-t-il.

– Obtenir une information concernant cette Mlle Weaver.

– Quoi ? s'étonna Jack. Woodbine nous a filé un cambriolage et un vol violent, et toi tu t'entêtes sur cette affaire ? Tant qu'on n'a pas le résultat de l'ADN, cette enquête est au tiroir !

La veille, ils avaient mis sous scellés brosse à dents, petite culotte sale et cheveux prélevés sur un peigne dans l'appartement de Rubis pour une comparaison de l'ADN du cadavre retrouvé sur Fulton Terminal. Ils devaient être certains que c'était la bonne personne avant d'aller plus loin.

– J'en ai pour un quart d'heure, relax. Reste dans la voiture.

Thayer secoua la tête.

– C'est la zone ici ! Je ne te laisse pas seule !

– J'y ai grandi, je suis plus en sécurité que toi ! trancha-t-elle en sortant du véhicule.

– Ai-je le choix ? soupira-t-il en attrapant un recueil de poèmes dans sa poche. Mais dépêche-toi ! On a du pain sur la planche.

Annabel longea le trottoir, quartier sombre, immeubles aux façades crasseuses. Des habitations fissurées, en ruine, au milieu d'une mer de HLM, fenêtres à barreaux, grillages de deux mètres en guise de clôtures avec barbelés pour embellir et un écriteau : *Y A DEUX SONNETTES : LES CLÉBARDS ET MON FLINGUE, ALORS ATTENDS D'ÊTRE INVITÉ POUR ENTRER !* pour souhaiter la bienvenue.

Annabel prit la direction d'un haut mur recouvert par un immense visage peint à la bombe, la bouche ouverte abritait une porte rouillée. Un homme en train de hurler. Son cri silencieux, au sein de cette zone, prenait la résonance que chacun lui apportait. Désespoir, colère, peur, peut-être même exutoire. Pour Annabel, il était le gardien des croyances anciennes, le cerbère de sa grand-mère, elle n'entendait nul cri en l'approchant, rien qu'une gorge déployée sur le savoir occulte, une manière d'affirmer que ces connaissances ancestrales ne pouvaient qu'être orales.

La détective pénétra entre les lèvres et se fondit dans le bâtiment.

Un couloir étroit menait à l'antre de Mae Zappe : un zoo d'animaux légendaires saisi dans la pierre. Dragon, licorne, trolls et autres créatures mythologiques fossilisées, capturées dans la grâce d'un mouvement, les muscles saillants, en équilibre précaire, comme changés en roc sous le regard d'un basilic. Mae Zappe se définissait comme une « faiseuse de gargouilles ».

– Ah ! Rêverais-je ? s'exclama une vieille femme en slalomant entre les corps massifs. Ma petite fille !

Sa peau était aussi noire que son regard, des mèches grises – comme le châle de laine qui recouvrait ses épaules – contrastaient sur sa toison sombre. Les rides profondes de son visage soulignaient encore la vivacité de ses gestes. Elle ouvrit les bras pour accueillir Annabel et la serrer contre sa poitrine.

Les deux femmes s'étreignirent longuement.

Des dizaines de bougies brûlaient sur les étagères, sur les socles des gargouilles et sur les vasques suspendues aux poutres du plafond.

– Comment va la plus jolie des femmes de la ville ? demanda Mae en retenant les poignets d'Annabel.

– Je crois que l'amour t'aveugle, grand-mère.

– C'est là un doux sortilège que j'accepte !

– J'ai besoin de tes lumières.

– Ah ! Je me disais aussi... Cela fait une éternité que tu ne m'as pas rendu une visite de tendresse ! Prends garde à toi, Annabel, cette cité te ronge à petit feu ! Tu réagis de plus en plus par intérêt, et moins avec ton cœur !

– Mae, je suis désolée, mon travail dévore tout mon temps. Je te promets d'essayer de venir plus souvent.

– Laisse donc, je sais comme c'est difficile au-dehors, et tu ne peux pas t'affranchir de leurs règles, n'est-ce pas ? Qui voudrait finir comme Mae Zappe ? ricana-t-elle. Allez, dis-moi ce qui t'amène.

La vieille femme la prit par la main, comme une enfant, et l'entraîna parmi la faune minérale.

– Tu as des contacts dans tous les domaines... ésotériques. Je voudrais te montrer un symbole et en connaître la signification. Je ne crois pas que ce soit lié au vaudou, mais si tu pouvais le faire circuler parmi tes amis, avec un peu de chance, l'un d'eux pourra me l'expliquer.

Mae invita sa petite fille à s'installer sur une chaise en forme de main, taillée dans la pierre, les doigts tendus vers le ciel pour s'adosser, la paume comme assise. Elle revint avec deux tasses de café parfumé à la fleur d'oranger.

– J'en garde toujours au chaud, c'est mon carburant ! gloussa la vieille femme. Tiens, bois.

Un objet lourd tomba quelque part dans l'entrepôt, et se brisa au sol.

– Silence ! ordonna Mae. Ils s'impatientent, j'étais en train de les lustrer ! Et ils adorent ça !

Comprenant qu'elle faisait référence à ses gargouilles, Annabel ne releva pas, habituée qu'elle était à cette relation singulière qu'entretenait sa grand-mère avec ses créations. Chaque son, chaque courant d'air, avec elle, prenait sens. Pour Mae Zappe, rien n'arrivait par hasard. Que l'on égare un instrument ou qu'une porte claque, et un message était à percevoir.

Annabel sortit de sa poche la reproduction de l'étrange dessin ornant la porte de Sondra Weaver. Elle le tendit à Mae.

– Tiens, je te le laisse, vois autour de toi si quelqu'un connaît, c'est...

– Inutile.

– Quoi… Comment ça ? bafouilla Annabel.

– Je sais ce que c'est, fit sombrement Mae en reculant sa main pour ne pas toucher le papier.

– C'est mon jour de chance, voulut s'enthousiasmer la jeune détective.

– Non, Annabel. Tu ne devrais pas poursuivre cette enquête.

Mae avait perdu toute bonhomie.

– Pourquoi ? Qu'est-ce que c'est ?

– Les personnes qui s'entourent de ce genre de signes savent ce qu'abrite le monde dans ses recoins les plus oubliés. Ne les fréquente pas.

– Grand-mère, je ne peux pas, c'est mon travail…

– Est-il plus important que ta sécurité ? Que ton équilibre psychique ?

– De quoi parles-tu ?

La vieille femme tendit l'index vers le papier.

– Je connais sa signification ! C'est une ancienne croyance, une protection chrétienne ; elle a parfois été utilisée par nos ancêtres également.

– Une protection ? Contre quoi ?

– À l'origine, dans la foi chrétienne, ce symbole apportait une force supplémentaire pour résister aux voix dans le noir, aux murmures tapis dans les placards, les caves, sous les lits et dans chaque cachette obscure.

– Aux voix dans le noir ? répéta Annabel, incrédule.

– Oui, celles-là mêmes qui poussent lentement un esprit fragile vers les pentes de l'abandon, la tentation du mal, ceux qui chantent la gloire du diable ! Qui poussent à la violence, au crime et au suicide !

Le bâtiment se mit à grincer sous l'assaut d'une puissante rafale de vent.

– C'est un pentacle de protection ? résuma Annabel.

– Il n'est plus utilisé, et il faut croire en sa force pour qu'il soit efficace, mais oui, c'est bien ça.

– Attends une minute, tu as bien dit « qui pousse au suicide » ?

– À toute forme de corruption ! C'est ce pour quoi ils arpentent la Terre.

– De qui parle-t-on, grand-mère ?

Mae Zappe planta ses pupilles profondes comme des abysses dans celles d'Annabel.

– Des démons, ma petite. Des démons.

15

Jack Thayer avait écouté le récit d'Annabel. Il secoua la tête.

– Cette fille était une originale ! commenta-t-il. Actrice de films X, paranoïaque à l'encontre des forces du Mal, et nymphomane à en croire son voisin.

– Sur ce dernier point, je serais plus méfiante, il a pu te mentir

– Je ne vois pas pour quelle raison il inventerait une histoire pareille pour finalement n'en tirer aucun crédit ! En revanche, il ment quand il affirme ne pas l'avoir sautée, j'en suis certain. C'est un pauvre type, une superbe fille lui propose la botte, comme ça, pour lui faire plaisir, pourquoi refuserait-il ?

– Jack ! Je peux te citer dix bonnes raisons de ne pas le faire ! Primo, ils ne se connaissaient pas, deuzio : il sait que c'est une actrice de hard, il ne va pas risquer...

– Point de vue féminin, la coupa Thayer. Un homme, s'il est franc, ne réagit pas ainsi. Tirer un coup, comme ça, juste pour se soulager, avec une jolie nana, c'est une bénédiction pour la plupart des mecs ! Une hardeuse de surcroît ! Ça veut dire qu'elle n'aura pas froid aux yeux !

Annabel s'adossa contre la portière, l'air peu convaincu.

– Continue tout droit, guida-t-elle. Je voudrais repasser au Precinct.

– Et le vol ? Le type nous attend à son magasin pour sa déposition !

– Je vais appeler Attwel pour qu'il s'en occupe ce midi, il sera content de gonfler ses statistiques avec une affaire facile. Pour le cambriolage, Woodbine a déjà envoyé un officier de patrouille, de toute façon on n'enquête jamais là-dessus, tu le sais bien.

– C'est sur Prospect Park West, la famille d'un membre du conseil municipal, c'est pour ça que Woodbine veut la présence de détectives, c'est un signal politique !

– Eh bien pour une fois les nantis attendront que le cas d'une pauvre fille soit résolu !

– Pour quelqu'un qui prêche la thèse du suicide, tu ne crois pas en faire un peu trop ?

– Je commence à me prendre d'affection pour elle. J'ai toujours aimé les paranos mystiques qui gagnent leur vie en se faisant passer sur le corps devant des caméras.

Thayer secoua la tête, agacé par l'attitude de sa partenaire, pourtant il poursuivit sa route en direction du Precinct.

– Un jour, dit-il après un temps, tu grilleras ta carrière, crois-en un flic d'expérience. À vouloir n'en faire qu'à ton humeur, tu franchiras la ligne rouge.

L'entrepôt du 78e Precinct servait à conserver toutes les saisies, pièces à conviction et scellés d'enquêtes en cours, en attendant d'être archivés dans l'un des hangars du NYPD. Annabel venait d'ouvrir le carton contenant les affaires trouvées sur le corps de Sondra Weaver. Elle attrapa le téléphone portable. Il s'alluma dès qu'elle pressa une touche, il lui restait encore un peu de batterie.

– Tu m'expliques ? demanda Thayer, en retrait.

– Je regarde s'il y a des numéros préenregistrés en plus du répertoire, des gens qu'elle contactait fréquemment.

– Et ?

– La réponse est : oui. J'ai deux numéros. Celui d'un certain « Lenny » et une « Charlotte ». Apparemment, elle a pas mal appelé cette fille les derniers jours.

Annabel recopia les numéros et vérifia les textes-messages – mémoire vide.

– Lenny pourrait être le petit copain, celui de la photo, proposa Jack.

– C'est pourquoi on va commencer par Charlotte. Sa meilleure amie ? Sa sœur ?

– Anna, attendons d'avoir la confirmation ADN. Si c'est bien elle, alors on contactera la famille, on fouillera ses antécédents, bref, on se facilitera la tâche.

– Tu sais comme moi que c'est elle. Je n'ai pas besoin d'avoir son visage sur la table d'autopsie pour en avoir la conviction.

– Alors puisque tu penses à un suicide, pourquoi cet empressement ?

Annabel fixait son propre téléphone portable.

– Parce que j'ai un doute, avoua-t-elle. Et puis... je ne saurais te l'expliquer, mais il y a une forme de détresse dans cet appartement, ça m'a fait quelque chose. Je voudrais savoir qui est cette fille. Écoute, voilà le deal : on creuse la piste des deux noms et si ça ne donne rien, alors on laisse tomber, je contacterai la famille lorsque l'analyse ADN nous donnera raison, et ce cas viendra grossir la montagne de morts qu'il faut oublier sans même avoir connu une once de leur vérité.

Jack Thayer la contempla, d'un air triste. Puis il hocha la tête et lui passa une main amicale dans le dos, pour réconforter sa partenaire, cette tête brûlée au cœur parfois trop gros pour ce métier.

Une voix de crécelle décrocha à la troisième sonnerie :

– Oui ?

– Charlotte ?

– C'est qui ?

– Détective O'Donnel, Police de New York, j'ai besoin de vous parler un petit moment.

– Qu'est-ce qui se passe ?

– Vous êtes sur la ville ?

– Pourquoi ?

– Écoutez, madame, si vous répondez à chacune de mes questions par une autre question, ça peut durer longtemps. Où êtes-vous ?

– Euh… chez moi, à North Bergen dans le New Jersey.

– Très bien, vous êtes une proche de Sondra Weaver, n'est-ce pas ?

– C'est mon amie. Il lui est arrivé un truc ? C'est ça, hein ? Oh, merde !

– Le plus simple est de se voir, donnez-moi votre adresse, nous allons passer.

Jack lui jeta un regard sombre. Le New Jersey n'était plus du tout dans leur juridiction.

– Qu'est-ce qui me prouve que vous êtes vraiment des flics ? Je ne donne pas mon adresse au téléphone à n'importe qui, moi !

– Je vais vous donner un numéro de téléphone, c'est le standard de notre Precinct ; si vous préférez, vous pouvez aussi venir jusqu'à nous. C'est à Brooklyn.

– Et puis quoi encore ? Vous n'avez pas plus près ?

– Madame, c'est important. Je peux lancer une procédure de recherche depuis votre numéro de téléphone pour remonter jusqu'à votre domicile, mais si vous ne me facilitez pas le travail, je vous considérerai comme non coopérative, vous imaginez ce que cela veut dire, je suppose ?

– Vous énervez pas, c'est bon. Dites, elle n'a rien de mal, Rubis ?

– Votre adresse, madame.

La femme soupira au bout du combiné. Elle lui lâcha enfin où la trouver et Annabel raccrocha en l'informant qu'ils se mettaient en route.

Jack lui emboîta le pas.

– North Bergen est une enfilade de maisons-dortoirs coincées entre des restaurants pour routiers, des autoroutes et des marais ! Je n'aime pas la tournure que ça prend, avoua-t-il.

Charlotte Brimquick vivait dans un mobile-home entouré d'épaves de voitures qu'une grille coiffée de barbelés encerclait. Plusieurs autres habitations du même genre se partageaient ce secteur, lovées au sein d'un échangeur d'autoroute qui leur tournait autour, à quinze mètres de hauteur.

Deux dobermans accueillirent les détectives en jaillissant de leurs niches en bois. Alertée par les aboiements, une femme blonde sortit de la caravane, cigarette aux lèvres, et hurla sur ses chiens :

– C'est bon ! Vos gueules ! Vous boufferez pas ce genre de poulets-là aujourd'hui ! Brad ! Théo ! À la niche !

Elle tira sur les chaînes pour les rappeler à l'ordre et ils obéirent.

– C'est original comme noms pour des chiens, fit Annabel tandis qu'ils entraient.

– Mes deux connards d'ex-maris. Maintenant c'est moi qui leur donne des ordres et des roustes. Venez, on se les caille ici.

Elle les poussa à l'intérieur de sa maison tout en longueur. Une bougie parfumée ne parvenait pas à masquer l'odeur du tabac et d'humidité qui y régnait. Charlotte leur servit d'office un café et les força à s'asseoir sur une banquette élimée et dure. Elle avait la trentaine, fine, poitrine imposante – trop pour être naturelle sur des hanches si étroites – et ses deux ex-maris violents ainsi que le tabac s'inscrivaient autour de ses yeux et de sa bouche. Des ridules profondes, nombreuses, les stigmates d'une vie difficile, où chaque année comptait triple.

Le vacarme de l'autoroute grondait jusqu'à eux.

– Il lui est arrivé malheur, c'est ça, hein ? comprit-elle en s'asseyant à son tour.

– Un corps a été retrouvé avant-hier. Nous n'avons pas la certitude que c'est elle, exposa Thayer, cependant, tout nous porte à le croire.

Charlotte ouvrit une bouche rendue pâteuse par trop de cigarettes et d'alcool. Elle se passa la langue sur les dents et soupira lentement.

– Quel est votre lien avec Sondra Weaver ? s'enquit Annabel.

– C'est une amie. Une putain de bonne amie.

Elle avala difficilement sa salive, des larmes roulèrent sous ses yeux rouges.

– Excusez-moi, fit-elle en se levant pour aller chercher une bouteille de bourbon dans un placard – elle dilua son café avec. Elle a été assassinée ?

– Pourquoi parlez-vous de meurtre ? demanda Thayer.

– C'est le genre de fille à finir zigouillée.

– C'est-à-dire ?

Charlotte attrapa son paquet de cigarettes pour en rallumer une avec son mégot. Elle se frotta le visage tandis qu'un nuage de fumée l'enveloppait.

– Oh, merde, Rubis, murmura-t-elle en étouffant un sanglot. Cette petite conne a finalement réussi ce qu'elle voulait.

– Elle voulait être tuée ? s'étonna Annabel.

– Elle voulait partir en beauté. Avant de faner.

– Vous avez tout de suite songé à un meurtre, insista Thayer. Des raisons à cela ?

Charlotte tira sur son filtre, pour aussitôt disparaître derrière une barrière de volutes grises. Elle en profita pour lancer :

– Jeune, fragile, jolie, perdue dans un milieu d'ordures, ça fait un beau cocktail qui ne demande pas grand-chose pour s'embraser.

– Vous parlez comme si vous connaissiez ce monde, releva Thayer, je me trompe ?

Elle pointa ses faux ongles chargés de paillettes vers sa poitrine :

– Tout ce silicone c'est pas pour mieux dormir ! J'ai bossé dix ans dans le hard. Je viens de prendre ma retraite. Enfin… disons qu'on m'a poussée dehors. Vous savez, maintenant, si vous n'avez pas vingt ans ou soixante, ça n'intéresse plus personne. Pour peu que vous ayez un semblant d'amour-propre, c'est foutu !

– Vingt ans, je peux comprendre, répliqua Annabel, mais soixante… Vous voulez bien m'expliquer ?

– Ce qui plaît c'est la jolie jeunette ou la vieille, les femmes enceintes également font un carton depuis dix ans, les obèses un peu, les naines, bref, toutes les particularités qui peuvent répondre à des fantasmes répandus.

– Des fantasmes répandus ? insista Annabel.

– Jouez pas la mijaurée ! Ou bien atterrissez !

Thayer coupa court à ce qui ressemblait à une provocation :

– Je suppose que vous n'êtes pas *vraiment* à la retraite ? De quoi vivez-vous ?

Charlotte se pencha au-dessus de sa tasse.

– De petits jobs. Ce que je trouve.

– Vous l'avez connue sur un tournage, Rubis ? demanda Annabel.

– Exact. Son premier film. Elle n'en menait pas large. Une petite production, ça ne paye pas super, mais faut bien commencer, pas vrai ? Moi, j'étais déjà plus dans le coup, fallait que je trime pour bouffer donc je prenais tout ce que je trouvais.

– Quel genre de fille était-ce ? continua la détective.

Charlotte haussa les sourcils, le menton flanchait. Elle prit une minute pour se calmer, aspira une taffe qu'elle rejeta aussi vite.

– En parler au passé, c'est dur..., avoua-t-elle. C'est... C'était du genre écorchée vive. Elle a quitté son bled paumé pour fuir sa famille qu'elle détestait, pour ne pas rester avec ses mauvaises fréquentations, pour réussir. Elle n'a pas fait connaissance de meilleures personnes ici, à croire que l'environnement importe peu, on n'attire que ce qu'on mérite !

– C'était une fille compliquée ? Des histoires de famille ?

Charlotte jeta un coup d'œil à l'alliance d'Annabel avant de répondre :

– Madame, dans le porno la moitié des filles ont été violées quand elles étaient jeunes. Rubis ne faisait pas exception. Mais les connards de sa famille seront capables de chialer à son enterrement, alors qu'ils n'en avaient rien à foutre de la gamine !

– Rubis entretenait encore des relations avec eux ? demanda Thayer.

– Non, ils ignorent tout de ce qu'elle est devenue. Ça va leur faire un choc d'apprendre qu'elle tournait des pornos ! Son pervers de beau-père va pouvoir se branler dessus !

– Des gens de son entourage que nous devrions interroger, selon vous ?

Charlotte tira longuement sur sa cigarette, comme pour noyer ses poumons, le regard dilaté, lointain. Quand elle recracha la fumée, elle l'accompagna d'un soupir de délivrance. Ses paupières tombèrent de moitié tandis qu'elle mirait les entailles dans le Formica de sa table.

– Je ne sais pas, souffla-t-elle.

Jack observa Annabel, cherchant son regard. Ils se comprirent aussitôt : ils venaient de mettre le doigt sur quelque chose de sensible.

La ronde des véhicules à l'extérieur altérait les silences, conférant à ces plages d'attente une urgence que ces trotteuses infernales égrenaient sans discontinuer. Aucun repos, du mouvement, encore et encore.

– Comment ça marche votre métier ? questionna Annabel pour reprendre le contrôle de la conversation. Vous avez un agent ?

Charlotte s'esclaffa.

– Bien sûr ! Et une limousine pour nous déposer sur les plateaux ! (Elle se resservit une tasse de bourbon, sans café cette fois.) Non, on se démerde. Vous savez il y a trois couches dans le porno. La plus fine, au sommet, c'est le star-system, tout n'y est pas rose, loin de là, mais c'est à peu près acceptable. Les productions à gros budgets, des producteurs connus, bref, c'est le top du top. Peu y accèdent. La couche la plus basse, c'est l'underground, l'amateur. Là, tout est possible. Des productions mineures, pour moins de cinq mille dollars ils bouclent un tournage en trois jours. Les filles sont des paumées, parfois droguées. Ce sont les films qui répondent aux fantasmes les plus tordus, faits par des types peu scrupuleux qui n'ont qu'un seul objectif : se vider les couilles pour s'en faire en or, rapidement. Et puis entre les deux, il y a un peu de tout. C'est là, au milieu, que Rubis et moi on pataugeait. Pas d'agent, pas toujours de contrat de travail. On se débrouille. On est recommandé par Untel ou Untel, faut se faire son réseau, être gentille avec les producteurs et les réalisateurs, savoir ce qui se fait et quand, et enfin faut casser les prix et bouffer la caméra.

Annabel réprima un frisson. *Être gentille avec les producteurs...* Tout ce que sous-entendait cette phrase la rendait malade et furieuse. Elle relança Charlotte qu'elle sentait prête à se réfugier dans un silence :

– Vous savez comment Rubis a mis le pied dans ce monde ?

– Par l'intermédiaire d'un mec qu'elle a rencontré en arrivant à New York. Lenny, son mec.

Annabel jeta un bref coup d'œil à Jack. Le Lenny dont ils avaient le numéro de téléphone.

– C'est son petit ami et il la lance dans le porno, s'indigna-t-elle. Quel homme !

– C'est Rubis, ça. Le don pour s'attirer tous les dingues de la ville. Elle n'avait pas d'agent, en revanche, on peut dire que dans son cas Lenny faisait un peu le boulot. Il bosse dans l'industrie du X, il connaît pas mal de monde, dans la seconde couche, pas de gros bonnets. Il lui trouvait les tournages et prélevait une partie des gains.

– Ça m'a tout l'air d'un mac, résuma Thayer. Vous savez où il loge ?

Charlotte hésita avant de hocher la tête.

– Rubis allait chez lui parfois, je suis allée la chercher une fois ou deux, je devrais pouvoir vous retrouver ça, c'est dans Gramercy sur Manhattan.

– Ce Lenny, c'est un violent ? s'enquit Thayer.

– Pas dans le sens physique, par contre moralement, c'était un fils de pute ! Rubis c'était son jouet, elle devait faire ce qu'il voulait.

Annabel eut subitement un doute :

– Il l'obligeait ?

– Il a insisté pour qu'elle se lance, il disait qu'avec sa gueule d'amour elle deviendrait vite une star planétaire, et sur ce point, belle comme elle était, ça aurait pu ! La promesse du fric, la célébrité… elle a accepté. Hélas pour elle, sa carrière n'a jamais décollé. Ensuite, elle a continué parce que c'était de l'argent vite gagné, mais elle n'aimait vraiment pas ça ! Je crois que… ça l'a même détruite. Elle y a perdu toutes ses illusions, son amour-propre et…

Face au silence qui se prolongeait, Annabel insista :

– Et quoi ?

– Rien, fit Charlotte en haussant les épaules. Rien. Elle était trop jeune et pas assez forte pour encaisser ce métier. Comme la plupart des filles.

Sur quoi elle se ralluma une nouvelle cigarette, les larmes aux yeux.

Jack tenta quelques questions supplémentaires mais les réponses devenaient de plus en plus confuses, laconiques. Ils finirent par la remercier. Annabel lui laissa sa carte au cas où elle voudrait ajouter autre chose. Elle y griffonna également son numéro de portable et ils sortirent du terrain pour regagner leur voiture.

Thayer s'assura que l'actrice n'était plus en vue pour dire :

– Elle ne nous dit pas tout. Ça la dérangeait de nous filer l'adresse du mac de Rubis, et pourtant elle ne s'est pas fait prier pour nous aider. Elle nous file un os à ronger, pour mieux cacher le bout de viande qu'elle planque quelque part ! Je te parie qu'elle tapine maintenant ! Dans le coin, ça ne doit pas être bien difficile.

– Même sentiment, approuva Annabel. Et tu as vu sa porte en sortant ?

– Non, quoi donc ?

– Sous le calendrier il y avait l'extrémité d'un dessin qui dépassait : le même que chez Rubis. Un pentacle de protection contre les démons.

– De mieux en mieux ! Une fraternité d'âmes crédules ! plaisanta le flic avec un ricanement amer. Elles bossent dans le porno mais elles ont peur du monstre sous le lit !

Ils montèrent dans la voiture.

– Jack, ces filles sont des êtres humains. Si toi tu oublies ça, alors où va le monde ?

– Justement, Anna, justement, c'est bien ce que je me demande : où va ce fichu monde ?

DEUXIÈME PARTIE
PROPAGATION DES MURMURES

« Il y a deux tragédies dans la vie : l'une est de ne pas satisfaire son désir et l'autre de le satisfaire. »

OSCAR WILDE
L'Éventail de Lady Windermere

16

Les odeurs de café, de nouilles chinoises et de bretzels flottaient dans l'atelier de Brady.

Il se tenait en équilibre sur sa chaise, les pieds sur le bureau, le téléphone coincé entre l'oreille et l'épaule, un carnet de notes sur les genoux.

Déjà trois productions appelées en une heure et aucun élément nouveau. Personne ne pouvait le renseigner sur ce Leonard K.

— Écoutez, il apparaît au générique de votre film... euh... *Belles poupées II*, il est crédité d'un poste de producteur exécutif, ne me dites pas que ça ne vous dit rien !

Il se faisait passer pour un journaliste désireux d'écrire un papier sur Rubis, star montante du X.

— On m'a dit qu'il était proche de l'actrice qui m'intéresse, ça ne vous dit rien ? insista-t-il.

Cette fois il était parvenu à passer le barrage des secrétaires pour obtenir le producteur du film, il ne voulait pas le laisser filer comme ça.

– Non, rien. Par contre pour votre star montante vous vous plantez, l'ami ! Cette fille ne percera jamais ! Elle n'aime pas ça, et vous faire fourrer par trois types en même temps quand vous détestez rien que l'idée, eh bien ça se voit à la caméra ! Et nos clients n'apprécient pas. En revanche, j'ai une fille dans mon écurie qui pourrait cartonner dans pas longtemps, on pourrait mettre une rencontre sur pied si ça vous tente. Pour quel journal vous travaillez déjà ?

– Je suis indépendant. Je vends mes articles à mes contacts. Le cul fait vendre, je suis certain qu'il y a moyen de faire une grosse pub à votre fille, toutefois j'aimerais finaliser mon projet sur Rubis auparavant. Dites-moi où je peux joindre ce Leonard et je vous mets un truc au point avec votre pouliche.

– Laissez tomber ce minable ! C'est un looser.

– Vous le connaissez donc.

– Mais oui et c'est un con. Il se prend pour un pacha et il n'a rien ! (Le producteur soupira, en guise de capitulation.) Bon, j'ai un numéro de téléphone et une adresse, je vous file ça. Franchement, avec ce type vous n'aurez rien de potable.

– Je prends tout de même.

Brady nota les renseignements qu'on lui dictait.

– Et vous ne m'oubliez pas, OK ? On a un marché !

– C'est juré, mentit Brady sans une once de culpabilité. Je vais vous concocter ça pour le début d'année prochaine, si votre fille est si douée que ça, on va la placarder à la une de toute la presse spécialisée. Dites, une dernière chose : vous n'auriez pas dans vos contacts un *fixer*, un type capable de me guider dans l'industrie du X, qui connaît tout et tout le monde ?

– Quel genre ? Pour vous faire une visite guidée des grosses prods ?

– Je songeais davantage à un allumé, le mec qui fréquente plutôt les bas-fonds de l'industrie, pour qui les gonzos n'ont aucun secret, vous voyez le genre ? Je me disais que si cette parodie existe quelque part, ce serait bien à New York !

Courte hésitation à l'autre bout du fil.

– Un cramé dans ce goût, oui, j'en connais un. Pire que ça même. Faut juste pouvoir se l'encaisser. Vous êtes prêt à tout ?

– Dites toujours. Je peux avoir son numéro ?

– Kermit n'en a pas. Faut tenter votre chance. S'il n'est pas encore à l'hôpital, il traîne ses guêtres du côté de Coney Island, autour de l'aquarium, cherchez le bar ou l'endroit le plus crade possible et vous aurez une chance de le débusquer. Sinon, suivez les cris.

Brady le remercia et raccrocha. Leonard serait sa première cible.

Après ce qu'il avait vu dans la matinée, Brady s'était forgé une certitude : celui ou ceux qui avaient fait tourner Rubis dans ses deux derniers films l'avaient détruite. Des productions sordides, où le sexe se pratiquait à l'extrême, sur une fille à l'agonie, ou couverte de sang, parfois sur un animal qu'on égorge ; la violence participait systématiquement au plaisir.

Et dans ces deux films, les décors étaient les mêmes. Brady avait commencé par là, tapant sur Internet le nom qu'il avait remarqué : King. Tout seul, le nom était si courant dans le pays qu'il était inutile de perdre son temps. Alors il l'avait associé à une ville : Kingsville, puis à un parc, une forêt, des montagnes, sans résultat probant. Rubis était allée à plusieurs reprises à Kingston dans l'État de New York, Brady avait affiché la liste des hôtels locaux pour tenter de retrouver un bâtiment à l'architecture similaire au plan aperçu. Il avait rapidement abandonné. Mauvaise piste.

Le casting non plus ne changeait pas d'un film à l'autre : Rubis, une autre fille et une bande de mecs cachés derrière des piercings, tatouages et autres cuirs. C'était par là qu'il devait aller, Brady en était convaincu. Les premières apparitions de Rubis dans le X démontraient qu'elle n'était pas faite pour ça ; bien que prête à tout, son regard trahissait toujours son dégoût. Aujourd'hui une actrice de porno se devait d'être « gourmande », jusque dans les yeux, lui avait confié un réalisateur plus tôt dans la journée. Ce n'était pas le cas de Rubis.

Toutefois, ce qui clochait dans ses deux derniers tournages résidait dans la mise en valeur des actrices. Les films pornographiques habituels se servaient de Rubis comme d'une bimbo née pour le plaisir de l'homme, sans autre fonction ou désir : une machine à faire jouir. Dégradant et avilissant pour l'image de la femme. Les deux derniers films, au contraire, mettaient en valeur la vie des filles, il fallait qu'on prenne pleinement conscience de leur réalité, des femmes dont on ne niait surtout pas l'émotion, qui pouvaient éprouver le doute.

Et chaque rapport sexuel insistait ensuite sur le ressenti de cette femme. Sa peur. Sa fragilité. La meute d'agresseurs la sondait à la recherche d'une faille et s'y engouffrait dès les premiers signes.

Ce n'était plus du voyeurisme mais bien de la perversion. Et Brady sentait qu'il devait comprendre comment Rubis en était arrivée là. Elle qui ne parvenait déjà pas à jouer la comédie sur un tournage « classique », pourquoi s'était-elle embarquée dans cette abomination ? Deux fois de suite. Ses derniers films.

En début d'après-midi, Brady parvint à Stuyvesant Town, au sud de Gramercy dans Manhattan. Ce que la ville de New York avait fait de plus laid dans le style logements sociaux quelques décennies auparavant : une succession d'immeubles bruns, un complexe interminable, près de neuf mille appartements, s'était transformé au cours des années 90 et du règne de Giuliani en un ensemble agréable à vivre. Toujours aussi affreux mais rendu bien plus propre et sûr qu'autrefois, l'endroit fourmillait d'arbres, de petits parcs et de commerces où se promenaient femmes, enfants et personnes âgées sans l'ombre d'une inquiétude pour leur sécurité.

Brady tourna près de dix minutes parmi les nombreuses allées pour enfin cerner le bâtiment où logeait Leonard.

Lenny. Je suis certain que c'est toi que Rubis appelle sur la vidéo de son viol. Tu auras bien une explication à cela, n'est-ce pas ?

Il pressa le pas pour pénétrer dans l'immeuble et trouver la porte de son domicile au septième étage. Il sonna sans obtenir de réponse. Il insista avant de se faire une raison : Leonard avait probablement un métier et il ne rentrerait pas avant ce soir. Que s'était-il imaginé ? Que tout le monde serait à son service pour le renseigner ?

Brady retrouva l'air libre : Comment procéder maintenant ? Laisser un mot dans la boîte aux lettres de Leonard était risqué. C'était une trace, un élément physique qui pouvait conduire à l'identifier. Repasser dans la soirée lui serait impossible, Annabel allait se poser des questions et c'était la dernière chose qu'il souhaitait.

Tant pis pour aujourd'hui. Il est encore temps d'aller à Coney Island, glaner des infos sur ce Kermit et, qui sait, lui mettre la main dessus...

Brady s'élança le long d'une grille de parc pour enfants, sans remarquer les silhouettes de sa femme en compagnie de Jack Thayer. Le duo remontait l'allée perpendiculaire en discutant, sans lever les yeux.

Le métro devenait aérien une fois passé les étendues boisées de Prospect Park. Coney Island, péninsule sud de New York, était autrefois une gigantesque cité du divertissement. Au fil du temps, jeux et attractions avaient fondu pour ne plus couvrir désormais que quelques hectares. L'immigration russe avait établi son bastion au centre de la presqu'île, et tout autour, d'immenses colonnes noires dominaient l'océan Atlantique.

Brady comprit qu'il arrivait à destination lorsque les tours apparurent. Masses de briques reliées entre elles par d'interminables passerelles d'acier, ces habitations impressionnaient. Véritables cités autonomes régies par leurs propres lois, leurs clans, et où la police même n'osait s'aventurer.

Brady gagna le quai et dévala les marches pour rejoindre la rue.

L'été, tout New York se plaisait à descendre à Coney Island, pour profiter de la plage, des manèges et des restaurants de fruits de mer.

L'hiver, le vent glacial balayait les allées, cognant aux grilles des échoppes en hibernation, et seule une poignée d'anciens arpentaient le long quai en bois qui jalonne l'océan.

Brady ne savait pas trop par quoi commencer. Le quartier de l'Aquarium se réduisait à des tours côté terre, et à la promenade des vieux Russes côté mer. À l'est débutait la rue principale et sa multitude de commerces agglutinés sous la rampe du métro aérien. Des centaines de boutiques aux devantures écrites en anglais et en caractères cyrilliques. S'il fallait opérer par là, il en aurait pour une semaine.

Brady se tourna vers l'ouest.

Le parc d'attractions. Fermé pour l'hiver. Le maillage de ses allées étroites, les manèges renversés ou couverts de bâches. Une terre abandonnée et glauque.

« *Cherchez le bar ou l'endroit le plus crade possible...* »

C'était assurément par ici.

Brady quitta Surf Avenue pour s'engager dans l'une des rues piétonnes de la foire. Baraques condamnées au cadenas, rideaux de fer comme des paupières endormies, et la kyrielle d'affiches à moitié décollées flottant dans le vent comme une chevelure blanche et grise. Aucune chance de trouver un bar ouvert ici en cette période de l'année.

Brady marchait le long d'un grillage lorsque des bruits de pas fonçant sur lui au galop le firent se retourner.

Un rottweiler surgit d'entre les voiturettes pour enfants et bondit sur la grille en beuglant, crocs saillants, babines écumeuses.

– Très sympa l'accueil, je repasserai, merci, murmura le journaliste.

Il n'y avait pas âme qui vive. Il commençait à se demander s'il pourrait localiser ce Kermit.

Une petite culotte était accrochée à une palissade.

De mieux en mieux.

Un écriteau coloré affichait : TATOUAGES. La porte, étroite, ouvrait apparemment sur un terrain vague. Brady accéléra. Cabines de tir, à frites et gourmandises, de jeux d'adresse, tout était clos, sans fenêtre, sans espoir de revivre avant les beaux jours de juin. Sans la foule et les rires, ce spectacle mort trahissait toute la mélancolie du monde.

Brady déambulait dans cette désolation depuis une dizaine de minutes lorsqu'il repéra une rue plus large qu'il entreprit de remonter. Façade aux accès murés sur le trottoir de droite, aux couleurs criardes sur la gauche. Un bâtiment d'un étage épousait l'angle avec le boulevard.

Et toujours personne.

FREAK SHOW annonçait la peinture rouge sur fond jaune. Des « monstres » étaient représentés dans des alcôves, femme-serpent ou femme élastique, tout le panthéon des numéros humains était là. Au premier, à travers les fenêtres sales, Brady distingua un masque de clown effrayant et un antique cheval à bascule du siècle dernier. L'endroit était ouvert, des guirlandes en néon clignotaient pour rappeler la présence de « Freaks » entre ces murs. Pourtant tous les accès qu'il apercevait étaient barrés du sempiternel rideau gris et froid.

Une fois l'angle passé, Brady tira une porte vitrée pour s'inviter dans ce qui ressemblait à un petit bar. Chaises en bois, tables rafistolées sur carrelage noir et blanc et un long bar en zinc pour fermer le mur opposé. Les posters Coney Island dataient des années 30, et les objets de décoration n'étaient pas plus récents : encore un masque de clown, collection de vieux billets pour accéder aux manèges, tout ici prenait la poussière et sentait le temps qui file.

Aucun client. Brady se demandait même s'il y aurait quelqu'un pour le servir avant qu'un homme n'apparaisse de sous le bar en repliant un journal. Des favoris taillés en pointe creusaient ses joues et un énorme anneau tirait le lobe de son oreille droite.

Il salua Brady d'un signe de tête, sans un mot.

– Bonjour, je vais prendre une Budweiser, s'il vous plaît.

Le type à tête de pirate acquiesça avant de revenir avec la bouteille à peine fraîche à la main. Il la lui tendit sans cérémonie, les avant-bras couverts de tatouages. Les lettres H-A-R-D étaient inscrites sur la première phalange de chaque doigt de sa main droite, et A-S-S ! sur l'autre. « Dur à cuire ».

– Peut-être pourriez-vous m'aider, hasarda le journaliste. Je cherche un certain Kermit ; ça vous parle ?

– Pour sûr !

– Il vient souvent ici ?

– Je suis le seul bar ouvert à cette époque dans tout le coin, donc oui, il vient souvent.

– Quand il n'est pas à l'hôpital, c'est ça ? compléta Brady en se souvenant de ce qu'avait affirmé le producteur.

Le pirate parut surpris. Il opina.

– Vous lui voulez quoi à Kermit ?

– Des renseignements. Je me documente sur l'industrie du porno, notamment les productions underground. Je prépare un roman, ajouta Brady en trouvant l'explication plausible et moins effrayante pour ce genre de type qu'une enquête.

– Lui-même est un personnage de roman, c'est lui qu'il faut mettre dans votre bouquin, pas ce qu'il sait ! Sauf que personne ne prendra ça au sérieux, des gars comme lui, les gens bien au chaud dans leurs appartements ne croient pas une seconde que ça puisse exister.

– Vous le connaissez vraiment ?

– L'hiver il passe souvent par ici. Mais la question c'est plutôt : est-ce que vous, vous le connaissez ? Êtes-vous certain de vouloir vous frotter à lui ?

– C'est une sorte de caïd ? Tout le monde semble le craindre.

Le barman fit une grimace qui se voulait un sourire de conspirateur.

– Vous savez pourquoi il est régulièrement interné en hôpital psychiatrique ? demanda-t-il.

– Pas la moindre idée, avoua Brady en craignant le pire.

– Alors vous ne savez rien de lui. Et vous feriez mieux d'en rester là. Croyez-moi, le monde est bien meilleur quand on ignore tout des gens comme Kermit. Imaginez ce dont vous seriez capable de plus dégueulasse, et dites-vous que pour lui, c'est son petit déjeuner quotidien.

17

Brady était désormais plus intrigué que refroidi. Il sonda le barman. La trentaine et, bien que rebelle dans le look, il dégageait une certaine bonhomie, une fois la glace de son silence brisée. Brady le suspectait d'être content d'avoir quelqu'un à qui parler. Il suffirait d'insister un peu pour qu'il poursuive son exposé sur Kermit.

– C'est aussi mon job, exposa Brady, fouiller là où les gens n'aiment pas aller, mettre en avant les jointures craquelées de notre société. Et ce Kermit m'a tout l'air d'être un beau spécimen.

Le pirate approuva d'un ricanement.

– Kermit a des crises, de temps à autre, reprit-il. C'est un bonhomme très spécial, il considère l'espèce humaine comme monstrueuse. Il ressasse la même rengaine : notre société est un bac à fange, et notre prétention le dégoûte. Il déteste l'Homme.

– Il n'est pas le seul, voulut plaisanter Brady.

– Non, insista le pirate sans une once d'humour, mais lui, il hait profondément l'humanité et ce que nous sommes devenus. Il est obsédé par la saleté de nos âmes, l'immondice de nos mentalités et ça le fait disjoncter ! C'était un acteur, vous savez. Un acteur de X. Il marchait pas mal avant, bien membré, pas sensible, capable de fournir, il enchaînait les titres. J'en ai vu quelques-uns, il envoyait sévère le mec ! Et puis avec le temps, ça s'est gâté. Au cours d'une soirée dans le milieu, on l'a retrouvé au sous-sol de la boîte, à genoux, complètement soûl, en train de lécher l'envers de la lunette des toilettes.

– Oh, merde, lâcha Brady.

– Comme vous dites. Il avait déjà nettoyé à la langue plusieurs cuvettes, parce qu'il se sentait indigne d'autre chose, parce que toute l'humanité devait laver son impureté. Autant vous dire qu'il s'est totalement grillé dans le métier. C'était il y a deux ou trois ans, je crois.

– Et depuis ?

– Ça a empiré. Il va de crise en crise. L'été dernier il déambulait sur Brighton Beach Avenue quand il a vu une mère avec sa poussette. Il a profité qu'elle avait le dos tourné pour baisser son pantalon et enfouir la tête du gamin entre ses fesses pour lui péter dessus. Je vous jure que c'est vrai ! Il voulait préparer le gosse qu'il a dit. Au monde qui l'attend ! Il s'est fait arrêter et a passé près de cinq mois en hôpital psy. Il est ressorti depuis trois semaines. La seule question à se poser avec Kermit c'est de savoir pour combien de temps il est parmi nous, et quelle sera sa prochaine frasque.

– Vous avez idée d'où je peux le trouver ?

– À cette heure, pas loin de son quartier général, comme il dit. Sur la promenade en bois, Riegelmann Boardwalk, il s'est installé dans d'anciennes chiottes publiques fermées pour l'hiver. Cherchez un type chauve, au regard inquiétant. De toute façon, si vous le croisez vous saurez que c'est lui.

Brady déambulait sur le large trottoir en planches qui longe la plage de Coney Island. Il n'avait croisé qu'une poignée de joggeurs en dix minutes et quelques couples de vieux se tenant par le bras et baladant un petit chien qui pissait partout.

Un vent glacial soufflait depuis l'océan, et Brady s'engonçait dans son manteau, le menton enfoui sous son écharpe. Il voyait mal Kermit, clochard de son état, arpenter le quai avec ce froid. Il devait se tapir dans son repaire, restait à le localiser.

Depuis sa conversation avec le barman, Brady avait perdu une partie de sa motivation. Kermit ne fréquentait plus le milieu depuis près de trois ans, et il venait de passer les derniers mois en hôpital psychiatrique ! Quelle pouvait être son utilité ? Fallait-il vraiment se confronter à un numéro pareil ? Toutefois, s'il parvenait à entr'apercevoir ce qui avait fait basculer Kermit dans la folie, cela l'aiderait peut-être à appréhender le parcours de Rubis.

Un homme se tenait assis sur un banc, en contemplation de l'océan gris. Jambes écartées, bras ouverts sur le dossier, une casquette de base-ball vissée sur le crâne dont aucun cheveu ne dépassait.

Brady s'approcha. Le regard glissa dans sa direction. Impression de malaise. Pupilles de braise, fouillantes.

L'homme ouvrit la bouche plusieurs fois, comme pour se préparer à un festin.

– Kermit ?

Il n'avait presque pas de sourcils, aucun poil de barbe. Il toisa Brady de haut en bas, puis le journaliste se sentit sondé jusqu'à la moelle.

– Oui. Que puis-je pour vous ?

Sa voix déstabilisa Brady. Posée, grave. Celle d'un homme bien dans ses baskets, sain. Il dégageait une dignité et une élégance surprenantes. Tout le contraire de ce qu'il s'était attendu à trouver.

Les yeux fixes et pénétrants ne le lâchaient pas, cherchant une piste vers son âme.

– Je m'appelle Brad, j'ai un...

Soudain il ne se sentit plus aussi déterminé dans son mensonge. Face à cet inconnu sans fards, qui haïssait l'humanité pour sa propension à l'hypocrisie, au mensonge, à se salir et à abîmer le monde, Brady n'eut plus envie de jouer.

– J'ai un service à vous demander, reprit-il. J'enquête sur la mort d'une fille. Une actrice. Et je me suis laissé dire que vous connaissiez bien l'univers dans lequel elle évoluait.

– Qui t'a dit ça, mon gars ?

– Un producteur, un barman à tête de pirate, bref, les gens. Est-ce que cette rumeur est fausse ?

– Cette fille, elle s'est suicidée ?

– Comment le savez-vous ?

– C'est courant dans le métier. Et si tu viens voir un type dans mon genre, alors c'est qu'elle a touché le fond et que tu voudrais savoir à quoi ça ressemble, tout en bas, dans la fange. Pas vrai ?

Brady acquiesça sans un mot.

Échange de regards. Prunelles de feu contre prunelles d'eau. Le vent au milieu, alourdi de sa charge saline, fouettant les visages.

Un vrai film de Sergio Leone, songea Brady en se détendant.

Et Kermit baissa les bras en glissant sur le côté pour inviter le journaliste à s'asseoir.

– Raconte-moi ton histoire, dit-il.

Brady n'hésita pas longtemps avant de lui dire comment il avait assisté au suicide de Rubis. Il ne voulait pas lui mentir. Aussi asocial qu'il fût, Brady ne se sentait pas en danger avec lui. L'esprit de cet homme flottait quelque part entre la société humaine et une conscience des réalités insupportables. Les excuses n'existaient pas dans sa vision du monde, les petits arrangements du cerveau pour adoucir les vérités non plus. Tout y était cru. Direct. Ainsi devait-il en être de sa courte relation avec lui s'il en espérait une aide quelconque.

– Elle était déjà morte quand tu l'as rencontrée, tu le sais, pas vrai ? assura Kermit. Elle devait juste trouver le bon moment. Tu as été ce déclencheur. Si tu n'avais pas hésité, si tu l'avais repoussée sans ménagement, alors peut-être, peut-être qu'un soupçon d'espoir en la nature humaine aurait pu renaître. Mais tu ne l'as pas fait, parce qu'il n'y a pas d'espoir à avoir, pas de ce côté-ci de nos instincts.

Brady se confiait avec l'insouciance de celui qui ne se sent pas jugé :

– J'aimerais comprendre ce qu'elle était ! Pourquoi est-elle morte ? Pourquoi devant moi ?

Kermit désigna l'alliance de Brady :

– Apparemment tu es marié, t'as de belles fringues, une bonne situation, je suppose. Es-tu sûr de vouloir t'embarquer dans ce voyage ? Ne devrais-tu pas plutôt rentrer chez toi, embrasser ta femme et oublier cette merde ?

– En d'autres temps je vous aurais dit oui, c'est ce qu'il y a de mieux à faire. Mais pas là. C'est tombé au mauvais moment de ma vie. J'ai besoin de savoir, parce qu'au fond, je sens que... c'est aussi moi que j'essaye de comprendre.

– Toi ou ta sexualité ?

– N'est-ce pas la même chose ?

– Je ne cherche pas à t'affranchir de tes responsabilités, cependant, oui il y a une différence. Une part d'héritage génétique, un bagage instinctif que tu trimbales et qui n'est pas tout à fait en adéquation avec le moule dans lequel cette société voudrait te faire entrer. Elle a cru pouvoir nous changer en dictant les règles d'un jeu qu'elle souhaitait ériger en modèle de comportement. Sauf qu'on ne se taille pas un costume taille 40 sous prétexte qu'on rêve d'entrer dedans quand on fait du 48 ! Tout ça pour dire qu'il existe un fossé de plus en plus large entre la véritable sexualité des hommes et le monde dans lequel ils doivent tenter de s'épanouir. À chacun de s'accommoder de ses conciliations, pour vivre avec, dans le silence et l'hypocrisie bienséante.

– Flippant sous cet angle !

– Non, le monde est flippant. Qu'on en soit arrivé là est flippant. Ça, c'est la sexualité, ça ne devrait pas nous inquiéter. Et pourtant.

– J'ai besoin de savoir qui était Rubis et pourquoi elle s'est détruite. Je suis certain que c'est au contact du X, de certaines personnes. Pourquoi, comment ?

– Ça ne va probablement pas te rassurer, tu le sais ?

– Je vivrai avec. Pour l'heure elle est mon fantôme, et s'il me hante c'est pour me renvoyer à mes propres zones d'ombre. Vous connaissez un certain Leonard K. ?

Kermit plissa les paupières pour scruter la perspective grise de l'océan.

– Non.

Brady l'observa pour jauger de sa sincérité. Un bloc de matière dense, infranchissable. Impossible d'y déceler une émotion.

– Vous avez encore des contacts ?

Kermit hocha la tête.

– Comment crois-tu que je bouffe ? De temps en temps, je fais une apparition sur un plateau. Des tout petits budgets, ça paye que dalle, mais c'est déjà ça. Et puis tout le monde ne m'a pas lâché. Les gros pontes se sont éloignés, bien entendu, restent tous les marginaux de la profession, un peu dans mon genre, ceux-là ne m'ont jamais tourné le dos.

– Le cinéma X underground ?

Il ricana.

– C'est quoi « underground » ? À la va-vite ? Sans contrat, sans structure derrière ? Où les filles sont des gamines de dix-huit ans camées jusqu'au fion ou complètement détraquées par des réseaux de prostitution ? C'est 90 % de la production actuelle ! Alors si c'est ça l'« underground », la réponse est oui.

– Je cherche à savoir qui a fait les deux derniers films de Rubis. Prod indépendantes pour chacun, impossible de les retrouver, j'ai creusé la piste ce midi et elles ont disparu à peine créées, juste le temps d'un tournage. Les noms aux génériques sont tous bidon. Je n'ai rien.

– Comme de plus en plus de films...

– Pourtant ce Leonard K. apparaît à chaque générique depuis les débuts de Rubis.

– Alors c'est son souteneur.

– Vous croyez ?

– Ça y ressemble. De plus en plus de filles en ont, ils servent d'agents, empochent une partie des cachets. Cela dit, ils sont rarement au générique. Si c'est bien le cas, alors c'est un guignol.

– Les films sont l'œuvre de la même bande. Des types au look gothique, on ne voit jamais leurs traits, ils...

Kermit le coupa d'un geste de la main. Il tourna le visage vers lui pour lui planter ses iris d'ébène dans le cerveau.

– Des films violents ?

– Oui. Tordus, des trucs immondes.

Kermit ferma les paupières un court instant.

– Alors laisse tomber, ordonna-t-il d'un ton impérieux.

Il se leva et commença à s'éloigner. Brady sauta sur ses talons.

– Comment ça ? Qu'est-ce qu'il y a avec ces types ? Ce sont des barjots ? Sans blague ! J'ai vu de quoi ils étaient capables !

– Ce sont eux qui montent ces films, ils font tout le boulot, depuis la production jusqu'à la diffusion, eux et un cercle d'intimes.

Kermit marchait à vive allure, Brady cavalait à ses côtés.

– Et comment je fais pour remonter jusqu'à eux ? Vous avez un nom ?

Kermit se figea et attrapa l'épaule de Brady, une poigne dure.

– Ils se surnomment la Tribu. Crois-moi, ce sont des allumés. Ça ne m'étonne pas qu'elle se soit foutue en l'air, ta copine. Elle n'aurait pas dû les fréquenter. Rien qu'à les voir, elle aurait dû comprendre et se tirer à toute vitesse. Dis-toi que si elle a insisté, c'est qu'elle voulait crever.

– Je voudrais...

– Ta gueule et écoute-moi ! Peu importe ta belle vie d'aujourd'hui ! Si tu veux pas finir comme elle, laisse tomber, rentre chez toi te branler, trompe ta femme et mate des pornos crads autant que tu voudras, ce sera toujours mieux que de les approcher.

Plutôt que de relâcher son étreinte, il repoussa Brady qui manqua trébucher, et partit à grandes enjambées. Malgré le vent, Brady entendit la dernière phrase qu'il lança :

– Ces types ne sont pas humains.

18

La lune perçait le voile de nuages et ruisselait dans le salon par la coupole de verre, surgissant dans les bols de soupe. Le liquide fumait, inerte, attendant de refroidir pour être avalé, avec cette lueur en son centre.

– Je bosse demain, en revanche j'ai dimanche et lundi, rapporta Annabel qui sirotait un verre de vin rouge. On pourrait louer ce chalet dont tu parlais, pour le week-end.

Brady approuva en disposant un CD dans le lecteur. Il attrapa son verre et se tourna vers elle.

– Oui, bonne idée.

Il avait accepté sans réfléchir, de peur de trahir ses doutes, de dévoiler le pan de sa vie qu'il dissimulait à sa femme.

– J'appellerai demain matin à la première heure pour savoir s'il est dispo, ajouta-t-il.

Deux jours dans la forêt, loin des zones glauques, à apaiser le bouillonnement qui couvait sous son crâne, c'était une très bonne chose. Rien que lui et Annabel. Mais parviendrait-il à laisser ses soucis derrière lui ?

Il le faudra bien.

La voix mélancolique et reposante de Vashti Bunyan s'éleva dans les enceintes.

– Tu ne vas pas le croire : Woodbine nous a collé deux nouvelles enquêtes ! La supérette n'ira probablement nulle part, le suicide de cette fille sur Fulton Terminal est déjà bouclé dans son esprit, alors on ajoute deux cas sur la pile !

– Compliqués ?

– A priori non, j'en ai refilé un à Attwel et nous avons quasiment bouclé l'autre cet après-midi.

– Et l'enquête sur la suicidée ?

– Notre piste n'était pas chez elle, on verra demain.

Brady ne voulait pas se montrer inquisiteur, il attendait qu'Annabel lui tende une perche, quelle qu'elle soit.

– Que fais-tu de tes journées ? s'enquit-elle. Tu as ton nouveau sujet, celui-là même qui t'a fait courir ce matin ?

Il décida que c'était le bon moment, il en avait marre d'attendre. Tout d'abord avoir l'air de ne pas être en demande :

– Possible, c'est peut-être une fausse bonne idée.

– Eh bien ! Raconte !

– J'ai creusé un peu la piste des suicides sur New York.

Annabel ouvrit de grands yeux.

– En effet, pas le sujet le plus réjouissant ! commenta-t-elle.

– Si je me lance là-dessus, je veux travailler les raisons qui poussent à un tel geste.

– Il y en a autant que de suicidés.

Brady leva un index :

– Justement, j'ai dégagé des groupes. C'est ton affaire qui m'a mis la puce à l'oreille. Je voudrais axer sur ces femmes que le commerce du sexe a détruites.

Annabel demeura silencieuse, avant de faire tourner son vin dans son verre, puis de le humer.

– Qu'est-ce que tu en penses ?

– Je ne sais pas...

Elle semblait embarrassée.

– Vas-y, sois franche.

– Je crois que tu as raison : fausse bonne idée. Ça ne te ressemble pas ce genre de reportage. Tu fais rarement dans le sordide. Et puis toi qui sors des photos exceptionnelles, que vas-tu présenter ? Des filles aux crânes explosés ? Aux bras comme de la dentelle à force d'être shootés ?

– Non, des portraits de femmes qui témoignent. Celles qui survivent malgré l'idée de tout foutre en l'air.

Annabel secoua la tête.

– C'est angoissant !

Brady entra dans le vif du sujet, la raison qui le poussait à inventer cette histoire :

– Et je pourrais commencer en suivant ton enquête.

Regard noir.

– Impossible, trancha-t-elle.

– Anna, tu me rencardes sur ce que vous avez, je change les noms, c'est tout ! Tu adores me raconter les anecdotes un peu trash d'habitude ! Qu'est-ce que ça change ?

– C'est une affaire en cours, je ne peux pas. Parler avec toi me fait du bien, parce que tu es mon mari, si je te vois comme un journaliste, ça ne va plus du tout ! Alors oublie cette idée.

Il leva les bras :

– Je comprends, je laisse tomber, tu as raison. Excuse-moi.

Il avala une gorgée de vin qui dévala dans sa gorge en déployant ses arômes et sa puissance. La chaleur du nectar remonta jusqu'à la tête, apaisant Brady.

– Viens t'asseoir, la soupe va être froide, lança Annabel en guise de point final.

Brady pressa le pas, il était déjà neuf heures passées, la réservation du chalet l'avait retardé. Il espérait tomber sur le vendeur de nuit, avant qu'il parte, celui-là même qui l'avait renseigné la première fois, au sex-shop. Il effectua une courte pause au distributeur de billets et fonça vers l'échoppe aux néons criards.

Le vendeur mal rasé, teint cireux, se planquait derrière son comptoir, magazine entre les mains, comme s'il n'avait pas bougé depuis la veille.

– Bonjour, je suis passé hier matin, vous vous souvenez ?

À contrecœur, le type émergea de sa lecture.

– Ah oui, me dites pas que vous avez déjà tout consommé ?

– Les deux films amateurs, ceux avec des jaquettes un peu bidon, j'aimerais quelques renseignements si c'est possible ?

– Ça va loin, hein ?

– C'est le moins qu'on puisse dire. C'est une prod locale, n'est-ce pas ?

– Ouais. Mais la demande est forte, et avec le Net vous pouvez être certain que ça circule partout maintenant !

– Vous auriez un nom pour les contacter, j'aurais un truc à leur proposer.

Le vendeur fit claquer sa langue contre son palais.

– Désolé, je ne peux rien faire.

– Soyez sympa, j'ai vraiment besoin de leur parler...

– Hey, mec, si tu rentres dans un vidéoclub pour obtenir le téléphone de Tom Cruise parce que t'as un job à lui proposer, tu crois que le gars à la caisse il va t'aider ? Tu crois qu'il a ça en stock ? Eh ben ici c'est pareil ! C'est pas parce que tu te branles sur ces gonzesses que...

– Bien sûr, tenta de modérer Brady, je me suis mal exprimé. Tout ce que je veux c'est un contact auprès de la production.

– Ce sont des amateurs, en tout cas ils n'existent pas officiellement, pas de structure fixe, donc pas moyen de les approcher, tu vois ?

Brady acquiesça en réfléchissant. Il existait forcément un lien entre eux et la diffusion des films.

– Vous pourriez me dire par qui vous obtenez les DVD ?

– Par notre réseau de distribution.

– Vous remplissez un bon de commande et c'est tout ?

Froncement de sourcils. Méfiance.

– Pas exactement.

Il n'allait pas s'étaler sur la question sans se faire prier.

– Comme je vous l'ai dit : je souhaiterais entrer en contact avec ces gens.

Le vendeur secoua la tête et rouvrit son magazine.

– Désolé, je ne peux rien pour vous.

– C'est très important...

Agacé, le vendeur claqua une main contre sa cuisse.

– Je suis un sex-shop, pas une agence de rencontres !

Brady sortit cent dollars qu'il posa sur le comptoir.

– C'est vrai, voici pour votre effort. Je vous jure que c'est sérieux. Rencardez-moi sur leur réseau de diffusion, rien qu'un nom !

Quelque chose dans la sincérité de Brady dut troubler le vendeur qui hésita. Il posa la main sur les billets.

– Vous êtes chiant, dit-il sur le ton des vaincus. (Il soupira longuement en jetant un regard dans la boutique pour s'assurer qu'ils étaient seuls.) J'ai un numéro de téléphone. Quand j'ai besoin de repasser une commande, j'appelle et ils viennent me livrer.

Brady ajouta deux billets de cinquante.

– Appelez-les, dites que c'est urgent, qu'il vous faut une livraison rapide, aujourd'hui.

Le vendeur grinça des dents. Ses yeux glissaient de Brady aux billets.

N'ayez crainte, assura Brady. Je suivrai le livreur pour discuter loin d'ici, vous n'aurez pas d'ennuis.

Les doigts se déplièrent comme les pattes d'une araignée qui fond sur sa proie. Les portraits d'Ulysses Grant disparurent.

Brady fonça récupérer sa voiture à l'appartement. Un 4 × 4 BMW X5, rien de très discret. Il s'était fait plaisir, comme un gamin. Et pour la première fois, il regretta de n'avoir pas choisi un modèle passe-partout. Il le gara tout près du sex-shop et revint s'installer entre les rayonnages, se fondit dans le décor à l'instar d'un client lambda, à feuilleter les revues pour adultes.

Des hommes entraient et sortaient à toute vitesse, tous semblaient pressés, ils allaient droit à ce qu'ils venaient chercher, sans prendre le temps de flâner. Ils payaient du bout des doigts et baissaient systématiquement la tête en quittant le magasin.

Brady nota la présence de deux femmes dans la matinée. Toutes deux, au contraire des hommes, prirent leur temps, déambulant dans les allées pour fouiller, découvrir.

Un jeune à casquette et doudoune épaisse entra avec un carton sous le bras.

– Voilà vos films. La prochaine fois, faites gaffe, c'est casse-couilles pour nous de devoir courir comme ça !

– Bien sûr, désolé.

Tandis qu'il ressortait, le vendeur adressa un bref signe de tête à Brady. C'était son homme.

Brady le fila dans la rue jusqu'à un van blanc. Il traversa pour passer au volant de son X5 et démarra.

Maintenant le jeu commence...

Il espérait surtout tomber sur quelqu'un de normal, pas un de ces paranos qui étudient en permanence leur rétroviseur.

Le van prit Flatbush Avenue en direction de Prospect Park qu'il longea avant de plonger dans les quartiers est de Brooklyn. Ceux-là mêmes qu'il était préférable d'éviter pour se tenir loin des ennuis. Barres d'immeubles peu accueillantes. Terrains vagues. Territoires de langues tribales où les graffitis indiquaient des sous-divisions du quartier, des frontières qu'il valait mieux ne pas dépasser si l'on n'arborait pas les bonnes couleurs, si l'on ne maîtrisait pas les codes du clan. Crown Heights, puis Brownsville qui portait bien son nom : maisons et appartements, tout ici affichait des façades terreuses et sombres. Rues encore plus sales que partout ailleurs. Ici, pas de brigades citoyennes le week-end pour ramasser les ordures en bordure de route, pas d'heures sup' de la voirie, mais des habitations paumées au milieu de zones industrielles.

Brady maintenait une distance de sécurité pour ne pas être repéré, parfois celle-ci s'allongeait ou se raccourcissait au gré du trafic. Son 4 × 4 était ou trop beau ou pas assez clinquant pour appartenir à un habitant du coin ; seuls les dealers pouvaient s'offrir un engin pareil et ils auraient ajouté des chromes partout, des jantes énormes et une musique saturée de basses se serait échappée de l'habitacle pour bien souligner qu'il était dangereux de s'approcher.

Heureusement, l'hiver obligeait à déserter porches et trottoirs et les rues n'étaient pas très peuplées.

Le van s'enfonça dans Remsen Avenue et ralentit pour se garer. Des constructions brunes de deux étages, tirant sur le rouge, couraient à perte de vue, clonées sur tout l'horizon. Le livreur sauta de son camion pour passer dans une contre-allée, entre deux bâtiments. Brady se stationna plus loin et se hâta de le pister, mal à l'aise. La moitié du quartier devait être aux fenêtres en train de commenter la présence d'une BMW devant chez eux.

Il chercha le livreur du regard. L'allée était profonde, bordée de containers à poubelles, de fenêtres étroites en hauteur, et d'arbres tout au fond, où il aperçut un carré d'herbe.

Où était-il passé ? Pas de porte... S'était-il mis à courir pour disparaître entre les deux immeubles ? Brady accéléra.

Il ne devait pas le perdre maintenant, pas dans ce labyrinthe.

Brady aperçut la casquette du coin de l'œil.

Mais trop tard.

Elle jaillit entre deux containers. Avec des poings autour.

Le temps qu'il pivote, le type ne lui laissa aucune chance.

19

Les enfants, emmitouflés dans leurs anoraks et leurs cagoules, criaient en se poursuivant. Jack Thayer ne cessait de s'arrêter ou de faire un pas de côté pour les éviter.

– Je déteste bosser le samedi, dit-il.

– Un jour, toi aussi tu auras des gamins, lui lança Annabel en riant.

– C'est mal barré. Faudrait déjà que j'aie une vie de couple.

– Tu n'as personne en ce moment ?

– Personne qui me manque en tout cas.

Jack demeurait d'une discrétion surprenante quant à sa vie privée. À tel point qu'Annabel n'avait jamais rencontré l'une de ses aventures. Elle avait appris à le connaître, ce flic intello. Sinon elle aurait acquis la certitude qu'il était gay et qu'il n'osait le lui avouer. Mais Jack s'était tout simplement laissé gagner par les habitudes du célibat et son confort : personne pour gêner son programme... des heures de lectures, des soirées au théâtre... il devenait difficile de faire entrer une étrangère dans cette solitude bien organisée et de lui faire une place entre Paul Auster et Hubert Selby.

Ils arrivèrent au pied de chez Leonard Ketter.

– J'espère qu'il sera là ce coup-ci ! fit Annabel en guise de prière.

Au septième, ils frappèrent à la porte.

– C'est quoi ? grommela-t-on à l'intérieur.

– Police de New York ! s'écria Annabel. Monsieur Ketter, nous aimerions vous parler.

Silence. Puis la voix, plus proche de l'entrée cette fois :

– À quel sujet ?

– Si vous ne voulez pas qu'on ait cette conversation en hurlant aux oreilles de tout le voisinage, je vous conseille d'ouvrir !

Le grand brun de la photo trouvée chez Sondra Weaver se profila dans l'ouverture, une moustache en plus. En peignoir à rayures, ouvert sur un tee-shirt blanc et un long caleçon en coton.

– Vous êtes sûre que c'est à moi que vous voulez causer ? C'est pas une erreur ?

– Pourquoi ? Vous n'avez rien à vous reprocher ? lança Thayer en apparaissant dans son champ de vision.

– Tout juste.

– Est-ce qu'on peut entrer ? insista Annabel.

Leonard Ketter ne dissimula pas sa mauvaise humeur.

– Ah, vous êtes des emmerdeurs ! (Et il leur tourna le dos en ouvrant.)

Annabel scruta le salon : les volets mécaniques à demi remontés occultaient une partie de la luminosité. Téléviseur allumé sur un soap. Papier peint orange, blanc et marron, collector des années 70. La vaisselle de plusieurs jours s'entassait sur la table du salon, pour le reste tout semblait propre, excepté la poussière qu'il ne devait jamais faire. Il alluma une cigarette. Annabel remarqua qu'il avait des mules et des chaussettes. Un look à la mesure de son appartement.

– Vous faites quoi ? Votre métier ? interrogea Thayer en admirant la vue par la fenêtre.

– Agent artistique et producteur.

– Ah, le cinéma ! fit Thayer en lui jetant un bref coup d'œil.

– Et vous n'avez rien de spécial à nous dire ? intervint Annabel.

Leonard parut surpris.

– À vous dire ? Comme quoi ? Non, je ne vois pas...

Thayer s'accota à la fenêtre pour rester à contre-jour.

– Agent artistique, vous dites ? Ça rapporte bien ?

Tirant sur sa tige de nicotine, le regard de Leonard passait de l'un à l'autre, se demandant manifestement à quelle sauce il allait être mangé.

– Ça peut. Tout dépend des gens que vous représentez.

– Vous avez beaucoup de clients ? On appelle bien ça des « clients » ?

– Euh, moi je dis « actrices », mais je suppose que chacun fait à sa manière.

– Vous n'avez que des filles ?

– Ouais. Où voulez-vous en venir ?

– Des actrices célèbres ? questionna Thayer.

– Ça dépend pour qui. Mais je ne vois toujours pas la raison de votre...

– Vous vous foutez de nous, Leo. C'est comme ça que vos amis vous appellent, Leo ?

– Hey, ne me manquez pas de respect, vous êtes chez moi je vous rappelle, j'ai le droit de vous foutre dehors à n'importe quel moment !

– Où étiez-vous mercredi dernier, dans la matinée ? demanda Annabel pour détourner sa colère de Jack.

– Mercredi ? Je... Je ne sais pas. Probablement ici, je suis un lève-tard.

– Quelqu'un avec vous, pour le confirmer ?

– Nan. Il s'est passé quoi mercredi ?

– Sondra Weaver, dite « Rubis », ça évoque quelque chose ?

Leonard posa une main sur sa bouche. Des doigts fins et interminables.

– Merde..., murmura-t-il. Qu'est-ce qui lui est arrivé ?

– Vous ne niez pas la connaître, donc ?

– C'est une fille à moi. Elle va bien ?

– Une de vos actrices ? insista Thayer. Toutes « vos filles », comme vous dites, sont dans le porno ?

– Quoi ? Quel mal y a-t-il ? C'est pas illégal !

– Nous avons retrouvé un corps mercredi matin, ça pourrait être le sien.

Leonard demeura bouche bée, cigarette tremblante entre l'index et le majeur. Annabel le guettait. Seul le mouvement de la fumée qui s'enroulait autour de son bras prouvait que la scène n'était pas figée.

– Vous n'êtes pas sûrs que ce soit elle ? demanda-t-il soudain, partagé entre l'espoir et la peur.

– Elle s'est suicidée, ajouta Annabel. Les comparaisons ADN sont en cours.

Cette fois Leonard chercha une chaise à tâtons et s'y laissa choir d'un coup.

– Suicidée..., répéta-t-il.

– Vous étiez son petit ami ?

Leonard hocha lentement la tête, le regard flou.

– Trois jours sans nouvelles et vous ne vous êtes pas inquiété ? fit remarquer Thayer. Vous n'avez pas prévenu la police ?

– On était... en froid.

Sa voix avait changé d'octave, plus aiguë. Sa cigarette tremblait toujours.

– Depuis quand ?

– Deux semaines, dix jours peut-être, je sais plus.

– Pour quelle raison ?

– Divergences artistiques...

Il répondait d'une voix atone, machinalement.

– Ne vous foutez pas de moi, s'énerva Thayer. Pour quelle raison ?

– Elle... notre couple n'allait plus très bien, c'est tout.

Annabel sentait qu'ils risquaient de le perdre, ému et agressé il allait se refermer sur lui-même.

– Monsieur Ketter, nous aurions besoin de votre aide pour éclaircir plusieurs points, intervint-elle, plus douce.

Il dodelina de la tête et Annabel prit cela pour un acquiescement.

– Je vais vous poser une question très directe, par avance, je m'en excuse, mais la réponse est importante : quand l'avez-vous vue nue pour la dernière fois ?

Même Jack parut surpris. Il toisa Annabel, cherchant à comprendre.

– C'est quoi que vous cherchez ? Des détails de notre intimité ?

– Répondez, s'il vous plaît.

– Je ne sais pas… il y a un mois peut-être.

– Avait-elle des cicatrices ?

Leonard se redressa pour dévisager ses deux visiteurs.

– Non, pourquoi ? lâcha-t-il après un long moment.

– Il nous faudrait une liste des endroits qu'elle fréquentait, et des gens aussi, déclara Thayer.

Leonard tira une longue taffe. Lorsqu'il se remit à parler, il avait le souffle court et une sorte d'explosion blanche mangea ses traits.

– Elle ne sortait pas. Pas sans moi. Et n'avait presque pas d'amis.

– Presque pas. Ça veut dire un peu. Je veux les noms.

– Ça va être rapide, je ne lui en connais qu'une : Charlotte.

– Brimquick ?

– Oui. Avec un nom pareil, je ne risque pas de me tromper.

– Avait-elle des pratiques sado-masochistes ? questionna Annabel.

Ce coup-ci Leonard se dressa :

– Merde ! Vous me gonflez !

– Calmez-vous, fit Jack, impassible. Sinon je vous mets les menottes et on continue au poste.

Leonard chercha un soutien en Annabel qui se contenta d'un signe du menton pour signaler qu'elle attendait une réponse.

– Nan, c'est pas son genre. Vous êtes contente ?

– Une idée des raisons pour lesquelles on pourrait la détester ?

– Aucune que je conçoive.

– Donc pas d'ennemis connus ?

– C'est une actrice de X, elle fait fantasmer les mecs, et il y a probablement quelques tarés là-dedans. Vous me faites flipper avec toute cette merde ! Si elle s'est foutue en l'air toute seule, pourquoi vous me demandez ça ?

– C'est la procédure obligatoire, mentit Jack.

– Procédure, mon cul !

– Pourquoi, vous êtes aussi détective ?

Leonard se retint de répondre en se mordant la lèvre inférieure.

– Comment l'avez-vous rencontrée ? fit Annabel en reprenant le contrôle de l'interrogatoire.

Curieusement, ce qu'elle aimait le moins dans son métier, c'était l'aspect humain. Ce jeu du chat et de la souris. Les témoins à la mémoire versatile. Les familles en larmes. Annabel se passionnait pour la trajectoire de ses enquêtes : comment recouper les éléments pour en obtenir une information. Quelle méthode utiliser sur une scène de crime.

Son rapport à sa profession se résumait en un proverbe qu'elle avait lu dans un gâteau chinois en fin de repas : « Peu importe la destination finale, c'est le voyage qui importe le plus. »

À ce titre elle formait un binôme intéressant avec Jack, lui qui était plus axé sur les relations.

– Par Craigslist. Elle cherchait un appartement pas cher, j'avais ce qu'elle voulait.

– Vous voulez dire que le trou miteux qu'elle occupait est à vous ?

Il approuva.

– Hey, me regardez pas comme ça, c'est légal tout ça ! À la mort de mes vieux j'ai revendu leur baraque pour acheter deux studios à New York. J'y crèche mes actrices pour leur rendre service.

– Moyennant un loyer, j'imagine ? devina Annabel.

– Y a rien de gratuit en ce bas monde, on n'est pas dans un putain de Walt Disney !

– Bien sûr…, murmura Annabel qui perdait patience. Et le porno, vous l'avez convaincue comment ? En jouant sur les sentiments ? Une fois bien accrochée à vous ?

Pour le coup Annabel s'écartait de son rôle de flic sympa.

– Qu'est-ce que vous croyez ? C'est une rêveuse ! Pas les pieds sur terre, son objectif c'était d'être célèbre et riche en faisant du cinéma ou des comédies musicales sur Broadway alors qu'elle avait le destin d'une future alcoolo frustrée ! Elle avait la gueule pour réussir, mais pas le talent, y a bien fallu lui trouver autre chose !

– Et vous vous êtes dit que de la partager avec d'autres devant une caméra serait un palliatif raisonnable !

– Le porno paye, vite et parfois bien. C'est aussi du cinéma. Et on peut devenir une star.

Annabel soupira et fit un tour sur elle-même pour tenter de s'apaiser. Thayer prit la relève :

– L'autre studio, vous le louez aussi à une actrice ? Elle connaissait Rubis ?

Leonard hocha la tête en baissant le regard.

– Combien de filles faites-vous travailler ? continua Thayer.

– J'avais deux appartements, donc deux nanas.

– Il nous faudrait le nom de la seconde, j'aimerais la rencontrer.

Leonard avala sa salive en se dandinant d'un pied sur l'autre, mal à l'aise.

– Ça va poser un problème, dit-il tout bas.

– Lequel ?

Il s'immobilisa pour considérer le flic en costume face à lui.

– Elle est morte, avoua-t-il. Elle s'est suicidée il y a trois semaines.

20

Le premier coup assomma presque Brady. Pleine tempe. Le paysage gicla. La lumière fut tour à tour aveuglante puis dévorée par des fourmis noires. La chaleur se propagea, une brûlure terrassante, jusqu'au cerveau.

Autre impact. Au ventre. Tout le système nerveux qui flashe, les poumons se ratatinent, le corps se cambre par réaction, et l'estomac se bloque pour encaisser, projetant sa bile dans l'œsophage.

Brady parvint à s'agripper au container pour ne pas s'effondrer.

Une main le saisit par le col, le plaqua contre le mur.

Un visage surgit, à l'abri de la casquette.

Jeune, la peau lisse, le poil clairsemé.

Et pourtant son regard est celui d'un tueur. Glacial.

– Pourquoi tu me suis, fils de pute ? hurla l'adolescent.

Brady eut du mal à se concentrer, les coups jouaient encore le gong sous son crâne. Il tenta de lever la main en signe de paix.

L'adolescent la repoussa violemment.

– Parle ou je t'ouvre les couilles ! s'écria-t-il.

– Je... Je veux rencontrer ceux qui font... les... films.

Brady toussa, la bile lui brûlait la gorge, il pivota pour la cracher et l'adolescent s'écarta en maintenant la pression sur son cou.

– T'es quoi ? Un flic ? beugla-t-il.

Brady nia d'un signe de tête.

– Journaliste..., souffla-t-il.

Son environnement se stabilisa. Il reprit une respiration plus normale.

– Je vais te donner un bon conseil, journaliste : laisse tomber ! Personne n'a envie de les approcher.

Brady releva doucement la main pour calmer le jeu.

– Et si... on les laissait décider ? dit-il en expirant longuement.

L'adolescent le plaqua plus fortement contre le mur et grimaça un sourire cruel.

– C'est moi qui décide pour toi, et pour que tu vives mieux et plus longtemps, je te le dis : c'est non.

– Je... j'enquête sur une fille qui joue dans leur film, tu la connais peut-être : elle s'appelle Rubis. Je dois leur parler.

– Mais tu ne comprends pas ? s'énerva l'agresseur. Les mecs que tu tiens tant à rencontrer... ce sont des bêtes sauvages ! Ils vont te bouffer avant même que tu puisses te présenter !

À présent qu'il se réappropriait son corps, Brady réalisa que l'adolescent ne criait plus, il s'exprimait avec rage, mâchoires serrées, lèvres retroussées sur ses crocs.

Brady s'entêta :

– Laisse-moi une chance, juste une chance de les approcher ! Je sais qui ils sont ! La Tribu !

Le livreur se figea, incapable de dissimuler sa surprise. Apparemment, Brady avait fait mouche.

Le cœur martelant sa poitrine et les jambes flageolantes, il reprenait le contrôle, à commencer par sa stabilité, bien campé sur ses deux jambes malgré la pression du garçon contre lui. Depuis qu'il vivait à New York il avait appris à se méfier des mythes, surtout ceux des gangs qui se faisaient passer pour des tyrans afin d'imposer la peur. Il ne croyait pas une seconde à cette histoire de producteurs terrifiants.

Soudain il perçut un mouvement dans son vêtement. Le type lui faisait les poches. Brady le repoussa et reçut un direct dans le ventre. L'onde de choc remonta lui couper le souffle pour le plier en deux. L'adolescent le retint, le clouant contre les graffitis d'un coude contre sa trachée. Il avait trouvé ce qu'il cherchait : son portefeuille.

– O'Donnel, hein ? Et y a ton adresse.

– Je..., tenta Brady la gorge douloureuse. Je ne leur veux pas de mal...

Le garçon s'esclaffa.

– Mais c'est pas eux que je protège, tête de piaf ! C'est toi ! Je ne veux pas que tu te fasses étriper à cause de moi, en m'ayant suivi !

Prenant appui sur Brady il se redressa et fit un pas en arrière après l'avoir lâché. Il le détailla un instant avant de soupirer de dépit.

– Tu ne me crois pas, hein ? ajouta-t-il. Ces mecs ne sont pas comme toi et moi, ce sont des vampires. Des putains de vampires, O'Donnel ! T'y crois pas non plus, pas vrai ? Et ça, t'y crois ?

Il écarta sa doudoune pour tirer sur le col de son pull et dévoiler une impressionnante ecchymose. Grosse comme le poing. La peau rouge et violette palpitait. Au centre, deux croûtes de sang séché dessinaient deux yeux noirs.

– Un jour, ils feront de moi l'un des leurs ! rapporta-t-il, l'air extatique. En attendant, n'approche pas ! (Il saisit l'écharpe de Brady et tira d'un coup sec pour la faire venir à lui.) Maintenant, je sais qui tu es. Et si mes maîtres décident de te retrouver, avec ça, ils auront ton odeur. Ils te traqueront. Et s'ils le veulent : ils te videront jusqu'à la dernière goutte.

Il s'exprimait tout en reculant. Brady ne parvenait plus à se décrocher de la paroi qui le retenait. L'adolescent brandit l'écharpe tel un trophée :

– Jusqu'à la dernière goutte ! répéta-t-il. Toi et ta famille.

Et il s'éloigna en direction de son van.

21

L'immense silhouette déplia ses bras et avala toute la lumière.

Le soleil d'hiver réapparut lorsqu'elle se tourna pour s'asseoir.

– Et voilà, dit Pierre. Tu auras un joli cul de babouin sur la tempe ce soir !

Brady posa la main sur la poche de glaçon qui lui recouvrait tout le côté du visage.

– Merci. Heureusement que tu es là pour me réconforter !

Pierre attrapa son verre de vodka. Il était pâle, et bien que toujours énorme, il semblait à Brady qu'il avait encore maigri.

– Que vas-tu dire à ta femme ? demanda-t-il en réajustant le béret qui masquait la perte de ses cheveux.

Brady lui avait tout raconté. Depuis le début. Du suicide de Rubis aux délires du livreur sur ses « maîtres ». Pierre avait toute sa confiance, c'était un homme de secrets.

– Je ne sais pas encore. J'improviserai. Ce petit con a mon permis de conduire ! Mon nom, mon adresse, il a tout.

– Tu peux difficilement aller voir les flics.

– Je sais. J'espère juste que tout ça est bidon : que c'est un ramassis de grandes gueules. Je ne voudrais pas qu'ils débarquent à la maison.

– Rassure-toi, il aura tout jeté dans une poubelle au carrefour suivant, il ne prendra pas le risque de se faire pincer avec tes papiers sur lui.

– Cette histoire devient démente, Pierre.

– Toi qui voulais t'interroger sur ta vie... Quand on cherche l'aventure, elle ne tarde pas à se manifester ! Tu veux que je te dise : tu as bien fait de ne pas aller à la police. Annabel se serait vraisemblablement posé des questions et les flics sont capables de te mettre le suicide sur le dos ! Ça arrive tout le temps dans ce pays !

Brady termina son verre d'eau. L'accent chantant de son ami lui faisait du bien.

– Je sais..., lâcha-t-il tout bas. C'est... ça prend une tournure que je n'aime pas.

– Mais tu ne laisses pas tomber, souligna Pierre.

– Parce que c'est allé trop loin pour que je fasse machine arrière. En fouillant du côté de Rubis, si Annabel découvre quelque chose qui mène à moi ou qui puisse la pousser à croire à un meurtre, alors je suis foutu ! J'ai fui, je lui ai menti, et je me suis introduit chez Rubis illégalement !

– Je te connais, Brady, quand tu m'as tout balancé, en arrivant tout à l'heure, il y avait cette flamme dans ton œil, cette passion. Je sais que tu aimes ce que tu fais en ce moment ! Ne dis pas le contraire ! Pas à moi !

Brady allait nier lorsqu'il se rendit à l'évidence.

– Peut-être un peu, je ne sais pas, avoua-t-il. Comment l'as-tu rencontrée ?

– Qui ? Rubis ? À une soirée. Je te l'ai dit : entre deux lignes de coke, nous avons sympathisé. Et puis tout d'un coup elle s'est mise à pleurer. Elle a craqué dans mes bras ! J'ignore si c'est mon côté nounours ou si l'homosexualité dégage une hormone qui met les femmes en confiance, en tout cas elle a tout craché sur mon épaule. Le porno, son désespoir, l'envie de tout casser, que le monde sache. Et voilà, j'ai pensé à toi.

– L'histoire de Rubis m'attire.

– Pourquoi ?

Pierre avait cette attitude amusée de celui qui décortique les émotions de l'autre à l'avance, qui a une longueur d'avance sur la suite.

– Je me le demande, peut-être ce côté tragique et si... vrai. Sa beauté dégageait autre chose, une sorte de fragilité essentielle. Comme si elle avait touché du doigt un aspect fondamental de ce que nous sommes et que cela l'avait blessée mortellement.

– Et elle t'interroge sur ce que tu es, sur l'animal en toi ; elle te renvoie à cette sexualité qui fait partie de tes problèmes d'homme, n'est-ce pas ?

– C'est possible.

– C'est un traumatisme, ne l'oublie pas. En parler peut te faire du bien, tu...

– Le plus dingue là-dedans, le coupa Brady qui déroulait encore le fil de sa pensée, c'est que je ne ressasse pas l'acte même : le coup de feu ou le crâne qui explose, non, ce sont ses mots, sa présence que je ne cesse de revoir ! Tout cela me hante encore et encore. Le soir quand je m'endors, je l'entends me chuchoter, elle répète ce qu'elle m'a dit ce jour-là. Et je veux comprendre. Pourquoi elle a fait ça. Pourquoi devant moi. Aurais-je pu l'en empêcher en agissant autrement ? J'ai besoin de savoir.

– Y a-t-il seulement une réponse qui t'attend quelque part ?

– J'en suis convaincu. La connaître, décortiquer le mécanisme qui l'a transformée. Si je mets le doigt là-dessus, je saurai. Ça passe par ses films les plus trash.

– Tu les as visionnés ?

– Le premier. J'ai vaguement survolé le second, j'avais ma dose et c'est du même acabit. Je ne parviens pas à croire que ça plaise. Je te jure que c'est d'un glauque !

– Tu vois, tout le monde a ses problèmes de cul à sa manière, plaisanta Pierre.

– Excuse-moi du peu, mais là c'est au-delà du problème : c'est de la perversion ! Brutalité, sang, viol, torture et massacre d'animaux avec actes de nécrophilie, tout y passe !

– Le sexe pour le sexe. Et si c'était la réponse à tous nos maux ? Ne plus s'interroger, s'abandonner à une jouissance débridée ? Le monde irait peut-être mieux !

Brady n'écoutait qu'à moitié son ami, il répliqua :

– Ce que Rubis y fait, ce qu'elle dégage, je peux t'assurer qu'elle s'est détruite en l'acceptant. Mais pourquoi ? Qui sont les gens derrière tout ça ? Ce sont ces gars-là que je veux approcher.

Un large sourire éclaira la barbe noire de Pierre.

– Des vampires ! s'amusa-t-il à rappeler.

Brady baissa la poche de glace en grimaçant.

– Si tu avais vu l'expression de ce gamin ! poursuivit-il. Il semblait vraiment y croire !

– Et il avait deux trous dans le cou ? Comme une véritable morsure, c'est ça ?

– Exactement. Tu sais, j'ai repensé à Rubis. Quand je l'ai rencontrée, j'ai aperçu une trace violette du même genre, j'ai cru qu'elle était battue.

– Tu penses à une sorte de… bande organisée dont le leitmotiv serait de se faire passer pour des vampires et qui produit des films de cul pour gagner du fric ?

– Oui. Avec un rituel d'initiation. Tu vois le genre ?

Pierre approuva, toujours amusé. Il goba une rasade de vodka.

– Et maintenant ? demanda-t-il, les lèvres plissées par l'alcool.

– J'emmène Annabel en week-end à la montagne, ça va me permettre d'y réfléchir. C'est au moins le bon côté de la chose : tant qu'elle est avec moi, elle n'enquête pas !

– Tu sais que je peux t'aider, avec tous mes contacts. S'il y a quelqu'un que tu souhaites approcher, donne-moi un nom et j'arrangerai ça.

– Merci, Pierre.

– Je vais creuser de mon côté, discrètement bien sûr, éplucher mon agenda et voir si je peux en sortir un nom utile pour toi. En attendant, profite de ces deux jours pour méditer. Si j'étais toi, je me replongerais dans ces films, pour comprendre ce qu'ils sont, ce qu'ils racontent au-delà des images. L'histoire de Rubis s'y cache peut-être.

22

Jack Thayer était assis sur son bureau, il raccrocha son téléphone, un calepin sur la cuisse. La rumeur du Precinct résonnait dans son dos.

– Melany Ogdens vivait dans le Lower East Side, lut-il à Annabel, tout près de chez Sondra Weaver. Retrouvée morte le dimanche 19 novembre 2000, il y a trois semaines, par, tiens-toi bien, Sondra Weaver.

Annabel siffla entre ses dents.

– Pour peu qu'elle soit elle-même au bout du rouleau, ce traumatisme a pu lui donner des idées.

– Ogdens s'est enfilé trois boîtes de somnifères et de calmants avant de se mettre la tête dans un sac en plastique et de s'allonger sur son lit.

– Là, on ne peut pas parler d'appel à l'aide, elle ne voulait vraiment pas se rater.

Annabel pivota sur son siège, les coudes sur son sous-main.

– Les deux filles de Leonard se sont donné la mort, résuma Thayer. Pour toi, ça renforce la thèse du suicide de Rubis. Moi, au contraire, j'y vois une série trop étrange ! Et s'il était derrière tout ça ?

Annabel pointa un doigt en direction du calepin de son partenaire :

– Elle s'est goinfrée de médocs ! Il y aurait des traces de violence, probablement de lutte si elle y avait été forcée ! On ne t'a pas parlé de ça, non ?

– Le détective m'a simplement relu les conclusions du dossier, je n'ai pas discuté du rapport d'autopsie. Je vais me renseigner.

– Leonard Ketter avait l'air sincèrement troublé quand on lui a annoncé pour Rubis, contre-attaqua Annabel.

– Quand j'y repense, il n'était pas ému mais déstabilisé. J'ai le sentiment qu'il n'était pas ravagé par la peine, plutôt par le fait qu'elle se soit suicidée aussi ! Sans compter qu'il se retrouve sans pouliche.

– Il n'a pas posé de question quand j'ai évoqué des blessures sur le corps de Rubis. Si ta petite amie était retrouvée morte, couverte de coups, tu t'énerverais, non ?

– Je harcèlerais les flics pour savoir ce qui s'est passé.

– Il en sait plus qu'il ne veut le dire.

Ils étaient restés plus d'une heure et demie dans son appartement obscur, à recueillir son témoignage, à noter ses réponses. Pour cerner le personnage, jusqu'à comprendre ses méthodes. Par petites annonces il avait rencontré bon nombre de prétendantes à la location de ses studios, pour ne choisir que les plus isolées, démunies, de jolies filles avec de l'ambition. Une fois le contact initié, il leur avait avoué travailler comme agent dans le cinéma, « un genre un peu particulier de cinéma », disait-il. Après quelques mois de cours de théâtre, de castings ratés, d'illusions retombées, lorsqu'elles étaient aux abois financièrement, il ressurgissait pour leur proposer un petit job bien payé, très facile, à peine une demi-journée de boulot pour le salaire d'une grosse semaine de serveuse. Il suffisait de poser devant un photographe en petite tenue, puis un peu plus dévêtue. Argent facile. Finalement pas si difficile de s'exhiber, l'équipe sympa, des compliments, et hop, une poignée de billets dans la poche. Tôt ou tard, elles en redemandaient. Leonard Ketter fournissait, jusqu'à leur confier un jour qu'il n'avait plus rien. Plus rien de soft. En revanche, pour un salaire plus intéressant encore, il avait en réserve une séance photos un peu plus osée. Positions lascives. Et là encore elles finissaient par se laisser convaincre. C'était plus simple qu'elles ne le croyaient. Et ça payait très bien. Plus de clients agressifs à supporter, plus d'horaires contraignants, de réveils aux aurores, presque un début de belle vie. Lentement,

Ketter les accoutumait à ce monde, plaçant la barre plus haut chaque fois, introduisant un partenaire mâle sur les plateaux, nu, puis ils se touchaient. Et parce que tout s'effectuait par paliers, sous la pression des uns et des autres, tous souriants, comme si ce n'était rien en fin de compte, elles franchissaient les marches, une à une. Et une fois encore, Leonard Ketter finissait par couper le robinet aux dollars. Plus de shooting, crise momentanée qu'il leur disait. L'argent venait à manquer. Elles reprenaient un petit boulot, le détestaient, manquaient de fric. Jusqu'à supplier Ketter pour qu'il leur trouve d'autres séances. Alors il sortait le grand jeu : cinq jours consécutifs à plus de mille dollars la journée. Elles s'emballaient. Génial. Super. Quand ?

Ce n'était plus des photos. Mais un film. Et il ne suffisait plus d'être nue contre un type et de lui prendre le sexe dans la main mais bien d'avoir un rapport sexuel filmé. Hésitation, refus. Ketter s'éloignait. Elles finissaient par craquer. Après tout, ce serait une seule fois, et puis elles avaient déjà une certaine expérience avec les photos. Les gens étaient adorables. On s'occuperait d'elles. Beaucoup d'argent. Rapide. Facile ?

Premier tournage. Première désillusion. Il faut aller vite, tout le monde est stressé. Les douleurs, les humiliations, le dégoût. Et tout ce fric en fin de tournage. Plus besoin de bosser pendant un moment.

Leonard revenait à la charge après quelques semaines : elles étaient superbes, elles devaient voir plus grand, envisager une carrière. Peut-être même devenir une star. Des milliers de dollars. Un staff complet. Des voyages, des fans, la totale. Nouveau tournage. Enfouir son amour-propre, mettre de côté son humanité, servir, obéir docilement, faire la poupée. De tournage en tournage, l'argent tombait, Leonard en prélevait une partie, 10 % au début avait-il avoué avant de passer à 20, une fois qu'elles étaient demandeuses. Annabel le soupçonnait d'en prendre bien plus. Thayer avait protesté. Comment pouvaient-elles gagner autant et vivre dans des studios miteux ? Parce qu'elles n'avaient pas été prises sur des productions importantes très longtemps, elles n'étaient pas assez bonnes, avait expliqué Leonard. Elles se forçaient et ça se voyait. Il avait donc dû chercher parmi les tournages plus modestes, pour finir dans les petites productions à la va-vite. Mais elles étaient lancées, il était trop tard pour faire demi-tour.

Annabel avait surtout lu entre les lignes. Ketter devait leur promettre tout et n'importe quoi. Ces films quasi amateurs mal payés devaient être un palier, un tremplin ou un entraînement pour accéder à mieux, pour revenir au sommet. Elle le suspectait d'établir une relation de force avec elles et probablement une forme de harcèlement moral. Pas une seconde il n'avait admis exercer sur Rubis, sa petite amie, un chantage affectif. Or, Annabel l'avait souvent entendu : bien des filles se mettaient au porno par l'entremise de leur petit copain, pour mettre un terme aux problèmes d'argent de leur couple, pour satisfaire un fantasme masculin, et, par amour, certaines craquaient. Ketter n'était pas tout à fait franc dans ses déclarations et Annabel s'était juré de lui tomber dessus dès qu'elle trouverait un motif intéressant pour le faire enfermer quelque temps, là où lui aussi pourrait découvrir les joies d'un rapport sexuel non désiré.

– Des informations sur ses origines ? demanda Annabel.

– Oui, elle vient du Dakota.

– Du Dakota ? s'étonna la détective. Qu'est-ce qu'elle est venue faire ici ? Pourquoi pas Los Angeles, c'est plus près ?

– Certainement parce que tout le monde sait qu'à Los Angeles la moitié de la ville souhaite devenir acteurs et que l'autre moitié l'est déjà ! New York, ça semble plus accessible.

– Tout de même... De la famille ? On sait ce qu'ils font ?

– Père en taule pour diverses conneries à répétition, lut Thayer. Mère internée à deux reprises en HP. Elle revenait de loin, cette petite. Deux frères, un qui a suivi le chemin du père, brave gamin, et l'autre on ne sait pas. Bref, elle ne devait pas être très proche d'eux.

– Elle quitte une famille pourrie avec des rêves plein la tête que ce sera meilleur ailleurs, tombe sur un salopard comme Ketter, et finit dans le porno avant de se réveiller un beau matin et de réaliser que finalement sa vie est merdique où qu'elle soit, quoi qu'elle fasse, et elle se fout en l'air. La thèse du suicide, Jack. Elles se sont toutes les deux donné la mort. J'adorerais coffrer Ketter pour homicide, mais je crois que ce sera pour une autre fois.

Thayer réfléchissait, bouche en cul-de-poule, tapotant son calepin du bout de son stylo.

– Justement, dit-il enfin, ça colle. Ketter, ou qui que soit l'assassin, a joué sur ce contexte propice au suicide. Quelqu'un de proche d'elles, ou au moins qui connaissait leur histoire.

Thayer s'entêtait au point que cela devenait ridicule. Annabel s'en amusa et répliqua, le sourire aux lèvres :

– Jack ! Qu'est-ce que tu m'as appris quand je suis arrivée ici ? Que dans notre métier, c'est toujours le plus simple qui prime !

– C'est *presque* toujours le plus simple ! corrigea-t-il. Pourtant, cette fois, trop d'éléments sont louches. Le vomi sur la scène de crime, l'appel à témoin passé d'une cabine trop éloignée, le coup de feu en plein visage, j'ai du mal à gober tout ça. Parfois je ne te suis pas, Anna ; hier, tu fonçais tête baissée dans cette enquête alors que nous avions autre chose à boucler et maintenant tu la classes !

– Ne te méprends pas, je veux la résoudre. Sans qu'on se plante. Je pense qu'elles se sont suicidées toutes les deux ; en revanche, je me demande quelle est la responsabilité d'un type comme Ketter dans cette affaire. S'il les a détruites, il doit payer.

– Ce n'est pas notre job, on ne rééquilibre pas les comptes ! On établit la vérité, c'est tout, ne perds pas cela de vue.

Il la fixa un moment, jusqu'à ce qu'elle acquiesce en montant les yeux au plafond.

– Il n'empêche ! contra-t-elle. Je vais mettre Ketter à poil, savoir s'il fréquente une Église ou une secte qui pourrait avoir perturbé les filles avec des notions d'occultisme ; je veux enquêter sur Charlotte Brimquick et l'interroger à nouveau, savoir pourquoi je trouve le même pentacle chez elle que chez Sondra Weaver. Il faut demander aux flics qui ont été chez Melany Ogdens s'ils ont découvert le même dessin sur un mur ou quelque part. Coller la pression à Ketter, je suis certaine qu'il finira par craquer et nous lâcher un os à ronger.

Jack Thayer approuva.

– C'est un bon plan d'attaque, confirma-t-il. Je m'occupe de joindre le bureau du légiste pour avoir une copie du cas Ogdens. Tu ne bosses pas demain, n'est-ce pas ?

– Non, je pars avec Brady, deux jours à la montagne, ça va nous faire du bien, on a besoin de se retrouver.

– Tu fais bien. Moi j'en profiterai sûrement pour éplucher la paperasse de l'enquête sur le suicide Ogdens. On fera un point mardi matin à ton retour.

– Jack, les congés c'est vital, tu as besoin de prendre du recul aussi. Ne te fais pas aveugler par ton enquête, tu te rappelles ? C'est toi qui m'as appris ça.

– Ce qu'il y a d'horripilant avec les conseils c'est qu'ils te reviennent toujours en pleine tête comme un boomerang ! plaisanta-t-il. Ne t'en fais pas, je serai chez moi, les pieds sur ma table, et la chaîne stéréo tissera entre le monde et moi un cocon lyrique, protecteur et réparateur !

Sur quoi il attrapa son téléphone et composa un numéro.

Annabel se planta devant son ordinateur et lança Internet. Elle était curieuse de voir s'il existait des liens entre le cinéma pornographique et l'ésotérisme. Elle n'était pas très calée dans ces domaines, encore moins dans le premier. Tandis qu'elle voyait sa recherche par mots clés s'afficher sur la fenêtre de Google, elle songea à son mari. En regardait-il ? Le porno représentait un marché si colossal qu'il ne pouvait être limité aux célibataires et aux adolescents. À quoi ressemblait le consommateur moyen ? La trentaine ? Père de famille ? Est-ce que Brady fantasmait de temps à autre devant ces filles ?

Annabel se sentait mal à l'aise avec cette idée. *Concentre-toi sur ton job ! Chaque chose à sa place, en son moment.*

Elle fit défiler tous les résultats mais chaque fois l'intitulé ne donnait rien de probant. Page après page, elle constata que rien sur le web ne reliait de façon convaincante ces deux notions. Elle essaya avec « pentagramme », « secte » et « paranoïa ». Ces deux derniers, associés au mot « porno » donnèrent une foule de résultats bien qu'aucun ne soit concluant.

Jack raccrocha et vint poser ses fesses sur le coin du bureau de sa partenaire.

– J'ai eu le bureau du légiste, ils me faxent le rapport complet. J'ai tout de même demandé une rapide synthèse au téléphone. J'ai pu joindre le médecin qui a pratiqué l'autopsie, il se souvenait très bien de ce cas. Tu es prête ?

– Toi, tu as trouvé une piste !

– Je ne sais pas si c'en est une, en tout cas voilà une énigme de plus : le corps de Melany Ogdens comportait plusieurs plaies sur le corps, ante mortem de plusieurs jours, très fines, cinq à six centimètres de long, assez profondes. Aucune n'était mortelle. Toutes suturées correctement avec du fil chirurgical. Cependant, en les examinant de plus près, le légiste a constaté qu'elles étaient toutes très infectées. Odeur nauséabonde. Tissus très abîmés par endroits, le légiste les a inspectés minutieusement car l'intérieur n'était pas propre. Il a avoué être circonspect, mais selon lui, il se pourrait qu'on ait voulu lui implanter des corps étrangers dans les chairs et qu'une fois bien mis en place on ait tout refermé.

– Tu plaisantes ?

– Comme on plante une graine. Ogdens et Weaver ont servi de terreau. Reste maintenant à savoir pour quoi exactement.

Annabel secoua la tête, écœurée, dépassée par l'imagination des pervers de ce monde.

– Je crois que je vais annuler mon week-end, prévint-elle.

– Négatif. Tu l'as dit tout à l'heure : il faut prendre du recul. Souffle, profite, mardi matin tu auras les idées claires. Je vais embarquer des dossiers à la maison pour en faire autant. Cette affaire a commencé il y a trois semaines, elle n'est plus à deux jours près.

– Tu veux savoir ce qu'on a pu faire à Melany Ogdens ? Moi je veux savoir qui !

– Et nous allons y parvenir, sois-en certaine. Mais même les meilleurs flics ont le droit de se reposer, fit-il en souriant. File donc, tu as un mari qui t'attend.

Et tandis qu'il terminait sa phrase, les premiers flocons de neige se mirent à tomber. Nombreux. Un voile vertical qui s'intensifia rapidement pour devenir un nuage ouaté.

En quelques minutes une pellicule immaculée recouvrit toute la ville, à l'instar d'un suaire.

Comme pour la faire disparaître.

23

Le X5 remonta l'autoroute 87 en direction du nord, pendant une heure et demie, avant d'en sortir pour gagner des routes moins balisées. Une épaisse fourrure émeraude recouvrait les collines au pied des Catskill. Les bas-côtés disparaissaient sous un manteau de neige tombée la veille ; les accès ayant été dégagés dans la soirée, Annabel et Brady ne rencontrèrent aucune des difficultés redoutées. Ils firent une halte à Walden – petite ville champêtre décorée de rouge et de vert pour Noël – en milieu de matinée, pour demander la clé du chalet et faire le plein de vivres. Annabel remplissait le coffre de sacs de provisions lorsque le vieux propriétaire de la station-essence vint à sa rencontre. Le couple venait plusieurs fois par an dans cette région et leurs visages n'étaient plus inconnus.

– Vous grimpez là-haut, dans le bungalow, n'est-ce pas ? fit-il en guise de salut.

– Bonjour, oui, en effet. Deux jours de repos loin des buildings et de la pollution.

– Vous ferez attention, pas vrai ?

Annabel trouva le conseil très étrange.

– Euh, oui, bien entendu. Un problème ?

– Ils annoncent pas mal de neige ces jours-ci, et en fin de journée.

– Oui, ça a commencé cette nuit déjà, mais ça roule bien. Comment est le chemin dans la montagne ?

– Aujourd'hui vous serez vite rendus, c'est pour redescendre que je m'inquiète !

Annabel lui offrit un sourire rassurant :

– Ne vous en faites pas, on se débrouillera. (Elle se pencha vers le vieil homme et dit plus bas, sur le ton de la confidence :) Et puis j'ai toujours rêvé de rester coincée dans un chalet avec mon mari !

Devant l'attitude impassible de son interlocuteur, Annabel comprit que son humour n'avait pas fait mouche et elle termina d'agencer ses courses pour qu'elles ne se baladent pas dans le coffre.

– C'est ce qu'ont dit des touristes avant vous, lança-t-il en enfouissant ses mains dans ses poches. Avant de passer dix jours là-haut, bloqués par la neige. Et croyez-en la parole d'un gars du coin, quand on est tout seul au milieu de cette forêt, il peut s'en passer des choses.

Sur quoi il tourna les talons tandis que Brady revenait.

– J'ai notre sésame, confia-t-il en brandissant une enveloppe. Et Mme Liestenberg nous offre de la confiture de baies. Ça va ? Tu fais une drôle de tête.

– Ce gars est flippant, dit-elle en claquant le hayon.

À mesure que le 4 × 4 s'enfonçait dans la mer de végétation qui les noyait de toute part, il gagnait en altitude. Les dômes sauvages se rapprochaient, la route se rétrécissait, les virages s'intensifiaient, devenant lacets. Après trois quarts d'heure, Brady se mit à guetter sur sa droite jusqu'à trouver l'entrée du chemin. La neige rendit cette dernière portion plus ardue, deux kilomètres de piste sportive, surtout dans son ultime ascension : une longue montée où le 4 × 4 patina à plusieurs reprises.

Lorsqu'ils se garèrent devant le chalet, Annabel se jeta au-dehors pour respirer à pleins poumons.

– J'avoue que je n'étais pas fière, dit-elle, dans la pente j'ai bien cru qu'on allait partir à reculons pour s'emboutir dans un tronc !

– Fais confiance à ton pilote, répliqua Brady en sortant leur sac de voyage.

– Ça va, ta tête ? demanda Annabel en désignant la bosse rouge que Brady portait sur la tempe.

La veille, il lui avait raconté s'être fait agresser par un toxicomane dans la rue. Elle avait insisté pour qu'ils aillent porter plainte et Brady avait dû déployer des trésors de persuasion pour qu'elle accepte d'en rester là.

– Oui, je n'ai déjà plus mal, mentit-il.

Les provisions déchargées, Brady entra un maximum de bois pendant qu'Annabel s'affairait sur la cheminée pour lancer le feu. La maison se constituait d'une grande pièce principale et de deux petites chambres. Il y régnait une température à faire hiberner un ours.

Les bûches crépitantes ne tardèrent pas à réchauffer l'atmosphère.

Annabel s'attela ensuite à décrocher du mur au-dessus du coin-cuisine la tête d'un élan empaillé. Elle ne supportait pas cette immense chose morte qui les observait et c'était devenu un rituel (ainsi qu'un sujet de plaisanterie). À chaque visite, la bête allait dormir dans la chambre inoccupée.

Ils se firent une omelette sur le poêle à bois, avec des oignons caramélisés, du bacon et des pommes de terre qui inondèrent la pièce d'un fumet alléchant. En début d'après-midi, le ciel devint un lourd couvercle blanc, pourtant la neige ne semblait pas sur le point de tomber, aussi Brady invita-t-il sa femme à s'équiper pour une petite randonnée.

Le sentier qui partait derrière le chalet s'était effacé faute de passage et d'entretien, n'en demeurait qu'une fine tranchée dans le tapis de pins et de sapins. Brady ouvrant la marche, ils descendirent pendant une demi-heure pour serpenter dans une plaine et franchir un ruisseau gelé en sautant de rocher en rocher.

Après une heure de marche, Annabel ne reconnaissait plus le chemin, elle demanda :

– Tu nous emmènes où comme ça ?

– Avant de partir j'ai fais mes devoirs et je nous ai débusqué un nouvel itinéraire. Tu connais le mont Overlook ?

– Le nom me dit quelque chose.

– Le coin est très sympa, apparemment, avec les ruines d'un ancien hôtel à explorer.

– Ne me dis pas qu'il s'appelait l'Overlook Hôtel ? C'est le même nom que dans *Shining* de Stephen King !

– Notre mission consistera donc à savoir s'il est hanté ou non.

Ils arrivèrent à flanc de colline en milieu d'après-midi et tombèrent sur la façade de l'hôtel, totalement ouverte à tous les vents. Plus aucune fenêtre, aucune porte et encore moins de charpente. Il y faisait jour dedans autant qu'à l'extérieur. La chasse aux fantômes fut rapidement expédiée dans ce vestige sans mystère.

Inquiété par la vitesse à laquelle déclinait la lumière, Brady lança le retour au pas de charge. Annabel profita d'un passage à plat pour se lancer :

– Brad, je peux te poser une question personnelle ?

– Je t'écoute.

– Tu mates des pornos ?

Brady s'esclaffa.

– C'est ton enquête qui te fait t'interroger ?

– Sûrement. C'est moche ce qui est arrivé à cette fille. Cette industrie l'a détruite. Les fantasmes d'une poignée de types l'ont détruite.

Brady secoua la tête.

– Je voudrais juste savoir, insista-t-elle. Tu en regardes parfois ?

– Laisse tomber.

– Pour quelle raison ? Ça te dérange de partager ton expérience avec moi ?

– Ne t'aventure pas sur cette pente.

– On forme un couple, non ? Ça ne changera rien, c'est pour savoir, c'est tout.

– Chérie, parlons d'autre chose, tu veux bien ?

Annabel prit de la vitesse pour se mettre au niveau de son mari, intriguée et en même temps froissée.

– Si on ne parvient pas à tout se dire aujourd'hui, Brad, je me demande quel genre de couple nous formerons dans vingt ans !

– Anna, je te dis que je ne souhaite pas en parler.

– Pourquoi ? Je suis certaine qu'avec un ami tu n'aurais pas d'hésitation. Avec moi c'est un problème ?

– Justement, tu es ma femme, pas un pote. Écoute, un homme est constitué de diverses choses que tu n'as pas envie de disséquer et admirer en gros plan, crois-moi.

– Tu as honte ?

– Il y a une part obscure en chacun de nous, et fais-moi confiance, pour le bien des apparences, pour le confort de notre couple et de cette société, laisse tomber !

– Là, tu commences à m'inquiéter.

– Tu vois.

– Non, je comprends très bien où tu veux en venir, c'est juste que ça me désole qu'on ne puisse aborder ce sujet ensemble. Je suis un être humain et j'ai parfois le sentiment d'avoir en moi aussi une part obscure, tu sais !

– Bien entendu ! Mais ce n'est pas la même. Parce que tu es une femme.

– Ah ! Tiens donc, tu donnes dans le machisme maintenant ?

Le ton montait.

– Ça n'a rien à voir ! C'est quelque chose en rapport avec nos instincts, nos différences comportementales entre hommes et femmes. N'oublie pas qu'une large partie de ce que nous faisons aujourd'hui, de notre système de pensée, n'est que l'héritage de milliers d'années de survie dans la nature. Les femmes avaient un rôle, les hommes un autre ! C'est peut-être machiste comme vision mais c'était la réalité d'une époque qui représente plus de 95 % de l'histoire de notre espèce ! Et ces rôles nous ont façonnés avec nos différences.

– Tu es en train de me dire que les hommes matent du porno depuis la préhistoire ? Tu ne te payerais pas ma tête ?

– Tu ne m'écoutes pas ! Je te dis que nous sommes le résultat de centaines de milliers d'années d'évolution et que ce n'est pas avec quelques siècles de « culture » qu'on va tout changer. Le porno correspond à un besoin primitif, il comble un manque.

– Un *manque* ? répéta Annabel presque en criant. Ces films où les filles ne sont qu'un bout de viande dans lequel éjaculer ? Un manque, ça ?

– Une bestialité qui nous a fait survivre. Jouir est une soupape. Fantasmer une nécessité. Et le porno permet les deux. Tu peux prendre cet air outré, c'est ainsi, je n'ai pas que des beaux côtés quand tu regardes à l'intérieur et que tu cherches à disséquer mon fonctionnement, mais je vis avec, je t'avais prévenue de ne pas continuer sur ce sujet. Et tu veux un scoop ? C'est un trait commun à toute la gent masculine !

Sur quoi il accéléra le pas pour la précéder.

Ils atteignirent le chalet juste avant le crépuscule, le cœur de la forêt avait déjà fondu dans les ténèbres, une chape de lumière grise plombait les perspectives. Brady ne fut pas mécontent d'arriver, il avait craint un moment de devoir finir la virée à la lampe-torche.

– Tu n'avais pas fermé à clé ? s'étonna-t-il en trouvant la porte ouverte.

– Si, il me semble. C'est Mme Liestenberg qui serait venue jusqu'ici tu crois ? Avec cette neige ?

– Peu probable.

Brady entra et actionna l'interrupteur. Rien ne se produisit.

– Merde, je n'ai pas mis le groupe électrogène en marche, se souvint-il.

– Laisse, j'y vais.

Il allait la retenir, pas à l'aise qu'elle y aille seule, mais s'en abstint. Sûre de ses aptitudes dans divers arts martiaux, Annabel détestait qu'on la surprotège. Elle n'était pas devenue flic pour rien.

– Ohé, il y a quelqu'un ? demanda Brady sans obtenir de réponse.

Il sortit la lampe de sa poche et balaya la salle de son rayon. Personne. Rien n'avait bougé. Les cendres encore chaudes du feu irradiaient une douce tiédeur.

La lampe suspendue à la poutre principale s'alluma d'un coup. Annabel avait probablement cru fermer. Il n'y avait pas un voisin à des kilomètres à la ronde, aucune chance qu'on soit venu les visiter en leur absence.

– Alors ? fit Annabel en entrant à son tour.

– Rien.

– Bon, c'est que je n'avais pas fermé, désolée.

Elle se débarrassa de sa veste bombardier et mit la bouilloire à chauffer sur le poêle à bois. Brady passa dans la chambre pour se changer.

Il attrapa un pull plus léger et allait retirer celui qu'il portait lorsqu'il la vit, au milieu de leur lit.

Son cœur se décrocha dans sa poitrine, ses jambes se vidèrent de leur substance.

Il resta là, le sang figé.

24

Soigneusement pliée sur le dessus-de-lit.

L'écharpe que le jeune livreur lui avait prise. Pour que ses « maîtres » puissent la humer, pour le traquer.

Brady s'appuya à la porte de l'armoire pour se soutenir.

L'adolescent à la caquette était venu jusqu'ici.

Non ! Ce sont eux. La Tribu. Un avertissement, voilà, c'est un putain d'avertissement ! Ces gars sont des malades !

Que devait-il faire ? Prévenir sa femme, contacter la police et..

Et tout leur dire ? Que je me suis intéressé à ces dingues ? Pour qu'on fouine dans ma vie, qu'on finisse par découvrir que j'étais présent au moment où Rubis s'est tuée ? Pour qu'on m'accuse d'avoir fui ? De meurtre ?

Impossible. Jamais Annabel ne pourrait comprendre. Il la perdrait. Mieux valait tout faire pour ne pas attirer l'attention. Tout régler lui-même.

Ces types ne sont pas dangereux..., se raconta-t-il. *S'ils ont agi ainsi c'est pour m'effrayer, pour que je les oublie. Pas pour nous agresser.*

Pourtant, il ne parvenait pas à y croire S'ils devaient lui tomber dessus, lui infliger une bonne correction, alors Brady ne voulait surtout pas qu'Annabel y soit mêlée. Il devait les éloigner.

Ils sont probablement déjà loin. Ils ne prendront pas le risque de rester, que j'appelle la police...

Mais il fallait en être sûr.

La bouilloire se mit à siffler dans le salon.

Brady ramassa l'écharpe et la glissa dans ses affaires, puis rejoignit Annabel qui servait deux tasses de thé chaud.

– C'est gentil aux Liestenberg de nous avoir fait un petit sapin de Noël, tu ne trouves pas ? fit Annabel en désignant l'arbuste décoré qui trônait près du canapé.

– Je ressors, je crois que j'ai perdu mes jumelles d'observation, dit-il en enfilant sa veste.

– Tu ne vas pas refaire la randonnée à cette heure tout de même ?

– Je me souviens les avoir senties dans ma poche en remontant la pente, elles sont tombées tout près, je fais le tour de la maison et je reviens.

– Il fait presque nuit, tu n'y verras rien, attends demain.

– Non, la neige ne va plus tarder et je ne voudrais pas qu'elles soient recouvertes, à tout de suite.

Brady s'empressa de sortir et d'enfiler ses gants. Le soleil avait à présent totalement disparu, il ne demeurait qu'un voile blanchâtre au loin et un filtre bleu-gris plombait les alentours du chalet. Brady alluma sa lampe et balaya devant lui. Il s'éloigna d'une dizaine de mètres et illumina les fourrés.

– Si vous êtes là, sortez, je veux vous parler, lança-t-il avec trop de prudence pour que sa voix porte loin.

La dernière chose qu'il voulait était que sa femme l'entende.

Il entreprit de décrire un cercle autour du chalet, en répétant : « Sortez de là ! » par intermittence. Mais rien. Aucune présence. Pas de trace évidente non plus.

Il allait faire froid. Beaucoup trop pour que des individus se tapissent ici à l'attendre. Ils étaient déjà repartis.

Des brindilles craquaient de temps en temps, parmi les abîmes de cette forêt, et pendant un instant il sembla à Brady que c'était dans la continuité de son parcours. Le suivait-on à distance ?

Il braqua le cône lumineux dans la direction des broussailles. Troncs, branches basses, épines, buissons, petits rochers, obscurité...

Les flocons surgirent en silence, brusquement, et cette danse muette, autour de lui, surprit Brady. Il n'avait rien vu venir, comme s'ils sortaient du néant deux mètres au-dessus de lui. Son cœur battait fort, la vapeur de son haleine marquait la cadence, celle d'un homme qui a peur.

Il stoppa devant l'entrée du sentier, la mince piste en pente disparaissait entre les ombres et la végétation.

Un cri perça la nuit. Animal. Plus bas parmi les sapins. Strident et répétitif, sonnant comme un avertissement. Brady ne le reconnaissait pas, ce qui ne l'étonna guère, lui le citadin. Il songea pourtant à un renard, dont il avait entendu les jappements saccadés et aigus lors d'un documentaire. La bête se déplaçait, lançait son cri d'alerte vers lui. Était-il sur son territoire ? Brady était convaincu que ce n'était pas amical, et quel que fût l'animal, il était dérangé.

La comparaison avec sa propre situation le fit frissonner. Il s'était trop approché du territoire de la Tribu, elle l'avait détecté et maintenant l'avertissait de ne plus faire un pas. Que se passerait-il sinon ?

Allez, assez perdu de temps, il n'y a pas âme qui vive ici !

Brady rebroussa chemin, tournant le dos au sentier.

Ses pas produisaient un son rassurant, en écrasant la neige. Son enfance. Les promenades. Les batailles de boules de neige...

Les fenêtres du chalet répandaient une flaque jaune, tel un phare au sommet de son piton rocheux. Brady était tout près. Sur le point de s'y réchauffer.

La sensation d'être suivi l'envahit aussitôt.

Une présence. Juste derrière lui.

Qui va frapper.

Les poils sur sa nuque se hérissèrent et il bondit de côté en tenant sa lampe à deux mains.

Le faisceau illumina le vide, faisant scintiller les cristaux de neige.

Personne.

Brady vida ses poumons, en sueur. Quoi, il s'était vraiment fait peur tout seul ?

C'est un délire, rien d'autre. Je me suis fait un trip. Tout va bien...

Il fit un ultime tour complet sur lui-même et regagna l'abri de la lumière au pas de course.

Annabel avait ravivé le feu et les bûches brûlaient en faisant danser les ombres sur les murs au rythme des flammes.

Ils dînèrent tôt, Annabel prépara une jolie table avec des bougies. Brady la connaissait assez pour deviner qu'elle voulait passer à autre chose, oublier la conversation qu'ils avaient eue cet après-midi – ou qu'ils n'avaient pas eue – et profiter de cette soirée avec lui.

Il fit des efforts pour ne pas être absent, son esprit s'évadait vers l'écharpe et la présence de la Tribu dans les environs. Il avait beau se répéter qu'ils étaient déjà loin, peut-être même de retour à New York, si c'était là leur repère, rien n'y faisait. Il ne profitait plus de son séjour. L'isolement de cet endroit, d'habitude si bénéfique, le rendait ce soir très nerveux.

Avant de passer au dessert, une tarte aux pommes, Annabel lui resservit un peu de vin et demanda :

– Je vois bien que ça ne va pas. Qu'est-ce qui te tracasse, tu veux en parler ?

Brady porta son verre à ses lèvres. Il garda le vin en bouche plusieurs secondes, pour imprégner ses muqueuses de toutes les saveurs. Pour s'imprégner tout entier.

– Rien, je suis fatigué, c'est tout. J'ai besoin d'une bonne pause avant de réattaquer le boulot.

– Les vacances de Noël vont nous faire du bien, chéri, tu verras.

Brady lui sourit. Ils avaient sélectionné leur destination avant son départ pour l'Espagne. Les Maldives. Comme souvent avec Annabel, des négociations interminables avaient été nécessaires pour qu'elle accepte le luxe d'un tel voyage. Elle n'avait jamais été très à l'aise avec l'argent que gagnait Brady. Et puis il fallait qu'elle dépasse ses paradoxes. Elle détestait le principe même des vacances, cette « récompense du gentil travailleur qui reviendra à l'ouvrage avec plus de conviction encore ». Pour une femme qui adorait son métier c'était surprenant. Brady la surnommait la « libertaire modérée à tendance communiste », ce qui la faisait hurler d'indignation. Il était tombé amoureux de ses contradictions, avant qu'elles ne deviennent, peu à peu, des rengaines parfois fatigantes.

Cette année avait été rude. L'un et l'autre surchargés de travail, ils s'étaient peu vus et la qualité de leurs échanges s'en était ressentie. Brady en était conscient, mais il soupçonnait sa femme de se voiler la face.

Où en étaient-ils aujourd'hui pour qu'il ignore tout de ce qu'elle pensait ?

Elle se glissa derrière lui pour lui masser les épaules, et il s'abandonna, doucement, à ce bien-être.

Ils firent l'amour, malgré l'angoisse de Brady, malgré toutes les images obscènes et perturbantes qui stagnaient dans sa mémoire.

Mais une pulsion les dépassait toutes, plus puissante encore.

La jouissance.

Lorsqu'elle se leva pour aller dans la cuisine se chercher un verre de lait, Brady contempla Annabel. Ses seins si ronds. Ses fesses rebondies. Le triangle saillant au niveau de ses reins. Si jolie.

À peine l'ivresse du plaisir sexuel passée, la réalité de ses doutes revenait déjà.

Était-ce parce qu'il la connaissait par cœur que leur relation n'était plus aussi enivrante ? Était-ce pour cela qu'il prenait tous ces risques en ce moment ? Si leur complicité avait été celle de leur début, jamais il ne lui aurait menti. Il lui aurait immédiatement confié le suicide de Rubis.

Non, si nous étions encore ce couple-là, jamais je n'aurais contacté Rubis, rectifia-t-il. *C'est là toute la différence.*

Il ne voulait pas la tromper, il se targuait même d'en être incapable. Mais il s'était mis dans une position dangereuse, avec une femme à la beauté envoûtante.

Peu à peu, il s'était enfoncé dans le marécage de la lassitude, et parce qu'il n'avait plus la tête bien faite, il s'y était perdu. Un jour, viendrait le faux pas, celui qui vous noie.

Parfois, il suspectait l'adultère d'être un substitut de la psychothérapie. Tromper pour fuir ses peurs, se sentir revivre. Jouir en l'autre c'était aussi lui transmettre ses angoisses. Finalement, ce n'est pas la maîtresse qu'on aime, mais ce qu'elle représente de rassurant. Puis, tôt ou tard, une fois rasséréné, l'homme revient vers sa femme, sous la chape réconfortante de leur paix routinière.

Était-il plus fort que ça ? Non. Il errait, et s'embourbait au fil des années.

Sauf s'il sautait les deux pieds dans la fange et l'explorait une bonne fois pour toutes, pour en ressortir neuf. Lavé. Prêt à repartir.

Voilà pourquoi il s'entêtait dans la sordide histoire de Rubis.

Pas seulement pour échapper à la police, pour comprendre avant eux et éliminer d'éventuelles preuves le rattachant à elle. Tout cela relevait même de la malhonnêteté. Non. Il fonçait et continuerait parce qu'il y voyait une piste pour descendre au fond de lui-même, y faire le ménage, se confronter au pire, à la quintessence du vice, et en revenir blanchi, affranchi de ses démons.

Annabel se recoucha contre lui, la peau glacée par son incursion hors des draps.

Il mit longtemps à s'endormir, après s'être retourné souvent, incapable de s'abandonner à la confiance du sommeil. Il lui fallut d'abord la torpeur, l'engourdissement des angoisses. Puis le glissement vers l'inconscience.

Tic.

Les premières images éthérées du rêve.

Tic.

Une cabane en planches dans les bois. Le vent. Brady est à l'intérieur. Il doit s'en aller, apporter un panier à quelqu'un, il ignore qui exactement.

Tic.

On frappe à la porte. Instantanément, il sait que c'est le loup. Il veut entrer, et le dévorer.

Tic.

Il insiste. Il va détruire la porte.

Tic.

Cette fois Brady ouvrit les yeux.

Le bruit provenait de la réalité, pas de ses songes.

La chaleur du feu de cheminée s'était en partie enfuie, il faisait frais dans le chalet. Aucune lumière, à peine un halo nocturne par la fenêtre, la lune séquestrée derrière un bras de nuages.

La fenêtre !

Le bruit provenait du dehors.

Tic

Brady vit le gravillon rebondir contre le carreau et en fut tétanisé. Il sut immédiatement que ça ne pouvait pas être un animal. Trop régulier. On visait.

Il ouvrit la bouche pour respirer. Ses tempes devinrent humides.

Tic.

Annabel s'enroula dans les couvertures.

Brady tendit le bras pour la réveiller, avant de se figer.

Il savait très bien qui était là, à l'appeler.

Il ne pouvait la mêler à ça. Lentement, il se dégagea du lit et remercia le sommeil lourd d'Annabel après l'amour. Il fit une boule de ses vêtements et se glissa hors de la pièce pour s'habiller.

Il n'alluma sa lampe qu'une fois à distance du chalet, et leva les bras. Le froid ne tarda pas à mordre, le vent sifflait entre les arbres.

– Je suis là, appela Brady.

Du bois craqua de l'autre côté, sur le flanc nord. Guidé par le cercle que sa lampe ouvrait à ses pieds, il se hâta de s'y rendre.

Une branche de sapin jaillissant comme l'éperon d'un navire bougeait encore à l'entrée du sentier.

On l'invitait à descendre dans la forêt.

Brady jeta un coup d'œil en arrière. Aucune lumière dans la maison. Annabel dormait toujours. Nouveau craquement sec, plus bas. On l'éloignait du chalet.

Ils veulent quoi ? me descendre ?

Brady serpenta entre les grosses pierres, écartant les branchages qui tendaient leurs doigts fourchus pour lui griffer les joues.

Pourquoi étaient-ils revenus ?

Sont-ils seulement partis ?

Soudain, Brady réalisa qu'il n'y avait pas de rideaux et encore moins de volets au chalet. S'ils étaient restés, alors ils avaient tout vu de leurs ébats amoureux. Brady sentit la colère lui serrer la gorge. Et s'ils avaient filmé derrière les vitres ?

Ce n'est pas le moment d'y penser.

Brady s'immobilisa, concentré sur son environnement.

Il se repérait aux sons qu'il percevait.

Un raclement, comme quelqu'un qui dérape, sur sa gauche. Brady tendit la lampe et sonda la forêt.

Troncs bruns. Tapis d'aiguilles. Rochers saillants, trop petits pour cacher un homme. Trou – terrier ? Racines semblables à des veines ondulées. Branches ondoyant dans le vent. Buissons. Arbre mort.

Une paire d'yeux. Phosphorescents.

Dans un visage de craie.

Terrifiant.

Brady se crispa sur sa lampe-torche.

Un homme. Grand. Les cheveux longs, emmêlés... des dreadlocks. Emmitouflé dans un long manteau sombre, des dizaines de chaînes autour du cou.

Et la pâleur de sa peau, aussi réverbérante que la neige

Des lèvres noires.

Sur des yeux transparents.

Brady se sentit traversé par ce regard inhumain. Aux iris blancs.

Les lèvres noires s'ouvrirent sur un rictus.

Sur des dents taillées en pointe.

Le sourire d'un carnassier à la mâchoire construite pour déchiqueter.

– Nous sommes des animaux, monsieur O'Donnel, dit le monstre.

Brady ne parvenait plus à bouger. Il lui semblait qu'on approchait derrière lui et sur les côtés, mais cela pouvait tout aussi bien être des rafales glacées.

– Qu'est-ce que vous me voulez ? parvint-il à demander.

– Vous vous êtes approché de nous. Vous avez pissé dans notre jardin. Et les animaux détestent ça.

Il s'exprimait d'une voix douce, contrastant avec son physique d'épouvante.

– Je veux juste vous parler, c'est tout. Je suis...

– Êtes-vous un animal, monsieur O'Donnel ?

– Quoi ? Comment ça ?

Le vent bruissait autour d'eux, dans les sapins poudrés de neige. Dans les oreilles de Brady.

– Avez-vous l'étoffe d'un prédateur ? Capable de vivre en meute et de se soumettre ?

– Je... Je n'en sais rien. Écoutez, tout ce que je souhaite c'est...

– Ferme ta gueule ! aboya la créature dont la rage déforma les traits. Nous n'écoutons que les animaux de notre trempe. Es-tu de ceux-là ? Es-tu prêt à partager tout ce que tu as avec la meute ? Tes pensées, tes fantasmes, tes peurs, ton sang et... même ta femme ?

L'air quitta les poumons de Brady. La panique se rua sur lui tel un raz de marée.

– Ma femme ? Laissez-la en dehors de tout ça ! Elle n'a rien à voir...

La bouche s'ouvrit en grand sur des crocs luisants. Le regard blanc s'alluma, habité d'une joie couleur sang.

– Allons, ce n'est pas prudent de l'avoir laissée seule, tout là-haut, endormie...

Il se mit à rire, dévoilant le masque immonde de celui qui jouit de la souffrance des autres.

Mais Brady ne l'entendait plus.

Il courait.

De toutes ses forces.

Pour sauver sa femme.

25

Chaque foulée était trop courte.

Brady enrageait de ne pouvoir aller plus vite. De trébucher. De ne pas être armé. Et surtout d'avoir été aussi stupide.

Ces types étaient des tarés. Prêts à tout pour s'amuser.

Pourquoi avait-il laissé Annabel toute seule ?

Les films le montraient, ils se comportaient comme une horde de destruction, une meute.

Aucune bête terrestre n'est aussi vicieuse.

Son pied buta contre une pierre et il s'effondra dans la neige, le souffle coupé. Sa lampe roula sur plusieurs mètres, dévalant la pente en sens inverse.

Brady l'abandonna. Pas le temps.

Il parvint au sommet et se précipita dans le chalet en enfonçant la porte plus qu'il ne la poussa.

Il n'avait aucun plan, aucune idée précise. Tout ce qu'il voulait se résumait à un mot : violence.

Frapper pour défendre sa femme. Frapper pour leur faire regretter d'être venus jusqu'ici. Frapper pour se libérer.

La chambre se souleva presque quand il se précipita à l'intérieur.

Annabel hurla.

La lumière gicla, Brady sur la pointe des pieds, cherchant où bondir.

Elle était nue.

Le poing serré. L'air affolé.

Ils se toisèrent un instant avant de comprendre la situation.

Il n'y avait personne. Le monstre s'était fichu de lui. Ils avaient joué.

L'unique source d'ennuis pour Annabel était son mari qui venait de la réveiller en fanfare. Il remarqua que, dans sa peur, elle s'était levée, prête à cogner.

Elle n'était pas du genre à se laisser faire. Probablement plus coriace que lui, d'ailleurs.

– Qu'est-ce qui se passe ? s'écria-t-elle.

Brady se laissa choir sur le lit.

– Je suis désolé, balbutia-t-il. J'ai... fait un cauchemar. J'ai cru qu'il y avait quelqu'un dehors.

Annabel retomba parmi les draps.

– Tu m'as filé une de ces frousses...

– Excuse-moi.

– Tu t'es habillé ? Brad, tu fais du somnambulisme ?

– Non, j'ai vraiment cru qu'on nous épiait par la fenêtre, je suis sorti et puis je ne sais pas ce qui m'a pris, j'ai cru qu'on t'agressait. Je suis navré.

Annabel tira les couvertures pour se protéger du froid.

– Tu as raison, il est grand temps que tu fasses une pause.

Annabel ouvrit les yeux à dix heures le lendemain matin. Elle avait tardé à se rendormir après l'épisode nocturne.

L'odeur du feu de bois et du café la tirèrent du lit.

Brady surgit, un plateau sur les bras :

– Non, tu restes où tu es, j'ai à me faire pardonner pour la nuit dernière. Tiens, petit déjeuner sous les draps.

– J'ai trop dormi, j'ai mal au crâne.

Brady lui posa le plateau sur les cuisses et désigna le verre de jus d'orange.

– Bois ça. Il a pas mal neigé cette nuit, au moins vingt centimètres.

– Tu es en train de me dire qu'on est bloqués ici ? fit Annabel partagée entre la joie et un soupçon d'inquiétude.

– Je pense qu'on peut encore rentrer ce soir si ça ne retombe pas d'ici là. Mais se sera serré, surtout pour redescendre jusqu'à Walden.

– J'avoue qu'une journée de plus ne serait pas de refus, chuchota Annabel en caressant la nuque de Brady. Jack en profitera pour réinterroger notre témoin principal. Un sale type, je te jure qu'il ne faudrait pas m'enfermer seule avec lui si j'avais l'opportunité de le cogner !

– À ce point ? Qu'a-t-il fait ?

– C'est un abruti qui manipule des filles un peu crédules et isolées. Il les embrigade dans un système et les rend accros.

– C'est leur mac en quelque sorte ?

– Lui se prétend « agent », un bel enfoiré, oui ! C'est le petit ami de la fille suicidée sur qui j'enquête. Il a poussé sa propre copine à faire du X !

Brady hocha la tête, l'air contrarié. Il avait les traits tirés, Annabel était soucieuse. Et s'il était surmené ? Il n'arrêtait pas. Toujours sur le qui-vive, enchaînant les reportages, les voyages...

– Excuse-moi, lâcha-t-elle en se radoucissant, dès le matin je sais que c'est un peu rude. Alors ? Programme du jour ?

– On va se dégourdir les jambes et se mettre en appétit pour ce midi et puis sieste, ensuite je te mets ta pâtée aux dames et il sera temps de faire le point sur notre situation : rester ou rentrer.

– Génial.

Annabel était sous sa douche lorsque Brady frappa.

Il lui tendit son téléphone portable.

– C'est urgent, dit-il.

Annabel se saisit de l'appareil, et coupa l'eau.

– Détective O'Donnel ? demanda une voix d'homme.

– Oui, répondit-elle en attrapant une serviette pour s'enrouler dedans.

– Police du New Jersey. Nous avons un problème ici.

– C'est-à-dire ?

– Un cadavre. Un truc... pas commun.

Annabel n'avait rien à voir avec la juridiction du New Jersey. Aucun contact proche dans cet État. Pourquoi l'appelait-on ?

– En quoi ça me concerne ? Comment avez-vous eu mon numéro ?

L'officier vida tout l'air de ses poumons, comme s'il n'en pouvait plus.

– Justement, il semblerait que ça vous soit adressé, expliqua-t-il.

– Moi ? Qui est la victime ?

– M'est avis que vous la connaissez. Il faut que vous veniez. Vite.

26

Annabel comprit dès lors qu'on lui confia l'adresse.

Charlotte Brimquick

Et cette fois il n'était pas question d'un suicide, le flic du New Jersey le lui avait assuré.

Pendant que Brady manœuvrait le 4 × 4 tant bien que mal sur les routes glissantes et fraîchement dégagées des Catskill, elle joignit Thayer pour lui donner rendez-vous sur place. Elle ne pouvait y être rapidement, il fallait que l'un d'eux fasse les premières constatations. Juridiction ou pas, elle voulait sa chance de jeter un œil à cette scène de crime.

Brady insista pour la déposer directement. Il était quatorze heures lorsqu'il se gara sous l'échangeur d'autoroute, entre les épaves de véhicules et quelques caravanes. De hautes grilles coiffées de barbelés cloisonnaient chaque parcelle comme s'il s'agissait de précieux bails de chercheurs d'or.

– Je rentrerai avec Jack, ne t'en fais pas, par contre ne m'attends pas ce soir pour dîner, j'ai peur d'en avoir pour un long moment.

Ils s'embrassèrent et le X5 s'éloigna lentement.

Deux voitures des troopers du New Jersey barraient l'entrée de chez Charlotte Brimquick. Deux autres voitures banalisées et une fourgonnette jouaient à touche-touche les unes derrière les autres, toutes de la police : gyrophare posé sur le tableau de bord. Annabel reconnut celle de Jack.

Un officier en uniforme gardait le périmètre. Il la salua dès qu'elle brandit son badge.

– Je suis le détective O'Donnel, ils m'att…

– Allez-y.

Strict comme son uniforme. Annabel s'était toujours demandé pourquoi on affublait les flics de cet État d'un costume pareil : un bleu pâle horrible, visière presque verticale, écusson jaune et noir agressif, pantalon bouffant au-dessus des bottes ; la coupe rappelait celle des uniformes nazis.

Elle remarqua aussitôt l'absence d'un cordon de passage. Tout le monde avait circulé sur la neige sans prendre soin de contourner d'éventuelles empreintes de chaussures.

Ça commence bien !

Il n'y avait déjà plus rien à relever ici.

Un second officier tirait sur une bobine de ligne jaune de la police pour encercler la zone.

Un peu tard, mon coco…

Annabel ralentit, devinant du coin de l'œil une anomalie dans le paysage.

Les deux dobermans gisaient dans une flaque pourpre. Gueules ouvertes, fracassées. Dents brisées. Crâne enfoncé pour l'un. L'autre avait une patte retournée selon un angle improbable. Aucun n'était entravé par sa chaîne.

Ils étaient en liberté quand c'est arrivé. Deux cerbères pareils, m'étonnerait qu'on puisse les prendre par surprise. Ils connaissaient leur bourreau ?

La porte du mobile-home grinça et un homme en costume sous une canadienne déboutonnée apparut pour la saluer.

– Inspecteur MacFerney, on vous attendait.

Annabel lui serra la main. Il était assez costaud, une couronne de cheveux gris soulignait son âge proche de la retraite, sur une tête ronde.

– J'espère que vous ne venez pas de déjeuner, ajouta-t-il.

Annabel monta dans l'habitation. Thayer était là, ainsi qu'un autre détective plus jeune que le premier. Un quatrième homme était accroupi, une lampe-stylo coincée entre les dents. Le légiste.

L'odeur n'était pas aussi pestilentielle qu'elle l'avait craint. Grâce au froid, probablement. Elle se souvint aussi que Charlotte Brimquick avait la manie d'allumer des bougies parfumées.

– Plus de trois heures qu'on est là à ne rien toucher pour que vous puissiez nous donner votre point de vue, pesta le jeune inspecteur. Votre collègue nous a déjà expliqué pourquoi vous la connaissiez.

– Vous ne m'avez toujours pas dit pourquoi vous m'aviez appelée, rappela Annabel.

Le jeune pointa son doigt en direction de la table en Formica près de l'entrée.

Un grand X était tracé avec du sang. Sa carte de visite au milieu. Celle qu'elle avait donnée à Charlotte.

– C'est le genre de truc qui incite à la prudence, intervint le vieux.

– Comment l'avez-vous trouvée ?

– Un de ses « amis », ce matin. Il venait lui rendre visite, il a vu les cadavres des deux chiens et il a compris qu'il y avait un os. Dès qu'il a vu le corps il nous a appelés. Si vous voulez mon avis elle faisait des passes et c'est un client régulier. On va le cuisiner en rentrant mais ça m'en a tout l'air.

Annabel s'avança vers les trois hommes, au fond de l'habitation.

Charlotte gisait sur le lit. Ouverte en deux du nombril au menton.

Des traits rouges partaient de sa bouche béante, dessinant de longues moustaches de chat. Ses yeux n'étaient pas clos, ils luisaient faiblement sous la lumière du mobile-home. Une auréole de sang maculait le matelas nu. Aucune mouche. Annabel remercia l'hiver de leur épargner au moins ça.

Elle s'approcha pour mieux distinguer les plaies.

Nerveuse, ses gestes n'étaient pas sûrs, un soupçon de fébrilité face à cette violence inouïe.

Un marteau gisait sous les cheveux de Charlotte. Brillant à son extrémité d'une pellicule vermillon.

– Attention où vous foutez les pieds, avertit le légiste – un barbu extrêmement maigre.

Plusieurs fragments d'os minuscules baignaient dans leur jus carmin.

En voulant les enjamber Annabel reconnut des morceaux de dents. Une vingtaine. Elle comprit à quoi avait servi le marteau.

Un étrange appareil en métal terminé par deux petites anses était posé à côté d'elle.

– C'est un spéculum, précisa le légiste qui avait suivi son regard. Pas celui qu'on vous enfile chez le gynéco, plutôt un modèle utilisé par les dentistes.

– Un écarteur buccal, si tu préfères, compléta Thayer en tentant d'éloigner le petit anorexique.

Annabel devina qu'il ne l'aimait pas. Trop vulgaire à son goût, assurément.

– Son assassin lui a mis cet engin pour lui péter toutes les dents au marteau ? fit Annabel, hallucinée.

– Je n'en sais encore rien, avoua le légiste. Cependant, on lui a aussi sectionné la langue.

Annabel se tourna vers lui, écœurée.

– Vous l'avez retrouvée quelque part ou le tueur est parti avec le souvenir ? s'enquit-elle.

– Disparue. Et ce n'est pas tout, en fait, quand je dis la langue, c'est plutôt toute la trachée. L'œsophage et l'estomac. Tout a été découpé et emporté. Le type l'a prise pour un drive-in !

Annabel laissa s'écouler quelques secondes avant de se pencher sur le cadavre.

– Aucun impact de balle ?

– Comme vous pouvez le constater, c'est un sacré tas de chairs déballées, difficile d'y remarquer des détails. J'en saurai plus une fois qu'elle sera à poil sur ma table d'autopsie.

Décidément, il fallait s'y faire à ce personnage.

– Une idée de l'heure de la mort ?

– J'ai pris sa température, mais vidée comme elle est, ce n'est pas très parlant. À vue de nez, je dirais depuis hier, peut-être samedi soir. Franchement, ne comptez pas sur une fourchette précise. Elle a clamsé durant le week-end en gros.

– En vous attendant, exposa le jeune inspecteur, on a eu le temps de procéder à l'enquête de voisinage. Cinq caravanes dont deux vides a priori. Rien entendu, rien vu. Une des voisines m'a l'air d'être une pute. Il y a un ferrailleur, et un couple de Mexicains dont je serais étonné qu'ils soient en situation régulière. Bref, pas des bavards.

– Les trois singes de la sagesse, ironisa Thayer.

– Les quoi ? grommela le jeune.

– Non, rien, soupira Thayer. Anna, j'ai peine à croire que notre ex-actrice soit tombée sur le mauvais client, avec ta carte de visite mise en scène de cette manière, ça ressemble plus à un message qui nous est adressé.

– Elle le connaissait, tu ne crois pas ?

– Tu dis ça à cause des chiens ?

– Oui. Ils n'étaient même pas attachés. Je me souviens de l'accueil qu'ils nous ont réservé. Son assassin a préparé le coup.

– On recherche un pervers, dit Jack d'un ton lugubre en regardant les débris de dents. Parmi ses proches pour commencer. Je ne serais pas surpris qu'il ait un passé psychiatrique.

– Hey, on se calme les tourtereaux, c'est notre enquête ! clama le jeune.

– C'est ma carte qui est couverte de sang, le message est clair, non ?

– C'est notre secteur, vous n'avez rien à foutre ici. D'ailleurs, quand vous êtes venus l'interroger, vous auriez dû prévenir la police locale, et je suis certain que je n'en trouverai aucune trace si je cherche, alors ne nous faites pas chier !

Le vieux flic, qui était resté en retrait, s'avança pour modérer les ardeurs du jeune fauve :

– Vous serez prévenus de nos avancées, si nos chefs sont d'accord, on peut bosser de concert.

– Freddy ! On n'a pas besoin d'eux ! s'énerva son partenaire.

Ce dernier le fit taire d'un signe de la main.

– Je vous faxe tous les rapports à venir, prévint-il. Si vous avez une piste, voilà ma carte. (Il se pencha pour apercevoir le petit barbu.) Doc, vous pouvez aller chercher votre assistant, on va la déplacer.

Annabel vit les véhicules de police rapetisser dans le rétroviseur. Jack conduisait.

– Retour au bercail pour sortir tout ce qu'on a sur Charlotte Brimquick ? proposa-t-elle.

– J'ai assez soif, avoua Jack. Si ça ne te dérange pas, j'aimerais d'abord faire une halte dans ces bars au bord de la route, tout près.

– *Ces* bars ?

– Charlotte était encore une jolie fille, si c'était une travailleuse du corps, je ne la vois pas se mélanger aux spécimens qui errent sur les bas-côtés par ici. Ça craint et la plupart sont des junkies. Elle pouvait aspirer à mieux que ça. Hôtesse dans un bar par exemple.

– Bien vu. C'est proche de chez elle, clientèle de routiers essentiellement – consommateurs de prostituées – je marche avec toi.

– Je doute que son assassin soit un routier.

– Pourquoi pas ?

– Ce sont des gens solitaires, voilà pourquoi.

– Et ça nous pose un problème ?

Thayer fit claquer sa langue contre son palais.

– Tu n'es pas observatrice, Annabel.

– Ne me dis pas que tu penses à un dentiste à cause de l'écarteur ? N'importe qui peut en acheter sur eBay !

– Elle n'avait pas de liens et aucune trace aux poignets. On ne l'a pas attachée. Même lorsqu'on lui défonçait les dents au marteau ! Et compte tenu de la quantité de sang, elle était pourtant vivante ! Je ne connais personne qui se laisserait faire une chose pareille sans se défendre.

– Sauf si on la tient, comprit Annabel. Au moins deux hommes, voire trois.

– Ce qui expliquerait les chiens massacrés côte à côte, rapidement. À plusieurs c'est possible. On recherche un groupe de mecs, proches, costauds, certainement avec un lourd passé judiciaire et des antécédents psychiatriques !

– Tu es un as, Jack !

– J'ai aussi ma théorie sur ce qu'on lui a fait, mais si tu veux bien, je vais la garder pour moi encore un peu, le temps de vérifier un dernier élément. Je ne voudrais pas griller d'un coup tout le crédit que je viens de bâtir à tes yeux !

27

Brady venait de déposer sa femme et roulait sur l'autoroute en approche du Lincoln Tunnel pour entrer dans Manhattan. Une partie de lui l'encourageait à rendre une visite à Pierre, prendre des nouvelles de sa santé, profiter un peu de son ami.

Une autre l'incitait à saisir l'occasion d'être en dehors de New York avec sa voiture pour poursuivre son investigation sur Rubis.

Il savait très bien où aller s'il décidait de céder.

Mais l'épisode nocturne le poussait à réfléchir.

Il en avait peu dormi.

Qui étaient-ils *vraiment* ?

La Tribu pour les uns... Des *vampires* pour les autres !

Celui que Brady avait aperçu cette nuit dans la forêt avait tout de la créature monstrueuse, il fallait saluer le souci du détail, de la mise en scène.

Des barjes, oui !

Certes, il faisait sombre, mais les dents ne ressemblaient pas à des fausses, probablement pas un dentier.

Ce gars a été jusqu'à se faire limer les crocs ! Taillés en pointe !

Et son regard ! *Des lentilles...*

Maquillage pour la pâleur exceptionnelle de la peau, rouge à lèvres noir et le tour était joué.

Ils m'ont suivi jusqu'au chalet, putain ! Ces tarés étaient derrière nous ! Et je ne les ai même pas vus...

Heureusement qu'il n'était ni candide ni impressionnable, se félicita-t-il.

Il n'a pas senti mon écharpe pour me retrouver, pas plus qu'il n'a de véritables dents acérées ou des yeux transparents ! Tout ça c'est des foutaises ! Ils jouent un rôle, c'est tout…

Il se souvint des paroles de Rubis.

« Les démons existent, pour de vrai, pas le folklore de Halloween, mais les vraies créatures de Satan. Elles sillonnent nos rues, je les ai croisées. »

Elle faisait allusion à la Tribu, il en était sûr. Ces psychopathes l'avaient détruite pendant le tournage des films.

Certaines filles dans ce milieu finissent par se droguer pour supporter leur quotidien, Rubis, elle, a mis un terme au sien, simplement.

Brady réalisa qu'il éprouvait une rage sourde à l'encontre de la Tribu.

Ils sont venus jusque chez moi. Menacer ma femme !

Il voulait le leur faire payer.

Pourquoi as-tu accepté leur film, Rubis ? Pourquoi ? Et deux fois, en plus…

Juste avant l'entrée du tunnel, Brady prit la bretelle et demeura dans le New Jersey qu'il traversa par le nord, en direction de Newburgh, dans l'État voisin.

Destination finale : Kingston.

Après une heure de route, Brady eut l'impression de tourner en rond : il était passé par là le midi même, dans le sens inverse. La voie était dégagée et tant qu'il se cantonnerait aux accès principaux il n'aurait pas à craindre la neige.

Si ces petits cons s'imaginent qu'ils vont m'impressionner ! La prochaine fois que j'en croise un je lui colle mon poing dans la tronche pour commencer. Quand le maquillage aura bien coulé, qu'il aura les lentilles de travers, on verra qui rira le dernier.

Il avait affaire à une bande de sadiques qui avaient trouvé dans l'industrie du cinéma porno amateur un filon pour exploiter leurs déviances tout en se faisant du fric. Il n'y avait pas de quoi en avoir peur.

Maintenant qu'il était à l'abri et au chaud dans l'habitacle de son 4 × 4, Brady éprouvait un immense dégoût pour eux. Et l'envie de leur faire mal.

S'il voulait comprendre Rubis et cerner la Tribu, il ne lui restait plus beaucoup d'options. Foncer à Kingston tout d'abord. Il ne savait pas du tout ce qu'il y ferait, mais c'était à vrai dire la seule piste exploitable. L'autre, celle de Leonard K., ou Lenny, s'était effondrée le matin même, quand sa femme avait confié qu'elle le suivait de près. Il ne pouvait prendre ce risque, se mesurer à Lenny et être balancé par cette ordure ou bien se faire surprendre par Annabel.

Lenny était le petit ami de Rubis. Sur la vidéo de son viol, elle croyait que c'était lui qui se jouait d'elle. Il l'avait entraînée là-dedans. Qui était le violeur ? Un coup tordu digne de la Tribu ! Lenny était lié à eux, il était ce Leonard K. présent dans tous les génériques des films de Rubis.

Kingston se profila derrière la structure massive d'un pont en acier. Petite ville américaine modèle, avec ses maisons pleines de vie aux jardins bien tondus et assurément fleuris l'été, sa rue principale plantée de chênes et de drapeaux étoilés au-dessus des vitrines illuminées où la plupart des clients entraient en saluant le propriétaire par son prénom.

Guirlandes, sapins décorés, Pères Noël à chaque balcon, l'approche des fêtes de fin d'année ne pouvait s'oublier.

Brady avait mémorisé deux noms de rues d'après les contraventions que Rubis avait récoltées ici. Les deux noms qui revenaient le plus souvent.

Il s'arrêta devant une épicerie pour acheter une carte de la ville, et la scruta longuement jusqu'à les repérer. L'une était toute proche, l'autre plus haut sur une colline qui dominait l'ouest et la rivière Hudson.

La première ne l'inspira guère à l'exception d'un bar à salades, unique source d'attraction à deux cents mètres à la ronde. Il pouvait commencer par là, le reste n'était qu'habitations. Il chercha une place pour stationner et comprit qu'il était au bon endroit. La rue, trop étroite, interdisait le stationnement, même provisoire, et il ne distingua rien d'autre qu'une minuscule aire possible entre deux bâtisses, certainement saturée par les résidents à toute heure du jour et de la nuit.

Rubis était venue ici. Pour manger ?

– Pourquoi n'ai-je pas pris sa photo ! pesta Brady en tournant dans le boulevard suivant.

Le restaurant était ouvert, mais sans son portrait il n'obtiendrait rien. En quelques coups de volant il retourna dans le centre-ville pour débusquer un ordinateur avec connexion Internet et imprimante. Le drugstore de Main Street lui procura ce service.

La protection enfants étant activée, la plupart des sites concernant l'actrice lui refusaient l'accès – il parvint néanmoins à afficher une photo de Rubis. Il lui tira le portrait, photo couleur de mauvaise définition.

C'est déjà ça. Au moins on la reconnaît.

De retour au bar à salades, Brady s'approcha de la jeune fille derrière le comptoir. Elle portait des gants en plastique et une charlotte lui mangeait tout le haut du crâne.

– Bonjour, que puis-je vous servir ?

Brady s'aperçut qu'il n'avait rien avalé depuis la veille, son estomac se tordait depuis deux heures.

– Une salade... Kingston spécial.

– Avec ça ?

Brady tendit la photo devant lui.

– Ce visage vous est familier ?

L'employée examina l'imprimé avant de secouer la tête.

– Non, désolée. Une amie à vous ?

– Elle a disparu. Je la recherche pour le compte de sa famille.

– Oh. C'est moche. J'espère que vous la retrouverez.

Là où elle est à présent, je ne suis pas très impatient...

Un garçon d'une vingtaine d'années, piercing à l'arcade, fit son apparition par la porte des cuisines. Immédiatement, la jeune fille lui montra son œil.

– Jeff, vire ton anneau, ou la boss va te faire la peau.

– Merde ! lâcha-t-il en se dépêchant d'extraire le bijou de ses chairs.

Brady tendit le cliché dans sa direction.

– Peut-être que j'aurai plus de veine avec vous ? Déjà vu cette fille ?

– Elle a disparu, précisa la serveuse. Monsieur est détective privé.

Brady adorait la manière dont l'imagination des adolescents pouvait s'emballer sans qu'il ait besoin d'en faire trop.

– Elle a dû venir ici entre octobre et novembre derniers, ajouta-t-il en espérant rafraîchir la mémoire du gamin.

– Oui, ça me dit bien quelque chose.

Brady n'en revenait pas.

– Vous vous êtes parlé ?

– Non, je crois pas… Ça y est ! Je me souviens d'elle parce qu'elle est… plutôt bonnarde.

S'adresser aux hommes en premier quand il s'agit de Rubis, railla Brady.

– Vous êtes bien sûr que c'est elle ?

– Ouais. Elle prenait toujours la même chose, une Cæsar salade sans sauce. Elle faisait drôlement gaffe à sa ligne. M'étonne pas qu'elle se soit barrée, elle avait l'air triste. Je crois même qu'elle chialait pas mal. Pas ici, j'aurais été la voir sinon, mais avant, parce qu'elle avait les yeux rouges.

– Seule à chaque fois ?

– Ouais. Sacrée fille, j'espère que vous la retrouverez.

Brady hocha la tête doucement.

– Rien de particulier, des conversations au téléphone, ou un mot qu'elle vous aurait dit ?

– Franchement, je peux pas vous aider. J'aimerais bien, mais j'ai jamais causé avec elle. Désolé.

– La période pendant laquelle vous l'avez vue ?

– Oh, je sais pas trop, à peu près ce que vous avez dit tout à l'heure, octobre et novembre. Ça fait un bout de temps qu'elle n'est plus revenue.

– Et la fréquence ? Elle venait régulièrement ?

– Deux ou trois fois par semaine pendant quinze jours et puis plus rien. Je l'ai eue comme cliente… une dizaine de repas je pense.

– Et jamais rien qui ait attiré votre attention ?

– À part son physique ? Nan... Navré.

Le garçon commença à trier les barquettes dans le présentoir en verre.

Brady renonça à poursuivre, il n'en tirerait rien de plus. Il remercia et s'installa pour manger. Lorsqu'il sortit retrouver sa voiture, le ciel s'était obscurci, il ferait nuit dans moins d'une heure. Il devait se dépêcher s'il voulait rentrer avant Annabel.

Lui au moins n'avait pas pris de PV malgré ses deux roues sur le trottoir et son stationnement illégal.

Il parvint à l'autre rue après quelques détours, une longue montée jalonnée de vastes maisons, mais là aussi, aucun espace où se garer. Qu'était-elle venue y faire ? Admirer la vue ? Se promener ? Il n'y avait aucun commerce, aucun bâtiment particulier, rien qui puisse l'aider à comprendre la raison de sa présence ici. Pour le coup, Rubis était partie avec son secret, quel qu'il soit.

Après deux allers-retours, il n'insista pas, de peur d'effrayer une riveraine clouée derrière ses rideaux et qui ne manquerait pas d'appeler le shérif.

Brady redescendit dans le centre et se laissa rouler, tout en se creusant les méninges quant à la suite de son voyage.

Par dépit, il se rendit à la mairie juste avant qu'elle ne ferme et demanda à l'accueil ce que la ville proposait aux New-Yorkais dans son genre. Attractions, lieux d'intérêt, spécialités locales, établissements privés réputés, tout, il voulait tout connaître.

Pressée par le temps et l'envie de s'enfuir pile à l'heure de sortie, la femme le renvoya vers un long rack plein de brochures touristiques. Brady en prit une de chaque et se fit mettre dehors.

Il les étudia dans son BMW sans rien noter de singulier.

Décidément, cet endroit ne lui portait pas chance.

Fatigué par toute la route qu'il avait engloutie dans la journée après une nuit aussi mouvementée, il capitula et décida de rentrer.

L'obscurité tombante le contraignit à plus de vigilance, à rouler plus lentement et à guetter le moindre panneau annonçant un stop ou une direction.

Il était passé deux fois devant dans l'après-midi sans la remarquer

Cette fois il vit la flèche en bois gravée des mots : « CHALETS KING ».

Brady appuya sur la pédale de freins. Ce nom lui était familier...

Chalets King ? Chalets...

Bien sûr.

Finalement cette promenade à Kingston ne serait pas vaine.

28

King. Il avait noté ce nom dans les films de la Tribu ! Tournés dans un chalet ! Bon sang, mais pourquoi n'avait-il pas commencé ses recherches par là ? C'était si évident...

Il remit les gaz et grimpa la route en suivant les indications. À la sortie de Kingston, une nouvelle pancarte l'invita à s'engager dans un chemin en pleine forêt. La neige s'était déjà bien déposée, toutefois deux ornières creusées par le passage d'un véhicule poussèrent Brady à un peu d'optimisme. *Je m'y risque...*

Les quatre roues motrices en action, il s'enfonça entre les hautes silhouettes des sapins. Après deux virages, il n'y voyait plus grand-chose, la calandre et les optiques couvertes d'un mélange de débris végétaux, de boue et de neige. Il déboucha enfin sur une petite étendue plane occupée par un pick-up et une maison tout en rondin de bois.

Éclairée.

Brady ferma sa veste en sortant. La température avait brutalement chuté.

Entre les cimes des arbres, dansantes dans la nuit, Brady aperçut plusieurs toits pointus, d'autres chalets, tous plongés dans la pénombre. Il vint à la porte de la maison éclairée. Un écriteau : « SONNEZ ICI POUR RÉCUPÉRER VOS CLÉS » lui confirma qu'il était au bon endroit. Brady appuya sur le bouton.

Une femme d'une cinquantaine d'années, très fine, cheveux gris coupés court et joues rosées, l'accueillit.

– Bonsoir ?

– Je suis navré de vous déranger, je cherche les chalets King.

– Vous y êtes. Vous aviez une réservation ? Parce qu'il me semble que nous n'avons rien sur le plann...

– Non, la coupa Brady, ne cherchez pas. Je veux seulement un renseignement.

Elle lui fit un signe de main pour qu'il entre.

– Venez, c'est glacial là-dehors. Je m'appelle Lennox. Quel genre de renseignement ?

Brady la suivit jusque dans une petite pièce carrelée avec un comptoir, un vieux sofa aux motifs affreusement ringards et un distributeur d'eau. Le son d'un téléviseur filtrait à travers une porte fermée.

– Un groupe de types vous a loué un chalet en octobre et en novembre, exposa le journaliste, le genre de bonshommes qu'on ne peut pas oublier, avec un look pas possible.

– Vous êtes policier ?

– Non, j'enquête à titre privé. Une fille a été... brutalisée dans cette affaire. Ces gars, vous vous en souvenez, n'est-ce pas ?

Embarrassée, le petit bout de femme acquiesça.

– Oui, en effet, on ne peut pas les oublier. Je ne veux pas d'ennuis, moi, je ne suis que la gardienne, d'accord ?

– Vous n'en aurez pas, je vous l'assure. Vous avez leur nom ?

– Oui, je m'en souviens bien, à cette époque c'est vide ici, mes seuls clients, en plus le nom était original : Tribu. Payé en cash.

– Un numéro de téléphone ?

– Non, rien du tout. C'était une bande d'étudiants en cinéma qui voulait faire un film d'horreur, ils m'ont prévenue pour pas que je m'inquiète des cris.

– Vous les avez vus ? Tous ?

– Une partie seulement, les techniciens je suppose car ils n'étaient pas jeunes, pas assez en tout cas pour être à l'université. Un gros tatoué et un homme avec une tête de rat, vraiment très moche si je peux me permettre. Deux filles aussi, jolies comme tout.

Brady lui montra la photo de Rubis qu'elle reconnut aussitôt.

– Oui, c'est elle. Le soir j'ai également aperçu plusieurs jeunes hommes, déguisés pour le tournage, et parfois avec un individu qui semblait les commander, un bonhomme plutôt imposant.

– Quel genre de costume ?

– Euh, longs manteaux en cuir, bottes, chaînes, ce genre de trucs. Tout pâles, les yeux maquillés enfoncés dans les orbites. On se serait crus à Halloween !

– Ils se sont adressés à vous ?

– Non, ils devaient tourner la nuit parce qu'ils dormaient toute la journée, on m'avait demandé de ne pas les déranger, pas de ménage, rien du tout pour ne pas perturber le tournage. Je les apercevais au moment du dîner de temps à autre. Tellement dans leur film qu'ils en oubliaient la politesse si vous voulez mon avis.

– Disposez-vous de caméras ici ?

– Oh non, il n'y a rien à voler. Les bungalows sont juste équipés du minimum.

– Et ces jeunes, vous les aviez mis dans lequel ?

– Le plus haut et isolé pour qu'ils soient tranquilles. C'est aussi le plus grand, cinq chambres, balcons et sous-sol avec sauna. L'été il est complet de mai à septembre.

– Vous n'avez donc pas eu de contacts directs avec toute la bande ?

– Un peu avec les filles, elles sortaient dans la journée, surtout celle que vous m'avez montrée. Gentilles mais effacées, et très... mélancoliques. J'ai aussi croisé les deux techniciens dont je vous parlais, et c'est tout. Pas bavards, et si je peux dire : pas des joyeux lurons non plus ! Je me suis demandé plus d'une fois ce qu'ils fabriquaient là-haut !

– Vous n'êtes jamais allée voir ?

– Pensez-vous, je ne suis pas de ce genre ! Ils louent, ils font comme ils l'entendent du moment que je retrouve le chalet en bon état à leur départ.

– Et c'était comment ?

– Impeccable. Si tous les clients se montraient aussi propres, j'en serais ravie !

Ils ont nettoyé à fond pour faire disparaître toute trace.

– Combien de temps sont-ils restés ?

– Dix jours début octobre et dix de plus un mois plus tard.

– Et vous n'avez rien remarqué de bizarre ?

– Bizarre ? Rien que leur accoutrement l'était ! J'ai rien noté d'inquiétant si c'est votre question.

– Pas de cris ?

– Comme je vous le disais, je leur ai confié le chalet le plus éloigné, ils pouvaient faire tout le bruit qu'ils voulaient, ici on ne pouvait rien entendre.

Il n'y aurait rien à tirer d'une visite sur place, Brady les devinait trop prudents pour oublier quoi que ce soit. Malgré tout il éprouvait le désir de voir de ses propres yeux le lieu où s'étaient tournées les deux barbaries qu'il avait visionnées.

– Vous pourriez m'emmener ?

– Là-haut ? Maintenant ? Mon bon monsieur, il fait trop froid pour moi ! Je veux bien vous prêter la clé mais ne touchez à rien, je vous fais confiance !

Elle passa derrière son comptoir pour saisir une clé dans un coffret en bois. Elle la lui tendit en lui expliquant comment monter. Sur le seuil, elle lui prit la main pour y déposer une antique lampe électrique à la peinture écaillée.

– Et ne vous perdez pas, le shérif ne viendra jamais jusqu'ici avec la neige ! fit-elle sans que Brady sache si c'était de l'humour ou non.

Les bras serrés contre sa veste en cuir pour se protéger du vent, Brady tenta de suivre le sentier indiqué par Mrs. Lennox. Après avoir serpenté autour de deux chalets, il l'avait perdu, incapable de le discerner sous le tapis blanc. *Vous montez jusqu'au quatrième, puis vous suivez les marches à gauche,* avait-elle dit. Brady repéra le quatrième bloc de rondins et le contourna pour enfin retrouver les marches. Un sillon taillé dans la forêt partait à flanc de colline.

Pour être peinards, ils l'étaient...

La lampe peinait à lui ouvrir l'obscurité et il dut redoubler d'attention pour ne pas trébucher. Le dernier bâtiment apparut enfin, à l'abri des grands arbres.

Brady le reconnut aussitôt. C'était bien le lieu de tournage.

L'intérieur était presque aussi glacé que l'extérieur. Brady actionna l'interrupteur et l'ampoule illumina un grand salon. Il en fit le tour avant de passer dans les chambres où il inspecta chaque lit, au cas où l'une des deux filles aurait laissé un mot. Rien.

Pourquoi l'aurait-elle fait ?

L'escalier de la cave se situait derrière la cuisine. Brady l'emprunta jusqu'à une salle aveugle, couverte de lambris. Il ne reconnaissait toujours pas les lieux. Pourquoi étaient-ils restés si longtemps si c'était pour ne filmer que les extérieurs, soit moins de dix minutes sur les deux films ?

Deux portes, l'une vitrée, pour pénétrer dans le sauna, l'autre en pleines planches, et qui donnait dans une cave deux fois plus grande, ouvrant sous la superficie totale de la maison. Murs bruts, sol en ciment. Cette fois il y était. Plus aucune trace de leur décoration gothique mais aucun doute possible : ils avaient violé et torturé Rubis et sa camarade dans ce sous-sol sordide.

Il se servit du halo anémique de sa lampe pour inspecter toutes les surfaces en quête d'une tache suspecte. Il y avait bien quelques auréoles plus foncées, et des fragments de cire de bougies.

C'était ici, songea-t-il solennellement, comme s'il contemplait la nef d'une église. *L'âme de Rubis lui a été arrachée ici même.*

Brady demeura cinq minutes à s'imprégner de l'atmosphère avant de regagner la surface.

En fin de compte, il fallait se rendre à l'évidence : il n'avait rien glané de plus avec ce détour sinon la certitude que la Tribu se prenait vraiment au sérieux avec son obsession du détail.

Il passa rendre les clés et la lampe à Mrs Lennox et la remercia.

Assez perdu de temps pour aujourd'hui.

Le X5 reprit la direction de la Grosse Pomme tandis que les flocons surgissaient dans le faisceau de ses phares.

Il parvint chez lui en milieu de soirée, ralenti par les intempéries et la circulation. Au courrier il trouva les brochures de présentation au nom de Kyle Lorenzo qu'il avait commandées ainsi qu'une carte de crédit factice et une carte d'assurance-maladie, toutes deux à ce nom. Glissées dans son portefeuille, elles pourraient lui servir pour crédibiliser un baratin et surtout ne pas laisser sa véritable identité. Les ficelles du reporter lorgnaient parfois du côté de l'espion.

L'appartement plongé dans la pénombre et la fraîcheur ne lui procura pas les mêmes sensations que d'habitude. Pour le coup, il enclencha l'interrupteur sans tarder, mal à l'aise parmi les ombres des objets qui décoraient le salon.

Quand rentrerait Annabel ?

En temps normal, il ne s'en serait pas soucié. Il avait appris à vivre avec ses horaires décalés. Mais là…

Il devait se calmer.

La Tribu ne s'en prendrait pas à elle. Pas directement. Elle était flic, jamais ils n'oseraient commettre une erreur si grave. Ces marginaux préféraient que la société ne prête pas attention à eux, ils ne feraient rien d'idiot pour braquer les projecteurs dans leur direction.

Par contre, moi…

Non, c'était aussi idiot. Mari d'une flic.

Sauf s'ils m'ont bien cerné, qu'ils se doutent que je lui cache la vérité…

Ils avaient pourtant pris un gros risque la veille, en lançant les graviers pour les réveiller. Si Annabel s'était levée la première ?

Ils se seraient enfuis, voilà tout.

Il remarqua qu'il n'était plus aussi sûr de lui que dans l'après-midi.

C'est la nuit. Ces cons ont réussi à me faire douter, dès qu'il fait nuit, je pense à eux, je me sens moins… protégé.

Tout cela devenait ridicule.

Brady se rendit dans la cuisine et prit le couteau le plus long qu'il trouva. Il s'installa ensuite dans le salon, sur le canapé, et mit la musique.

Il allait attendre sa femme, tranquillement. Se détendre. Penser à autre chose.

Et s'il se passait quoi que ce soit d'anormal, il n'hésiterait pas à se servir de sa lame.

29

Brady ouvrit les yeux au milieu de la nuit.

L'appartement était plongé dans le noir. Le dôme en verre au-dessus de lui rendu presque aveugle par la neige qui le recouvrait.

Il sut qu'il n'était pas seul lorsque la couverture glissa de son bras.

Annabel était rentrée, elle ne l'avait pas réveillé, juste couvert.

Quelle heure pouvait-il être ?

Brady se contorsionna et vit les barres digitales de la chaîne hi-fi : 03:19.

Le vent sifflait contre la façade, s'écrasait sur les fenêtres en faisant vibrer le double-vitrage.

C'est la tempête...

Il se leva et se souvint de son couteau. Il ne l'avait plus.

Manquait plus que ça... Si Anna l'a trouvé, elle va commencer à se poser des questions !

Il perçut le manche sous le coussin, il s'était glissé dans la structure du canapé. Brady le récupéra et entra dans la cuisine pour le ranger.

Les flocons tournoyaient au-dehors. Brady émergeait, il colla son nez contre la vitre. Avec l'impression de regarder le tourbillon d'un oreiller crevé par le hublot d'une machine à laver, un geyser de peluches giclant contre son visage.

Une gangue blanche enveloppait la ville peu à peu.

Au loin, à travers ce rideau dansant, Brady aperçut les tours de Manhattan, immuables, intouchables. Les World Trade Center illuminées malgré l'heure, dominant la baie ; deux titans veillant sur l'âme des dormeurs, symboles des valeurs que ce pays s'était bâties au XXe siècle. Les États-Unis s'étaient trouvé une place dans le monde, et il était bon de pouvoir s'en souvenir chaque fois qu'on levait les yeux dans le ciel de New York.

Tant que ces deux garants de l'unité américaine se dresseraient sur l'horizon, il n'y aurait rien à craindre.

Brady se fondit dans les draps du lit, tout contre Annabel qu'il prit dans ses bras.

Le soleil se levait péniblement entre les immeubles bruns de Brooklyn sud. La rame était presque vide, croisant des métros saturés dans l'autre sens. Brady doutait qu'il puisse trouver Kermit éveillé si tôt dans la journée, mais sans son aide il n'avancerait plus. Il avait épuisé ses cartouches, une à une, faisant chou blanc chaque fois. Il savait que la Tribu menait la danse, il avait découvert le lieu de tournage ; il savait aussi que Lenny était le petit ami de Rubis et qu'il l'avait poussée à faire du X.

Que chercher de plus ? Pourquoi s'entêter ?

Parce qu'il avait commencé, il devait aller jusqu'au bout. Pour Rubis, pour lui.

Allez jusqu'au bout ? Ça veut dire quoi ?

Brady réfléchit en considérant l'armée de maisonnettes accolées qui mangeait l'horizon. Des paraboles partout. Des unités de climatisation aux fenêtres. Cours sales et encombrées. Tout un monde de consommateurs, d'hommes et de femmes avec une vie, une sexualité. Combien y avait-il de foyers en cet instant sous ses yeux ? Trois cents ? Trois mille ? Combien d'hommes ? Combien de filles passées par le filtre de l'ordinateur ou de la télévision ? Combien de Rubis, sorties d'un clic de souris ou d'une cassette vidéo, pour cinq minutes, le temps d'une décharge libératrice avant de les oublier aussitôt, elles et leur parcours misérable ?

Allez jusqu'au bout signifiait connaître la vérité sur Sondra Ann Weaver. Brady pouvait accepter ce qu'une sexualité compulsive avait engendré, il n'était certainement pas de ceux qui militaient pour interdire les prostituées et les films pornographiques, il avait bien trop de respect pour ses fantasmes et ceux de la société. Et de lucidité pour comprendre qu'ici se tenait l'équilibre de la civilisation.

Mais si la lisière entre la véritable sexualité masculine sans fards, sans tabous, et la perversion demeurait mince, parfois mitoyenne, Brady refusait la quête du vice extrême. La Tribu produisait à l'échelle sexuelle ce que notre monde encourageait ailleurs : le toujours plus. La surenchère consommatrice.

Brady réalisa qu'il venait de mettre le doigt sur ce qui le troublait.

La Tribu poussait à l'excès par un abandon de la morale, en refusant ce que l'humanité avait peu à peu établi pour parvenir à survivre ensemble, à *évoluer*. Ils prônaient la bestialité, manipulaient l'humain par ce qu'il avait de plus vulnérable : son désir de jouissance.

Qui étaient-ils pour en arriver là ?

Le fantôme de Rubis se profila dans le reflet de la vitre.

Tu m'accompagnes, n'est-ce pas ?

Pour remonter à la Tribu.

Les identifier. Savoir ce qu'ils sont.

Et ensuite ?

Ensuite, les donner au système pour qu'il les broie, comme il le fait avec tout ce qui transgresse violemment ses codes, tout ce qui met en danger sa stabilité.

Il opérait en bon petit soldat d'une mécanique puritaine.

Cette fois, elle va servir à quelque chose.

Trouver la Tribu.

C'était la mission dont il avait hérité lorsque le cerveau de Rubis s'était répandu dans son existence.

Parce qu'il était un élément intégré du système et que c'était son devoir. *Non, parce que je suis sain ! Parce que j'ai ma petite dose de perversion et que je vis bien avec ! Je sais quelles sont les limites. Que je reconnais le bien et le mal. Et que ces types sont dangereux ! Ils jouent avec nous, ils cherchent à repousser nos frontières du tolérable, ils nous détruisent !*

La Tribu... Ce sont... Des meurtriers.

Le mot le libéra.

Il n'avait plus l'ombre d'un doute. Ce qu'il avait vu, entendu, compris d'eux l'affirmait. Brady en était sûr. Ils tuaient. D'une manière ou d'une autre, sous quelque forme que ce soit, la Tribu assassinait l'humanité. Celle de Rubis. Et à petit feu, celle des hommes qu'elle contribuait à contaminer.

La Tribu cherchait à propager ses idées comme un virus.

Brady parvint à Coney Island, le cou rentré dans ses épaules, le nez dans son écharpe pour faire front aux rafales de la côte.

Les rues aux alentours de la fête foraine étaient désertes à cette heure. Des papiers sulfurisés fonçaient sur l'asphalte blanchi de neige, entre des affichettes arrachées et des gobelets vides. Les feux passaient au rouge sans perturber ce trafic silencieux. Ville fantôme.

Brady remonta une allée piétonne sous la clameur des bourrasques cognant aux rideaux de fer des stands fatigués. Des chiens se mirent à aboyer au loin ; ce semblant de vie le rassura. Il s'extirpa de ce labyrinthe oublié pour grimper sur la promenade qui bordait la plage, déserte elle aussi.

Il songea à l'ambiance du film *Angel Heart.*

Non, à côté, le film de Parker pétille de joie !

Brady arpenta le quai de planches glissantes sur près d'un kilomètre lorsqu'il aperçut les anciennes toilettes publiques où Kermit s'était installé. Il descendit sur la passerelle d'accès, côté Messieurs. Une partie du bâtiment s'enfonçait sous la promenade. Porte close. Flaque de vomi devant, creusant un cratère dans la neige glacée.

Brady frappa énergiquement.

– Kermit ?

En l'absence de réponse il tira sur la poignée. C'était ouvert.

Une lueur orangée tremblait sur le carrelage.

– Kermit ?

Brady suivit la lumière vers la pièce principale où une bougie brûlait dans le fond d'une canette de soda découpée. Un tapis de sol recouvert d'un duvet était posé sous les pissotières. Réchaud de camping, pile de vêtements pliés et plusieurs boîtes de conserve contre le mur.

– Ça obsède, pas vrai ? fit une voix calme et grave dans son dos.

Brady découvrit Kermit allongé dans un box, se soutenant à la cuvette, l'œil flou, le front mouillé. Son visage glabre semblait s'affaisser.

– Je savais que tu reviendrais, continua-t-il. Tu es ce genre de mec-là.

– Quel genre ? demanda Brady doucement.

– À foncer, à ne pas savoir lâcher. À se mettre dans le mur.

– Vous êtes malade...

– Sans blague ? Pourquoi tu crois que je vis dans des chiottes !

– Non, je veux dire que vous êtes malade maintenant, vous transpirez et vous avez une sale gueule. Il faut vous soigner.

– Je sais ce que j'ai, t'en fais pas. J'exsude la saleté du monde, c'est rien, ça va passer, ça me le fait chaque fois.

– Chaque fois que quoi ?

– Que je nettoie le monde.

Brady examina la cuvette à laquelle il se retenait. Propre. *Encore plus nickel qu'à l'hôtel !* Il se souvint de ce que le tenancier du bar lui avait raconté à propos de Kermit et contint un haut-le-cœur.

– J'ai besoin de votre aide, dit-il en s'agenouillant pour être à son niveau. Pour...

– Oublie. Les individus qui se sont occupés de ta copine sont des animaux. Ils ne valent pas le coup que tu gâches ton existence pour eux, crois-moi.

– Ils sucent la vie de ces filles.

– Comme des putains de vampires, hein ?

– Vous voulez nettoyer le monde ? Moi aussi, à ma manière. Et sous les couches d'hypocrisie qui nous étouffent progressivement, ces hommes se sont trouvé un espace, pour soi-disant nous faire respirer, sauf que l'air qu'ils fournissent est toxique.

Kermit pivota pour mieux le scruter.

– Tu n'es pas de taille pour ça, objecta-t-il.

– Vous n'aimez pas que les gens vous jugent pour ce que vous faites, n'est-ce pas ? Eh bien n'en faites pas autant à mon égard ! Je veux remonter jusqu'à la Tribu, dites-moi seulement où ils sont, le reste c'est mon affaire.

Le grand chauve fronça ce qu'il avait de sourcils et inspira en faisant la grimace. Brady crut qu'il allait vomir, au lieu de quoi il lança :

– Ce sont les êtres comme eux qui nous salissent, tu sais.

– Raison de plus pour ne plus les laisser faire.

– C'est quoi ta motivation ? Et ne me sors pas tes conneries de laver nos immondices, pas avec moi !

Brady soutint son regard fiévreux.

– Ils ont allumé un feu en moi, et plus les flammes grimpent, plus mon âme se sent attirée. Je dois les atteindre. On dit que pour éteindre certains incendies il faut une explosion pour supprimer brutalement l'oxygène du brasier. J'ai besoin de ce choc pour écraser le foyer.

Kermit découvrit ses dents jaunes. Une sorte de sourire.

– Tu as l'âme d'un papillon de nuit, et tu vas te cramer les ailes.

– Alors aidez-moi avant qu'il ne soit trop tard ! s'énerva Brady. Je sais que vous me cracherez mon fric à la gueule si je vous en propose, je ne peux que vous convaincre que c'est vital.

Kermit mira le fond de sa cuvette en plissant les lèvres.

– C'est bien ce que j'avais compris, bonhomme.

Il lui tendit la main.

– Il en ressortira forcément quelque chose de bien, insista Brady.

– Aide-moi à me lever, tu veux ? Je ne veux pas de ton argent, en revanche tu payes les repas. Et ne me regarde pas de cette manière, même moi je dois bouffer autre chose que de la merde.

30

Annabel arriva au Precinct plus tard ce matin-là. Après une longue soirée d'investigation, elle s'était accordé quelques heures de sommeil supplémentaires.

Jack était déjà présent, dans un costume pas encore froissé. Il portait un pull à col roulé sous sa veste et était rasé de près. Ses deux profondes rides verticales barrant chacune de ses joues.

– Bien dormi ? demanda-t-il pendant que sa partenaire s'installait à son bureau.

– Pas assez.

Ils avaient occupé leur fin d'après-midi et leur soirée à arpenter les bars de Tonnele Avenue depuis Jersey City jusqu'aux confins de North Bergen en s'adressant aux barmen, serveuses, clients réguliers et hôtesses. L'opération avait été compliquée, épuisante. Il fallait mettre en confiance, s'assurer que le message passait bien : ils n'étaient pas là pour causer des problèmes mais pour obtenir des informations sur Charlotte Brimquick, et qu'il s'agisse de bouges ou de lieux plus sélects, cela leur avait pris un temps fou. Thayer n'avait pas voulu capituler, même après cinq heures consécutives à gaspiller sa salive pour rien, ils les avaient tous faits, sur près de dix kilomètres, jusqu'à minuit passé.

Énormément de bla-bla, et aucun témoignage intéressant sinon un type discret qui avait accosté Thayer aux toilettes pour lui donner rendez-vous le lendemain midi, dans un lieu plus neutre. Jack et Annabel ne savaient qu'en attendre, ferait-il une révélation primordiale ? Entendu parler de quelque chose ? Dans la plupart des témoignages spontanés, les deux détectives l'avaient appris par l'expérience, il n'y avait pas grand-chose en rapport avec l'affaire concernée, plutôt un opportuniste profitant de la présence de la police pour régler ses comptes.

Ce matin-là, Annabel éprouva des difficultés à se remettre dans son affaire. Des pensées parasites la troublaient. Elle jaugea son vis-à-vis avec qui elle parlait de tout.

– Jack, je voudrais te poser une question plutôt intime... Est-ce que tous les mecs regardent des films pornos ?

En découvrant l'air profondément dubitatif de son équipière, Thayer ravala son rire.

– Je n'en sais rien, dit-il avec franchise. Est-ce important ?

– Non, laisse tomber, se reprit-elle en rattachant l'une de ses tresses derrière l'oreille.

Jack perçut l'angoisse et la gêne, il répliqua :

– Le problème, si tu veux mon avis, c'est que beaucoup de femmes considèrent que mater du porno, c'est les tromper. Disons qu'il s'agit davantage d'un instrument, au même titre que la main, pour... se détendre. Tiens, je vais te raconter une anecdote : j'ai connu une femme, elle préférait que je la trompe si je pensais à elle en faisant l'amour à une autre, plutôt que de lui faire l'amour en songeant à une autre !

Annabel pouffa et Jack fit de même, satisfait de lui avoir rendu le sourire.

– Revenons à nos moutons, fit-il en glissant un dossier sur le sous-main d'Annabel. Mes notes à propos de Melany Ogdens. J'ai tout potassé ce week-end, passé des coups de fil pour obtenir les compléments d'information, tout porte à croire qu'elle s'est vraiment suicidée.

– Les deux pouliches de Leonard Ketter qui se foutent en l'air, ça n'incite pas à la confiance envers lui. J'ai tout de suite pensé que c'était un con, je continue à le croire.

– Un con peut-être, mais a priori rien ne prouve qu'il soit lié à leur mort. Ah, et j'ai vérifié : aucun pentagramme n'a été retrouvé chez Ogdens.

– Donc nous avons deux filles travaillant pour le même bonhomme qui se suicident, l'une a un dessin ésotérique placardé sur sa porte, une troisième femme meurt, assassinée cette fois, meilleure amie de notre suicidée numéro deux, et elle aussi a le fameux dessin. Qu'est-ce que ça nous raconte ?

– Une série ? proposa Jack.

– Tu veux dire : un tueur en série ?

Le silence tomba sur la pièce. Au loin les téléphones sonnaient et les voix se chevauchaient autour d'eux.

– Non, objecta Annabel, deux suicides, un meurtre, le tout emballé dans un environnement pourri, c'est tout.

– J'espère, Anna, j'espère...

– Il faut être sûr. Je voudrais mettre la pression sur Leonard Ketter, je le fais convoquer pour cet après-midi. Commençons par ce gugusse qui nous attend. Où déjà ?

– Union City, avec le trafic il y en a pour une heure.

Ils arrivèrent en retard dans un restaurant bon marché essentiellement fréquenté par des représentants et quelques employés des commerces environnants. Jack reconnut l'homme qui l'avait abordé la veille : cheveux dégarnis, visage rond, et large surcharge pondérale.

– Détectives Thayer et O'Donnel, présenta Jack, merci d'être là.

– Bonjour, fit le quadra en se levant. Je suis Philip Torton. J'ai commencé en vous attendant, je suis désolé. Je suis un peu nerveux, et la nourriture me calme dans ces moments-là.

– Nerveux ? Pourquoi ? demanda Jack en s'asseyant sur la banquette en Skaï.

Petit regard inquiet de Torton en direction d'Annabel.

– C'est à cause de l'agression de Charlotte, comme vous le savez : j'ai entendu ce que vous disiez hier soir au bar.

– Pour quelle raison ne vouliez-vous pas en parler hier ? intervint Annabel.

– Je connais bien ce lieu, les rumeurs vont bon train, si on m'avait vu avec vous en train de causer ils m'auraient mené la vie dure. La politique de la maison c'est de fermer sa gueule et de régler les problèmes en interne.

– Pour ne pas éveiller les soupçons des flics, compléta Thayer. Que ce soit clair : nous ne nous intéressons pas à une affaire de drogues, tout ce qui m'intéresse c'est Charlotte Brimquick. Alors, qu'est-ce que vous vouliez nous dire ?

– Comment va-t-elle ? Je n'arrive pas à la joindre. Quand vous parlez d'agression, vous voulez dire qu'elle est à l'hôpital ?

– Répondez d'abord à ma question, insista Jack.

Embarrassé, Torton se renfrogna et attrapa un morceau de pain pour mordre dedans.

– J'ai rencontré Charlotte au bar où vous étiez hier soir, dit-il la bouche pleine, il y a environ six mois. Je lui ai offert quelques verres et nous avons passé la nuit ensemble.

– Moyennant finances ? voulut savoir Annabel.

Torton acquiesça en fixant son assiette zébrée de restes de carottes râpées.

– C'est une chouette fille, reprit-il, elle est à l'écoute. Il m'est arrivé de lui parler pendant plusieurs heures, et elle m'a toujours écouté.

– Venez-en aux faits, s'il vous plaît, le pressa Thayer.

– Dimanche après-midi, j'ai voulu lui faire une surprise. Je suis allée chez elle avec une bouteille de vin. Sauf que... Elle n'était pas seule. J'avoue que ça m'a fait un pincement au cœur. Je sais bien que je ne suis pas le seul, bien sûr, mais tout de même.

– Et qu'avez-vous vu ? fit Annabel. Entendu des cris ?

– Non, rien. Pour tout vous dire, dès que j'ai vu le van garé devant j'ai compris. Je ne suis pas maso non plus, je n'ai pas attendu que le son de leurs ébats traverse les fenêtres !

– Et c'est tout ? demanda Thayer.

– Oui. J'ai peut-être vu le véhicule de son agresseur. Un van noir, j'ai vu la plaque, immatriculée dans l'État de New York, ça commençait par EDE. Je m'en souviens parce que c'est le début d'identification de mon modem pour ma connexion Internet. EDE. Par contre les chiffres qui suivaient je ne les ai pas retenus.

– Donc vous n'avez vu personne, rien entendu de suspect ?

– Non.

Jack s'enfonça dans la banquette, déçu.

– Dites, comment elle va Charlotte ?

– Je suis désolé de vous l'apprendre, monsieur Torton, mais elle est décédée.

Les sourcils de Torton tremblèrent, son front s'affaissa.

– Décédée ? répéta-t-il, hébété.

Annabel s'en voulut d'avoir tiré les vers du nez de ce pauvre type avant de lui annoncer la mauvaise nouvelle. Elle eut de la compassion pour cet homme qu'elle devinait célibataire de longue date, ayant trouvé en une prostituée une épaule sur laquelle s'épancher en plus du reste. Sa relation avec Charlotte Brimquick ne relevait pas de la simple formalité sexuelle, il voyait en elle la femme et non la chose.

Torton se mit à pleurer tandis que le téléphone portable de Jack sonnait. Il jeta un regard rapide à Annabel pour lui signifier qu'elle devait se charger de leur témoin pendant qu'il décrochait en s'éloignant. Annabel détestait ce rôle.

Elle lui tendit une serviette en papier.

– Je suis navrée, dit-elle, pas à son aise. Je vous garantis que nous faisons tout pour trouver le ou les coupables.

– Elle… elle a souffert ? voulut-il savoir entre deux sanglots.

– Je ne pense pas, mentit Annabel.

Jack revenait déjà, au pas de course. Il prit Annabel par le bras pour l'écarter de la table.

– C'était MacFerney, chuchota-t-il, il vient d'avoir le rapport d'autopsie. C'est bien pire que ce qu'on croyait.

31

Deux épouvantails fendaient le vent, leurs manteaux claquant comme des capes, frêles silhouettes sous le fracas du métro aérien. Kermit s'était emmitouflé dans un long pardessus en laine, casquette de base-ball enfoncée et mitaines aux mains. Des lunettes de soleil rectangulaires aux verres violets lui masquaient le regard. Malgré ses nausées il parvenait à filer à bonne allure, Brady sur les talons. Kermit les entraînait à la limite de Coney Island, par un bras de terre en friche saupoudré de neige et encadré de grilles qui vibraient et résonnaient sous les rafales. Un pont d'acier leur couvrait la tête et Kermit semblait le suivre comme un trait sur une carte.

D'immenses cités noires fermaient les perspectives, les unes sur les autres, toujours plus hautes, percées de baies obscures à l'image de meurtrières. Brady avait l'impression d'être cerné par un château fort interminable, effrayant avec ses kyrielles de passerelles et de donjons.

Et puis tout d'un coup les douves. Immondes et infranchissables.

Le terrain vague s'arrêtait au canal. Le métro, lui, enjambait l'obstacle, suspendu à son armure horizontale. L'eau limoneuse accueillait une armada de bouteilles en plastique et autres détritus agglutinés entre les racines et les plaques de glace. Kermit longea le ravin en direction d'un bosquet de saules recroquevillés par-dessus une cabane en tôle.

Des suspensions constituées de petits jouets similaires à ceux vendus dans les Kinder Surprise s'agitaient, pendues aux branches basses. Brady remarqua la présence de minuscules crânes de rongeurs parmi les objets qui dansaient. Kermit cogna à la porte.

– Wladislav ! Sors de ton trou ! C'est Kermit !

Le père Noël habitait un bidonville au bord d'un canal miteux de Brooklyn. Ventre énorme, barbe cotonneuse jusqu'au nombril, visage poupin aux joues colorées, et grosse veste matelassée rouge et blanche. Ses yeux s'agrandirent comme deux billes en apercevant son visiteur.

– Pute vierge ! C'est toi la grenouille ? hurla-t-il.

Brady put sentir l'odeur de l'alcool à deux mètres. *Un mythe vient de mourir sous mes yeux*, songea-t-il.

Les deux hommes se donnèrent l'accolade.

– Wlad, je te présente un ami.

– L'ami qu'a pas d'nom ? railla l'alcoolique.

– Brad, je m'appelle Brad.

– Tu t'appelles comme tu veux, moi j'm'en fous. Allez, venez, y vente trop fort, vous allez vous faire arracher l'jonc.

– Une autre fois, Wlad, nous n'avons pas le temps. Je cherche Teddy Clines.

– Ah, c'est ce genre d'ami que tu trimbales, répliqua le père Noël en adressant un regard haineux à Brady.

– Teddy, Wlad, et pas de commentaire. Ça fait une paye que je l'ai plus revu.

– Normal, tu viens plus souvent nous voir au parc !

– J'étais pas mal occupé ces derniers temps.

– Avec tes gogues ? Bon, en c'moment le Ted il traîne sur McDonald Avenue à hauteur de X. Avenue. Quand il est pas à Oz pour ses affaires.

– Merci, Wlad. Embrasse Donna pour moi.

– Donna j'lui pisse au cul !

– Ah, désolé de l'apprendre. À bientôt.

Kermit attrapa Brady par le bras et le tira pour l'éloigner alors que le vieil alcoolique enchaînait comme s'ils étaient en train de prendre le thé ensemble :

– Elle disait que je pue cette salope ! Mais c'est elle qui pue ! Elle a la tirelire qui fuit ! Ça empestait le plumard ! C'est l'Coyote qui la remplit maintenant ! J'lui souhaite bien du courage !

– Ne prête pas attention à lui, avertit Kermit. Il est un peu sénile.

Ils poursuivirent leur route jusqu'à passer dans l'ombre de la citadelle noire. En levant les yeux vers ses hauteurs, Brady aperçut des mouvements dans les cages d'escaliers ouvertes, avec des grilles pour tout mur.

– Ne traînons pas, dit Kermit. Les clodos ne sont pas en sécurité par ici.

– Je me demande qui l'est. Et votre... connaissance, Wlad, il n'a jamais d'ennuis ?

– Au contraire. Les gens du coin l'approvisionnent en alcool.

– En quel honneur ?

– Il rend des services.

– Quel genre de services ?

– Tu n'as pas envie de savoir.

Brady imagina le pire. Décidément, le père Noël était tombé bien bas.

– Vous allez enfin me dire comment on procède ? intervint Brady après plusieurs minutes de silence. Ce Teddy, c'est un membre de la Tribu ?

– Non.

Brady s'arrêta.

– Dites, ça va durer encore longtemps ce mystère ? Tout ce que je vous demande c'est où je peux trouver la Tribu, c'est tout.

– Je n'en sais rien. Personne ne le sait.

– Alors on fait quoi ici ?

– On cherche.

Brady soupira.

– Vous ne voudriez pas faire un effort, être un poil plus loquace ?

– Je n'ai jamais dit que ce serait facile. Allez, viens, faut pas traîner par ici !

Ils retrouvèrent Shell Road et une autre ligne du métro aérien sous laquelle Kermit vint s'abriter pour remonter en direction du nord.

– C'est loin ? s'informa Brady.

– Non. Mais on va sûrement marcher un bon bout. Tu ne t'en plaindras pas, hein ?

Brady secoua la tête.

– Vous vous sentez bien ? L'air frais vous fait du bien ?

– Pas vraiment. T'en fais pas, va, je tiendrai le coup.

– Tout à l'heure Wlad a mentionné Oz à propos du mec qu'on recherche. Qu'est-ce que c'est ?

– Un endroit qu'on va éviter si possible.

Brady comprit qu'il n'obtiendrait rien de plus. Kermit l'énervait avec sa manie du secret.

Ils mirent un quart d'heure pour atteindre un grand carrefour encadré de commerces, essentiellement des fast-foods.

– À partir de maintenant tu n'en perds pas une miette, avertit Kermit. Et si jamais tu aperçois un grand brun avec une longue tignasse, un peu dans ton genre en plus mal fringué, tu me fais signe.

Ils sillonnèrent les rues environnantes sans rien remarquer. Kermit entra dans l'épicerie qui faisait l'angle pour pêcher des informations. Il ressortit en faisant signe à Brady de le suivre :

– Il est passé il y a une heure pour acheter des cigarettes, il paraît qu'il traîne sur un parking.

Coincée entre trois bâtiments aux murs sales, une petite aire bétonnée servait au stationnement. Kermit prit la direction du coin où s'entassaient les gros containers à poubelles.

Un homme au faciès tout en longueur, mal rasé, les cheveux ébouriffés et gras, fumait tranquillement, accoté à une issue de secours.

– Kermit ! s'exclama-t-il.

Sa joie retomba en repérant Brady.

– Ted, je suis pressé, dis-moi, on t'a demandé des filles dernièrement ? Des gars louches, plutôt flippants.

– C'est qui lui ? fit Cheveux-longs en louchant toujours sur Brady.

– Un ami, il connaît le truc, relax. On fait des tournages ensemble de temps en temps.

– Je ne suis plus dans le coup, Kermit. C'est dur à dire mais je suis fini pour ce genre de combine.

– Allez, fais un effort, t'as bien refourgué des Mexicaines pas regardantes à une bande de sauvages ?

Brady mit la main à la poche en espérant lui redonner un peu d'entrain contre un billet. Kermit, alors qu'il lui tournait le dos, le saisit par le poignet pour le stopper discrètement.

– Réfléchis, t'as pas entendu parler d'une demande originale ? insista-t-il. Un truc sordide.

– Le dernier coup sur lequel j'ai été c'est pour le port de Red Hook. Là, si tu veux du glauque, ouvre grand la bouche, tu vas en souper !

– Raconte.

Nouveau coup d'œil méfiant du côté de Brady.

– Deux bonhommes, sales tronches. Ils veulent des gonzesses prêtes à tout, moyen de se régaler en billets verts mais faudra fournir. J'ai fait le tour de mes fermes pour lui lever un peu de bétail. Mais les temps sont durs, j'ai pas eu grand-chose.

– Il te file combien pour ça ?

– 150 par gonzesse.

– Eh bien mon gros !

Brady sentit la pression s'effacer sur son poignet. Kermit faisait le fanfaron pour soutirer des renseignements.

– C'était au début du mois, rien depuis, et rien en prévision La dèche.

Kermit le travailla encore un peu jusqu'à obtenir un nom et une adresse et fonça vers la rampe du métro.

Une fois assis côte à côte dans la rame, Brady se pencha vers son guide :

– Vous pourriez me donner une explication sur ce Ted ou c'est encore trop demander ?

– Ted est un fils de pute, voilà tout. Maintenant, si les détails te branchent, il connaît tous les foyers de l'Armée du Salut, tous les lieux de distribution de repas chauds par les Églises, les dortoirs sociaux, il va des uns aux autres et discute avec tout le monde. Il fait ami-ami avec chacun pour glaner des tuyaux. Ce qu'il cherche : les immigrées clandestines sans le sou, flippées d'être arrêtées, qui ne parviennent pas à se débrouiller et qui sentent le bout du rouleau se profiler. Celles-là, il leur propose des jobs qui payent bien et vite. Vois-tu, le Ted il est en contact avec les petits producteurs de pornos amateurs, les webmasters du dimanche en quête de filles faciles. Contre un repas chaud, une chambre d'hôtel pour deux ou trois nuits et une centaine de dollars elles acceptent d'oublier quelques heures qu'elles sont des êtres humains.

– Je vois. Ils profitent de leur situation pour les transformer en esclaves sexuelles, conclut Brady.

– Non, ils achètent de la dignité, ils raquent jusqu'à ce qu'elles n'en aient plus une once en stock et alors, alors ils peuvent leur faire faire des trucs immondes. Et par les temps qui courent, le gramme de dignité d'une immigrée clandestine ne vaut pas tripette. Voilà ce qu'ils font.

Kermit s'enfonça dans son siège et du bout de l'index replaça ses lunettes.

– Les gars de Red Hook, dit Brady, vous croyez que ce sont nos salopards ?

– La Tribu ? Y a qu'une façon de le savoir. Et on est en route pour y aller.

Il croisa les bras et s'installa pour une petite sieste.

32

Les métros n'entraient pas dans Red Hook. L'autoroute effleurait le quartier de ses immenses pylônes de béton, haut dans le ciel, comme si elle craignait une quelconque contamination.

Vers la mer, les jetées se multipliaient, pointes en avant, comme autant de piques qui hérissaient le rivage. Red Hook n'était pas accueillant, et il semblait que rien ni personne n'y était bienvenu. Zones industrielles, entrepôts, docks interminables et barres d'immeubles vétustes désolaient le paysage.

Kermit et Brady descendaient une rue sous les façades lépreuses, les palissades branlantes fermant des terrains à l'abandon en guise de jardins, et des ruines en attente de destruction pour aire de jeux. Le borough s'était vu promettre une rénovation qui tardait à venir. Red Hook consistait en une vaste machine à remonter le temps. Ici, le New York suintant et sauvage des années 70 baignait encore dans son jus.

Brady s'inquiétait pour la santé de son compagnon. Malgré le froid il transpirait abondamment. Il lui arrivait parfois de tendre le bras pour se retenir à un poteau avant de recouvrer son équilibre, et de repartir vaillamment, comme si tout allait pour le mieux. En sortant du métro, Brady avait acheté des sandwiches dans un Subway. Kermit en avait dévoré la moitié avant d'enfouir le reste dans la poche de son manteau.

Peu à peu, les habitations laissaient place aux hangars, cours de garages et dépôts de bus ou de véhicules techniques pour différentes compagnies. Ils parvinrent à un mur au-delà duquel s'élevaient des grues gigantesques et un brouhaha de machines en action. Kermit contourna l'entrée principale et sa guérite de contrôle pour débusquer un passage moins surveillé. Un remblai de terre couvert de neige au milieu d'une friche fit l'affaire.

Brady n'avait jamais autant traîné dans les bas-fonds de New York que ces derniers jours.

Une fois de l'autre côté, Kermit le fit zigzaguer entre un patchwork de containers. Ils repérèrent un baraquement d'où sortaient régulièrement des hommes en attrapant un casque de chantier sur un rack. Kermit s'approcha, l'air serein comme s'il travaillait là, se servit et revint près de Brady pour lui tendre un casque.

– Mets ça et ils croiront que tu bosses là.

– Je doute que ce soit aussi simple...

– Penses-tu ! J'ai fréquenté les ports pendant deux ans, et crois-moi c'est aussi simple que ça.

Parés de leur sésame ils marchèrent le long d'un quai auquel étaient amarrés deux cargos. Un troisième, titanesque, cachait le soleil depuis sa jetée.

– Teddy a dit qu'un des deux mecs est avitailleur, rappela Kermit en désignant deux silhouettes qui discutaient à côté d'un ensemble de gros tuyaux grimpant sur le pont d'un navire. L'avitailleur est celui qui est en charge du ravitaillement.

Un pick-up de la Sécurité apparut au loin, en patrouille, et Kermit accéléra pour rejoindre le duo.

– Je cherche Ronnie Tishpart...

L'un des hommes tiqua sur l'accoutrement de Kermit. Tous deux portaient blouses bleues, chaussures de sécurité ainsi qu'un gilet orange et jaune fluorescent.

– Près des citernes, répondit le second en pointant un pouce par-dessus son épaule.

Kermit s'élança en direction des réservoirs en bout de quai.

– Ils font leur job et c'est tout, exposa-t-il en marchant, ils ne sont pas là pour vérifier si on nous a laissés entrer pour les bonnes raisons, détends-toi.

Ronnie Tishpart avait un visage en forme de poire : petit front, yeux rapprochés mais joues gonflées et menton proéminent. Sa moustache ne suffisait pas à atténuer la taille de ses lèvres. Même s'il n'avait pu distinguer clairement leurs traits, Brady sut qu'il n'était pas un des acteurs des films de la Tribu. Restait à savoir si la Tribu s'étendait au-delà du casting.

– Salut, fit Kermit, on veut des filles, il paraît que vous avez du stock.

À la grande stupéfaction de Brady, Ronnie ne parut ni surpris ni méfiant.

– Passez derrière le hangar vert, voyez avec Clifford sur le *WarmShelter*. C'est lui qui gère à cette heure.

Suivant les indications, Brady aperçut un vieux remorqueur rouillé oublié entre deux jetées gondolées. D'autres épaves, certaines échouées, d'autres renversées, pourrissaient dans ce cimetière d'acier.

Une passerelle grinçante permettait l'accès au *WarmShelter*. Kermit toqua au hublot de la première porte et un Noir au physique de footballeur américain leur ouvrit.

– Clifford ? C'est Ronnie qui nous envoie.

– Venez. Vous débarquez du gros céréalier ?

– Oui, mentit Kermit.

– Bon ça va, vous avez le temps, il n'appareille pas avant demain je crois. Faites passer le mot à vos amis de l'équipage.

Il les conduisit vers un escalier étroit qu'ils dévalèrent pour entrer dans un couloir percé de portes, ouvertes pour la plupart.

– Quand c'est fermé c'est que la fille est occupée. Le prix c'est en fonction de la beauté de la gonzesse et des prestations. Qu'est-ce que vous préférez ?

Brady s'avança pour découvrir une minuscule cabine, une lumière grise filtrait par un hublot crasseux. C'était suffisant pour distinguer un lit sur lequel était allongée une jeune Mexicaine d'à peine vingt ans.

– Celle-là c'est la plus chère, prévint Clifford, la plus jeune aussi. Mais comme elle vient d'arriver je vous fais un discount, parce qu'il faut un peu lui apprendre. Ça vous dit ? Chacun la sienne ou tous les deux en même temps ? Parce que...

Brady ne parvenait pas à s'arrêter. Une autre fille dans la cabine suivante, le regard éteint, par la drogue ou par ce qu'elle subissait. Il n'aurait su le dire. Le tenancier poursuivait sur sa lancée :

– ... si vous voulez, j'ai une vieille là-bas au fond, elle vous gobe ensemble, une tuerie !

– Elles sont consentantes ? demanda Brady.

Les mots avaient fusé d'un coup.

En face : stupéfaction. Pointe de colère.

– Tu nous prends pour quoi ? Des monstres ? Bien sûr qu'elles veulent ! Elles se font un maximum de maille le plus vite possible et se cassent !

– Toutes vos filles, elles ne servent qu'à vous ? interrogea Kermit. Aux marins de passage et aux dockers ? Vous ne les louez pas pour des tournages ?

– Des tournages ? répéta Clifford comme s'il était dégoûté. Nan ! C'est à consommer sur place ici, pas de menu à emporter, les mecs. Alors, je vous mets quoi ?

Kermit et Brady échangèrent un coup d'œil. Fausse piste. La Tribu n'avait rien à voir avec ça.

– Nous ce qu'on veut, ce sont des filles pour des tournages, c'est tout, exposa Brady.

– Alors qu'est-ce que vous branlez ici ? Soit vous tirez votre crampe soit vous vous cassez, je veux pas de détraqués chez moi, c'est pigé !

– Très bien, dit Brady en faisant demi-tour.

Il entendit Kermit, dans son dos, demander sur un ton mielleux :

– Vous pourriez m'indiquer vos toilettes ?

Brady fut soulagé de voir réapparaître son guide moins d'une minute plus tard. En lui passant devant, Kermit chuchota

– Fais pas cette tronche, j'ai seulement pissé !

Clifford les mit dehors sans dissimuler son agacement et ils quittèrent la zone portuaire pour aller s'asseoir sur un muret nappé d'une fine poudreuse.

– J'aurai tout vu, soupira Brady.

– Peut-être, mais ça ne nous avance pas !

– Une autre idée ? Parmi vos connexions dans le porno underground, personne pourrait nous aider ?

– La Tribu ne les fréquente pas. Ce n'est pas par là qu'il faut chercher.

– Alors on fait quoi ?

Kermit retira ses lunettes pour se masser les paupières.

– On va traîner là où j'aurais préféré ne pas t'emmener, dit-il.

– Oz ?

– Exactement, confirma-t-il en remettant ses lunettes et en se levant.

– C'est quoi Oz ?

– Le pays imaginaire !

Kermit se mit en route sans l'attendre.

– Et on y va comment dans ce pays imaginaire ? s'énerva Brady en se levant à son tour.

– En suivant la route de briques jaunes.

33

Jack Thayer gara sa Ford devant un immeuble miteux de deux étages au milieu d'un quartier résidentiel de Jersey City. Le drapeau américain suspendu et les deux globes blancs de part et d'autre de l'entrée indiquaient qu'il s'agissait d'un bureau de police.

Deux hommes en uniforme discutaient au pied des marches.

Jack et Annabel furent reçus par le détective MacFerney qui les précéda vers un grand local où le jeune inspecteur les accueillit avec un regard glacial.

– Voilà l'avis du légiste, dit MacFerney en tendant un dossier. Il est encore chaud.

– Par rapport aux constatations visuelles sur place, quoi de plus ? demanda Annabel.

– Le doc a affiné la fourchette d'heure du décès.

– Je croyais qu'il ne pouvait pas ? S'il ne l'a pas fait sur la scène de crime, ce n'est pas sur sa table qu'il y est parvenu !

– Le doc est comme ça, il râle et jure mais il prend note de tout. Il a étudié les températures qu'il avait relevées pour établir un créneau plus précis que ce qu'il a bien voulu nous lâcher dans le mobile-home. Il estime qu'elle a été tuée dimanche, dans l'après-midi, fin de matinée au plus tôt et début de soirée au plus tard.

Jack et Annabel se regardèrent. Soudainement le témoignage de Torton ressemblait moins à une perte de temps.

– Trace de sévices sexuels ? s'enquit Thayer.

– Non. On lui a découpé l'estomac, l'œsophage et la langue, pas du travail de pro, objet tranchant mais pas de section nette, le doc affirme que le coupable n'a pas de notion de chirurgie. Il a remarqué une très forte odeur dans la bouche de la victime, de l'eau de Javel. Il pense qu'on la lui a bien rincée ! Impossible en revanche de dire si elle en a absorbé puisqu'il manque une bonne partie de l'intérieur.

Thayer siffla entre ses dents.

– La pauvre a vécu l'enfer, commenta-t-il.

– Et ce n'est pas fini ! avertit MacFerney. On lui a brisé les dents au marteau, toutes celles de devant et les molaires en frappant directement sur les joues comme en témoigne l'état de la peau. Elle est couverte d'ecchymoses internes au niveau des bras et des épaules, elle a été maintenue avec force pour que ça laisse autant de traces. Les chiens quant à eux ont été badigeonnés de lacrymogène et roués de coups, arme contondante, batte de base-ball ou barre à mine.

– Ils sont donc plusieurs, conclut Jack. Les chiens gueulent, ils les aspergent de lacrymogène avec des bombes puis les massacrent. Charlotte a entendu ses chiens aboyer, elle n'a pas eu le temps d'appeler les flics, parce que les gars sont rapides. Pour ça et pour la tenir pendant qu'on lui fracasse les dents il faut être au minimum deux, plus probablement trois. Des gars rompus à l'adrénaline de ce genre de situation, ils n'ont pas foiré. Ils ont un lourd passé criminel, très violent. Vous avez une piste ?

– Rien, lança le jeune flic depuis son siège.

– Pour l'instant, tempéra MacFerney, on creuse l'histoire de cette fille tout en essayant de reconstituer son agenda des derniers jours, pas simple, d'autant que personne n'aime parler à des flics quand il s'agit d'une prostituée et d'un meurtre.

– Nous avons peut-être quelque chose, prévint Thayer, un témoin qui a aperçu un véhicule dimanche. J'ai le début de la plaque, c'est à New York dans notre coin, on va éplucher ça et si on tombe sur le gros lot je vous appelle de suite.

Jack et Annabel ne s'attardèrent pas, ils devaient retourner à leur Precinct avant que Leonard Ketter n'arrive.

À quinze heures, Ketter se présenta à l'accueil et Annabel le fit conduire à une petite salle d'interrogatoire pour qu'il patiente tout seul. Elle voulait le faire mariner dans son jus, qu'il puisse se poser toutes les questions du monde sur les raisons de sa présence entre ces murs.

Pendant que Jack demandait un listing de tous les véhicules de l'État commençant par EDE, Annabel chercha le casier judiciaire de Ketter.

– Il n'a aucun antécédent criminel ! exposa-t-elle après plusieurs minutes.

– C'est un malin, un manipulateur sans scrupule, peut-être même un colérique capable de frapper ses filles, mais je ne crois pas qu'il ait la carrure pour Charlotte.

– Il pouvait être présent.

– Possible. On va le cuisiner ? En revanche, on ne lui fait rien signer, pas de Miranda[1], c'est un interrogatoire de routine, sinon je suis sûr qu'il refusera et partira. S'il lâche une information, il sera encore temps de sortir la paperasse.

Ils entrèrent à deux dans le petit local. Ketter resta assis dans le coin et Annabel posa devant elle, sur la table, trois dossiers assez épais. Elle avait appris qu'on obtenait toujours plus d'informations quand on faisait croire qu'on en possédait déjà un grand nombre.

– Qu'est-ce que vous me voulez ? protesta Ketter. Vous croyez que j'ai que ça à faire de répondre à vos convocations ?

Thayer donna aussitôt le ton : dans ce cagibi c'était lui qui avait le pouvoir :

– Voyez le bon côté : si vous nous aidez, si vous êtes coopératif alors nous éliminerons rapidement votre nom de nos listes, vous serez plus vite tranquille. Si au contraire vous faites le malin, ce sera la guerre, convocations tous les jours, je viendrai sur votre lieu de travail, devant votre famille pour que tout le monde sache que vous êtes suspect dans une affaire criminelle.

---

1. Miranda rights : nom des droits qui doivent être obligatoirement lus à toute personne suspecte, puis signés, pour que son témoignage puisse être retenu et servir au procès.

– Je vais prendre un avocat, fit Ketter pas très sûr de lui.

– Un avocat vous sucera autant de billets verts qu'il pourra, moi je vous propose un entretien franc, entre nous, pour tout régler. Répondez-y et ce soir vous serez peinard tout en économisant pas mal de fric.

– Vous faites autant chier le monde pour chaque suicide ? s'indigna-t-il.

– Leonard, une femme est morte.

– Elle s'est suicidée, putain !

– Je ne parle pas de Rubis, ni de Melany. Une troisième femme que vous connaissez y est passée, et cette fois il n'y a aucun doute : c'est un meurtre.

– Qui ? s'affola Ketter.

– Charlotte Brimquick, annonça Annabel.

– L'amie de Rubis ? Oh, merde...

– Monsieur Ketter, poursuivit Annabel, si vous nous disiez où vous étiez dimanche ?

– Je suis un suspect, c'est ça ? Putain, je suis suspect ?

Jack tapota la table de son majeur :

– Répondez à la question.

– Dimanche ? Je... j'ai glandé, chez moi.

– Seul ? s'enquit Annabel.

– Oui.

– Personne ne vous a vu entrer ou sortir de chez vous ? questionna Thayer.

– J'en sais rien, faudrait demander aux voisins.

Annabel :

– Reçu ou passé des coups de téléphone depuis votre domicile ?

– Euh, je ne m'en souviens pas, peut-être...

Thayer :

– Vous avez une voiture ?

– Oui.

– Quelle marque ? Quel modèle ?

– Honda, Civic. Qu'est-ce que...

Annabel :

– Avez-vous une bombe lacrymogène en votre possession ?

– Non.

– Une batte de base-ball ou un pied-de-biche ?

– Euh... oui, une vieille batte. Mais je ne m'en sers plus depuis un moment.

Thayer :

– Avez-vous acheté ou vous êtes-vous procuré un écarteur buccal ?

– Un quoi ? Je ne sais même pas ce que c'est !

– Avez-vous déjà été à North Bergen ?

– Ça ne me dit rien...

– Votre dernier voyage dans le New Jersey, c'était quand ?

Les questions s'enchaînaient sans le laisser réfléchir, à peine le temps de répondre. Annabel succédait à Jack qui surenchérissait et ainsi de suite, pour faire monter la pression. Après dix minutes Leonard Ketter transpirait, les yeux passant de l'un à l'autre, presque affolé. Il leva les mains devant lui en protestant :

– Oh, oh, oh ! Si je suis accusé de quoi que ce soit dites-le-moi et je prends un avocat, mais arrêtez de me cuisiner comme si j'étais le pire des salauds !

– Questions de routine, trancha Jack sans même le regarder, plongé dans ses notes. Rappelez-vous : c'est ça ou je vous pourris la vie et vous devrez revendre un de vos apparts minables pour vous offrir un bon avocat. C'est à vous que vous rendez service en nous répondant maintenant.

Annabel enchaîna :

– Est-ce que Sondra ou Melany appartenaient à une secte ?

– Non, je l'aurais su.

– Des croyances particulières ?

– Non, Sondra croyait en Dieu, c'est tout.

– Nous avons trouvé un pentagramme chez elle, peint sur sa porte d'entrée. Une idée de ce que ça pourrait être ?

– Aucune. Cela dit... elle était de plus en plus bizarre au fil des mois. Un peu parano, et de plus en plus mystique.

– C'était votre petite amie, manifestement elle avait des problèmes d'ordre psychiatrique, vous ne vous êtes jamais dit qu'il serait bien de l'aider ?

– Vous y allez fort ! Elle n'était pas dingue non plus ! Juste déprimée...

– Quand vous dites mystique, releva Thayer, comment ça se traduisait au quotidien ?

– Elle lisait la Bible, se posait des questions sur l'avenir de son âme, ce genre de foutaises. Je la rassurais en lui disant que c'étaient des conneries, il suffit de se pencher par la fenêtre et d'observer cette ville pour savoir que Dieu n'existe pas.

Ketter parvint à arracher un sourire à Jack. Après un silence ce dernier se tourna vers sa partenaire.

– C'est bon pour moi.

Annabel acquiesça.

– Vous pouvez rentrer chez vous, monsieur Ketter, dit-elle. Merci de nous prévenir si vous quittez la ville, même provisoirement. Voici ma carte.

Une fois seuls, dans le couloir, Jack lui lança un coup de menton :

– Tu en penses quoi ?

– Pas lui. Il n'a pas tué Charlotte Brimquick. C'est une raclure mais pas un assassin.

– Je suis d'accord.

En entrant dans leur bureau Jack prit le fax qui pendait dans le bac de la machine.

– Qu'est-ce que c'est ?

– Le résultat d'analyse du vomi sur la scène de crime de Rubis.

– Je croyais que Woodbine n'avait pas approuvé les tests ?

– J'ai une connaissance au labo qui me devait un service, je lui ai demandé en urgence de faire une comparaison entre l'ADN de Sondra et celui de la flaque puante qui était en face de son corps.

– Et ?

– Je te l'avais dit : ce n'est pas son ADN. Maintenant on a la preuve qu'il y avait bien une seconde personne présente. Tu vas peut-être enfin me croire : elle ne s'est pas suicidée, j'en mettrais ma main à couper !

34

Manhattan. Une île jadis couverte de marais, de petites collines cernées de canaux et de sentiers indiens. La croûte de bitume, de béton et de verre qui la recouvrait désormais n'avait pas seulement fait disparaître ce territoire sauvage mais aussi son souvenir. La foule qui s'y pressait arpentait Canal Street ou Broadway comme s'il s'agissait d'artères ayant toujours existé comme telles : sûres, lisses et brillantes de guirlandes de Noël. Seul Kermit s'y aventurait sur la pointe des pieds, longeant les murs, se faisant discret comme s'il craignait d'être repéré par un animal féroce.

Brady le suivait sans rien dire, résigné.

Ils parvinrent à l'entrée du Manhattan Bridge – vaste étendue peuplée de véhicules migrant vers d'autres pâturages plus prometteurs – avant de s'éloigner de ces troupeaux bruyants en s'enfonçant dans Chrystie Street, plus étroite et plus calme. Une bande d'arbres remontait à leur droite sur près d'un kilomètre. Des terrains de basket ou de football que la neige rendait impraticables coupaient l'allée principale en deux.

Kermit pressa le pas. Les devantures des magasins par ici prenaient la poussière, comme venues d'un autre âge. Les noms italiens s'effaçaient au fil des pas, remplacés par des idéogrammes chinois. Chinatown gagnait du terrain à grande vitesse, propageant ses ramifications bloc après bloc, comme pour signifier que le XXIe siècle serait le sien.

Kermit finit par traverser et entrer dans le parc, sondant le tapis blanc sur lequel ils marchaient. Il jurait entre ses dents.

– Un problème ? interrogea Brady sans espérer de réponse.

– L'accès est rarement au même endroit, par sécurité, et les indications à la craie sont illisibles avec toute cette neige.

– Je pourrais peut-être vous aider si vous m'expliquiez ce qu'on cherche ?

– Tu le sauras bien assez tôt.

Kermit abandonna sa fouille pour aller se pencher au-dessus d'une poubelle. Brady se demanda s'il y avait une sorte de code secret que les marginaux se transmettaient à travers les accessoires urbains : poubelles, affiches, poteaux... Au lieu de quoi Kermit se pencha et vomit.

Lorsqu'il se sentit mieux les deux hommes reprirent leur route à travers le parc long et fin. Brady était surpris de n'y voir personne à part un homme promenant son chien et quelques passants pressés. Puis il remarqua qu'il n'y avait plus aucun banc public, rien que deux bras d'acier de temps en temps, sans planches ni assises.

– Vous avez vu ? dit-il. J'ignorais que ça pouvait se voler !

– C'est la municipalité, protesta Kermit en chancelant. Ils font ça pour que les clodos ne puissent plus s'y allonger, en espérant les faire disparaître...

Il parut aller mieux lorsqu'il aperçut un groupe d'individus agglutinés autours d'un caddie. En se rapprochant, Brady se rendit compte qu'il s'agissait de SDF.

Kermit les salua en les dévisageant, jusqu'à en reconnaître un :

– Jackson ! s'exclama-t-il. Qu'est-ce que vous fichez dehors par ce temps ?

– On ne veut pas devenir des taupes, nous ! répliqua le Noir sous sa barbe. Qu'est-ce qui t'amène ? Il n'a pas l'air d'un Munchkins ton ami, là !

En bon Américain qui connaissait *Le Magicien d'Oz* par cœur, Brady comprit que les Munchkins devaient être, ici, une communauté de clochards vivant ensemble. Oz étant leur repère.

– Tu peux lui parler, tempéra Kermit, c'est un ami. Je cherche l'entrée d'Oz. Où est-elle en ce moment ?

– Tu sais plus lire maintenant ? se moqua Jackson en dévoilant ses gencives édentées.

– La neige recouvre les traces de craie, idiot !

– C'est pour ça qu'on grave les arbres l'hiver, idiot toi-même ! rétorqua aussi sec Jackson en tendant un doigt abîmé vers un bouleau.

Brady repéra une petite flèche avec RBJ taillés dans l'écorce.

– Touché, fit Kermit en entraînant Brady dans la direction indiquée.

– Y a pas de quoi ! s'écria Jackson en jurant.

D'autres flèches suivirent. RBJ.

Route de Brique Jaune, déduisit Brady en se souvenant des mots de son guide.

Soudain, Kermit s'immobilisa devant une plaque d'égout en bordure de l'allée.

– C'est ici, murmura-t-il pour lui-même.

– Je ne vois pas de signe particulier, comment pouvez-vous en être sûr ? Il y a peut-être encore des flèches plus loin, on devrait...

– Non, c'est ici. La plaque n'est pas recouverte de neige.

Il se mit à regarder autour de lui et fouilla les buissons les plus proches.

– En général, la perche est toujours à côté, dit-il tout haut. Ah ! La voilà !

Il attrapa une barre en fer coudée et l'enfonça dans la fente de la plaque pour la soulever.

– Nous y voilà, Brad. Aux portes de Oz. Prépare-toi à passer de l'autre côté de l'arc-en-ciel.

Brady passa en premier tandis que Kermit refermait la plaque au-dessus de leur tête. Des morceaux de neige tombèrent dans le mouvement, s'introduisant par le col de Brady sous ses vêtements. Il s'accrocha aux barreaux qui servaient d'échelle puis poursuivit sa descente.

Une fois en bas, Kermit alluma une lampe électrique prolongée par une bande élastique qu'il ajusta autour de sa casquette pour ressembler à un mineur.

– Tiens, pour toi, dit-il en tendant une vieille lampe à pile à Brady.

Brady éclaira devant lui, ils se trouvaient sur une petite plate-forme surplombant une voie de métro.

– Alors c'est vrai ce qu'on dit ? demanda-t-il. Sur les gens qui vivent en dessous de New York, toute une population ?

– Dans les années 90, la mairie de Giuliani détestait les clodos, elle faisait tout pour les foutre dehors, les éloigner de la ville. Elle minimisait leur présence mais a reconnu l'existence d'une communauté sous la ville. Elle a avoué le chiffre de 5 000 personnes. Si tu veux mon avis c'était plutôt le double.

– Je croyais que c'était un mythe ou du moins de l'histoire ancienne...

– Officiellement, ça l'est. Pendant dix ans les flics les ont traqués pour les virer, murant les accès et mettant à sac les abris de fortune. Sauf que ces gens avaient décrété que c'était leur Terre Promise à eux, et contre ça tu ne peux rien faire. Ils ont trouvé d'autres entrées, et ont compris que pour pouvoir y rester il fallait se faire discrets. Ils sont devenus invisibles. Ils sortent peu, la nuit de préférence, et restent dans des secteurs où ils ne dérangent ni les nantis ni les touristes. Allez, viens, on a du boulot.

Kermit gagna le bord des voies ferrées et sonda le mur pour trouver une flèche avec les trois lettres magiques. Il se retint au mur un instant en clignant des paupières, puis se redressa pour partir en direction d'Oz.

Après quelques mètres il se mit à siffloter.

Brady n'avait pas bougé.

Un signal lumineux accroché en hauteur nimbait le tunnel de son halo vermillon, diffusant un filtre inquiétant. Kermit passa dessous et disparut dans les ténèbres d'un virage.

Le feu brillait, intense, Brady eut l'impression qu'il tremblait. Il se dressait face au journaliste semblable à un œil rouge, lui interdisant le passage.

Le dernier artefact de la civilisation l'implorant de ne pas poursuivre.

35

Les deux ronds blancs des lampes dansaient sur le sol, comme deux lunes se pourchassant. Le couloir résonnait des pas des marcheurs, jusqu'à ce que Brady perçoive le grincement aigu et lointain d'un métro. Il ralentit pour s'assurer qu'il n'était pas trop près des rails.

– Tu ne risques rien, lança Kermit sans se retourner. Cette voie n'est pas utilisée.

– Comment le savez-vous ?

– Parce que je suis déjà venu à Oz, je connais mieux ce sous-sol que la surface.

– Où sommes-nous ? Une route de désengorgement ou un truc dans le genre ?

– Pour ce que j'en sais, ce tunnel ne sert qu'en cas de problème, pour faire demi-tour ou éviter la ligne qui passe à Delancey un peu plus loin. Oz a été installée sur un site abandonné. En 1975 la MTA[1] creusait une nouvelle section sous Canal Street et Chrystie Street, à un moment ils se sont rendu compte que trois des piliers de support de Confucius Plaza étaient affaiblis par leur galerie ainsi que les fondations à l'entrée du Manhattan Bridge. Ils ont tout arrêté en urgence et ont préféré ne plus rien toucher. Oz commence à cet endroit et s'étend par les

1. Metropolitan Transportation Authority : entreprise publique en charge, entre autres, du métro new-yorkais.

couloirs de service jusqu'au vieux terminus des tramways de Essex et Delancey Street.

– Les tramways qui passaient sur le Williamsburg Bridge ? s'étonna Brady. C'était il y a un siècle !

– Le terminus a été fermé juste avant les années 50, ça fait une paye ! Mais rien n'a bougé depuis. Oz s'est bâtie avec les rebuts de la société, en se servant de ses erreurs et du passé qu'elle a oublié.

Le passage s'élargit sur un nouveau tunnel venant ajouter d'autres rails aux précédents puis un des murs s'ouvrit sur une troisième ligne. Tous les cinq mètres, des pylônes soutenaient des poutrelles métalliques sortant du plafond. Avec la profondeur, Brady avait l'impression d'avancer à l'intérieur d'une vaste cage thoracique, suivant le maillage des veines en quête d'un cœur silencieux.

Des raclements et des stridences d'acier raidirent tout à coup Brady. Une lumière vive balaya les piliers au loin, lançant un rayon en direction des deux intrus. Aussi rapidement qu'il avait surgi, le train s'évanouit, comme absorbé dans un boyau profond.

Kermit enjamba les rails et traversa la voie parallèle.

– Vous ne cherchez plus les indications ? demanda Brady en constatant la vitesse à laquelle Kermit s'orientait.

– Non, ce n'est plus utile, je reconnais maintenant. Fais attention ici, au troisième rail, c'est l'escalator pour l'Enfer comme on l'appelle. Il vient se glisser brusquement contre le rail extérieur pour opérer un aiguillage et si ta cheville est attrapée au passage, alors tu resteras coincé jusqu'à ce que le métro vienne te découper ! C'est comme ça que crèvent bien des zonards chaque année !

Après cinquante mètres Kermit se faufila dans un conduit de maintenance pour ressortir dans un autre tunnel un peu plus loin. Brady imitait chacun de ses déplacements en prenant soin de vérifier où il mettait le pied. À nouveau ils passèrent par un corridor technique et cette fois débouchèrent sur un grand espace éclairé.

Brady venait d'entrer dans Oz.

Une dizaine de petits braseros dégageaient une lueur orangée depuis des fûts en tôle. Des silhouettes se tenaient autour et dans les recoins, et elles pivotèrent comme des chauves-souris lorsqu'ils jaillirent du tunnel.

Emmitouflés dans leurs guenilles, ils ressemblaient à des vampires aux yeux brillant dans la pénombre. Brady estima qu'ils devaient être une trentaine au moins. Des matelas recouverts de vieux vêtements s'étalaient dans les coins, des niches de cartons, des piles d'objets en tout genre : casseroles rouillées, glacières fendues, postes de radio ouverts, un vrai bric-à-brac s'entassait un peu partout. Brady entendit un craquement au-dessus de lui et découvrit des passerelles en acier recouvertes de lits de fortune, de hamacs instables suspendus entre elles, et des ombres vautrées ici et là.

Kermit s'avança vers le groupe le plus proche. Immédiatement, plusieurs personnes se reculèrent et certaines se fondirent dans les murs pour disparaître.

– C'est Kermit, fit une voix éraillée. C'est Kermit.

– Bonjour Hugo.

– T'as des trucs à refourguer ?

– Pas aujourd'hui. Je cherche des renseignements. Où sont Noze, Needle et Pipe ?

– Près de la tour de contrôle. Il paraît qu'ils préparent un coup. Ils voudraient s'en emparer à ce qu'on dit.

– Ces trois junkies ? Je ferais bien de me dépêcher avant qu'ils ne se fassent étriper. Merci Hugo.

Kermit s'en alla et Brady constata qu'à aucun moment ledit Hugo ne s'était intéressé à lui, pas même un regard, comme s'il n'existait pas.

Kermit traversa les rails et les suivit, zigzaguant entre les campements crasseux. Brady accéléra pour le rejoindre.

– Ils sont combien ? demanda-t-il.

– Je ne sais pas. Quelques centaines sur les différents étages.

– Parce que c'est encore plus profond ?

– À New York il y a près de 1400 kilomètres de tunnels rien que pour le métro ! Oz, comme la plupart des souterrains de la ville, se compose de plusieurs niveaux. Accès et locaux techniques, puis un autre pour les égouts, un pour les conduites de gaz et les gaines de câblages ainsi que le circuit d'approvisionnement en eau, et puis il y a les galeries anciennes, nécropoles indiennes ou grottes naturelles tout au fond.

– Manhattan repose sur un cimetière ?

– Un cimetière ? répéta Kermit amusé. Tu veux dire un charnier, oui ! Il y a des macchabées partout ! Les entrepreneurs n'osent plus creuser la moindre fondation d'immeuble, ils ont peur de tomber sur des ossements qui retarderaient leur chantier, la fouille archéologique durerait un an ! Et parfois c'est même inimaginable. Quand on a creusé pour construire Washington Square Park, les gars se sont rendu compte que c'était un ancien marais dans lequel les victimes de fièvre jaune avaient été jetées. Plus de dix mille restes humains ont été sortis de là ! Et en 1991, à l'angle de Broadway et Duane Street, on a déterré des morts par centaines, c'était un cimetière africain, plein d'esclaves, vingt mille au total.

– Vingt mille ? répéta Brady, sous le choc.

– Tu veux savoir le plus dingue ? Ils ne le crient pas sur les toits à la surface, ça non, mais tous ces os il a bien fallu en faire quelque chose, n'est-ce pas ? Alors en attendant de trouver un site pour leur établir une crypte digne de ce nom, ces milliers de mecs sont entreposés dans les sous-sols du World Trade Center. Véridique ! Depuis près de dix ans ! Juste sous le cul des financiers ! Et ça va durer parce que, aux dernières nouvelles, ils ne seront pas transvasés avant 2002. Y a des histoires comme celle-là qu'on ne raconte pas.

Ils marchaient toujours en remontant le tunnel et Brady remarqua qu'à présent, ils étaient seuls. Une petite lueur rouge apparut au-delà du mur de droite, Brady y orienta sa lampe. Un homme se couvrit aussitôt le visage, aveuglé. Il venait de tirer sur une cigarette et se tenait à l'entrée d'une pièce. Des bras et des pieds dépassaient sur le sol.

Kermit lui attrapa la main et dévia la lampe pour rendre l'espace aux ténèbres.

– Laisse-les.

– Qu'est-ce que c'est ?

– La déchetterie. C'est comme ça qu'ils appellent cet endroit.

– Il y avait du monde là-dedans, et... j'ai l'impression qu'ils n'étaient pas bien.

– C'est là que viennent ceux qui souhaitent s'injecter de l'héroïne, fumer leur crack ou toute autre saloperie qui les dévore de l'intérieur. Ils s'entassent là, les uns sur les autres, et se shootent, peinards. Il s'y passe des choses qu'il est préférable d'ignorer. Allez, viens.

– Il y a beaucoup de camés en bas ?

– Hélas, oui.

– Comment sont-ils arrivés à Oz ?

– C'est souvent la même histoire. Famille violente, jeunes qui fuguent et terminent dans la rue ; pour d'autres c'est la perte d'emploi, de la femme ou du mari, ils se sont laissés aller, jusqu'à finir sur le trottoir. Les histoires dramatiques, c'est pas ce qui manque ici. J'avais une amie, Bonnie, elle vivait là avec ses deux enfants, sans ressources. Elle a préféré fuir la surface avant que les services sociaux ne viennent lui prendre ses gosses pour les placer.

– Vous en parlez au passé, que lui est-il arrivé ?

– Percutée par un train, morte. C'est courant lorsqu'on sort d'Oz. Jamais su ce qu'il était advenu des gamins. Enfin il y a ceux que la drogue a lentement marginalisés, pour les faire échouer sur les bancs. Au fil du temps, marre d'être traqués par les flics, d'être agressés dans les foyers, frappés par des bandes d'ados débiles, ces gens se sont réfugiés dans un trou, une fissure, ou à l'entrée d'un tunnel de train. Puis, se sentant à l'abri, ils ont poussé un peu plus loin, jusqu'à trouver ces endroits. Ici il fait chaud l'hiver, il y a toujours des canalisations d'eau avec un robinet à portée de main, et personne ne vient vous ennuyer. Au début tu as peur de cette obscurité, de ces bruits, puis tu t'habitues, tu apprends à les apprécier, et vient le jour où c'est la surface qui te fait peur.

– Et ils vivent là tout le temps ?

– Pour la plupart, oui. Tu sais, à force d'habiter dans la rue tu développes des réflexes, et au bout d'un moment tu n'es plus fichu de revenir au monde normal. Je connais des centaines de clodos qui ont tellement dormi dehors qu'ils deviennent claustrophobes dès que tu les colles bien au chaud dans un lit entre quatre murs ! Il faut faire gaffe quand tu vis en dehors du système, tu deviens différent de ce que la société attend d'un homme. Ensuite, pour y retourner, c'est long et brutal, faut vraiment le vouloir. Tu sais, bien des gens ici étaient à bout lorsqu'ils vivaient dans la rue, ils n'étaient plus rien, n'avaient plus rien, ils s'en fichaient de vivre ou de mourir. En descendant ils ont découvert un autre monde, avec ses codes, un territoire où ils ne sont pas jugés, où ils redeviennent des êtres humains aux yeux des autres. Enfin, à l'exception du peuple-taupe.

– Qu'est-ce que c'est ?

– C'est ainsi qu'on appelle les habitants de ces souterrains bien que ce soit une erreur. Le vrai peuple-taupe c'est les gratteurs et couineurs du bas. Ceux-là vivent ici depuis le début, vingt ans pour certains. Ils ont refusé la surface, et à mesure que de nouvelles vagues de SDF descendaient ici, ils s'enfonçaient plus bas, pour être peinards. Ils sont la mémoire de ces souterrains. Ils en sont également les monstres. À force ils ont développé leur propre langue avec des sons et ils...

– Quoi donc ?

– Laisse tomber.

– Non, ça m'intéresse, qu'est-ce qu'ils ont, Kermit ?

– On est ici pour Rubis, n'est-ce pas ? Alors occupons-nous d'elle.

Brady secoua la tête, frustré une fois encore par les silences de son étrange guide. Soudain il réalisa qu'il y avait une forme de tendresse dans la façon dont Kermit venait de prononcer le nom de Rubis.

– Pourquoi avez-vous accepté de m'aider ? demanda-t-il à brûle-pourpoint.

– Tu le sais, non ?

– Pour contribuer à faire quelque chose de bien ? À remonter la piste d'un groupe de types qui salit le monde comme vous dites ? Mais encore ?

– Parce que sans moi tu n'arriveras pas à noyer ton obsession.

Kermit s'arrêta et contempla ses chaussures sales avant de scruter Brady. La lampe sur sa casquette éblouit le journaliste.

– Je la connaissais, avoua-t-il enfin. Rubis. Je l'ai rencontrée. Deux fois, lors d'un casting et d'une soirée avec des gens du milieu. Chouette fille. Paumée, mais elle avait un truc, une générosité, un trop-plein d'humanité... tout ce qu'il ne faut pas dans ce métier. Elle est tombée dans le X comme bien d'autres : par facilité, manipulation, pour un homme, son mec. Elle n'en avait pas l'étoffe. Je l'ai vue à deux reprises et je m'en souviens très bien. Et comme tu me l'as confié la première fois, ce qu'elle a fait devant toi, je crois bien qu'elle ne l'a pas fait par hasard. C'est pour ça que je t'aide. Pour l'humanité qu'elle avait. Et parce qu'on s'en foutait tous.

Leur chemin s'ouvrit sur un hall résonnant de murmures, large et entrecoupé de piliers en béton. Des lampes à gaz diffusaient une pâle clarté depuis des tables, des étagères et des monticules d'objets récupérés à la surface. Des graffitis anciens coloraient les murs. Des palettes en bois, dressées à la verticale, dessinaient un labyrinthe de boxes derrière lesquels des bougies éclairaient des visages creux.

Des dizaines et des dizaines de cases décorées de papiers journaux, parfois sous une couverture trouée, ou des cartons humides. Un fumet de haricots à la sauce tomate en train de cuire tout près de Brady le fit pivoter.

Ils sont au moins cent, probablement le double !

Deux larges allées partaient à droite et à gauche sans que l'alignement des masures improvisées s'interrompe, à perte de vue.

– N'entre pas dans leur terrier, même du regard, avertit Kermit. Sois discret, tu es au paradis des maladies mentales, leur paranoïa est une mare d'essence sur laquelle tu marches, n'oublie jamais : un mot plus haut que l'autre peut mettre le feu.

Brady se coula aussitôt dans le sillage de son guide, et ensemble ils traversèrent ce paysage apocalyptique en direction du fond : un escalier d'acier grimpait vers un poste d'aiguillage aux fenêtres surplombant les voies.

– C'est la fameuse tour dont parlait votre ami Hugo ? chuchota-t-il.

– Exact. Un vrai *home sweat home*. Lit et même douche ! Celui qui la détient, Hecker, est un peu le patron ici, personne n'ose le contredire et, en échange d'un peu de confort, ils se bousculent à sa porte pour lui offrir ce qu'il souhaite. Les trois zigotos que nous devons voir s'apprêtent à lancer un coup d'État, ce qui, si tu veux mon avis, est une très mauvaise idée.

– À trois contre un ?

– Hecker a du charisme, il a su s'imposer, les gens sont soumis à son autorité et tu peux être sûr qu'il y aura du monde pour le défendre. Ici-bas, on n'aime pas le changement.

Kermit fouillait les environs du regard.

– Si vous me dites ce qu'on doit trouver, je pourrais vous aider, proposa Brady.

– Un rassemblement, un peu d'agitation, avec trois squelettes au centre.

– Dans ce genre-là ? demanda Brady en désignant du menton un renfoncement où brûlait un feu dans un bidon.

Six petits tas de vêtements s'agglutinaient, un crâne couvert d'un bonnet ou d'une casquette surgissait au sommet, et face à eux : trois hommes debout. Décharnés. Les yeux brillants et pourtant vides d'émotion, comme séparés de la réalité depuis trop longtemps. De tailles différentes, ils formaient un escalier presque comique à la Dalton, du plus petit au plus grand. En s'approchant, Brady observa celui qui parlait. Les muscles de sa bouche saillaient tant il était maigre, accentuant ses rides nettes et profondes dans son visage taillé à la serpe.

Les deux billes luisantes glissèrent sur le côté pour se braquer sur Brady.

– Kermit ! siffla le plus petit.

– Kermit et une Ombre, compléta celui qui fixait Brady.

– Salut les gars, fit Kermit.

– Qui apportes-tu ? demanda le moyen.

– Je n'apporte personne, je viens avec un ami.

Brady pivota vers son compagnon. La formulation le dérangeait. Pouvait-on apporter quelqu'un ici ? Comme une sorte de… présent ?

– Nous n'aimons pas tes amis ! répliqua aussi sec le petit.

– Parce qu'ils ne se laissent pas avoir ? ironisa Kermit. J'ai appris que vous vous apprêtiez à prendre la Tour ?

– Les nouvelles vont vite, commenta le grand.

– Sois des nôtres, ajouta le petit.

– Oui, des nôtres ! insista le moyen.

– Je ne me mêle pas des affaires d'Oz, vous le savez, c'est pour ça que je suis toujours le bienvenu ici.

– Il y aura du pouvoir en échange. Des femmes, si tu veux, proposa le petit.

– Laisse tomber, Noze. En parlant de femmes, est-ce que vous avez commercé avec des Ombres dernièrement ?

Le plus grand cracha, semblable à un chat.

– Termite nous a pris le marché ! lança-t-il, subitement énervé.

– Moins fort, Pipe ! ordonna Noze entre ses dents.

Brady vit que les six silhouettes assises ne perdaient pas une miette de cette joute. La plupart avaient l'air hébété, il ne sut dire si c'était la vie souterraine ou la drogue. Brady revint aux trois épouvantails. Chaque phrase faisait rouler les muscles de leur visage, découvrant une mer insoupçonnée de détails, avec ses courants, ses vagues et ses abysses.

– Il est le seul à commercer avec les Ombres maintenant ? voulut savoir Kermit.

– Pour ce qui est des filles, oui, déclara Noze pendant que Pipe approuvait largement.

Un voile de nuages noirs couvrit les traits de Needle, le moyen.

– Tu viens à nous pour obtenir des renseignements, mais toi, qu'as-tu en échange à nous donner ?

– Vous n'avez pas de renseignement pour moi, apparemment c'est Termite que je dois aller voir.

– Nous t'avons répondu ! Il faut une compensation.

– Tiens, ça devrait être à la hauteur, répliqua Kermit en brandissant son majeur.

Les vagues s'entrechoquèrent sous la peau de Needle, faisant apparaître un relief tout en clair-obscur, menaçant.

– Tu n'es qu'un cafard ! lança-t-il. Nous t'écraserons ! Lorsque Oz sera nôtre, tu feras bien de prendre garde !

Kermit s'éloignait déjà, suivi de près par Brady. Après quelques pas, le journaliste demanda :

– Qui sont les Ombres ?

– Les gens de la surface, toi par exemple.

– Et ce Termite ?

– Une mauvaise nouvelle.

– Comment ça ?

Kermit enjamba un gros tuyau et désigna un passage noyé par une flaque de ténèbres.

– Pour aller jusqu'à lui il va falloir qu'on descende aux niveaux inférieurs. Et ça, c'est une putain de mauvaise nouvelle.

36

Boyaux barrés d'échelons, corridors sales et bas, passerelles suspendues, Brady s'était engagé dans un périple infernal. Ils progressaient à présent dans un tunnel en longeant des voies que Kermit n'approchait pas. Le cri métallique d'un métro survint au détour d'un virage, le fracas de ses roues s'aiguisant sur le rail, bientôt précédé par l'aveuglante clarté de son œil unique.

Le ver de la Grosse Pomme jaillit de son trou et contraignit les deux hommes à se plaquer contre la paroi.

Lorsque son hurlement fut dissipé, Brady rattrapa Kermit pour l'interroger :

- C'est moi ou il y a une certaine tension entre vous et les trois corbeaux que nous avons croisés au-dessus ?

– Je ne les aime pas, c'est tout. Ils sont dangereux. Il y a probablement plus de drogue que de sang dans leurs veines ! S'ils prennent le contrôle d'Oz, alors cet endroit deviendra un véritable enfer. Avec un peu de chance ils se feront tuer au cours de leur opération.

– Et ce Termite, qui est-ce ?

– Le chaînon manquant.

– Entre l'humanité et le singe ? fit Brady amusé.

– Non, entre l'humanité et le peuple-taupe.

– Les « gratteurs et couineurs », comme vous les appelez ?

– Exact. Termite s'est approprié le marché des filles, il remonte de temps en temps pour traiter avec une Ombre, il va falloir lui faire cracher le nom de ce contact.

– Le marché des filles, c'est une sorte de prostitution ?

– Dans les souterrains être une femme est encore plus difficile qu'ailleurs. Ici, elles sont « mec ou mac ». Soit elles ont un protecteur, un petit ami, soit un souteneur. Sinon elles risquent d'être violées. En s'agrandissant cette communauté a également apporté avec elle les maux propres à notre espèce : son avidité sexuelle et ses pulsions agressives. Et dans un monde sans loi ni morale, je peux te dire que les hommes se lâchent.

– Termite est un mac ?

– En quelque sorte, plutôt un intermédiaire. Entre les filles d'en bas qui veulent une protection, ou tout simplement gagner du fric, et des mecs de la surface qui cherchent des filles prêtes à tout pour deux ou trois cents dollars. Beaucoup des prostituées de la ville ont encore leur lucidité, elles ne se rabaissent pas à n'importe quoi. Alors que certaines femmes d'ici… s'estiment tombées si bas qu'elles acceptent d'abandonner leur corps quelques heures à des fantasmes tordus quand ça peut les nourrir pendant un mois.

– Kermit, j'ai un doute… Je crois qu'on fait fausse route. La Tribu ne s'est pas fournie ici, les deux films que j'ai vus montrent Rubis et une autre nana dans son genre, des actrices de porno, pas des SDF.

– La Tribu recrute ici, tu peux en être sûr. Parce qu'il y a des choses que même tes deux actrices n'auraient pas acceptées.

– Pire que ce que j'ai vu dans ces films ? Ça n'existe pas !

– La Tribu ne fait pas que des films, ils n'osent pas tout enregistrer, trop dangereux. Allez, accélère, Termite ne doit pas être bien loin mais j'aimerais autant ne pas traîner trop longtemps dans le coin.

– Et le nom de son contact, vous croyez qu'il va nous le lâcher ?

– Franchement ? Non, il n'a aucune raison de le faire, ce serait prendre le risque de perdre sa position. Il va falloir être persuasif.

Ils erraient entre deux tunnels parallèles, empruntant des couloirs d'accès technique pour circuler de l'un à l'autre, criant le nom de Termite depuis dix minutes.

Kermit n'était pas à l'aise, il frissonnait à chaque cri et Brady devina qu'il avait peur d'attirer l'attention sur eux. Si quelqu'un d'autre que Termite les entendait, il faudrait espérer qu'il prendrait ses distances plutôt que de venir à eux pour leur chercher des ennuis. Après un moment, Brady songea à la police. Et s'ils se faisaient arrêter pour avoir menacé la sécurité des métros ? Il ne pouvait se permettre d'être coffré ici, pas avec Annabel qui ne tarderait pas à l'apprendre.

– La police effectue des patrouilles parfois ?

– C'est ce qu'ils disent, mais si tu veux mon avis, ils ne viennent que si un cadavre est trop près des voies et qu'on ne peut plus l'ignorer.

– À ce point ?

– Oh, oui. Crois-moi le peuple-taupe est peinard au fond de son terrier.

– À ce propos, vous croyez vraiment qu'ils existent ? Plus de vingt ans sans remonter à la surface, c'est improbable ! C'est une légende urbaine...

– Non, ils existent. Ils vivent dans le noir et même s'ils savent encore parler notre langue, ils ont développé leur propre mode de communication, à base de sons qui imitent ceux des trains et des gouttes d'eau qui tombent dans les flaques. Ils sont la mémoire de ces souterrains.

– Vous en avez déjà rencontré ?

– Nan, ce qui ne prouve rien. Ils sont là, peut-être même à ce niveau, c'est bas, humide, et presque personne ne s'y risque, tout ce qu'ils aiment. Ouvre grand tes oreilles et peut-être que tu les entendras, parce qu'en tout cas tu ne les verras pas.

Après cinq autres minutes à sonder l'obscurité, Brady saisit le bras de Kermit tandis qu'il éclairait le coin opposé.

– J'ai cru voir un mouvement, révéla-t-il, là tout près du sol.

– Ce sont les lapins des rails, détends-toi. Des rats, de gros rats. Dans les sous-sols il y a deux classes de rats : les géants et les supergéants. Faut s'en méfier, à force de bouffer les morts, il paraît qu'ils ont pris goût à la chair humaine.

– Autre légende urbaine ? chuchota Brady en se remettant en marche.

Il buta contre le dos de Kermit qui s'était immobilisé d'un coup.

– On est attendus, révéla ce dernier d'un ton résigné.

Brady se pencha et aperçut une bougie allumée au loin. Elle n'y était pas une minute plus tôt, il en était certain.

D'autres suivirent, posées au sol, leurs flammes tremblant dans les courants d'air. Elles ouvraient un chemin mystérieux vers l'inconnu.

Et si c'était un piège ? s'angoissa Brady.

La piste conduisait à une ouverture basse dans le mur. Il fallait s'y enfoncer tête la première, à quatre pattes. Kermit s'y aventura. Les murs suintaient et une sorte de mousse épaisse avait recouvert la terre. Une bougie illuminait l'extrémité, à moins de dix mètres.

Brady s'y engouffra à son tour et ressortit près des jambes de Kermit, dans un local étroit.

Des cônes d'encens brûlaient à l'entrée en dégageant une forte fragrance musquée.

Brady releva le buste et entendit le déclic d'une arme.

Puis il sentit le canon se poser sur sa tempe.

– Fin du voyage, soupira Kermit.

37

Brady leva les yeux.

Nuée de cheveux blancs, gras. Barbe grise. Lunettes réparées au scotch isolant. Canon chromé.

– Brad, nous sommes arrivés chez Termite, fit Kermit avant de pivoter vers la silhouette menaçante. Brad est un ami, tu veux bien cesser de le menacer avec cet engin ?

– Tu touches un truc, fit Termite en pointant son arme vers la bouche de Brad, et je jouerais aux dames avec tes dents. Compris ?

– Je ne touche à rien, lâcha Brad entre ses lèvres.

– C'est bien, le félicita Termite avec plus de chaleur, comme s'il parlait à son chien.

Une pièce tout en longueur, étouffée par les objets. Poufs, caisses de disques vinyles, livres, une guitare à laquelle il manquait deux cordes, statuettes en bois, ballon de football américain, machine à écrire, chevalet et palette de peintures, impressionnante collection de bandes dessinées, Termite entassait absolument tout et n'importe quoi.

Il les entraîna jusqu'au fond, sur des tabourets garnis de coussins et mit une bouilloire à chauffer sur un réchaud à gaz. Des dizaines de bougies faisaient flotter sur le capharnaüm une douce pénombre orangée.

Termite devait avoir cinquante ans, peut-être soixante. Il portait une blouse vert d'eau de chirurgien, ainsi que le pantalon assorti. Sales. Tachetés d'auréoles brunes. Brady préféra ne pas spéculer sur la provenance et l'historique de sa tenue.

– J'étais en pleine opération quand je vous ai entendu beugler mon nom, les informa-t-il en désignant un chariot à roulettes sur lequel avait été installée une lampe articulée.

À la place d'une ampoule une grosse bougie brûlait et une loupe était fixée avec de la ficelle sur le devant pour tenter d'obtenir une lumière plus forte. Sur le plateau principal, un rat était accroché par les pattes, les entrailles à l'air.

– Vous... Vous opérez un rat ? bafouilla Brady.

– Ouais, je sais, c'est pas glorieux comme sujet d'étude, mais je soigne le cancer. Je suis à deux doigts de trouver la solution.

– Le cancer ?

– Ça vous en bouche un coin, hein ? Qu'on puisse curer la plus grande maladie de tous les temps dans un taudis pareil ! C'est que vous êtes naïf ! Toutes les plus grandes découvertes ont été faites dans l'ombre de l'histoire, les gens sont manipulés, c'est tout ! Regardez le sida ! Ne me dites pas que c'est un virus comme les autres ! Il est sorti de nulle part, dans les années 80, pour décimer une population qui commençait à s'émanciper et pour enrayer l'épidémie de drogues que les années 60 avaient banalisées. Comme par hasard ! Des milliers d'années que l'homme foule cette putain de planète et le sida se pointe seulement lorsque ça arrange l'intelligentsia puritaine ! Eh bien moi je vais soigner le cancer ! Ensuite je m'attaquerai au sida...

– Il paraît que tu t'es approprié le marché des filles ? intervint Kermit.

– Les Ombres en avaient marre d'avoir affaire aux trois débiles. Je me suis faufilé à la place, je connais toutes les filles d'Oz. C'est du blé facile, trois ou quatre cents dollars de temps en temps ! Pour financer mes travaux.

– Qui est ton contact à la surface ?

Termite se referma, lançant un regard haineux à Kermit.

– Qu'est-ce que ça peut te foutre ? Tu veux me piquer ma place ?

– Certainement pas ! Tu sais qui je suis, je ne vis pas avec vous. J'ai besoin d'aide, pour mon ami Brad.

– Allez vous faire mettre, dit Termite d'un ton égal. Vous voulez du thé à la menthe ?

Comme s'il n'y avait aucune tension, il souleva la bouilloire, remplit trois tasses fendues et y trempa des sachets de thé sortis d'une boîte en fer.

– Allons l'ami, revint à la charge Kermit, tu sais bien que je ne connais pas les habitants d'Oz comme toi, comment pourrais-je me fournir en filles ? Je suis incapable de prendre ta place ! Tout ce que je souhaite, c'est le nom de ton contact, il approvisionne des gars que je voudrais approcher. Un nom et c'est tout.

Termite leva un doigt devant lui pour bien attirer l'attention de son invité et articula tout doucement :

– Lis sur mes lèvres : va-te-faire-mettre. C'est mon bisness, et personne ne s'en mêle. Tu n'as rien à me demander.

– C'est à propos d'une fille, intervint Brady. Ils l'ont tuée.

– Rien à foutre, mais alors rien du tout. Une centaine d'entre nous clamsent ici tous les ans, alors je vais te dire : ta gonzesse, là-haut, je m'en secoue les noix !

Le dédain et la provocation de Termite enragèrent soudain Brady. Il eut envie de lui coller une bonne claque pour le réveiller.

Puis la colère s'évapora comme elle était venue. Et il comprit que Termite avait pour les gens de la surface la même indifférence qu'eux-mêmes avaient pour les clochards des souterrains.

Ils n'obtiendraient aucune aide de sa part. Il leur offrait son hospitalité le temps d'une visite de courtoisie, pour trancher sur son quotidien, mais n'irait pas au-delà. À peine auraient-ils franchi le seuil de son trou qu'il les aurait oubliés.

– Vous n'avez aucune raison d'éprouver de la compassion pour elle, admit Brady, je vous comprends. Pourtant elle est morte, et je voudrais que ces gars-là payent pour ce qu'ils lui ont fait. Y a-t-il un moyen d'échanger cette information ? Contre de l'argent par exemple ?

– Pour que je foute en l'air ma rente ? Tu vas me filer combien ? Cinq cents dollars ? Et après, je fais quoi ? Tu peux te le foutre au cul ton marché bidon !

– J'imagine bien que la vie dans cet endroit n'est pas facile tous les jours mais vous ne pouvez vous affranchir totalement de l'empathie qui fait de vous un homme, et si vous pouviez écouter une seconde ce côté de vous, et nous aider, alors...

Termite éclata de rire, découvrant ses chicots chocolat.

– Non mais tu t'entends avec ton discours à la con ? gloussa-t-il. Je vais te parler avec les mots qui te conviennent : une étudiante est venue dans nos souterrains pour en faire un livre il y a des années de cela. Et elle a écrit que les tunnels sont le prolongement physique de notre état mental, que nous ne sommes pas venus échouer ici par hasard. Tu as vu le bordel immonde que c'est ici sous terre ? Le prolongement physique de notre putain de cerveau ? Eh bien tu veux savoir : elle a raison. N'attends rien de moi, mec. Rien de rien. Car nous sommes le chaos. Maintenant si tu ne veux pas trinquer à ma santé, casse-toi.

Brady hocha la tête, résigné, il comprenait.

Il se leva et fit signe à Kermit. Kermit soupira puis finit par le suivre. Lorsqu'il passa le seuil de la pièce, Brady se mit à genoux et après seulement trois mètres se rendit compte que son compagnon ne le suivait pas.

– Kermit ?

– Attends-moi plus loin, j'arrive.

Un lourd raclement accompagna le mouvement des caisses de bric-à-brac et l'accès se referma.

Brady demeura plusieurs minutes prostré dans le boyau tandis que des craquements d'objets brisés lui parvenaient depuis l'antre de Termite. Il y eut des cris. Des gémissements.

Le journaliste ferma les yeux, son front s'enfonça dans la mousse sur le sol. Qu'était-il venu faire ici ? Son entêtement venait d'introduire encore un peu plus de violence dans ce monde. Il avait amené Kermit jusqu'ici.

Fracas d'objets renversés et nouveaux cris.

Brady se remit à ramper pour rejoindre le tunnel du métro. Il s'extirpa et étendit ses membres en s'assurant qu'aucune rame n'approchait.

Il remarqua que les bougies étaient toutes éteintes.

Le souffle d'un train qui est passé, comprit-il.

Il ignorait depuis combien de temps il arpentait les entrailles de la ville. Deux heures ou deux jours ? Rarement il avait éprouvé une telle perte des repères temporels. La lumière du soleil, même celle anémique de l'hiver, lui manquait. *Et dire que certains ici tiennent plusieurs jours, voire des semaines, sans remonter ! Tant qu'ils ont à manger.*

Comment se fournissent-ils ? Les déchets des restaurants new-yorkais devaient être hallucinants, de quoi nourrir une armée de SDF. Un peu d'organisation, des groupes qui partent collecter les poubelles et qui approvisionnent les plus faibles ou les plus asociaux. La vie à Oz était dure, pourtant il semblait y régner une certaine solidarité, au moins autour des ressources.

Bruits de pas au loin, couinements à peine discernables.

Des rats. Des rats géants ou des supergéants ?

Brady orienta sa lampe en direction des sons. Rien.

Trop tard.

Un raclement lointain lui annonça le retour de Kermit.

Et si Termite a eu le dessus ? S'il vient avec son flingue pour me...

Ce n'était vraiment pas le moment de penser à ça.

Kermit surgit du trou et se redressa en fermant ses poings. Brady ne vit pas de sang sur ses mitaines.

– J'ai un nom et une adresse, fit savoir le grand chauve.

– Que lui avez-vous fait ?

– Il s'en remettra, rassure-toi.

– Que lui avez-vous fait ? insista Brady.

– J'ai fait pression, là où ça fait mal. Tu le veux ce nom ou merde ?

– Ne vous avisez plus jamais d'avoir recours à la force pour m'aider.

Après une journée en sa compagnie, Brady s'était fait à Kermit et ses étranges réactions, et en avait oublié ce qu'il savait, sa démence. La dangerosité du personnage se rappelait à lui dans des circonstances qu'il détestait.

– Arrête de pleurnicher, boy-scout ! Chaque monde a ses règles, et ici tu les ignores toutes.

Kermit se remit en marche, il traversa les voies et entra dans une cavité à deux couloirs, un de chaque côté.

– Ah ! Putain de bordel ! s'écria-t-il.

– Qu'est-ce qu'il y a ?

– Je sais qu'on peut remonter tout droit à la surface par là, mais j'ignore s'il faut aller à droite ou à gauche. Merde !

Brady soupira, fatigué par ce lieu et par l'agressivité de son guide.

– À droite ou à gauche, tout ce que je veux c'est sortir, le plus vite possible, avoua-t-il.

– J'en ai pas la moindre idée, alors on va voir si t'as une bonne étoile. Droite ou gauche ?

– Qu'est-ce que j'en sais ? Pourquoi moi ? C'est vous l'habitué !

– Je suis paumé, mec ! Et si on s'en remet à ma chance, autant se pendre de suite… Alors, droite ou gauche ?

– Gauche…, susurra une voix derrière eux depuis les ténèbres.

Brady fit volte-face pendant que quelque chose décampait à toute vitesse. Son rayon capta un nuage de poussière de l'autre côté du tunnel. Plus rien ni personne.

Le peuple-taupe, songea Brady. *Ils existent.*

38

Fines incisions, longues et fines comme une aiguille. Un trait rouge encadré par deux bourrelets de peau retroussée, semblables à des lèvres. Le tout cousu maladroitement.

Annabel avait punaisé sur un panneau au milieu du bureau certaines des photos de Rubis sur la table d'autopsie, en particulier ces plaies étranges et relativement profondes que Jack avait comparées à des semis.

– Qu'est-ce qu'on aurait pu planter dans son corps ? réfléchit-elle à voix haute. Est-ce concret ou symbolique ? Le délire d'un esprit torturé ?

– Et aucun résidu à l'intérieur, se souvint Thayer sans en être vraiment sûr.

– Rien. Odeur nauséabonde, infection en cours, chairs tuméfiées par endroits, mais aucune fibre ou fragment exogène.

– Se peut-il qu'un individu ait placé un objet dans les cavités, un certain temps, avant de le récupérer ? Quel genre d'objet peut-on vouloir abriter dans de la chair humaine ?

– Quel genre de dingue peut faire une horreur pareille, tu veux dire !

– Je crois que c'est une piste, insista Jack. Si nous parvenons à trouver ce qu'on a pu faire à Sondra Weaver et Melany Ogdens avec ces blessures, nous ciblerons nos suspects potentiels.

Annabel ouvrait la bouche pour répliquer lorsqu'une ombre

tomba sur la pièce. Le capitaine Woodbine et ses deux mètres se tenaient dans l'encadrement de la porte.

– Vous vouliez me voir ? demanda-t-il, une cigarette coincée entre les dents.

Thayer désigna l'écriteau sur son sous-main :

– Michael, c'est toujours non fumeur ici...

Le colosse noir ignora la remarque et haussa les sourcils en direction d'Annabel.

– C'est à propos du suicide sur Fulton Terminal, répondit-elle. L'ADN de la flaque de vomi n'est pas celui de la victime, il y avait donc deux personnes.

– Je n'ai pas accepté cette analyse ! protesta Woodbine. Je vous préviens, si vous avez effectué des tests de ce genre sans mon autorisation la note sera prélevée sur vos salaires !

– Un ami à moi l'a faite gracieusement, intervint Thayer. Tu n'auras qu'à signer une demande en modifiant la date si l'affaire doit aller devant un tribunal, ce ne serait pas la première fois que tu triches avec les dates...

– Jack, demande-moi mon avis la prochaine fois, aux dernières nouvelles je suis encore capitaine de ce bureau !

Il cracha un épais nuage de fumée en direction de son détective qui fit de grands gestes pour dissiper les volutes.

– J'aimerais aussi lancer une perquisition chez un de nos suspects, Leonard Ketter, annonça Annabel.

– Quel motif ?

– Il se fait passer pour un agent artistique alors que c'est juste un proxénète. Les filles dont il s'occupait se sont suicidées, elles portaient le même genre de blessures.

– Si vous n'avez rien de plus probant contre lui, aucun juge ne signera un mandat ! Vous pouvez avancer un élément concret ?

Annabel secoua la tête, agacée. Le fax se mit à bourdonner et sa ventilation accompagna l'émission de plusieurs pages. Woodbine haussa le ton, plus déconcerté qu'énervé :

On ne fouille pas chez quelqu'un pour trouver une preuve si on ne dispose d'aucun motif pour le suspecter, les citoyens de ce pays ont encore des droits, même les ordures, dois-je vous le rappeler ? Qu'est-ce qui vous prend tous les deux avec cette affaire ?

– Elle sent le coup foireux à plein nez, voilà ce qui nous prend ! s'exclama Thayer. Je ne crois pas au suicide. C'est un meurtre !

Woodbine attrapa du bout des doigts ce qui restait de sa cigarette et la brandit vers son détective :

– Prouve-le et je vous appuierai dans toutes vos demandes, mais si vous voulez mon avis, vous ne trouverez rien ! La vérité est souvent aussi simple que les apparences !

Il pivota et disparut dans le couloir.

Jack et Annabel se regardèrent, frustrés.

– Il n'a pas tort, avoua Annabel après un moment. Peut-être qu'on se monte la cervelle et que c'est juste le suicide d'une pauvre fille.

– Le suicide de *deux* filles ! martela Thayer. Et le meurtre d'une troisième. Ça fait beaucoup, non ?

Il se pencha pour ramasser les pages du fax en se grattant la nuque. À mesure qu'il lisait, son geste ralentissait. Jusqu'à s'interrompre. Annabel l'observait du coin de l'œil.

– Qu'est-ce qu'il y a ?

– C'est la liste des véhicules immatriculés dans l'État de New York et dont la plaque commence par EDE. Vingt-trois en tout dont deux vans. Un seul est noir. Propriétaire : Vincenzo Triponelli.

Annabel se connecta aussitôt sur la base de données du NCIC, le National Crime Information Center. Elle lança une recherche en demandant à Jack d'épeler le nom.

– Wouaw ! s'esclaffa-t-elle en voyant la longueur du casier judicaire s'afficher sur l'écran. Ton client a un sacré palmarès. Braquage avec violence, port illégal d'arme, violence domestique, tentative de viol, refus d'obtempérer et recours à la force contre des officiers de police lors d'arrestations pour bagarres dans des bars.

– C'est lui ! C'est l'assassin de Charlotte Brimquick !

– Pour l'instant, tout ce qu'on a c'est un témoin qui affirme avoir vu un véhicule devant chez elle ! Il se peut que ce soit celui de Triponelli, mais même si c'est le sien, rien ne prouve qu'il ait commis le crime.

– C'est bien lui. Un type violent, il cogne comme il respire et il est déjà tombé pour viol.

– Brimquick n'a pas été violée.

– Je pense que si, Annabel.

– Souviens-toi ! Elle portait un pantalon en cuir moulant, pas le genre de truc facile à remettre à une fille après l'avoir violée ! Et puis le légiste n'a rien constaté à l'autopsie, je sais que ce toubib avait l'air bizarre, mais à en croire MacFerney il est compétent !

– Il y a plusieurs types de viol. Pourquoi lui a-t-on cassé les dents d'après toi ?

– Par vengeance ! Une brute psychopathe la frappe à la bouche avec un marteau pour la faire souffrir, car elle nous a parlé...

– Et la présence de l'écarteur buccal, tu l'expliques comment ?

– Non, ne me dis pas que tu penses à...

– Exactement ! Il lui brise les dents pour qu'elle ne puisse mordre, lui immobilise la mâchoire ouverte et lui viole la bouche ! Et c'est pour ça qu'il lui prélève l'œsophage et l'estomac avant de partir, pour ne laisser aucune trace de sperme en elle, il ne veut pas être trahi par son ADN !

Annabel secoua la tête.

– Mon Dieu, souffla-t-elle. Un malade mental.

– De cette manière tout colle. Triponelli est venu, probablement avec un ou deux copains pour l'immobiliser et la contraindre à leur faire une fellation.

– Compte tenu de ses antécédents, je crois que cette fois on obtiendra un mandat de perquisition avant la fin de la journée ! triompha Annabel. On recherche tout élément le rattachant à la scène de crime de Charlotte Brimquick.

– Il déteste les flics, je vais demander l'appui du SWAT[1], annonça Thayer en décrochant son téléphone.

---

1. *Special Weapons And Tactics* : Groupe d'intervention de la police.

Annabel demeura sans réaction, étudiant la fiche de Vincenzo Triponelli. Comment un homme pouvait-il devenir cette bête assoifée de cruauté ? Elle examina la photo.

Un Blanc, le crâne rasé, avec un bouc proéminent et roux, des tatouages sur le cou, l'air massif.

Son regard était froid. Sans âme. Celui d'un être détaché d'une réalité qui ne lui renvoyait aucune émotion.

Le faciès d'un individu que même la peur ne devait pas frôler. Un peine-à-rire. Le genre de monstre capable de défoncer la bouche d'une femme à coups de marteau pour se faire jouir, au milieu du sang, de l'horreur de sa souffrance.

Oui, la conviction montait en elle. C'était lui le coupable. Et elle eut soudain envie de lui cracher au visage.

L'arrêter serait un vrai bonheur. Haïssait-il les femmes ? Tout portait à le croire. Alors, elle ne manquerait pas de le toiser, pour qu'il sache qu'une femme en cache toujours une autre. Que c'est une femme qui le coffre.

Une femme qui lui passe les menottes pour l'envoyer dans le couloir de la mort.

39

La quête de Brady semblait sans fin.

Ils marchaient à présent dans le Queens, Kermit en tête comme à son habitude. Depuis la sortie du monde souterrain, les deux hommes parlaient peu. L'épisode Termite avait brisé le lien.

Kermit ralentit devant une façade couverte de graffitis. Une porte en acier, similaire à celles des locaux techniques des compagnies de gaz ou d'électricité, disparaissait à moitié sous une marquise rouge et blanche. « *Pit-hole* » était inscrit en lettres noires.

Kermit toqua et attendit que le judas s'ouvre.

– Je dois parler à Will, dit-il.

– À quel sujet ?

– À propos d'actrices et de films, il saura.

– Et vous êtes ?

– Deux. Maintenant magne-toi de rapporter la commission à Will.

Le regard dans l'encadrement s'embrasa, des pupilles d'ébène au fond d'un puits noir. Après une hésitation, le judas claqua.

La porte s'ouvrit une minute plus tard sur un colosse à la peau aussi sombre que parfaite : lisse et brillante, sans le moindre poil. L'homme toisa Kermit sans masquer son envie de le frapper.

– Écarte les bras, ordonna-t-il, que je te fouille.

– Tu es sûr que tu veux me toucher ?

– Donne-moi une raison de te défoncer et je m'amuse !

– Allez, viens, je vais y prendre plaisir, va.

Kermit écarta les jambes et leva les bras pour se faire palper, tout sourire, puis ce fut au tour de Brady. Ensuite le géant les conduisit vers le sous-sol par un large escalier éclairé par des centaines de diodes multicolores.

Il était encore trop tôt pour que le club soit ouvert au public et l'ambiance habituellement tamisée éclatait sous les lumières aveuglantes des plafonniers. Deux pistes de danse surélevées se faisaient face, séparées par un long bar. Six cages pour danseuses que Brady imagina peu vêtues étaient suspendues au-dessus de l'allée principale. Deux femmes en blouse passaient la serpillière tandis qu'un homme astiquait le comptoir. Un petit brun d'une cinquantaine d'années, chemise remontée jusqu'aux coudes et cigarette aux lèvres, vint à leur rencontre.

– Qui vous envoie ? demanda-t-il sans bienveillance.

– Termite, répondit Kermit.

– Ce cloporte porte bien son nom ! Qu'est-ce qu'il veut ?

– Il paraît que vous faites la passerelle entre lui et un certain Triponelli.

– Et qu'est-ce que ça peut bien vous foutre à tous les deux ?

– Triponelli commande des filles prêtes à n'importe quoi à Termite, et les transactions se font ici.

– T'es flic ? cracha le petit brun en même temps qu'un nuage de fumée.

– Non, je dois rencontrer Triponelli, c'est important.

– Pourquoi ? Tu crois qu'il suffit de se pointer ici pour ça ? Tu m'as pris pour un putain de bottin ?

Brady n'aimait pas la tournure que prenait la rencontre. Manifestement, Will n'était pas du genre à se laisser marcher sur les pieds ni à se faire amadouer. Le journaliste devinait la présence du garde du corps dans leur dos, prêt à les plier en quatre et à les jeter dehors au moindre battement de cil de son patron.

– Triponelli travaille avec des gens dangereux, et je dois leur parler, exposa Kermit.

– Qu'est-ce que tu en sais ? Tu le connais même pas Triponelli !

– Il est de mèche avec la Tribu, et ça je sais que c'est une mauvaise idée.

Will parut soudain plus attentif à ce curieux visiteur qui lui faisait face.

– Tu ferais mieux de ne pas les approcher, conseilla-t-il, et maintenant cassez-vous ! Je n'ai rien à vous dire !

– Notre mission est saine, vous devez nous aider, répliqua Kermit les yeux brillant de cette étrange lueur folle qui parfois remontait à la surface.

– Mais qui t'es pour te pointer chez moi et parler comme si j'étais ton ami ? s'énerva Will. Hein ? Qui tu es pour commencer ?

Kermit inclina la tête et prit quelques longues secondes avant de répondre, l'air très déçu :

– Je suis le nettoyeur du monde. Et je peux le voir, toi, tu es un homme très sale.

Sur quoi il bondit plus vif qu'un chat, un vieux coupe-chou surgissant des plis de son manteau, et bloqua la gorge de Will dans sa main tout en passant derrière lui pour se plaquer contre ses épaules, le rasoir prêt à lui trancher la carotide. Le mouvement était si fluide que ni Brady ni le géant n'avaient eu le temps de bouger. La cigarette du patron roula au sol.

Les deux employées de ménage laissèrent tomber leur balai pour s'enfuir par une porte de service. L'homme au bar recula en levant les mains.

– Si tu n'es pas aux ordres des nettoyeurs, alors tu es de l'immondice ! déclara Kermit les lèvres retroussées. Il faut te laver, tu comprends ?

– Si tu me touches, mec, tu signes ton arrêt de mort ! T'as compris ? aboya Will, les traits déformés par la peur.

– La Tribu, où je peux les trouver ?

Brady et le garde du corps avaient reculé d'un pas et à présent s'observaient, incapables de prendre une décision.

– Tu fais une énorme connerie ! déplora le petit brun, les yeux fulminants et paniqués à la fois.

La lame s'enfonça et tailla un sillon pourpre dans la peau tendre. Will hurla :

– Putain ! T'es malade ! T'es un putain de cadavre ! T'entends ? Un putain de cadavre !

– Si j'appuie encore une fois, la saleté de ton corps va se répandre partout sur ton beau lino. Et même si j'en crève, j'aurai contribué à rendre le monde meilleur, alors dis-moi ce que je veux savoir ! s'écria soudain Kermit, les yeux hors de la tête.

Brady comprit qu'il avait entraîné la mauvaise personne avec lui, un être profondément dérangé dont la folie avait ressurgi de ses entrailles au fil de la journée, à mesure qu'ils s'enfonçaient dans l'étrangeté de cette quête.

La mauvaise personne, mais la seule capable de m'ouvrir les portes de la vérité.

– Je ne sais pas où ils crèchent ! capitula Will. Ils viennent ici de temps en temps, c'est tout.

La curiosité de Brady reprit le dessus et il demanda, sans même réfléchir :

– Un grand avec des dreadlocks et des dents taillées en pointe, ça vous dit quelque chose ?

– C'est leur chef. Il était là dimanche soir.

Brady tiqua. C'était impossible. Il lui avait parlé dimanche soir, tard, et dans la forêt. Comment l'oublier ! Ils étaient dans les Catskill, et la neige était tombée, les routes impraticables, Brady et Annabel avaient dû attendre le passage des chasse-neige le matin pour rentrer. Même en volant ça aurait été infaisable, aucun hélicoptère n'avait pu affronter ces conditions climatiques.

– Vous êtes sûr que c'était dimanche soir ?

– Absolument ! Quand ils se pointent, ils ne passent pas inaperçus ! Il devait être une heure ou deux du matin ! Et leur chef guidait la horde.

Environ deux ou trois heures après avoir harcelé Brady au chalet. Sur une route sèche c'était possible, mais pas cette nuit-là. Comment avait-il fait ?

– De quelle façon tu les contactes ? s'écria Kermit.

– Je ne le peux pas. C'est Triponelli qui les connaît ! Il fait des films avec eux, c'est tout ce que je sais !

– Et où je peux le trouver, ce Triponelli ?

Will resta à haleter, fouillant le plafond du regard et implorant peut-être une aide divine.

Kermit resserra sa prise sur la frêle silhouette et le sang coula, imbibant son col. Will laissa échapper un cri aigu, presque féminin.

– Où ? insista Kermit.

– J'ai son adresse à South Jamaica dans le Queens, 16 Foch boulevard, c'est aussi là-bas que la Tribu va parfois, Triponelli y a son studio de mixage.

– Voilà qui est raisonnable, dit Kermit. Maintenant écoute-moi : si tu le préviens, je ferai en sorte que lui et la Tribu sachent que tu les as balancés. Tu devines ce qu'ils te feront, pas vrai ? En revanche, si tu fermes ta gueule, jamais ils n'apprendront que nous sommes passés par ici, c'est bien clair ?

Will émit un gémissement qui ressemblait à un « oui ».

Kermit entraîna son otage vers les marches et remonta à la surface avec Brady pendant que le garde du corps les suivait à bonne distance.

– Et toi, beugla Kermit en direction du géant noir, s'il te prend l'envie de me suivre dans la rue, je te jure que je boufferai tes testicules avec des lentilles ce soir !

Dos à la porte, Kermit fit signe à Brady pour qu'il l'ouvre.

– Vas-y, tu as l'adresse, dit-il au journaliste, tu voulais approcher la Tribu, tu es sur le seuil à présent ! Fonce, moi je vais les retenir ici un moment, et ensuite je disparaîtrai, le temps de m'assurer qu'ils ne t'ont pas balancé. S'ils font cette connerie, t'en fais pas, l'ami, je te vengerai et ils crèveront !

Kermit transpirait à grosses gouttes, le souffle court, en proie à une crise de démence. Brady ne parvenait pas à se décider. Le laisser ici lui semblait un crime.

Il nous a mis dans cette situation ! À lui de s'en sortir !

Mais ce n'était pas tout à fait vrai, Brady se l'avoua aussitôt. Il était à l'origine de cette folle journée. C'était lui qui était venu le chercher.

– Casse-toi ! cria Kermit. Allez ! Et n'oublie pas que tu sers notre cause : tu laves les affronts de ces porcs ! Tu laves la surface du monde !

Et sous les hurlements de ce guide insane, Brady se précipita dans la rue et courut aussi vite que possible.

Le plus loin qu'il put.

40

F*och boulevard.*

Un long trait d'asphalte au milieu d'une grille de toits gris et bruns. Avenue large, trottoirs spacieux et grands chênes agrippant les câbles aériens de leurs branches noueuses.

Brady avait souvent entendu parler de South Jamaica, un coin mal famé à la criminalité débordante. Il avait peine à croire qu'il déambulait à présent dans ce quartier. Pas d'immeubles sinistres en vue, pas de terrains vagues, pas de graffitis de gang sur les murs, rien que des maisons étroites, côte à côte, séparées par des allées sombres menant à des arrière-cours invisibles. Un jeu de dominos stable en apparence. Le repaire d'une middle class active et débordée, travaillant pour payer son loyer, pour rembourser le crédit de sa voiture, pour préparer les vacances et envisager un plan de financement pour envoyer les enfants à l'université.

Soudain Brady se demanda ce qui se produirait si le moteur de la civilisation s'enrayait ? Si l'économie dérapait, qu'adviendrait-il de toutes ces rues propres, bien ordonnées ? Si la première maison s'effondrait, non pas côté rue, seule, mais côté voisin, entraînant avec elle, progressivement, tout le monde ? Se pouvait-il qu'un jour une crise frappe de plein fouet des gens comme ceux-là et dévaste ces vies ?

Qu'adviendrait-il d'eux ? Combien s'en relèveraient ? Combien finiraient, à force de coups sur la tête, par renoncer ? Par se laisser glisser vers les souterrains, pour un jour devenir un membre du *peuple-taupe* ?

Était-ce seulement un fantasme cauchemardesque ou le système fonctionnait-il sans garde-fou, à la merci d'une crise redoutable ?

Le ciel se couvrait à mesure que le soleil s'enfonçait au loin, pour lentement disparaître. Les lampadaires clignotèrent et se réveillèrent.

Brady marchait sur la neige, voyant les habitations défiler, la chaleur de ces salons où scintillaient les sapins de Noël à travers les bow-windows sur la rue, près des poubelles. Le foyer immuable en apparence et pourtant, prêt à être balayé, comme ces déchets, avant la prochaine aube, brûlé et oublié si rapidement.

Brady réalisa qu'il n'était pas remonté indemne à la surface.

Il ralentit à l'approche du n° 16.

Un étage, tout en longueur, deux fenêtres donnant sur la rue et une rampe vers un garage enterré. La contre-allée était masquée par un arbre et longeait une haie vers l'arrière du bâtiment.

Qu'allait-il faire maintenant ? Tandis que la nuit tombait, le 16 était l'une des rares habitations où la lumière ne s'allumait pas. Attendre Triponelli ? Et ensuite ? Pouvait-il espérer sa collaboration ?

Aucune chance… et je ne suis pas Kermit ! Je ne vais pas entrer là-dedans et distribuer les coups jusqu'à ce qu'on me réponde !

Alors que faisait-il là ?

Ces types sont des vampires modernes ! Ils sucent la vie d'une fille qu'ils choisissent et s'en détournent avant qu'elle finisse par se suicider !

Était-ce la réponse ? La vie se constituait-elle d'un fluide impalpable, une essence d'innocence, d'instincts, un bouquet d'envies alimenté par des racines de curiosité ? Et si la Tribu se nourrissait de ce fluide, rongeant les barrières de chacun, jusqu'à atteindre ce noyau vital qu'ils dévoraient avidement ?

Toujours aucun signe de présence dans la maison.

Kermit avait parlé de choses bien pires que les films qu'il avait visionnés. « Trop dangereux pour être filmé ». De quoi s'agissait-il ? Était-ce derrière ces murs que reposait ce secret ?

Brady traversa la rue en resserrant sa veste contre lui pour lutter contre le froid qui s'intensifiait. Il ne savait pas encore ce qu'il allait faire mais tout son corps semblait guidé par une seule pulsion : *agir*.

Il s'engouffra dans la contre-allée devenue parfaitement obscure, se repérant au froissement de son bras contre le feuillage de la haie. Un flash lointain lui fit lever les yeux vers le ciel. Un orage se préparait.

Son cœur battait plus vite, la confusion se mêlait à l'adrénaline.

Il déboucha sur un minuscule jardin fermé par un mur de brique puis sur une baraque en bois. Et la porte de derrière comme il se l'était imaginé. Plus discret par ici que du côté rue.

Brady se dirigea vers le cabanon, et n'eut qu'à pousser la porte. L'intérieur sentait l'humidité et l'essence. Il sortit son porte-clé et alluma la lampe-crayon. Il avait toujours su qu'elle lui servirait un soir, en cas de panne ou de coupure d'électricité. Caisse à outils, jerricans, ballon de basket dégonflé, pelle, râteau, pied-de-biche, pioche, gants, sac à gravats...

Brady saisit le pied-de-biche et se faufila jusqu'à l'arrière du bâtiment principal. Il enfonça l'extrémité de la barre entre le chambranle et la serrure. Ses gestes étaient déterminés et pourtant il tremblait. Les mains moites, les jambes cotonneuses. Obligé de respirer par la bouche pour ne pas suffoquer.

Il n'avait pas le droit de faire ça. La démence de Kermit l'avait contaminé !

Alors il se souvint du sang de Rubis, sur sa langue.

Tout son corps poussa sur l'outil et le bois céda. Un craquement sec, moins bruyant qu'il ne l'aurait imaginé. Il déposa le pied-de-biche et pénétra dans ce qui était un petit vestibule meublé de deux malles en osier et d'une armoire. La cuisine suivait. Pas très bien rangée, de la vaisselle dans l'évier, des restes de repas et des miettes sur les plans de travail.

Brady enjamba les canettes de bière vides et les paquets de céréales qui s'entassaient au sol et longea un escalier.

Il n'en revenait pas d'être là. Il ne se reconnaissait pas. En état d'effraction. Était-ce la conséquence de sa descente dans les bas-fonds de New York ?

La mort de Rubis m'a réveillé, voilà ce qu'il y a !

Parce qu'ils sont venus me menacer. Menacer ma femme. Vous n'auriez pas dû...

La loi du talion. Coup pour coup.

Je suis chez vous maintenant... Question de survie. Nous ne sommes plus dans un jeu, désormais c'est celui qui en saura le plus sur l'autre qui triomphera. Qu'avez-vous à cacher ici que vous n'aimeriez pas que je voie ?

La pièce suivante était la dernière : un salon obscur et un renfoncement avec la porte d'entrée. Des vêtements traînaient sur le sofa, des piles de DVD et de magazines de voiture et de photos pornos couvraient la table basse. Pas de décoration aux murs, le ménage n'était pas souvent fait, Brady supposa que plusieurs hommes vivaient ici. Le minuscule faisceau de sa lampe se posait sur les taches qui maculaient la moquette. Il s'accrocha soudain aux reflets d'un canon.

Un fusil à pompe, crosse et canon sciés. Une boîte de cartouches posée à côté. Une arme puissante. Pour tuer.

Ne pas la toucher ! Surtout ne pas mettre d'empreintes !

Brady s'aperçut qu'il portait encore ses gants en cuir et se détendit.

Il n'y avait rien d'autre en bas.

Où devait-il fouiller ? Un bureau à l'étage ? La chambre ?

Tout à coup il perçut des lumières étranges dans la rue, projetées à grande vitesse. Rouges et bleues. Il se raidit en imaginant le pire : la police.

Non, aucune raison qu'ils viennent, il n'y a pas d'alarme, rien n'a sonné.

Il réalisa qu'à aucun moment il n'avait craint un système anti-intrusion. Une voiture de police ralentit et vint se poster juste sous la fenêtre du salon. Brady manqua d'air.

Sa tête se mit à tourner.

Il était fait. Les portières claquaient tandis qu'on se précipitait vers le perron. Il devait bouger. Trouver une solution, n'importe laquelle, même la plus stupide, mais se tirer de ce mauvais pas.

Un ballet de fantômes rouges et bleus dansait sur le plafond, au-dessus de lui, anges et démons s'affrontant pour son âme.

L'un tentait de l'apaiser, de lui dire qu'il allait trop loin et qu'il fallait payer pour ses erreurs. L'autre l'incitait à survivre par tous les moyens, à défendre sa peau, et surtout ne pas se laisser prendre.

La course sans fin du Bien et du Mal.

Livre-toi ! Expie.

Non ! Bats-toi ! Vis !

Son regard se posa sur le fusil à pompe.

41

Annabel et Jack s'équipaient à l'arrière d'un fourgon bringuebalant. La jeune femme noua ses longues tresses dans un élastique et termina d'ajuster son gilet pare-balles avant d'enfiler un coupe-vent bleu marine avec NYPD écrit dans le dos en lettres jaunes. Quatre hommes les accompagnaient en plus du chauffeur, tous en tenue d'intervention, lourdement armés et casqués. Un second fourgon les suivait et une voiture de police ouvrait la voie, sirène et gyrophare perçant la nuit tombée. Jack se pencha vers sa partenaire :

– N'oublie pas les consignes : nous restons en retrait, ces types sont des professionnels, Triponelli n'est pas un tendre et apparemment son frère est pire encore !

– Ne t'en fais pas, je ne prendrai aucun risque.

– Tu fais pourtant tout le contraire quand on s'entraîne à l'autodéfense ! rappela Jack pour détendre l'atmosphère.

Annabel, concentrée, ne perçut pas l'humour.

– Le corps-à-corps je connais, des années de boxe thaïe en club ! Mais là c'est différent !

Jack lui répondit d'un large sourire.

C'était la première fois qu'ils se retrouvaient ensemble au milieu d'un tel déploiement de force. La tension semblait contagieuse, l'air devenait plus dense, moins facile à respirer.

Les rues du Queens s'enchaînaient à toute vitesse. À l'approche du quartier de leur cible, Jack s'adressa au conducteur qui contrôlait également la radio :

– Dites à vos gars de couper les sirènes, je ne veux pas qu'on nous entende depuis le bout de l'avenue !

Le convoi devint silencieux, seulement encadré par les flashes multicolores.

– Arrivée moins trente secondes ! annonça le chef de groupe.

La voiture de tête stoppa devant la maison, deux hommes bondirent vers l'entrée, pistolet-mitrailleur au flanc. Les deux vans bloquèrent la rue pendant que les policiers du SWAT jaillissaient pour sécuriser les issues. Leur cagoule sous le casque ne laissait que deux trous pour les yeux. Annabel suivait Jack, en fin de cortège, arme au poing.

Pendant qu'un homme manipulait un bélier, prêt à enfoncer la porte, le chef de groupe hurla :

– POLICE DE NEW YORK !

Le bélier écrasa la poignée et fracassa la serrure. Les ombres se déversèrent dans le pavillon, lampes sous les canons allumées, visée laser balayant chaque mètre carré.

– POLICE ! hurlait-on à l'intérieur.

Jack s'engouffra à son tour. Annabel se concentrait sur sa respiration, *ne pas perdre le contrôle*, elle braqua son Beretta vers les sièges du salon. Vides. Tout le monde progressait rapidement, explosant les portes au passage, une invasion éclair et puissante.

Soudain le tonnerre s'abattit dans les couloirs, une gerbe féroce qui vrilla les tympans d'Annabel.

– CONTACT ! s'affola une voix.

Aussitôt le crépitement d'une rafale de HK MP-5 aspira l'air tout autour de la détective. Elle crut apercevoir des cartouches s'envoler et rebondir contre les boiseries avant qu'un nouveau coup de feu moins sec et plus long illumine la maison.

Un fusil à pompe, comprit-elle.

Une main l'attrapa par le col de son gilet pare-balles et la tira en arrière.

C'était Jack.

Ils battaient en retraite.

En dix secondes tous les hommes furent à l'extérieur. Annabel vit alors que deux d'entre eux tiraient un blessé qui se crispait en gémissant.

– Une ambulance ! aboya le chef de groupe. Taylor et Padoue vous fermez l'arrière-cour, Golding, Lyle et Mortisson devant, les autres : un cordon de sécurité ! Que des renforts se pointent pour faire évacuer le voisinage ! Et qu'on appelle cette ambulance ! Vite !

Les radios crachaient, les hommes rasaient le bâtiment, s'interrogeant sur la situation. Qui était touché ? Combien de cibles à l'intérieur ? La riposte avait-elle fait mouche ?

Annabel se réfugia avec son partenaire derrière la voiture.

– Les frères Triponelli viennent de passer au stade supérieur, commenta-t-elle en retrouvant un minimum de calme et de lucidité. Tu as vu ce qui s'est passé ? Un des nôtres est à terre, est-ce qu'ils ont eu le temps d'avoir le tireur ?

– Je n'en sais rien, fit Jack en levant la tête pour observer la maison, mais c'est drôlement calme là-dedans tout d'un coup.

Les points rouges des lasers se baladaient sur la façade.

– Quel bordel ! dit Annabel. Je n'ai pas eu le temps de comprendre ce qui se passait que tu me poussais dehors. Ça va, toi ?

– Je n'entends plus grand-chose, sinon ça va.

– Tu crois qu'ils vont nous la jouer Fort Alamo ?

– J'espère qu'ils vont réaliser que c'est peine perdue et hisser le drapeau blanc, je ne veux pas d'une bataille rangée au milieu d'un quartier résidentiel !

Cinq coups de feu claquèrent à l'intérieur, brisant une vitre, les balles sifflèrent autour des deux détectives pour s'encastrer dans le fourgon derrière eux.

La guerre était déclarée.

42

Brady reculait, à tâtons. Il coupa sa lampe-crayon et se retint aux murs sous l'escalier pour ne pas s'effondrer.

On frappa à la porte.

– Police de New York !

La lumière s'alluma à l'étage.

Brady se cramponna à une applique murale. Il n'était pas seul !

Une ombre descendait l'escalier.

Des jambes apparurent.

Brady chercha désespérément une cachette.

L'entrée d'un placard sous l'escalier. Brady s'y réfugia en priant pour qu'il ne grince pas. Il n'eut pas le temps de refermer complètement qu'un homme apparut en bas des marches.

Les coups redoublèrent contre la porte d'entrée.

Tétanisé, Brady entendit :

– Qu'est-ce qui se passe, messieurs ?

– Vous êtes le propriétaire ?

– Locataire, pourquoi ?

– Une voisine a appelé, elle a vu un rôdeur se faufiler derrière chez vous, monsieur.

– Un rôdeur ?

Brady serra les paupières sur sa panique.

– Il y a environ cinq minutes, nous étions tout près. Pour tout vous dire, elle affirme qu'elle a même pris une photo… Vous permettez que nous allions jeter un œil dans la cour ?

– Ce n'est pas la peine, officiers, c'était moi. J'étais dehors il y a cinq minutes. Je me suis engouffré pour fuir le froid et je n'avais que les clés de la cuisine. Tout va bien, je vous remercie.

Brady se pencha pour ne rien rater de la conversation. Ce n'était pas normal, il était absolument certain d'être seul au moment où il avait forcé la porte. Pourquoi l'homme mentait-il ?

– Excusez-moi, mais je vais devoir vérifier votre identité, vous auriez un permis de conduire ?

– Euh... oui, tenez.

– Miles, tu peux regarder le nom sur la boîte aux lettres ?

Une voix répondit dix secondes plus tard :

– Clay Gunroe !

– C'est bon Miles, c'est le même. (L'officier de police changea de ton pour s'adresser au locataire :) Excusez-nous, monsieur Gunroe, passez une bonne soirée.

– Vous aussi.

La porte claqua.

Brady retint sa respiration. Clay Gunroe avait menti. Savait-il que Brady était à l'intérieur ? L'avait-il vu entrer ?

Pourquoi n'y avait-il pas de lumière à l'étage, bon sang !

Soudain Brady revit un détail. Les jambes de Gunroe dans l'escalier. Son pantalon en toile légère... Un pyjama ! Il dormait !

Mais pourquoi dissimuler la présence d'un intrus chez lui ?

Parce qu'il cache quelque chose. Et c'est important au point de préférer régler ses problèmes lui-même. Ne pas attirer l'attention des flics...

Brusquement Clay Gunroe fut devant Brady. Il passa devant le placard entrouvert et alluma la cuisine.

– Oh merde ! jura-t-il.

Brady avait déjà compris. Il venait de découvrir le pied-de-biche, et la preuve d'une effraction.

Il va fouiller partout. Il va vérifier si je suis encore là !

Brady recula encore et son pied heurta un objet métallique. Il se figea. Si Clay avait entendu, il était mort.

Brady reconnut un grincement lointain. Gunroe ouvrait les malles en osier.

Il cherche !

Oubliant toute prudence, Brady ralluma sa petite lampe pour scruter son terrier.

Ce n'était pas un placard mais le palier d'un escalier de cave. Son talon avait buté dans une boîte à cirage.

Pas le choix.

Priant pour que les marches en bois ne craquent pas, Brady s'élança vers le sous-sol... Il entendait Clay fouiller et sonder chaque recoin. Brady était à peine en bas que la porte s'ouvrait dans son dos.

Il se jeta derrière le coude que faisait le mur et aperçut la voiture... Le garage enterré ! Il allait se glisser sous l'auto mais au dernier moment se coula parmi un tas de sacs de voyage pendant que son chasseur dévalait les marches.

Brady eut tout juste le temps de stabiliser un sac devant lui que Clay déboulait dans le sous-sol. Deux néons bourdonnèrent. Un flot de lumière crue inonda le local.

L'homme était blond, une fine moustache dessinait une ligne pâle sur sa lèvre supérieure presque inexistante. Une mâchoire prognathe, un menton écrasé et un nez qui rejoignent la bouche. *Moche comme un rat*, se dit Brady. Ses cheveux frisés, trop longs, rebiquaient sur sa nuque et devant ses oreilles.

Il tenait un revolver braqué devant lui.

Ne pas bouger. Surtout ne pas bouger d'un millimètre.

L'équilibre précaire qui le protégeait menaçait de s'effondrer au moindre mouvement. Il s'était abrité au milieu d'un dépotoir et commençait à regretter sa première idée.

Quand il vit Clay Gunroe se pencher sous la voiture, Brady en oublia tout regret. Le blond scruta la pièce rapidement avant de disparaître dans une ouverture étroite.

Un raclement sur le sol de béton parvint à Brady.

Puis, plus aucun signe de Clay. Était-il sorti ?

Par où ? Il n'y a que cette porte de garage, je n'ai vu aucune autre issue tout à l'heure !

Attendait-il que l'intrus se trahisse ?

Le raclement survint à nouveau, avant que Clay ne proteste :

– Tu fais chier à ne pas décrocher ton putain de téléphone, mec ! J'ai un problème ici, quelqu'un est venu ! Je viens d'aller voir au studio, rien ne manque, mais je n'aime pas ça.

Gunroe réapparut, un portable contre la joue, l'arme dans l'autre main. Il jeta un dernier regard à travers les vitres de la berline pour s'assurer qu'il n'y avait personne sur les banquettes et coupa la lumière pour remonter en poursuivant son monologue :

– Je me demande si ce n'est pas le même fouineur qui est passé au chalet, faut reprendre le contrôle, Vincenzo ! Sans quoi la Tribu va nous pourrir ! Allez, rappelle-moi dès que tu as ce message, je t'attends.

Le battant à l'étage se referma et Brady fut plongé dans le noir.

Le studio. Apparemment l'endroit était capital. La raison d'éviter la police ? Probablement... Clay s'y était précipité après un rapide tour de sa maison. C'était ici qu'il enfermait ses secrets.

Brady avait cru entrer chez Vincenzo Triponelli, il n'en était rien.

Le proprio du club nous l'a dit ! Ce n'est pas chez Triponelli, c'est leur studio de mixage !

Quel genre de studio était-ce pour redouter autant une visite de la police ?

Brady se dégagea de sa cachette et reprit son porte-clé pour ouvrir la voie.

S'il n'allait pas s'en assurer maintenant, il ne le ferait jamais.

La pièce suivante, exiguë, contenait des pots de peinture, une armoire, une machine à laver et un évier. Aucun autre accès.

Ce n'était pas un studio. Brady balaya chaque angle de son mince pinceau lumineux, pour s'arrêter sur l'armoire. Il avait bien entendu un raclement qui ressemblait à celui du bois. Il remarqua des traces de frottements au sol. Dans le sens d'ouverture des portes.

Il tira sur un battant en prenant soin de le soulever au maximum et d'y aller lentement pour qu'il ne touche pas le béton. L'intérieur était creux.

Un passage vers un petit couloir.

Quel genre de studio exigeait d'être à ce point dissimulé ? se répéta-t-il en y entrant.

43

Un orage de feu et de poudre jaillissait par les fenêtres brisées, inondant les jardins d'une odeur piquante. Les frères Triponelli se prenaient pour Zeus.

Lançant leur foudre sur tout ce qui ressemblait à une cible. À défaut de policiers, tous à l'abri, ils arrosaient véhicules et fourrés.

L'ambulance s'arrêta à bonne distance, mais le blessé du SWAT n'était pas transportable sans passer par la rue et la zone à découvert.

Annabel s'était recroquevillée contre la portière d'une voiture de police, Jack à ses côtés, talkie-walkie en main.

– Nous comptons deux éléments nocifs, rapportait le chef de groupe. En mouvement au premier étage. Ils ont coupé toutes les lampes, mais on les repère aux coups de feu. Pour l'instant rien au rez-de-chaussée. Le tir essuyé dans la maison provenait de l'escalier, je pense qu'ils sont regroupés.

– L'ambulance est là mais ils ne peuvent accéder au blessé ! pesta Thayer. Vous pouvez intervenir ?

– Je vais vous répondre. Lincoln, t'es en place ?

Une troisième voix intervint chuchotante :

– Affirmatif, chef. Je suis en position. Sur le toit de l'estafette de l'autre côté de la rue. Dans l'ombre d'un arbre.

Jack se démonta la nuque pour tenter d'apercevoir la camionnette. Mais l'obscurité était trop dense. Le tireur d'élite était invisible.

– Tu les vois ? demanda le chef de groupe.

– Positif pour un, pas pour deux. Il change de place après chaque tir.

– Tu peux le neutraliser ?

– Si le premier feu est bon oui, sinon il risque de se remettre à couvert. Attendez ! Deuxième en vue, il tient un... téléphone portable je crois.

Annabel imagina la petite croix du viseur sur les fronts des deux brutes.

Une autre voix s'invita dans l'émetteur :

– Capitaine, on doit évacuer Samuel en urgence, il perd beaucoup de sang.

– Lincoln, tu peux m'en dégommer un pendant l'assaut ? insista le chef de groupe.

– Affirmatif. Si mon tir ouvre le bal.

– Détective Thayer, fit le chef, j'ai besoin de votre feu vert.

Jack soupira en appuyant sa nuque contre la voiture. Il se tourna vers Annabel.

– Il faut y aller, lança-t-elle.

Jack hocha la tête. Il pressa le bouton de son talkie-walkie.

– Feu vert ! visez les jambes si possible, ce n'est pas un peloton d'exécution. Mais je veux que tous vos hommes restent entiers. Vous ne prenez aucun risque, compris ?

– Haut et fort. Terminé.

Le souffle contenu, Tom Lincoln scrutait les mouvements de ses deux cibles. L'amplificateur de lumière de sa lentille de visée rendait l'image verte, et il les vit se parler tandis que l'un des deux rechargeait son arme.

– Cible un se ravitaille, dit-il dans son micro. Je répète : cible un se ravitaille.

– Nous ne sommes pas encore en place, tant pis, lui répondit le chef de groupe. N'oublie pas, tu opères ta neutralisation et tu fermes les mirettes, ça va briller fort là-dedans.

– Affirmatif.

Le plus massif des deux criminels vint se poster près de la fenêtre pour guetter les mouvements extérieurs. Lincoln ajusta sa mire.

– Nous sommes prêts, fit le chef. À toi la première valse.

Lincoln se prépara. Il visait l'épaule pour lui faire lâcher son arme. Il n'y avait pas de vent et la distance était courte, aucune correction à apporter sur la visée.

Il glissa l'index sur la détente et bloqua sa respiration.

La pression sur la tige courbe s'accentua.

L'homme se releva au moment du tir.

La balle traversa la rue avant même que la détente ne revienne en place. Sa tête brûlante fendit la vitre en émettant le même son qu'un ongle qui frappe un verre en cristal, et, tandis que la cible dépliait son corps, troua ses vêtements au niveau de la hanche, se fraya un ravin fumant à travers les chairs, et fracassa l'os du bassin. Mais sa vélocité était telle qu'elle poursuivit vers l'aine, ressortit par les deux testicules qu'elle éclata transversalement avant de perforer la cuisse et de se loger dans l'artère fémorale qu'elle coupa en deux.

Lincoln avait à peine tiré qu'il écrasait la détente une seconde fois en comprenant qu'il n'avait pas touché l'épaule.

Cette fois il vit la clavicule se soulever et ferma les paupières en criant :

– Go ! Go !

Dans la grande chambre de l'étage, malgré le sifflement de ses oreilles, Natale Triponelli entendit un coup de feu qui ne provenait pas de la maison. Vincenzo se mit à couiner, ruisselant de sang.

Natale sut ce qu'il devait faire. Sans un geste pour son frère il pivota vers la porte et se prépara à faire parler les flammes de l'enfer.

Le battant s'écarta violemment et un petit objet roula sur le plancher.

Un flash terrible en surgit, aveuglant Natale jusqu'à la douleur fulgurante.

Il entendit les pas se précipiter dans la chambre.

Le fusil à pompe tendu devant lui, il tira.

Un coup, réarma, un second, réarma, son corps tressauta, un troisième, sa poitrine s'enfonça, il ne respirait plus, *tant pis*, il réarma, tira encore, son bras tira pour réarmer la pompe mais rien ne se produisit, Natale ne sentait plus de son corps que la chaleur qui le quittait.

Il oublia le fusil et de la main qu'il contrôlait encore chercha le Smith & Wesson à sa ceinture.

Il leva le canon et sa pommette gauche s'enfonça, projetant une vague de feu dans son crâne. Pour la première fois de sa vie, Natale sentit la masse cervicale qu'il abritait : elle explosa.

Tout ce qu'il était se délita en une seconde, ses souvenirs, ses pleurs, ses joies et ses espoirs dans l'éther poussiéreux de la pièce avant qu'un coup de vent ne vienne dissiper les particules flottantes de son esprit.

Le commando du SWAT s'était séparé en trois pour quadriller les lieux. Du bout du pied, ils écartèrent les armes des deux corps étendus.

Le chef de groupe entra en dernier pour vérifier l'état des deux frères.

Il saisit son émetteur dans la foulée :

– Détective Thayer, il nous faut l'équipe médicale de toute urgence. Les deux cibles touchées. Un mort. Aucun dégât de notre côté. C'est pas passé loin mais tout va bien. En revanche votre suspect ne passera pas la nuit si vous ne vous magnez pas.

44

L'illusion sous la réalité.

Brady découvrait une pièce secrète peinte de couleurs vives, où s'entassaient des rouleaux de toile, servant probablement à changer le fond du décor. Un studio photos avec ses rampes de projecteurs.

Le faisceau de sa lampe était trop mince pour suivre le rythme de sa curiosité. Ne remarquant aucune fenêtre, Brady prit le risque d'actionner l'interrupteur.

Trois alcôves étaient aménagées autour de la partie centrale.

La première en studio photos, la suivante ressemblait plutôt à un plateau de cinéma, avec un rideau de velours de part et d'autre de la scène, ses nombreux éclairages et les deux trépieds pour caméra autour d'un curieux siège. Incliné et muni d'étriers, une chaise d'examen gynécologique, comprit le journaliste.

Il préféra ne pas imaginer à quoi elle avait servi.

La troisième alcôve rassemblait tous les accessoires : godemichés de toutes tailles, menottes, cagoules, gants, tenues en latex noir, et même une agrafeuse.

Brady tourna sur lui-même pour détailler le rond central, et s'approcha d'un rack métallique. Il souleva la porte coulissante et une impressionnante collection de DVD s'illumina sous une petite ampoule au sommet du placard. Une centaine. Sans jaquette, rien qu'une étiquette avec une date, une série d'initiales et une pastille de couleur. Brady en compta cinq différentes : orange, violette, bleue, verte et noire. Il n'y avait qu'une demi-douzaine de pastilles noires, en revanche les autres étaient à peu près en nombre égal.

Brady recula et faillit trébucher sur un objet sphérique.

Il se rattrapa contre une console de montage vidéo avec ses claviers étranges et ses moniteurs.

Il avait marché sur une camionnette miniature. Dans le renfoncement, s'accumulaient des jouets.

Deux paires de chaînes étaient rivées au mur. Terminées par des menottes pour enfants.

Oh non, pas ça...

Brady s'approcha, le cœur au bord des lèvres.

La moquette était usée par plaques. De nombreuses taches maculaient encore le sol, les parois. Des auréoles jaunes, marron et rouges.

Un sceau avec serpillière était prêt à l'emploi, on ne prenait même plus la peine de le ranger.

Brady réalisa qu'il n'y avait pas de moquette partout. Les alcôves elles, étaient tapissées d'un linoléum gris, facile à nettoyer.

Soudain son corps se dénoua, la tension retomba d'un coup.

Pour la première fois depuis des jours, doutes et angoisses se dissolvaient. Dans la rage.

Il sut qu'il avait agi au mieux. Que son obsession, sa folie parfois, celle qui l'avait conduit jusqu'ici, s'appuyait sur une extrême conviction.

Ces gens sont des ordures qu'il faut mettre hors d'état de nuire. Coûte que coûte.

La sonnerie d'un portable le fit sursauter.

Elle se déplaçait dans sa direction.

Clay Gunroe !

Il redescendait et allait ouvrir l'armoire d'une seconde à l'autre !

Brady se jeta sur l'interrupteur et l'abaissa.

Puis il se précipita à l'aveugle vers les rideaux qui encadraient l'alcôve la plus large, et il s'engouffra derrière la chaise de gynéco.

La sonnerie cessa en même temps que l'armoire grinçait. La voix de Clay, agacée :

– Ah, c'est pas trop tôt ! Vincenzo, écoute, j'ai… Quoi ? Je ne comprends rien ! C'est quoi ce vacarme ? Hein ? Putain ! Merde !

Clay entra dans le studio et alluma.

Son interlocuteur hurlait si fort que l'oreille de Brady captait des bribes de mots :

– Les flics, Clay ! Partout… Ils nous ont baisés ! Tu… uis… vidéos !

– Quoi ?

Un bruit assourdissant dévorait la communication.

– Ces putains de vidéos ! Si jamais… remontent jusqu'à toi… Détruis-les… Démonte le matos… foutu !

– Oh merde, Vince, merde !

– Tu ne contactes plus la Tri… Oublie !

Brady tendait l'oreille à s'en décrocher le cou mais Gunroe n'arrêtait pas de faire les cent pas, affolé.

– Faut les prévenir ! cria-t-il.

– Non !… viendra… tout ce que tu… détruire les vi… Et plus aucu… munications avec les autres, c'est foutu !

– Mais Vince…

– Fais ce que je te dis ! On se reverra… ciel mon…

Brady n'entendit plus que le clapet du portable qui se refermait. Et la voix de Clay, blanche de peur.

– Oh merde…, répéta-t-il. Merde.

Brady osait à peine respirer.

Clay inspira une longue goulée d'oxygène et brusquement s'activa. Brady l'entendit jeter les DVD dans ce qui devait être une caisse. Il haletait en grognant des insultes. Puis :

– De l'essence… Tout cramer.

Ses pas s'éloignèrent dans le couloir et grimpèrent l'escalier.

Brady transpirait.

Il regrettait d'avoir laissé le pied-de-biche dehors.

Il sortit la tête de son abri.

Gunroe avait rempli deux caisses de DVD, il n'en restait plus un seul dans le rack. Il allait y mettre le feu. Détruire toutes les preuves.

Brady ne pouvait laisser faire ça.

S'il ne prenait qu'une seule caisse c'était transportable Il s'estimait même capable de courir avec.

Mais sur quelle distance ? Je n'ai pas ma voiture ! Gunroe me rattrapera en un rien de temps...

Et comment sortirait-il ? Par la porte du garage ? S'activait-elle de l'intérieur sans clé ?

C'est crétin ! Gunroe va se pointer d'un instant à l'autre, je ne sortirai même pas de cette baraque !

Il avait peut-être sa chance s'il partait maintenant, profitant de la panique de Gunroe pour jaillir dans la rue, disparaître le plus loin et le plus vite possible.

Et laisser ces enfoirés détruire les preuves de leurs crimes...

Il y a une autre solution.

La plus dangereuse.

Brady bondit en direction des trépieds et en saisit un pour le soupeser. C'était faisable. Il se plaqua contre le mur avec son arme de fortune dans les bras.

Ses jambes tremblaient et la peur lui creusait le ventre.

Il ne pouvait se résigner à les laisser s'en tirer ainsi.

Clay revint presque aussitôt. Il franchit l'armoire et pénétra dans la pièce.

Le trépied siffla en fendant l'air.

Et vint percuter Clay Gunroe en pleine face, éclatant le nez et la joue droite. L'arcade s'ouvrit et les os du crâne craquèrent.

Gunroe s'écroula d'un coup. Sans un cri, avec le jerrican d'essence qu'il portait. En heurtant le sol, le bouchon sauta et l'essence se déversa sur la moquette, imbibant ses vêtements.

Le sang se propageait autour de la tête du blessé, inconscient. Des fragments blancs glissèrent entre ses lèvres.

Brady contemplait le spectacle. Il ne l'avait pas raté.

Le ficeler !

Il lâcha enfin le trépied pour se précipiter dans le garage. À proximité du désordre où il s'était dissimulé il avait aperçu des outils. Il repéra vite un rouleau de Scotch beige et retourna au galop vers le studio.

Je ne lui ai pas pris son calibre ! s'affola-t-il brusquement.

Gunroe macérait toujours dans l'essence. Le disque pourpre qui auréolait sa tête avait la taille d'un casque de moto.

Il commença par le palper, trouva l'arme dans la ceinture et la lança au loin, dans le tas de jouets. Ensuite il lui entrava les mains et les chevilles avec le scotch.

En haletant, il le tira vers la chaise de gynéco et parvint à le hisser dessus. Il lui fallut des mètres de Scotch pour momifier sa prise et la clouer au siège.

Impossible qu'il s'en sorte seul.

Il recula pour vérifier que tout était bien fait.

Gunroe se mit à gémir, le sang ruisselait de son crâne et de son nez.

Je ne l'ai pas raté..., se répéta Brady en contemplant ce qui avait été le visage de l'homme.

Devait-il appeler les flics maintenant ?

Prendre mes distances d'abord !

Pourtant il hésitait. Toutes ses pistes s'arrêtaient ici. S'il repartait ainsi, tout serait terminé pour lui.

N'est-ce pas ce que je voulais ? Approcher la Tribu ? La faire tomber ?

Pas tout à fait, se souvint-il. Rubis avait été au cœur de sa quête. Comprendre qui elle était et pourquoi elle s'était tuée. Pourquoi et comment la Tribu l'avait détruite.

Y avait-il de quoi accuser la Tribu d'un crime, parmi ces films ? Et même si c'était bien le cas, comment la police procéderait-elle pour identifier les membres du groupe ?

Si les flics sont du même acabit qu'Annabel, alors ils y parviendront.

Brady posa un genou à terre et fouilla les caisses de DVD.

Des dates, des initiales, des pastilles de couleurs, aucune chance de s'y retrouver pour un néophyte. Il n'avait pas le temps de tout visionner, et en rapporter à son bureau serait une erreur monumentale. Il ne fallait surtout pas qu'on puisse faire le lien entre lui et cet endroit diabolique.

Les pastilles noires sont les plus rares. Les plus singulières ?

Il entreprit de les trier et de les poser devant lui. Il n'avait pas quitté ses gants. Si les techniciens de la police avaient été capables de relever des empreintes à travers le cuir, sa femme lui en aurait parlé, il n'avait aucune crainte à avoir de ce côté-là.

Brady compta sept boîtiers à pastille noire.

Chaque minute passée dans cette cave de l'horreur le rendait malade.

Et si je tombe sur un truc avec des gosses ?

L'idée lui donna la nausée.

Il examina encore une fois les étiquettes avant de les ranger. Son œil capta une date : 29.11.2000-S.A.W.

Une semaine avant sa rencontre avec Rubis.

S.A.W. Sondra Ann Weaver !

Brady s'empara du DVD et s'élança vers la console de montage. Il chercha quelques secondes pour tout allumer et enfonça le disque dans la fente du lecteur.

Image floue.

Elle se stabilisa et fit le point sur la flamme d'une bougie avant d'opérer un zoom arrière.

Des dizaines d'autres bougies entrèrent dans le champ.

Rubis était là, au milieu, assise sur une table en pierre ressemblant à un autel. Entièrement nue. Un corps sculptural, parfait.

Des silhouettes bougeaient à l'arrière-plan. Des ovales pâles percés de deux trous obscurs. Une forme ronde s'ouvrit au bas des ovales, sur des crocs luisants.

Des visages de squelettes.

La Tribu.

Ils se redressèrent en approchant de Rubis.

La suite, Brady la regarda les yeux exorbités, sans parvenir à presser le bouton « stop » malgré les ordres lancés par sa conscience.

Lorsque la scène s'interrompit, le disque s'éjecta tout seul.

Sa main restant collée à sa bouche, saisie d'un tremblement convulsif.

Des larmes avaient inondé ses joues.

45

Pupilles d'ébène perçantes, carrure de muraille, le capitaine Woodbine trimballait ses deux mètres parmi la foule qui occupait la rue : hommes du SWAT, équipe médicale, flics en uniforme, brigade de la police technique et politiciens... Ils venaient à peine d'arriver. Au-delà du barrage de voitures garées n'importe comment, la meute de journalistes se pressait contre le cordon de sécurité que des officiers tentaient de faire respecter.

Woodbine laissa Jack Thayer à un individu en costume beige et s'approcha d'Annabel, assise sur le capot de la Ford de son partenaire.

– Pas trop secouée ? demanda-t-il.

– Je n'ai pas eu grand-chose à faire.

– Vous vous êtes fait tirer dessus, ça traumatise. Le psy de la brigade criminelle ne devrait plus tarder.

– Je n'en ai pas besoin.

– À vous de voir. Par contre nous allons devoir vous prendre votre arme, c'est la procédure en cas de fusillade.

– Capitaine, je n'ai pas tiré une seule balle !

– Tant mieux, vous serez plus vite réintégrée.

– Quoi ? Je suis mise à pied ?

– En repos, c'est encore la procédure et vous le savez

– Mais je suis restée là, derrière cette bagnole, à me faire canarder !

– Je ne fais pas les règles, soupira Woodbine.

Un technicien les rejoignit avec un sachet en papier. Il tendit sa main gainée de latex en direction d'Annabel :

– Puis-je avoir votre arme s'il vous plaît ?

Annabel s'exécuta à contrecœur et le technicien repartit.

– Ce sont les meurtriers de la fille dans le New Jersey, c'est ça ? s'enquit Woodbine.

Il le savait, Jack avait déjà tout expliqué, Annabel se demanda pourquoi il insistait.

Pour s'assurer que nous avons le même son de cloche, qu'il n'y a pas d'entourloupe...

– En effet, répondit-elle.

– Ils ont ouvert le feu les premiers..., dit le capitaine.

– Oui...

Annabel ne comprenait pas où il voulait en venir. Woodbine et Thayer se connaissaient bien, et le capitaine était du genre à soutenir ses détectives dans l'adversité.

Il veut qu'on nous voie discuter ! Qu'il puisse dire que nous avons été débriefés, il se fout de ce que je peux raconter, il veut juste que tout soit carré, au moins en apparence, pour nous protéger.

– Je vais faire en sorte que les papiers soient exemplaires, confirma-t-il, que vous ne soyez pas ennuyés, ni en interne, ni avec les journalistes. De toute façon nous avons suffisamment de témoins avec l'équipe du SWAT pour que les rapports se recroisent. Relax, O'Donnel, vous avez fait du bon travail.

– Dans quel état est Vincenzo Triponelli ?

– Ils l'opèrent en urgence, la première balle du sniper a fait des dégâts.

– Il va s'en sortir ? Nous aurons besoin de l'interroger.

– Aucune idée, ils n'ont rien pu me dire.

Un officier en uniforme accourut vers Annabel :

– Le dispatcher vient de nous informer qu'un coup de téléphone anonyme a été laissé pour les détectives O'Donnel et Thayer, rapporta-t-il. (Il lut les notes qu'il tenait en main.) La voix a dit de vous rendre au 16 Foch Avenue, dans le Queens, sans tarder.

– C'est à cinq minutes d'ici, fit-elle en se relevant.

– Où croyez-vous aller comme ça ? contra Woodbine.

– Si le message nous est adressé, il y a sûrement une raison, on ne peut pas l'ignorer. Jack !

– Vous êtes en repos !

– Alors j'y vais en tant que citoyenne concernée. Jack, dépêche-toi !

Woodbine posa l'une de ses mains démesurées sur la portière.

– Je viens avec vous, répliqua-t-il, et vous restez en retrait.

Thayer conduisait, gyrophare en action mais sirène coupée. Deux autres voitures suivaient avec des policiers du secteur à bord.

– Un coup de fil anonyme, dit-il, comme pour nous signaler la suicidée de Fulton Terminal ! Le même mode opératoire.

– Ça ne veut pas dire que c'est le même homme, objecta Annabel. C'est une pratique courante avec nos standards. Les gens détestent s'identifier, on ne peut pas faire un lien direct entre ces deux appels.

– Un hasard ? Alors que nos deux noms ont été donnés ? M'étonnerait !

– Oh merde. ., murmura Annabel en distinguant un gigantesque halo lumineux palpitant.

Jack lâcha l'accélérateur et commença à freiner en scrutant la boule de flammes qui grimpait sur les murs de la maison comme les vagues d'une marée de septembre.

En face, deux camions de pompiers fonçaient en rugissant.

La Ford s'immobilisa sur le trottoir, face au 16 de Foch Avenue.

La chaleur frappa Annabel dès qu'elle sortit, la tempête de feu inonda son visage d'une lueur orange.

Si cette maison abritait un message ou un quelconque secret, alors il se vaporisait sous leurs yeux.

Un brasier féroce se déchaînait au rez-de-chaussée, des colonnes de flammes tournoyantes dévoraient la bâtisse à toute vitesse, comme pour en finir.

L'incendie semblait animé d'une vie propre, rageuse. Si impressionnant qu'il arracha à Woodbine un commentaire pieux :

– Les flammes de l'enfer, murmura-t-il en se signant.

– Non, fit Jack l'air sombre. On dirait que le feu se dépêche de purifier ces murs.

46

Un jet brûlant. L'eau tombait sur sa peau avec une telle force qu'il la creusait, laissant des tâches blanches dans son sillage.

Annabel ne parvenait pas à s'arracher de la douche. L'eau la nettoyait de ses doutes, de ses peurs.

Tout avait été si vite qu'elle n'avait pris conscience du danger qu'une fois celui-ci passé. Elle n'avait même pas fait usage de son arme. Elle n'était pas en première ligne dans la maison, et ensuite elle était restée tapie derrière la voiture de police. Devait-elle se féliciter de ne pas avoir été impliquée ou au contraire s'en vouloir de cette passivité ? Jack non plus n'était pas intervenu en personne. Ce n'était pas leur rôle. L'unité du SWAT était là pour ça. Sous le commandement de Thayer.

Elle ressassait l'opération, encore et encore, pour se rassurer.

Lorsqu'elle eut épuisé ses interrogations, qu'elle fut apaisée, Annabel coupa le robinet et sortit se sécher. Ses longues tresses volaient au-dessus de ses épaules, irisées de fines gouttelettes.

Au chaud dans son peignoir elle retrouva Brady dans le salon. Il avait l'air songeur, un magazine qu'il ne lisait pas sur la cuisse. Souvent, lorsqu'il bouclait un sujet, son regard attrapait une certaine langueur, égaré qu'il était dans ses pensées. Après une ou deux semaines il revenait à la réalité et Annabel avait appris à respecter ce cycle.

Il la vit et lui lança un sourire. La jeune femme se laissa tomber à côté de lui, jambes repliées sur le sofa.

– Fatigué ? demanda-t-elle.

– Un peu.

– Qu'as-tu prévu ces jours-ci ?

– Je planche sur le prochain reportage.

– Tu as ton sujet ? s'enthousiasma Annabel.

– Justement, je cherche encore.

– Rien ne presse... Je veux dire : financièrement, tu n'as pas d'obligation urgente, tu peux t'accorder du temps.

– Ce serait bien que je prépare le thème pendant un mois ou deux pour le réaliser d'ici février ou mars, enfin, tout ça est abstrait. Pour l'instant je voudrais effectuer quelques corrections sur le Gaudí, après réflexion je ne suis pas satisfait des photos. Et puis nous avons nos vacances à préparer. Tu as tes maillots de bain ?

Annabel savourait ce projet. Un Noël original, loin du tumulte des réunions de générations autour de la dinde et des traditions répétitives. Elle se sentait nettement moins « famille » que son mari, même s'il ne la voyait pas souvent à cause de la distance. Cette fois ils ne seraient que tous les deux, le soleil, l'océan, et du farniente...

– Si j'étais une vraie New-Yorkaise je te répondrais que non, qu'il faut que j'aille m'en acheter tout de suite ! Mais je crois que je vais ressortir mes vieux modèles, ça ira très bien !

– Comment te sens-tu après ce qui s'est passé tout à l'heure ?

– Ça va, je ne me sens pas nerveuse, heureusement. Je suis... inquiète pour le gars du SWAT, mais sinon je vais bien.

– C'est grave pour lui ?

– Le pronostic vital n'était pas engagé, reste maintenant à savoir s'il pourra réintégrer son job.

– Les types que vous avez arrêtés, c'étaient des assassins ?

– Dis-moi d'abord à qui je parle ? À mon mari ou au journaliste ?

Brady se mit à rire et la serra contre lui.

– J'ai laissé tomber cette mauvaise idée sur les suicides, confia-t-il. Tu m'as convaincu, trop glauque, ça ne me ressemble pas.

– Très bien ! Pour te répondre : oui, nous les soupçonnons d'avoir tué la meilleure amie de la fille qui s'est suicidée en bas, sur la jetée. Des bouchers.

– Pour quelle raison ? Un crime gratuit ?

– Je ne pense pas. Je... Je ne te l'ai pas dit pour ne pas t'alarmer mais sur la scène de crime il y avait ma carte de visite. Bien en évidence, une croix dessinée avec du sang dessus.

Brady se crispa. Annabel sentit les muscles de son dos se tendre. Il pivota vers elle :

– Ils t'ont menacée ?

– Pas directement, ça ressemblait plus à une explication : Charlotte Brimquick a parlé, à nous les flics, alors elle le paye.

– Que vous a-t-elle dit pour qu'on la tue ?

– Pas grand-chose... Mais ça ils devaient l'ignorer, elle nous a reçus, et c'était déjà trop. Elle nous a renvoyés vers le petit ami de Sondra Weaver, pardon, Weaver c'est la fille qui s'est suicidée sur Fulton Terminal.

Brady hocha la tête pour signaler qu'il suivait.

– Et vous croyez qu'il a un lien avec le meurtre ?

– Il s'appelle Leonard Ketter. C'est une ordure, il manipule les filles pour se faire du fric, pourtant il n'a pas la carrure pour commanditer tout ça. Ou alors il est très fort et il nous a bien bernés. Il y a autre chose : la fille assassinée, Charlotte, avait le même pentagramme bizarre que Sondra Weaver.

– Et toutes les deux meurent...

– La première se suicide, la seconde est massacrée. Je ne vois pas la connexion. On court peut-être après quelque chose qui n'existe pas. Et puis... j'ai oublié de te dire tout à l'heure, la soirée ne s'est pas arrêtée avec la fusillade. On a reçu un coup de téléphone anonyme, pour nous envoyer à une adresse dans le Queens. Une maison en feu.

– En feu ? répéta Brady en bondissant.

– Calme-toi ! Je n'ai pas pris de risques inutiles. Je suis restée à bonne distance.

– Bon... d'accord... tant mieux, bafouilla Brady. Et cette maison... quel rapport avec votre enquête ?

– Aucune idée. Pour l'instant on ne sait même pas s'il y a un rapport avec l'une de nos affaires, il faudra attendre de connaître le propriétaire.

– Il y avait quelqu'un à l'intérieur ? s'inquiéta Brady.

– Je ne sais pas, Woodbine nous a virés dès que les renforts sont arrivés. Jack et moi sommes en repos contraint jusqu'à ce qu'il ait le débriefing complet sur l'assaut, pour qu'on soit blanchis de toute faute éventuelle.

Brady se leva et alla pêcher deux bières dans le réfrigérateur. Il en tendit une à sa femme.

– Non, merci, dit-elle. Je vais avoir quelques jours, si tu veux nous pourrions aller faire une balade ensemble ?

Il acquiesça mollement, le regard perdu à travers l'étendue obscure au pied de Manhattan.

Ils finirent par se coucher et Annabel s'endormit rapidement.

Elle rouvrit les yeux au milieu de la nuit, Brady avait sursauté dans le lit, la respiration sifflante.

Annabel s'enroula dans la couette et se retourna pour chercher à nouveau le sommeil. Son mari avait fait un cauchemar, ce n'était rien, il allait se rendormir aussi.

Mais Brady resta assis, et ne tarda pas à se lever.

Annabel glissait peu à peu dans les songes.

Ne sentant plus la présence chaude de Brady à ses côtés, elle finit par jeter un coup d'œil par-dessus le lit.

Il était debout dans le noir, contemplant la vue par la baie vitrée du salon, les bras croisés au-dessus de la tête, comme s'il réfléchissait.

Annabel laissa sa tête retomber sur l'oreiller.

Les vacances leur feraient du bien à tous les deux.

Pour chasser leur stress. Et dissiper leurs peurs.

TROISIÈME PARTIE
SUCCOMBER À LA PROMESSE

« Vous qui entrez, laissez toute espérance. »

DANTE
La Divine Comédie – L'Enfer.

47

Rubis s'allongea.

Nue, elle frissonnait. Autour d'elle, les silhouettes dans la pénombre s'approchaient doucement. Des yeux avides, aux pupilles blanches. Des lèvres se retroussant sur des crocs acérés.

Les ombres se rapprochèrent et entrèrent dans la fragile clarté des bougies.

Cheveux longs, manteaux de cuir, piercings, tatouages sur le cou, les mains, sur les joues pour certains, les arabesques s'enroulant jusqu'aux arcades sourcilières.

Ces hommes ressemblaient à des monstres avec leurs dents taillées en pointe, leur look de vampires modernes complété par la pâleur de leur peau.

Celui qui portait des dreadlocks, le plus effrayant, se pencha sur Rubis et lui murmura quelque chose à l'oreille.

Les autres en profitèrent pour la caresser de leurs doigts aux ongles jaunes interminables. Des bagues à tête de mort en argent brillaient sous les flammes.

Des scalpels apparurent.

Presque simultanément, ils s'enfoncèrent dans la chair de Rubis qui se cambra. Le chef de meute continua de chuchoter et elle se laissa faire.

Chaque lame l'entaillait, des coupures fines mais profondes.

Rubis pleurait doucement.

Elle cria lorsque les scalpels ressortirent de son corps et tombèrent au sol en tintant.

Le ballet des mains reprit sur ses cuisses, ses hanches et ses seins. Sa peau frémissait. De fines gouttes de sang s'échappaient des incisions.

Puis les formes angoissantes se plaquèrent contre Rubis.

En quelques secondes, Rubis fut prise de tous les côtés, violée dans sa chair, dans un sein, le ventre, une cuisse. Elle hurla en se débattant mais s'immobilisa aussitôt. Plus elle bougerait, plus la douleur serait vive, plus les plaies menaceraient de s'ouvrir.

D'un coup d'ongle, le chef fit apparaître une entaille très fine sur la gorge de Rubis, puis une seconde. Son sourire avide s'y plongea et il commença à aspirer goulûment.

Ils s'agitaient, comme des chiens, pour souiller l'intérieur de son corps.

Rubis n'était plus qu'un long gémissement.

Et la meute glapissait. Des jappements de plaisir, des grognements de jouissance, qui n'avaient rien d'humain.

Rubis restait tétanisée, dans un état de sidération causé par la souffrance.

Elle cria à nouveau, un râle d'abord rauque, qui montait dans les aigus à mesure que la douleur devenait insupportable. Et plus ils s'enfonçaient en elle, plus ils se rapprochaient de son âme. De l'essence même de son être.

En la violant de cette manière, ils ne perpétraient pas seulement une agression de son intimité, ils la dépossédaient de sa chair. Jamais plus elle ne pourrait habiter son corps.

Ils ululèrent ensemble en jouissant, répandant leur semence en elle. Ils avaient semé à jamais l'agonie dans tous les replis de son esprit.

Rubis tremblait, ruisselante de transpiration.

Le chef se redressa, le menton dégoulinant de sang, l'œil fou.

Des mains s'affairèrent aussitôt à recoudre ses entailles. La peau suturée, Rubis était emplie de son écœurante offrande, prisonnière de ce mal en gestation, qui allait se dissoudre en elle. Et faire partie d'elle. Définitivement.

Son corps n'était plus le sien. Son âme désormais étrangère à cette coquille putride.

Rubis n'aurait plus jamais de repos tant qu'elle ne se libérerait pas de cette enveloppe détestable.

Brady avala l'air comme s'il sortait d'une longue apnée.

Les draps moites de son sommeil fiévreux lui collaient à la peau. Il était seul dans le lit. Il entendit les placards de la cuisine se refermer. Il fallait qu'il purifie son esprit de ces images ignobles.

Maintenant il savait pourquoi Rubis était morte.

Il se donna deux claques rapidement.

Ne plus y penser. Oublier cette horreur. Au moins une heure de répit.

Il se leva, enfila un pantalon de jogging et un tee-shirt et rejoignit sa femme.

Elle avait le front humide, le souffle court après les exercices matinaux qu'elle s'astreignait à répéter jour après jour pour garder la forme et une silhouette athlétique.

– Je te fais du café ?

– Non, merci.

– Tu as des insomnies ? Je t'ai vu te lever cette nuit.

– C'est l'accumulation. Mon envie d'améliorer mon dernier sujet, l'obsession d'en trouver un autre, plus toi et les risques que tu cours. Tout ça m'a pas mal empêché de fermer les yeux. Mais ça va mieux.

– Heureusement ! Parce que je compte bien profiter du meilleur de toi aujourd'hui !

Brady fit la grimace.

– Justement, je suis désolé… J'ai oublié mais je ne peux pas, je dois impérativement discuter avec les gars du *National*, à propos de mes corrections.

– Tu n'en as pas pour la journée ? Je pourrais te rejoindre à ton atelier, on irait déjeuner ensemble avant d'aller faire un tour du côté de..

– Je préfère ne rien te promettre, si on se lance sur des retouches ça peut durer jusqu'à ce soir. Demain ?

Annabel fit la moue.

– Je suppose que je serai toujours au repos forcé, déplora-t-elle. Je vais sous la douche, préviens-moi avant de partir.

Brady détestait lui mentir d'autant plus lorsqu'il la blessait. Mais c'était trop important.

Ils ont brûlé la maison ! Détruit toutes les preuves !

Dès que les canalisations d'eau se mirent à vibrer, Brady attrapa l'ordinateur portable et se connecta à Internet.

Il avait beaucoup de choses à vérifier. Première interrogation : Gunroe était-il encore à l'intérieur lorsque le feu avait pris ?

Brady se rendit sur le site *nydailynews* et pianota pour ouvrir la page des nouvelles locales. Queens.

Incendie d'un pavillon : un mort, lut-il. Il cliqua sur le titre.

C'était bien chez Gunroe. Un corps retrouvé calciné au sous-sol, apparemment lieu de départ du feu. L'article évoquait toutes les pistes même celle du suicide.

Le Scotch a-t-il fondu pour que les pompiers ne le remarquent pas ?

Gunroe avait brûlé vif.

À cause de moi… C'est moi qui l'ai ligoté !

Curieusement Brady ne se sentait pas coupable. Était-ce parce que Gunroe réalisait des films pornographiques immondes, y compris avec des enfants ? Ou parce qu'il n'avait pas allumé le feu ?

Lorsqu'il avait quitté la maison, les caisses de DVD bien en évidence devant le prisonnier saucissonné, Brady avait passé un coup de téléphone depuis une cabine, mentionnant les noms de sa femme et celui de Thayer, pour s'assurer qu'ils soient envoyés sur place.

Comment la Tribu avait-elle su pour Gunroe ? Et être si rapidement sur place ? Avant même que les flics ne débarquent.

Pour avoir le temps d'allumer l'incendie, ils avaient agi à peine Brady parti

Le suivaient-ils depuis le début ?

Peu probable, je les aurais remarqués.

Gunroe n'avait pu les prévenir. Vincenzo Triponelli ? Pendant l'assaut de la police ? Après tout il avait bien rappelé Gunroe…

Ou bien Will. Dès que Kermit a quitté le club, Will a sauté sur son téléphone pour informer la Tribu qu'il avait été forcé de balancer le lieu où ils travaillent. Gunroe, le responsable de la technique dans les films de la Tribu. Cameraman probablement, monteur, mixeur...

Sans lui ils n'allaient plus tourner aussi facilement.

Si cette hypothèse était la bonne, cela voulait dire que Will leur avait menti, qu'il savait où joindre la Tribu. Mais Brady ne se faisait aucune illusion, jamais il ne parviendrait à le faire parler.

Jusqu'à ce qu'il dispose le DVD dans le lecteur, la veille chez Gunroe, Brady avait espéré clore définitivement cet épisode de sa vie, tirer un trait sur Rubis, sur la Tribu. Leur réseau tomberait quand la police découvrirait les films.

Il était parvenu à y croire. À s'imaginer libéré de cette pression, que le visage de Rubis allait glisser parmi ses souvenirs et ne plus s'arracher encore et encore, rejouant sa mort plusieurs fois par jour dans son esprit torturé.

Puis il avait vu le film.

Rubis ne s'en était jamais remise.

Elle n'était même pas entravée. Avaient-ils une telle emprise sur elle ? Une drogue ? Asservie au fil des mois, réduite à une esclave sexuelle sans interdit. Ils avaient joui d'elle jusqu'aux confins de son humanité, jusqu'à lui prendre toute vie, jusqu'à ce qu'elle ne puisse plus faire autrement que de vouloir libérer son être de ce corps devenu répugnant pour elle, sarcophage de l'immonde.

Quelle avait été sa vie avant de venir à New-York ? Violée par son père ou son beau-père ? Trahie par un petit ami ? Lenny, son mec, l'avait entraînée dans le porno, poussée dans les griffes de la Tribu. Quelle vision de l'homme pouvait-elle avoir après cela ? Quel espoir ? Lorsque lui-même l'avait contactée, en lui avouant qu'il n'était pas sûr de faire son reportage sur elle, que s'était-elle dit ? Pierre avait promis qu'il n'était pas comme les autres.

Votre copain avait tort. Finalement, vous êtes bien comme tous les autres, avaient été ses derniers mots.

Parce qu'il n'avait pas su répondre d'un non ferme à ses avances, parce que le sexe le guidait lui aussi. Comme tous les autres.

Alors elle n'avait plus aucun espoir. Plus aucune raison d'y croire.

Brady savait pourquoi cette fille si jeune, si jolie, avait préféré qu'une balle lui emporte les traits, lui éclate le cerveau.

Parce qu'une meute d'individus cristallisaient ce que l'homme avait encore de plus animal en lui : sa sexualité. Sans aucune limite. Ils prenaient tout le plaisir possible d'une personne, lui suçaient la vie par tous les moyens, jusqu'à laisser une enveloppe vide.

Et ils avaient menacé Annabel. Le soir au chalet. Puis par l'intermédiaire de Triponelli.

C'était allé trop loin pour oublier.

Surtout depuis le milieu de cette nuit.

Lorsque Brady s'était réveillé en sursaut, en sachant.

De cette folle journée de la veille, un détail était remonté à la surface, depuis son inconscient.

Et il savait qui l'avait trahi.

48

L'impatience augmentait en même temps que la distance se réduisait.

Finalement, Brady arriva à Kingston en fin de matinée. Si l'autoroute restait parfaitement praticable, les abords de la petite ville témoignaient de toute la neige tombée ces derniers jours. Les chasse-neige avaient repoussé la marée blanche sur les bas-côtés, dressant d'imposantes congères de part et d'autre de la route. Les arbres de la forêt qui encerclait Kingston hissaient leurs branches soulignées de blanc au-dessus des véhicules ; au moindre coup de vent une poudre fine recouvrait les pare-brise.

Brady bifurqua à l'entrée du premier lotissement et gravit une colline. Les sapins remplaçaient les érables et les chênes, leurs manteaux d'aiguilles nappés d'une couche de givre. Le chemin ne servait que pour monter aux chalets et la voirie n'en avait pas fait une priorité, aussi le X5 de Brady patinait en grimpant à grand-peine. Il s'efforçait de suivre les ornières déjà tracées et parvint à atteindre le plateau non sans quelques sueurs froides.

Le pick-up de la gardienne était garé devant sa bâtisse en bois.

De jour, l'endroit était encore plus sauvage et impressionnant que le soir. Les chalets, agrippés à flanc de colline, dominaient la région, isolés, loin de tout regard. Brady aperçut trois cerfs qui se promenaient entre les habitations désertes. C'était le lieu idéal pour la Tribu. Comme l'avait dit la gardienne, en demi-saison elle n'avait personne, aussi la bande de vampires pouvait s'adonner à tous ses vices sans être dérangée.

Il n'y avait que la vieille femme pour poser problème.

Et Brady l'avait écartée parce qu'elle semblait sincère.

Pourtant, pendant la conversation de Gunroe avec Triponelli, le premier avait craint que l'intrus dans sa maison soit le fouineur passé aux chalets.

Comment pouvait-il savoir que Brady avait découvert ce lieu de tournage ? Personne n'était au courant. Et cette fois il était catégorique : il n'avait pas été suivi cette nuit-là, avec les intempéries il était impossible de gravir la colline sans phares et il n'avait rien remarqué.

Il ne restait qu'une solution : la gardienne l'avait balancé. Elle connaissait la Tribu. Au-delà d'une relation vendeur-clients. Elle était dans la combine.

Brady arrêta son pare-chocs à un mètre à peine de la porte et s'empressa d'entrer, avant qu'elle ne puisse décrocher son téléphone.

En remontant le couloir vers le comptoir d'accueil, Brady s'écria :

– Madame Lennox ?

Il se souvenait encore du nom qu'elle avait donné. Un faux ? Et pourquoi l'avait-elle renseigné sur la Tribu ce jour-là ?

Pour se débarrasser de moi tout en n'éveillant pas ma méfiance. Pour être tranquille. Elle ne voulait pas d'ennuis. Et puis elle ne m'a rien dit que je ne savais déjà.

La petite femme frêle aux cheveux gris apparut par une porte.

– Bonjour, que puis-je pour… (Elle s'interrompit en reconnaissant Brady et dut se reprendre pour se composer un sourire.) Oh, c'est vous ! Je peux vous aider ?

– Inutile de jouer la comédie, je sais que vous vous êtes payé ma tête. Vous connaissez la Tribu.

– Pardon ? Vous vous méprenez.

Brady frappa le comptoir du poing.

– La vérité ! hurla-t-il.

Lennox rasa le mur pour s'approcher du téléphone.

– J'appelle le shérif, dit-elle.

Brady fonça sur l'appareil qu'il arracha à son fil pour le fracasser contre le carrelage.

– Terminés les mensonges ! Dites-moi ce que je veux entendre et je vous laisse. Qui sont-ils ? Où sont-ils ?

– Je... Je n'en sais rien..., bégaya la gardienne, paniquée.

– L'un d'entre eux est votre fils ? C'est ce genre de combine ?

– Pas du tout ! s'indigna-t-elle. Ce sont des animaux !

– Nous voilà enfin d'accord. Dites-moi quelle relation vous entretenez avec eux ! Ils vous ont obligée à tourner dans leur film, vous aussi ?

Brady avait un débit de mitraillette, ses mots fusaient avec force et colère pour se planter dans sa cible.

– Non ! Ils... Ils... J'ai eu peur ! Ils sont venus un soir et j'étais toute seule ici, face à cette bande de voyous. Ils ont payé pour occuper le chalet du haut et m'ont promis que si je les dérangeais, ou si je me plaignais au shérif, ils me violeraient avec des lames de rasoir ! Mais quel genre d'esprit malade peut penser à des horreurs pareilles ? J'ai eu peur, c'est tout ! confia-t-elle les larmes aux yeux. Tellement peur que je n'ai jamais osé en parler au shérif, qu'aurait-il pu faire ?

Brady baissa d'un ton, se voulant plus rassurant :

– Ne me mentez plus, madame Lennox.

– Je vous jure que c'est la vérité ! s'énerva-t-elle. Ils ont payé le double, en liquide, pour que je prenne ma part et que je me taise. Tout le reste est vrai, les filles, les hommes plus âgés.

– Le tatoué costaud et celui à tête de rat ? se souvint Brady en songeant à Triponelli et Gunroe.

– Oui. Ils m'ont flanqué une frousse pas possible. La dernière fois, en novembre, celui à tête de rat est venu me voir et m'a dit de l'appeler si quelqu'un venait poser des questions sur eux. Il a dit qu'il le saurait si on venait et que je ne l'appelais pas. Et que la Tribu viendrait me régler mon compte. J'ai eu si peur, il faut me comprendre ! Le soir de votre passage, je suis restée trois heures à pleurer au-dessus du téléphone avant de composer son numéro !

– Et eux, la Tribu, où vivent-ils ?

– Je l'ignore !

– Ne me mentez plus, dit le journaliste tout bas, en la fixant droit dans les yeux.

– Je vous le jure !

– Ces pervers ont violé des femmes, et ils en ont tué d'autres. Si vous me dites où je peux les trouver, je vous promets que plus jamais vous n'entendrez parler d'eux.

La gardienne renifla et essuya son nez du revers de sa manche, les joues ruisselantes de larmes.

– Aidez-moi, insista Brady, et vous pourrez les oublier.

Elle prit son inspiration avant de lancer :

– Un jour, je les ai entendus dire à celui qui avait une tête de rat qu'ils vivaient sous terre, à Manhattan, dans un tunnel.

– Ils ont dit où exactement ?

– Je me souviens qu'ils ont mentionné le tunnel secret qui servait à Roosevelt. Je sais que c'est bizarre mais c'est ce qu'ils ont dit !

– Un passage pour Roosevelt ? Le président ?

– Je l'ignore, c'est tout ce que j'ai entendu.

Brady acquiesça en réfléchissant. Il avisa la vieille femme bouleversée. Elle l'avait déjà trahi une fois, elle pouvait recommencer.

Le journaliste recula pour sortir.

– Je vais régler le problème, affirma-t-il. Mais prévenez-les de ma visite et je vous jure que je reviendrai, un soir, avec une batte de base-ball, et ce qu'on retrouvera de vous, même les ours de cette forêt refuseront de le bouffer !

Brady sortit les jambes tremblantes. Secoué par ses propres paroles. Et surtout parce qu'il fut incapable de dire s'il avait menti en la menaçant ou s'il l'avait réellement pensé.

Le 4 × 4 BMW roulait dans Kingston. Brady hésitait. Il avait besoin d'Internet et n'osait s'arrêter. Il venait d'agresser une femme.

Je ne l'ai pas touchée ! Il fallait qu'elle me dise la vérité !

C'était pourtant au-delà de ce qu'il pouvait accepter. Était-ce le contact avec Kermit qui l'avait poussé sur cette voie ?

Pas la peine de me chercher des excuses ! C'est toute cette fichue histoire depuis le début qui me rend dingue ! Je veux la peau de ces types !

En apercevant un panneau renvoyant vers l'autoroute, Brady écrasa la pédale de l'accélérateur et décida de fuir.

Il roula deux heures en direction de New York, et dès qu'il put entrer dans la Babylone moderne il se mit en quête d'un espace Internet. Il trouva un cybercafé dans le Bronx et acheta une carte pour une heure de connexion.

Il se servit de Google pour assembler *Roosevelt*, *tunnel* et *New York*.

Les pages de résultats défilèrent, des centaines.

Il apprit qu'à l'époque du Président Roosevelt, un passage secret avait été aménagé entre son hôtel, lors de ses séjours à la Grosse Pomme, et la gare de Grand Central. Soucieux de dissimuler au maximum sa maladie au public, il ne voulait pas qu'on puisse le voir en chaise roulante. Le passage débouchait sur un tunnel près des quais d'où Roosevelt était chargé à bord de son wagon pour ensuite apparaître face à la foule et la saluer.

Site après site, Brady ne trouva aucun indice pour localiser ce tunnel. Plusieurs internautes avaient tenté l'expédition sans réussite. Son existence était garantie par la plupart des récits historiques et pourtant sa découverte relevait du mythe.

Brady eut une idée. Il avait étudié le manège de Kermit pour trouver Oz. Il en était désormais capable tout seul. Là-bas, peut-être pourrait-il se faire indiquer le fameux passage.

Autant rentrer tout de suite chez moi et m'économiser du temps perdu. Jamais ils ne m'aideront. Et puis que connaissent-ils réellement des tunnels ? Si des passionnés d'histoire ne sont pas parvenus à le retrouver, je ne vois pas comment une bande de clochards l'aurait pu !

Il restait une solution.

La bibliothèque municipale de Manhattan. Brady la connaissait bien, il s'y rendait souvent pour préparer ses reportages, une mine de connaissances, on pouvait presque tout y trouver. Plans et historique des constructions y sont consultables.

Brady regagna sa voiture et fila sur la Cinquième Avenue à hauteur de la 42e Rue. Il s'acheta un sandwich sur le chemin et gravit les marches en direction de la façade Art nouveau qui trônait au-dessus de la rue.

Il déambulait dans les impressionnantes allées du bâtiment avec l'aisance de celui qui y travaille. Après quelques vérifications sur ordinateur, il demanda à un bibliothécaire une liste de documents archivés dans les sous-sols.

Il y en avait trop pour qu'on les lui achemine par l'antique système de tuyaux pneumatiques, aussi le jeune homme les lui apporta-t-il sur un chariot roulant en une demi-heure. Brady s'installa à une table, alluma la lampe de lecture et se mit à étudier ces pages et ces plans qui s'entassaient autour de lui. Le silence studieux l'aidait à se concentrer. Les froissements de papier, les murmures respectueux, les glissements de pas ou le chuintement des tranches qui entrent ou sortent des étagères, tout était amplifié par la démesure de la salle au plafond en trompe-l'œil. Brady passait d'un ouvrage à un autre, déroulait des rouleaux de plans techniques avant de revenir vers un autre texte.

Il apprit que la gare de Grand Central abritait deux niveaux souterrains pour les voies des trains, plus quatre étages inférieurs pour la maintenance et les locaux techniques. Dans un autre livre sur les sous-sols de New York, Pamela Jones et Jennifer Toth clamaient toutes deux l'existence de sept niveaux. Puis, cette fois dans *Grand Central : Gateway to a Million Lives*, les auteurs affirmaient qu'une salle gérant la répartition d'énergie se trouvait huit étages sous terre. Plus tard, il lut le témoignage d'une ancienne SDF qui avait vécu quatre ans dans cet enfer et qui affirmait que le labyrinthe sous la grande gare au cœur de la ville était plus vaste et plus profond que tous les fantasmes réunis.

À la fin des années 80 et au début des années 90, on recensa plus de sept cents SDF vivant sous la gare et déambulant la journée dans ses salles pour faire la manche ou fouiller les poubelles. Fatiguée par les nuisances de cette véritable armée, la gare orchestra un grand nettoyage et mit tout le monde dehors en prenant soin de boucher tous les accès aux sous-sols. Mais même à cette époque, personne n'avait osé avancer le nombre de strates s'étendant sous les voies.

Les autorités concernées s'étaient toujours refusées à tout commentaire. À peine savait-on depuis peu qu'il existait en effet un gigantesque hall, répertorié sous le nom sibyllin de M42, enfoui loin sous la surface et renfermant des convertisseurs électriques, dynamos, et autres batteries de secours. Un lieu tenu particulièrement secret depuis la Seconde Guerre mondiale puisque des espions allemands avaient espéré le localiser pour le faire sauter et ainsi paralyser le déplacement d'une large partie des troupes américaines. Encore aujourd'hui, l'emplacement exact du niveau M42 demeurait un secret bien gardé.

Brady n'en avait jamais entendu parler.

Il tomba enfin sur une référence au tunnel emprunté par le président Roosevelt. Le quai 61. Aucune autre précision sinon qu'il desservait la gare à partir de l'hôtel Waldorf-Astoria.

Brady reprit ses plans et vérifia ce qui le tracassait.

Aucun quai ne portait les numéros 61. Il n'en trouva aucune trace.

Peut-être avait-il sauté une page, un détail expliquant ce mystère ? Il reprit son étude.

En milieu d'après-midi il repoussa ses lectures d'un geste de frustration.

Qu'avait-il espéré ? Si c'était aussi simple, le tunnel Roosevelt ne serait plus un secret pour personne.

Il ne lui restait qu'une seule option.

Celle qu'il écartait depuis le début. Pourtant la plus sensée.

La plus improbable et dangereuse aussi !

Brady attrapa son téléphone portable et envoya un texto à sa femme pour la prévenir qu'il en avait encore pour longtemps et rentrerait tard. Il lui promit en échange d'être présent toute la journée du lendemain.

Puis il se leva et s'étira.

Il avait rendez-vous avec un autre monde.

Avec la mémoire des souterrains de New York.

49

Annabel était chez elle, allongée sur le sofa.

Incapable de se relever, de fuir.

Trois hommes face à elle. Menaçants. Des tueurs. Ils la tenaient.

Elle passait de la peur à l'excitation.

Et chaque page rendait le suspense insoutenable.

Le dôme de verre au-dessus d'elle illuminait la pièce, soulignant les contours parfois torturés des objets exotiques rapportés de voyages. La détective tira le plaid andin sur ses épaules pour s'envelopper dans un doux cocon. Journée de repos, de lecture.

Le palier grinça et sortit Annabel de son roman.

Elle tendit l'oreille, attendant qu'on frappe.

Deux coups. Puissants.

Elle rejeta sa couverture et posa son livre à l'envers sur la table basse, pour ne pas perdre la page.

– Qui est-ce ? demanda-t-elle en s'approchant.

– Jack, je viens voir si Pénélope attend toujours Ulysse.

Elle ouvrit la porte à son partenaire.

– Qu'est-ce que tu racontes ?

– Ton mari est encore absent, n'est-ce pas ?

– Pourquoi, tu comptes prendre sa place ? s'amusa-t-elle.

– Sache que dans la mythologie, il existe deux versions de l'histoire de Pénélope. Et dans la seconde, Pénélope est infidèle, elle devient la mère de Pan. Veux-tu que nous fassions cet être aux pieds de bouc ?

Annabel s'effaça pour le laisser entrer.

– J'aimerais mieux pas, je te préfère en Pygmalion.

– Ah ! Le gentil célibataire ! Tout le drame de mon existence..., dit-il en lui tendant un gobelet avec une paille. Tiens, milk-shake vanille. Le premier poison, celui de l'amour, se refusant à moi, buvons au calice du second !

Annabel haussa les sourcils, signifiant qu'elle ne suivait plus.

– Tu m'as larguée, Jack.

– Le sucre, ma petite ! Le sucre ! Si réconfortant et si sournoisement dévastateur !

– C'est de ne pas travailler qui te rend si lyrique ?

– Au contraire, j'essaye de m'occuper les méninges. Et toi, tu te remets de tes émotions ?

– Je crois que j'encaisse bien, oui.

– N'as-tu pas un époux qui devrait être là à te choyer ? Tu es sûre que tout va bien entre vous ?

– Jack ! Tu connais la relation que j'ai avec Brady, et tu me connais. Je n'ai pas besoin qu'on me materne.

– Je sais comme la vie de flic peut être difficile à concilier avec une vie de couple et je ne voudrais pas te voir finir comme moi, c'est tout !

– Allez, arrête tes âneries, quel est le vrai motif de ta visite ?

Ignorant la question, Jack fit le tour du salon et esquissa une moue :

– Vous n'avez même pas fait de sapin ? Qu'est-ce que c'est que cette famille d'Américains qui bafoue nos traditions !

– Jack...

Thayer soupesa son gobelet et but une gorgée avant de se lancer :

– J'ai passé quelques coups de fil ce matin. Je commence par la mauvaise nouvelle ? Vincenzo Triponelli est mort cette nuit à l'hôpital, sur la table d'opération. Nous n'avons plus de témoins.

– Merde...

– C'est en effet la couleur de ce qui nous entoure quand j'ouvre ce dossier. Et ce n'est pas fini ! La maison en flammes : elle était louée par un certain Clayton Gunroe, un type ayant un beau palmarès, il a fait de la taule plusieurs fois, sept ans en tout, des escroqueries, des attentats à la pudeur, participation à une agression sexuelle en groupe, et il a été soupçonné de proxénétisme dans la région de Buffalo.

– Un lien avec l'une de nos enquêtes ?

Jack aspira un peu de sa boisson lactée en hochant la tête. Ses joues se creusèrent.

– Oui, dit-il en avalant, Gunroe était le compagnon de cellule de Triponelli lors de son dernier séjour à l'ombre !

Annabel s'enfonça dans le sofa.

– Si je résume : les deux frères Triponelli sont souvent fourrés ensemble dans les mauvais coups, ils ont tué Charlotte Brimquick, peut-être avec l'assistance de Gunroe. Qui aurait une raison de nous rencarder sur sa maison ?

– Un papa en colère, proposa Thayer. Le FBI soupçonne Gunroe de diffuser des films pédophiles sur Internet. Ils n'avaient pas encore réussi à le prouver mais ils bossaient sur le coup, je peux te dire qu'ils sont furax ! Ils ambitionnaient de démanteler un réseau entier et voilà que leur unique piste vient de partir en fumée ! Ils savent que Gunroe disposait de tout le matériel : caméra, table de montage, et qu'il avait entamé des études de cinéma avant d'abandonner pour filer tout droit en taule.

– Tu crois que le père d'une de ses petites victimes aurait pu remonter jusqu'à lui ?

– C'est probable. Surtout si je te dis que Gunroe était chez lui pendant l'incendie.

Annabel rejeta la tête en arrière.

– D'accord...

– Et qu'on a toutes les raisons de penser qu'il était ligoté à une... chaise d'examen gynécologique ! L'expert sur place est catégorique, une matière plastique a fusionné avec sa chair en fondant, et il en avait sur tout le corps ou presque, enfin... sur ce qui lui restait de corps. Il pense à du Scotch. La presse n'est pas au courant, on garde ce détail morbide sous le coude pour l'instant.

– Ton hypothèse colle, confirma Annabel. À condition que tu m'expliques comment ce père de famille vengeur a su pour nos deux noms ? Ça implique qu'il connaît le lien entre les frères Triponelli et Gunroe et ensuite qu'il sait qu'on enquête sur les frangins tatoués. Je ne vois aucune explication.

– C'est vrai, là je sèche.

- Leonard Ketter ! lança Annabel brusquement, comme si elle se souvenait d'un nom qu'elle avait sur le bout de la langue depuis un moment. Il sait pour nous, il sait probablement qui a massacré Charlotte, il passe chez Gunroe, l'attache et le tue pour le faire payer.

– Un peu tiré par les cheveux, mais pourquoi pas. J'ai vu pire. Sauf qu'il n'a pas les *cojones* pour brûler vif un type.

– Justement, Ketter est un petit joueur, il ne serait pas capable de tirer en regardant sa victime dans les yeux, alors que répandre de l'essence et craquer une allumette un peu plus loin c'est moins... direct.

Jack jouait avec son gobelet, le faisant passer d'une main dans l'autre.

– Pas convaincu. Si tu veux mon avis, il y a du règlement de comptes là-dessous, et j'ai la désagréable impression qu'on va creuser sans jamais tomber sur un nom.

– Une affaire non résolue ? Pas cette fois.

– Ça arrive, Annabel, dans la carrière de tous les détectives de ce pays, il y a des fois où il faut savoir lever le pied et passer à autre chose.

– Tu débarques chez moi pour m'annoncer les dernières nouvelles et tu t'empresses de me dire qu'on ferait mieux de passer à autre chose ? Je ne comprends pas...

– Je suis venu parce que je savais que tu serais seule, et qu'après ce que nous avons vécu hier j'ai envie de te tenir compagnie. Écoute, j'ai bien réfléchi à tout ça, je ne m'avoue pas vaincu, mais ça sent mauvais, j'ai de l'expérience, et Woodbine ne nous laissera pas sur ce coup encore longtemps, il enrage de savoir qu'on n'a toujours pas rendu le rapport sur le suicide de Sondra Weaver.

– Je ne suis pas entrée dans la police pour arranger les statistiques, ou pour refuser de prendre une plainte pour vol parce qu'il est couru d'avance qu'on ne pourra pas le résoudre, ou de faire passer un meurtre de toxico pour une overdose sous prétexte que tout le monde se fout de la vérité dans une affaire entre camés ; toute cette politique que la ville met en place me sort par les oreilles, Jack. J'ai un double homicide apparemment lié, je compte bien aller jusqu'au bout !

Thayer termina d'aspirer son milk-shake en soutenant le regard de sa collègue.

– Tu devrais boire le tien, dit-il, ça te fera du bien.

50

Les initiales n'avaient pas bougé. Gravées dans l'écorce des bouleaux.

RBJ.

L'entrée d'Oz ne changeait pas toutes les semaines, plutôt au gré des descentes de police ou des ennuis, devina Brady.

Il manipula la plaque d'égout et tendit une jambe pour sentir le premier barreau. Personne en vue. Il se laissa couler dans le sous-sol en replaçant la plaque par-dessus sa tête.

Comment allait-on l'accueillir maintenant qu'il venait seul ?

Brady alluma la lampe de poche qu'il avait achetée au Duane Reade du coin et suivit le même chemin que la première fois.

Les couloirs obscurs s'enchaînaient, le crissement des rames au loin. L'humidité était beaucoup plus présente que dans son souvenir. Après dix minutes il réalisa qu'il était moins passif que lors de sa visite précédente, plus sensible aux détails. Il remarqua les voûtes à six mètres de hauteur, les poutrelles métalliques qui soutenaient d'anciens signaux lumineux. Des sacs de couchage en dépassaient sur un matelas de journaux. Des gens dormaient dans cet équilibre précaire.

Il vit un immense graffiti : NONE OF THIS MATTERS[1]... et sut qu'il touchait au but. Il débusqua le petit corridor technique dans l'enchevêtrement de tuyaux, de trappes et de passages aveugles et posa le pied dans l'antichambre d'Oz.

---

1. Rien de tout cela ne compte..

Les feux dans les bidons, les silhouettes de corbeaux qui pivotèrent dans sa direction, il les reconnut.

Brady ne s'attarda pas, s'assura qu'on ne venait pas vers lui et passa entre les grappes agglutinées autour des flammes chaudes. Les hamacs grinçaient depuis le plafond. Un objet lourd tomba tout près et Brady fit un bond en avant. Il entendit un ricanement depuis les ténèbres au-dessus de lui et pressa le pas.

Il devait rejoindre le dortoir, ce grand hall autour du poste de contrôle. Il espérait surtout que les trois drogués n'avaient pas réussi leur coup d'État. À en croire Kermit, rien de pire ne pouvait arriver.

Kermit les a pas mal irrités hier.

Hier. Ce voyage lui semblait pourtant remonter à plusieurs semaines.

S'ils sont susceptibles et qu'ils me reconnaissent, je risque d'avoir des ennuis.

Toutefois c'était l'unique moyen dont il disposait pour descendre, incapable qu'il était de se souvenir de la voie empruntée au retour par Kermit. Il était à ce moment-là trop obnubilé par l'existence du peuple-taupe.

Tandis qu'il réfléchissait en marchant sur le côté des rails, il ne prêtait plus vraiment attention à son environnement immédiat.

Il ne vit pas la silhouette surgir d'une anfractuosité.

Une main lui agrippa la manche et le tira violemment. Déséquilibré, Brady vint s'écraser contre la paroi. Sa lampe trancha l'obscurité d'un jet ambré et vint s'échouer à trois mètres, braquée sur une traverse. L'individu s'appuya contre lui de tout son poids. Une odeur pestilentielle sauta aux narines du journaliste.

– File-moi tout, fit une voix sifflante, à peine audible.

– Quoi ?

– Tout ! Ton fric, tes pompes, tes fringues, tout, je te dis !

Le cœur comme précipité dans le vide, Brady mit une dizaine de secondes avant de comprendre et de se calmer. Il avait craint un coup de la Tribu. C'était un camé.

Il puait l'urine, les excréments, le vomi et un parfum agressif semblable à de l'éther.

– Je n'ai pas grand-chose, mais on peut s'arranger, répondit Brady.

Le toxicomane plaqua un objet cylindrique contre sa joue. En l'absence de lumière, Brady devina qu'il devait s'agir d'une arme.

Une seringue ! Une saloperie de seringue !

Cette fois la peur revint au galop. Ce type allait le dépouiller mais risquait, dans son délire, de lui planter l'aiguille au passage. Il fallait agir. Vite.

– Donne ! hurla une voix emprisonnée au fond d'un torse creux.

– OK, recule que je puisse retirer mes vêtements, recule !

Le drogué haletait, son haleine nauséabonde dans le nez de Brady. Il fit un pas en arrière.

Brady en profita pour frapper de toutes ses forces en direction du souffle putride. Son poing entra en contact avec un tissu dur qui craqua immédiatement. L'homme n'avait que la peau sur les os.

Il y eut un roulement de gravats et le son d'un corps qui s'effondre en gémissant.

Brady oublia toute pitié et se précipita vers sa lampe qu'il ramassa pour courir le plus loin possible.

Il jeta un bref coup d'œil en arrière et son faisceau illumina l'entrée d'une pièce. Des doigts noueux aux ongles noirs et fendus agrippaient l'arête du mur, des moitiés de visages décharnés, aux yeux enfoncés dans le fond de puits noir et rouge, des zombies avides d'un petit quelque chose à grappiller, n'importe quoi, l'observaient. Dès que la lumière les dévoila, ils glissèrent en arrière comme une araignée dans son trou.

La déchetterie ! se souvint Brady.

Le journaliste ne cessa de courir qu'une fois le cœur d'Oz en vue. Les palettes en bois verticales en guise de séparations, les bougies, les lampes à gaz, l'odeur des boîtes de conserve en train de bouillir sur des marmites remplies de cartons en flammes, les murmures sifflants, ressemblant plus à des plaintes qu'à des conversations, tout cela devenait rassurant après le coup de sang qu'il venait de subir.

Il zigzagua entre les cases en prenant soin de ne pas y poser le regard, comme le lui avait appris Kermit. Il se faisait aussi discret que possible. Il devait traverser tout le hall, passer sous le poste d'aiguillage jusqu'à l'escalier. Une femme grogna lorsqu'il effleura la toile cirée qui lui servait de porte. Plus loin il vit le spectre d'une image grise, en mouvement, s'étendre sur le sol. Une télévision. Un de ces marginaux avait la télé ici-bas ! Brady n'en revenait pas. En longeant son abri il se permit un rapide coup d'œil à l'intérieur, par-dessus un tas de piles usagées. Un minuscule poste diffusait de la neige en émettant son crachouillis caractéristique. Aucune réception de chaîne. Que regardait-il ? L'écran vide ?

À quelques mètres, un homme lisait le journal à la lueur d'une bougie, assis sur une caisse renversée. Il toisa Brady et le salua poliment.

Brady ralentit à son approche.

– Bonjour, fit l'homme en massant sa barbe noire. Vous n'êtes pas d'ici, n'est-ce pas ?

Brady préféra éluder la question et enchaîner directement :

– Je me suis laissé dire que l'occupant du poste de contrôle avait changé dernièrement, est-ce vrai ? Noze, Needle et Pipe, c'est ça ?

– Ou plutôt ce qu'il en reste..., pouffa l'homme.

– Ils... ils dirigent Oz ?

– Non, pour l'instant ils pansent leurs plaies ! Vous pouvez passer si c'est votre crainte.

– Merci.

– Dites, j'ai à mon tour une question. Est-ce que vous croyez que le nouveau président, ce Bush, va changer les choses à la surface ?

Surpris, Brady demeura coi un instant.

– À vrai dire, je n'en sais trop rien. Il a promis beaucoup, reste à voir.

– Ils promettent tous ! J'espère que ça va bouger avec lui, vous savez, à chaque élection, nous autres, nous croisons les doigts, même si la plupart vous diront ne plus croire en la politique, ils mentent. C'est parce que ce lieu nous a fait retrouver l'espoir que nous avions perdu que nous sommes descendus et que nous y restons ! En attendant des jours meilleurs... Moi-même, je suis médecin. J'ai perdu mon emploi à l'hôpital Bellevue et tout s'est enchaîné. Mais je pourrais me reconstruire une vie normale, si on m'y aidait un tout petit peu.

Brady sentait que la conversation risquait de durer aussi longtemps qu'il accepterait d'y prêter une oreille bienveillante. Vérité ou délire d'un homme devenu mythomane dans ces souterrains ? Brady ne le saurait jamais. Il lui fit un signe de tête et s'éloigna.

L'homme continua de soliloquer dans son coin.

Le journaliste passa sous plusieurs bâches tendues entre des piquets sans comprendre à quoi elles servaient, évita un grand espace occupé par une dizaine de silhouettes allongées sous des couvertures, avant de filer sous les fenêtres crasseuses du poste. Il suivit des rails sur vingt mètres et reconnut le petit accès aux niveaux inférieurs. À partir de là, il entrait dans le royaume des bruits étranges, des mouvements furtifs et de l'inconnu. Des rats de la taille de ratons-laveurs foncèrent en file indienne vers l'entrée d'une grille de ventilation.

Deux étages plus bas, il retrouva un autre tunnel. Le brillant des rails lui indiqua qu'il était encore en service.

Prendre garde au troisième rail, celui qui peut se refermer d'un coup sur la cheville pour marquer un aiguillage !

Brady décida de progresser sur les bas-côtés, quitte à déraper sur les pierres, jusqu'à ce qu'il manque de s'enfoncer la pointe d'une seringue dans la chaussure. Il opta aussitôt pour les rails. À choisir entre deux dangers, au moins les traverses garantissaient de voir où il posait les pieds.

Après plusieurs minutes dans ce corridor obscur, Brady se demanda s'il n'avait pas été présomptueux. Comment allait-il trouver le peuple-taupe ? Si ces gars-là vivaient au plus profond, loin de tout contact avec le reste de l'humanité, il était peu probable qu'il puisse tomber sur un de leurs nids !

Leur faire confiance, ce sont eux qui vont me trouver ! Comme lorsqu'ils nous ont guidés vers la sortie avec Kermit, ils nous observaient, ils étaient là, dans la pénombre, à nous surveiller.

Dans ce cas il devait attirer leur attention. Sa petite lampe ne suffirait pas.

– Je m'appelle Brady, j'ai besoin de votre aide, dit-il bien trop bas pour être convaincant.

Il était ridicule.

Les traverses se mirent à vibrer, imperceptiblement.

Brady s'assura qu'il n'y avait rien de compromettant sur le côté et s'y aventura pour attendre le passage du métro.

Les grincements de l'acier annoncèrent l'imminence de son arrivée. La bête se rapprochait, vociférante. Un long ver au déplacement strident, rapide comme la mort, capable de déchiqueter un corps sans ralentir.

L'aveuglante clarté de son œil inonda la voie.

La mécanique de ses membres en action hurlait en s'agrippant aux rails.

Soudain il braqua sa pupille hypnotisante sur Brady et le journaliste eut la désagréable sensation d'être un lapin capturé par des phares fonçant sur lui au milieu d'une route de campagne.

Il fouetta Brady, le plaquant contre l'humidité des parois et déroula à toute vitesse son interminable carapace argentée. Aussi vite qu'il avait surgi, il repartit vers l'inconnu, une lueur rouge tremblait dans son sillage.

Sonné, Brady mit une minute avant de retrouver ses sensations.

– Hey oh ! s'écria-t-il avec davantage de force cette fois. Je m'appelle Brady ! J'ai besoin de votre aide !

Il répéta sa litanie sur plus de deux kilomètres, de temps à autre il se penchait pour sonder à travers une grille, pour soulever une trappe vers une minuscule pièce remplie de canalisations ou de débris. Il fit encore cinq cents mètres, fatigué par la tension, avant de devoir s'abriter à l'approche d'un nouveau train. Il en venait à les craindre. Des rats obèses se faufilèrent tout près de lui.

Le puissant phare de la rame mit en évidence une échancrure que le journaliste avait manquée. Brady attendit que le souffle du métro s'éloigne, puis il s'agenouilla devant. Un puits qui ressemblait à un local technique. Il distingua le début d'un couloir.

Le peuple-taupe vit dans les profondeurs, le plus loin possible de nous.

Il attrapa les barreaux de l'échelle et descendit.

Une seule ampoule sur une douzaine fonctionnait encore, tout au bout de la galerie. Brady s'élança, puis parvint à un embranchement en T où il stoppa.

Un choc sourd le fit sursauter. Le bruit se répéta, comme si on frappait sur des tuyaux. *À droite, ça vient de la droite !*

Faisant confiance à ses sens, Brady tenta de remonter en direction de l'écho et déboucha sur un tapis de marches étroites.

Encore un autre niveau ! Ça ne s'arrête jamais ?

Tout en bas, il fit une halte sur le seuil d'un vieux tunnel suintant, la terre et une boue marécageuse recouvraient les rails, les murs étaient en briques rouges soutenues par des arceaux de métal devenus bruns, effrités par l'assaut des gouttes.

Brady s'interrogea sur la profondeur atteinte. Il avait entendu parler des toutes premières lignes de métro, fruit des délires mégalomaniaques de milliardaires reliant leur hôtel particulier à leur building, parfois sur seulement quelques centaines de mètres. Était-ce l'un de ces caprices vieux d'un siècle ?

Les mares d'eau croupie le firent douter de la route qu'il suivait. Personne n'avait envie de s'installer par ici. Pas avec toute cette pourriture.

Sa lampe captura une empreinte de pas dans la boue. Fraîche.

On dirait bien que c'est le chemin !

Il n'aimait pas cet endroit. Rien ne semblait solide.

À contrecœur il poursuivit, le nez rivé au sol, à la recherche d'autres traces. Celles-ci le conduisirent à une petite maison en brique. Au-dessus de l'entrée, était gravé : « *Foyer MacIntosh – M. d'œuvre Morris. 1912.* »

Une de ces constructions qui avaient servi aux ouvriers du métro, à l'époque des grands travaux, pour qu'ils se réchauffent, mangent et dorment.

Brady allait y entrer lorsqu'une douleur au mollet lui fit ployer le genou.

On venait de lui lancer une pierre.

Surtout ne pas aller au conflit, me présenter...

Avant de se faire lyncher, Brady agita la lampe :

– Je m'appelle Brady, je ne vous veux pas de mal ! Je suis navré si je vous ai fait peur ! Je vous assure que je ne vous veux aucun mal ! J'ai besoin de vous !

Était-il seulement sûr que c'étaient eux ? Et s'il s'agissait d'un autre drogué ? Ou d'un parano schizophrène prêt à lui rompre la nuque ?

Pas si bas, pas dans un trou pareil !

Quelque chose bougea derrière lui, rapidement. Il hésita et finalement ne se tourna pas, pour ne pas paraître agressif.

– S'il vous plaît ! implora-t-il.

Comprenant qu'il avait probablement commis un impair en voulant s'introduire dans la maisonnette, il corrigea :

– Je suis désolé d'avoir voulu entrer chez vous sans vous demander la permission, je n'ai pas réfléchi, je vous présente toutes mes excuses. Je suis venu pour solliciter votre aide. Car vous êtes la mémoire de ces souterrains.

Un autre mouvement sur le côté, puis à nouveau derrière. Ils étaient plusieurs. Brady se raidit, sa lampe braquée devant lui.

– La lumière, souffla une voix sur la gauche. Coupe la lumière !

Le contact était amorcé.

Brady posa l'index sur le bouton et se précipita dans les ténèbres.

51

Dès que le noir fut total, les êtres autour de Brady se mirent en mouvement.

Ils sortirent de leur trou, dévalèrent les gravats, pour l'approcher.

Il n'osait pas bouger. On le frôla.

Sifflement aigu.

On le humait.

Quelqu'un dans son dos se mit à souffler en crachant, imitant le bruit d'un train. Un autre émit une longue plainte ressemblant au coup de frein des rames sur les rails. Une voix, probablement féminine, se lança dans une succession de « ploc » à l'instar des gouttes tombant dans une flaque.

Kermit avait dit la vérité. Un peuple souterrain. Avec son langage constitué des sons qu'ils entendaient ici en permanence.

– En anglais ! chuchota un homme dans le dos de Brady. En anglais, pour le visiteur !

C'était incroyable. Improbable. Un peuple différent, juste sous New York. Brady ne parvenait pas à se faire à l'idée. C'était du délire. Une mise en scène, à moins qu'il ne se soit mis à rêver tout cela...

Des clochards qui survivent depuis plus de vingt ans sans contact avec la surface ! Comment mangent-ils ?

Il les imagina chassant les rats géants, attrapant quelques chats errants et puis sortant au cœur de la nuit, lorsque les stations sont vides, pour écumer les poubelles. L'eau ne manquait pas, les canalisations alimentant toute la cité étaient munies de valves et de robinets. Vivaient-ils tout le temps dans le noir ? Leur réaction le laissait présager.

Non, c'est juste impossible. Personne ne peut survivre à ça ! Aucun être humain ne viendrait s'enterrer de cette manière !

Et pourtant les couinements et les dérapages dans les talus de pierres autour de lui témoignaient de leur existence.

Lentement, année après année, ils se sont éloignés de notre monde. Désocialisés. Au fil du temps ils ont pris de plus en plus de distance avec les normes, se cherchant un abri d'abord sur les bancs des parcs avant d'en être chassés, ils se sont réfugiés dans les parkings, puis dans le métro, traqués et apeurés. C'est l'appel de ces grands couloirs isolés qui les a attirés. Et quand d'autres marginaux sont venus, ils sont descendus encore plus profondément. Pour finir là. Rassurés, entre eux.

Une histoire digne de cette ville.

– Je... Je suis venu jusqu'à vous pour demander de l'aide, répéta-t-il.

– Pourquoi ? fit l'homme dans son dos.

Brady pivota, et en l'absence de repères, il ne sut s'il était face à son interlocuteur. Il avait des difficultés à se tenir en équilibre sur le sol irrégulier.

– Vous savez tout de ce dédale, expliqua-t-il.

– Parce que nous sommes des *taupes*, c'est ça ?

Brady devina une pointe d'agacement. Ils devaient détester qu'on les surnomme le peuple-taupe. Il fallait corriger le tir immédiatement :

– Non, parce que c'est chez vous.

– Tout à l'heure tu as parlé de mémoire des souterrains, c'est joli. Je préfère.

Brady percevait des déplacements autour de lui. *Tout de même, ils ne peuvent voir dans la nuit noire, c'est impossible ! Comment font-ils ? Ils connaissent par cœur... Ils progressent à tâtons, c'est une habitude chez eux ?*

– Je dois trouver un endroit sous terre, et je pense que vous pouvez m'y conduire.

– Que veux-tu y faire ?

– C'est... Des gens mauvais l'habitent. Je veux les en chasser.

– Et pourquoi on t'aiderait ? intervint une autre voix.

– Num, tais-toi ! ordonna celui qui répondait à Brady depuis le début. Quel endroit veux-tu visiter ?

– Je crois que ça s'appelle le quai 61, sous la gare de Grand Central.

– Je ne connais pas. Je n'ai plus été là-bas depuis très longtemps. Je ne peux pas t'aider. Maintenant repars. Tu n'es pas chez toi ici.

– Je suis désolé, mais j'ai vraiment besoin de vous, n'auriez-vous pas au moins une indication, quelque chose pour que je localise ce quai 61 ?

– Non, rien. Repars.

Sa voix recula, il s'éloignait à nouveau vers les gravats qui glissèrent sous son poids. Brady serra les poings, terriblement déçu. Tout cela pour rien. Il voulait insister et sentait néanmoins que ce serait inutile. L'homme était catégorique.

– Très bien, murmura-t-il en rallumant sa lampe qu'il prit soin d'orienter sur ses pieds.

Il regagna la sortie de ce tunnel en ruine et allait se hisser dans l'ouverture surélevée lorsqu'on lui saisit la cheville. Ses doigts agriffèrent le mur pour ne pas repartir en arrière et il parvint à se stabiliser pour s'asseoir.

– La lumière ! s'écria une voix fluette paniquée.

Brady la coupa aussitôt.

– Désolé... je ne vous avais pas vue..., balbutia-t-il.

– Je sais où est le quai 61, dit la femme. J'ai vécu sous Grand Central au début. Je sais où il est !

– Vous pourriez me guider ?

– Non, c'est beaucoup trop loin. Mais je peux vous dire comment y aller.

– Vous me sauvez, madame.

Le terme lui sembla mal approprié. Comment s'appelaient-ils entre eux ?

– Qu'est-ce que vous pouvez me donner en échange ?

Pris au dépourvu, Brady bafouilla :

– Que... Qu'est-ce que vous voulez ?

Elle se rapprocha, il perçut son corps l'effleurer pendant qu'elle montait à son tour sur la plate-forme.

– Prenez-moi dans vos bras, dit-elle tout bas.

Brady se sentit bête. Incapable de bouger.

– S'il vous plaît, insista-t-elle.

Il avala sa salive et tendit une main dans sa direction, sans bien savoir si elle était là. Il posa les doigts sur une épaule frêle sous plusieurs épaisseurs de tissu. Elle vint à lui et colla son corps contre le sien. Elle sentait la poussière et un peu la transpiration. Tout son squelette vint épouser les courbes de Brady.

– Serrez-moi, dit-elle du bout des lèvres.

Déstabilisé, le journaliste obéit. Il l'enlaça des deux bras. Elle était si maigre. Une abondante chevelure glissa sur sa nuque. Elle enfouit sa tête au creux de son cou et inspira profondément. Elle ne bougeait plus. Son souffle chatouillait Brady, une bouche sèche s'écrasa contre sa gorge.

– Plus fort, réclama-t-elle doucement.

Brady était bouleversé par l'aveu de ce manque de tendresse qu'il devinait abyssal. Il ne parvenait pas à rompre cette confession.

Ce fut elle qui parla la première sans s'éloigner :

– Vous pourriez me rapporter de la réglisse ? Les gens jettent de tout ici, mais pas de la réglisse.

Elle avait la voix d'une adolescente.

– Je peux arranger ça, mais ça va prendre un moment, il faut que je remonte et que je revienne.

– Non, je vous montre une grille, vous n'aurez qu'à la glisser au travers. De la réglisse et des tampons, vous pourriez me rapporter ça ? Des boîtes de tampons hygiéniques, ça me manque.

– Bien sûr.

– Et les *Skittles*, ça existe encore ? J'aimerais tant en manger à nouveau !

– Je vais vous trouver tout ça.

– Venez, je vous guide.

Une heure plus tard, Brady sortit du magasin Duane Reade avec ses deux sacs et s'empressa de remonter la rue. Il s'arrêta au-dessus d'une grille d'évacuation des eaux que la neige ne recouvrait pas et s'agenouilla.

– Vous êtes là ? demanda-t-il.

Aucune réponse. Il répéta sa question, conscient de passer pour un dingue de plus auprès des quelques passants qui l'apercevaient du trottoir.

– Oui, répondit enfin la femme, sans qu'il puisse la distinguer.

– Tenez, j'ai tout, je vous les fais passer.

Brady écrasa les boîtes pour qu'elles s'insèrent entre les barreaux puis envoya les sachets de bonbons. Il n'avait pas lésiné sur la quantité.

– C'est bon ? Vous les avez ?

Silence. Ce qu'il avait craint se réalisait. Elle l'avait manipulé, pour obtenir ce qu'elle voulait. Elle ne savait rien du quai 61. Il s'était fait berner. Néanmoins il n'éprouvait aucune rancœur. Pas après la détresse qu'elle lui avait montrée. Il n'avait pas le droit de lui en vouloir, lui qui avait tout.

Il s'apprêtait à se relever et à partir lorsque quelque chose bougea tout au fond du puits.

– Merci, dit-elle, toujours très lointaine. Allez sur la 49e Rue, entre Lexington et Park Avenue, longez l'hôtel, juste avant l'accès du parking il y a une double porte dorée. C'est là. L'entrée du quai 61. Bon voyage. Et bonne chance.

52

Nulle autre ville au monde ne s'est construite sur autant de paradoxes que New York.

Au cœur d'un quartier huppé, Brady admirait la monumentale façade d'un immeuble luxueux. Serti d'or, le nom : THE WALDORF ASTORIA était gravé dans la pierre, un tatouage chic au-dessus d'une double-porte en cuivre.

Une entrée en grande pompe pour accéder aux entrailles de la mégapole. Un verni dix carats pour mieux masquer la misère.

Brady attendit qu'une Mercedes sorte du parking mitoyen et il poussa sur le battant de gauche. Un écriteau MÉTRO – SORTIE DE SECOURS NORD en lettres rouges en guise de bienvenue. La fille des souterrains ne s'était pas trompée. L'issue de secours s'ouvrit pour dévoiler un vestibule obscur, une rampe d'escalier et un grand monte-charge qui semblait dater de l'Antiquité. Malgré la hauteur de l'édifice, aucun escalier ne desservait les étages supérieurs.

Tous descendaient dans les fondations.

Brady était obsédé par la Tribu et pourtant il commençait à se dire qu'un reportage hallucinant s'offrait à lui. Le peuple-taupe, tous ces accès vers un monde lointain, combien de portes comme celles-ci y avait-il rien que dans Manhattan ? Ce genre d'ouverture dans un mur auquel on ne prête jamais attention parce qu'il n'y a ni numéro, ni plaque, et qu'elle ressemble à un local technique dont tout le monde se fiche.

Un passage vers le territoire d'un autre peuple.

Un miroir inversé de notre civilisation, un négatif de nos travers. L'absence d'identité contre l'égocentrisme devenu vertu, une communication rudimentaire et essentielle contre une ultra-communication virtuelle, un manque de tout face à une surabondance de tout. Ce n'était pas un hasard si cet univers s'était enfoncé en profondeur, en opposition à la verticalité toujours plus étourdissante des gratte-ciel.

Armé de sa lampe, Brady descendit vers les paliers inférieurs.

Il n'avait ni revolver, ni couteau. Rien pour se défendre. Ni pour attaquer. Si toute cette quête avait un objectif concret, alors il n'en avait jamais été aussi proche. La Tribu vivait juste sous ses pieds. Encore quelques mètres et il serait chez eux.

Avec eux.

Et ensuite ? Qu'avait-il prévu ? Comment comptait-il leur faire payer cette perversion qui l'empêchait de dormir ? Qui le faisait haïr l'espèce humaine ?

Les punir pour racheter une conscience à l'humanité ?

Il n'en avait aucune idée. Il vivait minute par minute.

Pourtant il nourrissait une certitude : le masque de ces déséquilibrés jouant aux vampires allait tomber.

L'enchevêtrement de poutrelles métalliques et de marches était interminable.

Le rugissement d'un train au loin le fit sursauter. Plus jamais il ne verrait un métro de la même manière.

L'escalier s'échoua enfin, loin, très loin sous la croûte d'asphalte et de verre. Une lumière jaune, pisseuse, teintait le très long hall dans lequel Brady entra. Entre deux piliers de béton, il aperçut un second dégagement, plus large encore, strié de rails : l'arrivée à la gare de Grand Central. Un peu plus loin, s'il s'aventurait de ce côté, il ne tarderait pas à tomber sur le bout des quais.

Des ampoules brillaient tous les dix mètres, enfoncées dans des cavités comme pour les rendre moins efficaces.

Plusieurs voies se terminaient ici, anciennes, sans aucun débarcadère, rien que de la terre et de la pierre. Brady remarqua une pelle au manche rongé par le temps. Une impressionnante couche de poussière recouvrait le sol. Un cul-de-sac abandonné, oublié.

Par où devait-il poursuivre ?

Les rails le conduiraient tôt ou tard vers les voies en activité, ce n'était pas une bonne idée. Si la Tribu avait donné cette « adresse » à ses complices c'était donc qu'une fois ici on ne pouvait les manquer.

Brady fit un tour sur lui-même pour tout inspecter.

Il distingua une nacelle accrochée au mur à trois mètres de hauteur. Tout en acier et en verre, les boulons comme autant de pustules, semblable à un engin des romans de Jules Verne et grande comme un wagon. Probablement un vieux poste d'aiguillage. Brady s'avança en direction de la passerelle qui permettait d'y monter et vit une barre de fer rouillée qu'il attrapa au passage.

Il grimpa en silence, prenant soin de ne déclencher aucun bruit. La porte ne grinça pas non plus.

L'intérieur empestait. Une odeur de charogne, de renfermé et d'humidité. Une pellicule de crasse aveuglait les fenêtres. Le pinceau de sa lampe-torche dessina un trait que la poussière en suspension émoussa aussitôt. Il n'y voyait rien.

Brady avança jusqu'à capturer un objet volumineux dans son faisceau.

En bois. Tout en longueur, et muni de poignées.

Dites-moi que je rêve...

Il s'approcha pour en être certain.

Un cercueil.

Brady passa la main dessus. Il était bien réel. Il pivota et mit en lumière un autre rectangle. Puis un troisième. Et encore un.

En tout Brady en compta six. Parfaitement ordonnés, les uns en face des autres.

Si ces types dorment vraiment là-dedans alors là je préviens les instances psychiatriques...

Une barre de fer suffirait-elle à les impressionner ? Brady regretta de ne pas être équipé avec des pieux.

S'il faut jouer le jeu, autant aller jusqu'au bout !

Il attrapa l'un des couvercles et s'apprêta à le soulever.

C'est l'heure de vérité.

Le muscle de son bras se contracta et le battant se souleva.

Un étau s'abattit sur la nuque de Brady et le tira en arrière. Sous le choc, et la surprise, il lâcha la barre et agita les bras pour se débattre. La poigne lui écrasa les cervicales et il cria tandis qu'on le poussait vers l'extérieur.

En haut des marches, l'étau se desserra et il put faire face à son agresseur.

Un grand Noir barbu le dévisageait avec une intensité écrasante. Il portait un treillis de l'armée vert, marron et noir et un gros anorak bouffant avec un badge épinglé sur la poche de poitrine. Brady ne put le lire dans l'obscurité.

– Qu'est-ce qui vous prend ? fit-il.

– Et vous, qu'est-ce que vous foutez là ?

– J'ai un compte à régler avec des amis. Laissez-moi passer.

– Vous ne devriez pas être ici, dégagez !

– Qui êtes-vous ?

– Le cerbère qui garde ces messieurs. Vous n'avez jamais lu d'histoires de vampires ? Le jour ils sont protégés par un gardien. Je suis ce gardien ! dit-il en dévoilant ses dents jaunes.

– Conneries, murmura Brady en faisant mine de passer outre.

Le type en face sortit un pistolet de sa poche et le braqua sur Brady avant qu'il puisse le dépasser.

– Vous ne croyez peut-être pas aux vampires, mais ça vous le respectez, non ? Maintenant dégagez avant qu'ils ne se réveillent.

Brady fixait le canon creux qui visait son cœur. Il était à bout de nerfs. À bout de frustrations. D'impasses et de questions sans réponses.

– J'ai pas envie qu'ils vous trouvent là, insista le gardien, ça pourrait me retomber sur le dos. Cassez-vous !

– À condition que vous leur transmettiez un message.

– Si tu te dépêches de me le donner, je t'écoute, mais fais vite, car le soleil est déjà couché depuis un moment là-haut.

Brady pesa ses mots et délivra son esprit.

Plus qu'un message ou même un avertissement.

Un défi.

53

Prisonnier de ses mensonges.

Non sans une certaine ironie, Brady s'était enfermé dans une cage, derrière les barreaux de la manipulation qu'il détestait tant. En mentant à sa femme depuis le début, il s'était lentement conduit à cet état de méfiance, étranger dans son propre couple. En ce jeudi matin, il en était à jouer la comédie du bonheur.

Il voulait rester prostré chez lui, harassé par ce qu'il venait de vivre en quelques jours, au lieu de quoi il se promenait dans Prospect Park avec Annabel, main dans la main, à l'écouter s'enthousiasmer sur leurs vacances à venir.

Les nuits de Brady grouillaient de femmes violées, de vampires sanguinaires qui polluaient son humeur tandis qu'Annabel s'efforçait de tenir ses enquêtes à distance pour profiter de son couple.

Il était incapable de se confier à elle, d'utiliser la soupape de leur complicité, et plutôt que de partager pour se libérer il s'opposait à elle en faisant monter la pression.

Annabel n'y voyait que du feu.

Mais ça ne durerait pas. Brady connaissait sa femme, levée à six heures, exercices physiques, boulot et même volonté appliquée à préserver le confort de son nid. Annabel était une révoltée, le système la perturbait et pour y survivre elle s'était entourée d'habitudes qu'elle-même ne voyait plus. Mais elle ne demeurerait pas aveugle à court terme devant le jeu de son mari, elle ne serait pas dupe longtemps.

Soit il lui avouait tout, soit il réglait le problème rapidement.

Tout cela avait trop duré.

Elle pourrait comprendre.

Que j'ai contacté une actrice de film porno sans savoir si j'allais vraiment faire un reportage ? Que j'ai accepté son rendez-vous dans un lieu isolé ? Que j'ai fui quand elle s'est tiré une balle en pleine face ? Que je lui mens depuis le départ, encore et encore, en la regardant dans les yeux ?

Ce n'était pas seulement sa confiance qu'il risquait de perdre.

À midi elle insista pour qu'ils aillent déjeuner dans un petit restaurant tout proche, un coin sympathique avec des menus originaux.

Pendant qu'ils attendaient leur plat, Brady demanda :

– Au fait, tu es passée voir ta grand-mère l'autre jour ?

– Oui. Elle m'a rencardée sur le pentagramme.

– C'est une piste intéressante ?

– Non. Enfin, ça n'a rien donné, cependant j'avoue ne pas avoir creusé dans cette direction.

Brady réalisa qu'il était incapable de décrocher de cette histoire. Il tenta pourtant de s'en éloigner :

– Mae devait être contente de te voir !

– Elle m'a reproché de ne pas passer plus souvent. À croire que je ne suis pas très « famille ». C'est pas une question d'amour, juste que... je n'arrive pas à trouver le temps.

Brady prit la main de sa femme et la serra tendrement.

– Je suis content qu'on parte pour les fêtes, avoua-t-il avec sincérité.

Ce voyage allait le laver de ses errements. Les rapprocher. Il oublierait cette sinistre affaire et, au retour, il serait un homme nouveau.

À condition de tout régler avant de partir.

L'après-midi ils restèrent étendus sur le sofa, à lire des magazines, à somnoler en écoutant de la musique, puis ils s'activèrent pour préparer le repas. Annabel avait invité Jack à dîner.

Il vint seul, comme à son habitude.

Au fil de la soirée, les verres de vin s'enchaînèrent, ils mangèrent un poulet aux épices que Brady avait cuisiné et rirent de bon cœur.

Brady se relâcha, profitant de cette parenthèse festive.

– Alors, Brad, souvent en déplacement ? demanda Thayer entre deux gorgées d'un vin californien.

– Moins ces derniers temps, j'étais en Espagne en novembre et je ne pense pas repartir avant février au plus tôt.

– En Espagne ? siffla Thayer. Pendant un mois, voyez-vous ça !

– Quinze jours, il ne faut pas abuser des bonnes choses, plaisanta le journaliste. Cette fois je crois bien que je vais stagner à New York quelque temps, je suis usé.

– Comment peut-on être usé par un métier aussi formidable ?

– L'accumulation, travailler sans ménagement, sans prendre de recul, année après année, l'usure fait son chemin. Là je suis au bout, j'ai besoin d'une pause.

Jack hocha la tête.

– Tu as raison, ça fera du bien à ta petite femme !

– Petite ? souligna Annabel.

– Oh pardon ! Ne me décroche pas la mâchoire surtout.

– Et toi, Jack, quand est-ce que tu nous présentes une madame Thayer ? intervint Brady.

Les rires cessèrent. Regard gêné de Thayer en direction d'Annabel. Brady savait que sa femme entretenait avec lui une relation à part. Celle de flics partenaires, dix heures par jour ensemble, à partager le pire, à frotter leurs méninges pour résoudre des crimes, solidaires des désillusions. Des coéquipiers qui finissaient par se dire ce qu'ils ne pouvaient avouer à leurs conjoints.

Brady n'éprouvait aucune jalousie à l'égard de Jack, leur métier appelait à cette relation et celle-ci équilibrait Annabel.

– Un jour, peut-être, avoua Jack en plongeant dans la contemplation de son verre.

La sonnette retentit dans l'appartement.

– Tu attends quelqu'un ? s'étonna Annabel en regardant son mari.

– Non. Reste, j'y vais.

Il se leva et approcha de la porte d'entrée. Il n'aimait pas ça.

Ce n'est pas la Tribu, pas ici, pas chez moi. J'ai été clair.

Il ouvrit et, ne voyant personne, sortit sur le palier.

Une enveloppe était posée sur le haut des marches. Il fit en sorte que Jack et Annabel ne puissent pas le voir et s'en saisit.

Une carte postale avec une photo de pierre tombale. Au dos, une belle écriture tout en boucles :

« Demain soir, cimetière de Greenwood, à l'entrée de la chapelle. 23 heures. ».

Ils étaient venus jusque chez lui.

Malgré son avertissement. Il les avait prévenus que s'ils ne disparaissaient pas définitivement de la ville, il serait temps de rendre des comptes.

Brady avait parlé au grand type qui le menaçait d'une arme, en insistant pour qu'il n'omette rien de son message. Et il avait terminé par cette menace :

« Si vous venez chez moi ou si vous approchez encore une seule fois de ma femme, je vous tue. Tous. »

À leur tour, ils venaient lui montrer qu'ils pouvaient approcher de sa propre tanière.

C'est un concours de mâles ? À qui aura le dernier mot, c'est ça ?

– Chéri ?

Annabel venait vers lui. Il s'empressa d'enfouir l'enveloppe et la carte dans la poche arrière de son jean et pivota vers elle.

– Qui est-ce ? demanda-t-elle.

– Des gamins qui s'amusent avec les sonnettes. Ils sont déjà loin, allez, viens, rentrons.

Brady n'était pas à l'aise. Une fois à l'intérieur, il enclencha les deux verrous.

Brady était désemparé. Une bouffée de désespoir l'inonda. Il s'éclipsa vers les toilettes où il s'enferma.

Au fond de lui, il sentait que la violence grondait, que cette meute avait réveillé son animalité.

Et maintenant, s'il voulait accepter l'espèce humaine, s'accepter lui-même, il fallait les en chasser. L'homme n'était pas un parangon de vertus, certes, la pornographie témoignait à elle seule des failles de son développement, mais la Tribu avait dispensé autre chose que le danger et la peur de la mort. Ils avaient anéanti toute forme d'espoir au plus profond des cellules humaines. Ils offraient l'horreur de vivre.

Tout d'un coup, au milieu de la salle de bains, Brady se prit en pleine figure le chaos des émotions qu'il venait d'encaisser depuis une semaine.

Du suicide de Rubis à ses errances sous New York en passant par les cales sordides d'un navire échoué ou ses terreurs nocturnes dans les Catskill. Quelque chose s'ouvrait en lui, du domaine de la conscience. Comme s'il avait traversé une initiation.

Chacune de ses respirations, chaque détail de son présent retrouvaient son importance. Sa puissance.

Il revivait.

Et il comprit qu'au-delà du traumatisme qu'il devait affronter et de la haine qu'il éprouvait pour la Tribu, il avait agi, s'était entêté dans cette spirale délétère parce que Rubis l'avait acculé à revivre. À chercher en lui la lueur qu'il avait étouffée.

Toutes ces années à boucler des reportages formatés, sans risque, à trouver sa place dans son couple pour s'y enfoncer confortablement...

Rubis avait donné un coup de pied dans sa vie pour la dépoussiérer.

La Tribu elle-même, en le confrontant à ses limites, ébranlait ses convictions et l'avait contraint à ranimer en lui l'homme de pensée qu'il avait été autrefois, avant de se faire endormir par la réussite.

Il était sorti de sa léthargie, et par avance savourait chaque seconde de l'action qui se profilait.

C'est maintenant qu'il faut réagir. Ils n'ont pas voulu m'écouter. Ils sont venus jusqu'ici. Très bien. L'heure des comptes a sonné.

Brady sécha ses larmes.

Sa détermination retrouvée.

54

Le téléphone sonna à huit heures du matin.

La voix du capitaine Woodbine, grave et sensuelle :

– O'Donnel, c'est réglé. Vous serez entendue la semaine prochaine devant une commission mais c'est une formalité. J'ai bouclé la paperasse, j'attends que vous veniez faire briller votre badge au Precinct ce matin même.

Annabel sauta sous la douche, embrassa Brady qui ne parvenait pas à se réveiller et se jeta dans la rue, heureuse d'être réintégrée si rapidement.

Le département des détectives était en train de se réunir pour faire un point sur les enquêtes quand elle parvint à l'étage. Woodbine se plaça sous le tableau qui répertoriait chaque affaire en cours.

– Lenhart et Fremont, où en êtes-vous de l'exhibitionniste de la 7e Avenue ?

– On a deux suspects, des types qui sont déjà passés par la case prison pour ce genre de débilité, exposa Gloria Fremont avec un accent du Yonkers qui mangeait la plupart des liaisons et la fin des mots.

– Et les plaintes pour harcèlement, c'est réglé ?

– On a rassemblé des témoignages et la fille va demander une injonction du tribunal.

Woodbine scruta le tableau :

– L'agression sexuelle dans les HLM de Gowanus, ça avance ?

– Non, personne ne parle, en plus ce n'est pas notre secteur alors pour les tuyaux c'est mal barré, expliqua Fabrizio Collins en lissant son catogan.

– Voyez avec le 76e Precinct s'ils ne peuvent pas vous épauler sur ce coup, on leur a rendu service en répondant à l'appel, faudrait nous renvoyer l'ascenseur, ou je leur refile les mauvaises statistiques. En parlant de ça : Jack, c'est pour aujourd'hui le rapport sur la suicidée de Fulton Terminal ?

Thayer se tourna vers sa partenaire.

– Capitaine, répondit Annabel, elles sont deux à s'être suicidées, la meilleure amie s'est fait assassiner et on termine avec un assaut dans le Queens, deux morts et un incendie criminel avec un quatrième macchabée. Je crois que l'affaire nécessite d'y aller *piano*.

Woodbine posa ses énormes mains sur ses hanches.

– Les deux suicides n'ont pas eu lieu dans notre juridiction, rappela-t-il, le meurtre c'est dans le New Jersey, et les trois morts de cette semaine sont pour le Queens. Rien qui nous concerne directement ; si vous pensez que c'est plus complexe que ça, alors c'est à la Section spéciale des enquêtes criminelles qu'il faut refourguer le bébé, voire au FBI.

– C'est notre enquête, contra Annabel.

Woodbine la fixa. Ses lèvres disparurent dans sa bouche, aspirées par sa réflexion.

– Je sais, dit-il enfin, ça ira mieux en janvier mais je suis écrasé par la hiérarchie pour que les chiffres de fin d'année soient les meilleurs possibles, le maire a promis une année 2000 exceptionnelle sur le plan de la sécurité, et si je suis révolté par le procédé, je reste contraint de balayer vers les autres Precincts aussi souvent que possible tout ce qu'on ne peut résoudre rapidement.

– S'ils font tous pareil, bonjour les emmerdes ! lança Lenhart en grattant nerveusement l'extrémité de sa moustache.

– Je sais ! s'écria Woodbine un ton au-dessus pour calmer les protestations. Vous le savez : je suis avec vous, mais j'ai aussi des obligations. O'Donnel, Jack, vous avez jusqu'à demain pour me boucler cette histoire, c'est tout ce que je peux faire.

Annabel ouvrit le maigre dossier qu'elle s'était constitué sur l'affaire Weaver.

– Je reprends tout depuis le début, annonça-t-elle. On est forcément passés à côté d'une piste, d'un indice.

Jack enfila sa veste.

– Si tu as besoin, je suis joignable sur mon portable.

– Tu pars ?

– Un truc à vérifier.

– Un *truc* ? Depuis quand on se la joue solitaire et cachottier ?

– Fais-moi confiance.

– Alors dis-moi ce que tu as en tête ?

Jack soupira.

– Je connais bien un détective dans le Queens, il va me rencarder sur ce qu'il sait de l'incendie et sur Clayton Gunroe. Il est un poil parano et macho avec ça, c'est mieux que j'y aille seul.

– Comme tu voudras.

Annabel était blessée qu'il ait cherché à lui dissimuler l'une de ses pistes.

C'est Jack, il aime faire des effets de manches, débarquer et étaler la longueur d'avance qu'il a sur tout le monde et nous laisser deviner comment il a pu en savoir autant !

Sa déception dut se lire sur ses traits car Jack déclara :

– Anna, tu sais que je serai toujours là pour toi, pas vrai ?

Son expression était presque trop sincère pour être prise au sérieux. Annabel ne sut que répondre et fut encore plus déstabilisée lorsqu'il ajouta :

- Quoi qu'il arrive.

Puis il s'en alla d'un pas pressé.

Annabel passa sa matinée à éplucher chaque note, les quelques rapports déjà rédigés sur Sondra Ann Weaver et Melany Ogdens.

Ne dénichant rien de probant, elle passa à Charlotte Brimquick sans plus de réussite.

Elle ne trouvait aucune connexion entre elles, sinon l'amitié de Sondra Weaver.

Et le cinéma porno ! songea Annabel en optant pour une approche différente. Elle se connecta à Internet et fouilla le web pour obtenir une filmographie des trois actrices. Weaver et Ogdens étaient peu mentionnées en comparaison de Charlotte Brimquick qui avait eu une carrière nettement plus remplie avec des productions majeures dans les années 90. Elle avait opéré sous plusieurs noms, et Annabel gratta de ce côté-là sans rien relever d'intéressant.

Cependant, un nom revenait de temps en temps, un producteur.

Annabel sortit avaler un sandwich au Tanner's Bar en face du Precinct et revint après une demi-heure pour chercher les coordonnées de ce producteur. Après trois tentatives infructueuses, elle parvint enfin à le joindre :

– Détective O'Donnel du NYPD, je travaille sur l'homicide de Charlotte Brimquick, il semblerait que vous la connaissiez, je me trompe ?

– En effet. J'ai appris sa mort avant-hier, dans le journal, c'est épouvantable.

– J'ai cru comprendre que vous la faisiez tourner assez souvent ?

– À l'époque où elle était jeune, j'entends jeune pour ce métier, je lui dégottais tous les rôles possibles. J'ai... J'ai soutenu Charlotte à travers ses divorces et ses errances sentimentales. Ensuite, c'est devenu plus difficile. Une ou deux fois l'an je lui trouvais une scène, qu'elle mette du beurre dans les épinards.

– Elle avait raccroché ?

– Oui, faute de propositions.

– Vous savez qu'elle tapinait pour gagner sa vie ?

L'homme souffla dans le combiné.

– Oui.

– L'avez-vous vue ou lui avez-vous parlé dernièrement ?

– On s'appelait tous les deux ou trois mois, je l'ai eue au téléphone en octobre je crois... Ah, non ! Attendez, elle m'a rappelé fin novembre, elle voulait le numéro d'une de mes actrices, une fille qu'elle avait croisée sur un plateau l'été dernier, elle était passée me rendre visite et avait sympathisé avec Janette, une jeune nana un peu barrée, dans le genre mystique.

– Mystique ? Vous a-t-elle dit pourquoi elle souhaitait la contacter ?

– Non, elle n'était pas très compréhensible... Charlotte avait un petit problème avec l'alcool parfois et elle pouvait se montrer aussi chiante qu'amusante.

– Vous le lui avez donné ce numéro ?

– Bien sûr. Je n'avais aucune raison de lui refuser.

– Je vais en avoir besoin également.

Annabel s'assura qu'il n'avait rien d'autre à lui rapporter et téléphona à Janette Clea. Une voix de fillette décrocha :

– Janette, j'écoute.

– Détective O'Donnel, je travaille sur un homicide, serait-il possible de se voir rapidement ?

Annabel fonctionnait à l'instinct. Elle sentait qu'elle tenait peut-être quelque chose avec cette fille. L'urgence ne lui permettait pas d'attendre qu'elle puisse se déplacer au Precinct, aussi prit-elle l'initiative d'aller jusqu'à elle.

En milieu d'après-midi, Annabel sortit du métro dans le quartier de Mott Haven dans le sud du Bronx. Faire le trajet en voiture lui aurait pris le double de temps. Elle traversa l'artère commerçante de la 149e Est avant de remonter Concourse Park Avenue. Les devantures saturées d'articles bon marché pour Noël s'effacèrent au profit d'habitations vétustes. Annabel marchait entre une voie de chemin de fer au fond d'un canyon et un complexe de tours rouges. Elle sortit un élastique de son bombardier en cuir et noua ses tresses pour ne plus les avoir devant le visage. Elle préférait être sur ses gardes et se préparer à l'action.

Elle prit la première à droite et s'engagea dans l'allée qui menait à un hall d'immeuble. Un groupe de jeunes habillés comme dans une série télé, avec des casquettes flashy posées de travers et des vêtements trop larges, la toisèrent.

Elle grimpa jusqu'au cinquième et frappa à la porte de l'appartement 511.

Une femme l'accueillit, un foulard coloré sur le crâne, piercing dans la narine, vêtue d'une salopette en jean sur un tee-shirt blanc. Mince et séduisante. Sa peau était plus foncée que celle d'Annabel, qui franchit à sa suite un rideau de perles, et le parfum de l'encens l'assaillit. Une dizaine de cônes se consumaient aux quatre coins du salon.

– Merci de me recevoir si rapidement, fit la détective en examinant la pièce.

Un mur de plantes vertes se dressait devant la baie vitrée, téléviseur à écran plat et chaîne stéréo de bonne qualité côtoyaient statuettes africaines, plusieurs chaises à palabre et une bibliothèque pleine de bocaux en verre et de petites pierres ou ossements polis.

– Police, homicide et « je voudrais vous voir » ça doit vous ouvrir toutes les portes, non ?

Annabel avait du mal à se faire à sa voix, il lui semblait s'adresser à une gamine à peine pubère.

Sauf que cette fille tourne dans des films pornos ! Alors on se détend. Présente ton meilleur sourire, sois amicale, mets-la en confiance.

– Vous faites dans la divination ? demanda Annabel en montrant un jeu de tarot posé sur un minuscule guéridon.

– Ça m'arrive. Vous voulez une séance ?

– Non, j'ai ce qu'il faut dans la famille : ma grand-mère est une Mambo.

– Une prêtresse vaudoue ? Rien que ça ! Elle vous a enseigné son savoir ?

– Je n'ai jamais été une bonne élève, et puis j'ai fini par me tourner vers un autre guide, dit-elle en désignant le badge à sa ceinture.

– On n'échappe pas à ses racines, vous servez une autre forme de *lwa*, d'esprit en fin de compte.

– Vous-même, vous êtes branchée vaudou ?

– Vaudou, *santeréa*, magie blanche, occultisme sous toutes ses formes, je m'intéresse à beaucoup d'arts. Si votre grand-mère est Mambo, alors je suppose que vous n'êtes pas venue pour me demander une aide spirituelle dans votre enquête.

– Je travaille sur la mort de Charlotte Brimquick.

– Charlotte ? répéta la jeune femme, les yeux exorbités.

– Elle a été assassinée le week-end dernier, je suis navrée.

– Vous ne m'aviez pas dit que je connaissais la victime, je ne savais pas ! A-t-elle déjà été enterrée ?

– Je crois que la cérémonie est pour demain, je peux me renseigner auprès de mes collègues du New Jersey si vous le voulez.

Janette acquiesça en cherchant à s'asseoir.

– Charlotte… Je n'en reviens pas.

– Vous étiez proches ?

– Je n'irais pas jusque-là, nous avons sympathisé, on s'est vues trois fois en tout, mais ça fait tout de même un choc… Vous avez arrêté le meurtrier ?

– Nous suspectons deux hommes, peut-être trois d'être les coupables, tous morts. L'un a été tué, on ignore encore par qui, les deux autres ont péri lors de l'assaut de la police.

– Œil pour œil…, murmura Janette.

– Mademoiselle Clea, j'ai besoin de vos lumières, il semblerait que Charlotte ait cherché à vous contacter il y a environ trois semaines.

– C'est exact. Pour une consultation. Je l'ai rencontrée la première fois sur un plateau, elle visitait un ami à elle, on a papoté entre deux prises, le contact est passé, je lui ai expliqué ce que je faisais à côté, mais le tournage s'est enchaîné et on a oublié d'échanger nos coordonnées. Elle a réussi à me retrouver.

– Pourquoi voulait-elle vous voir ?

– C'est… un peu comme les toubibs, le secret professionnel, vous savez ?

– Je comprends, toutefois nous tentons d'éclaircir les conditions de son décès, s'il y a plusieurs coupables, alors je ne veux pas que l'un d'entre eux puisse passer au travers. Charlotte avait un pentagramme dessiné au dos de sa porte, est-ce vous qui le lui avez fait ?

Janette s'enfouit la tête dans les mains, pour se masser les tempes, avant d'approuver :

– Oui. Une protection.

– Contre les formes de corruption, contre les démons, c'est bien ça ?

Janette parut surprise, ses traits se détendirent un peu.

– En effet.

– Pourquoi ? Elle vous l'avait demandé ?

Janette se pencha pour attraper un chapelet qu'elle enroula autour de ses doigts, elle parut triste et troublée.

– Je crois que je sais qui l'a tuée, dit-elle sombrement.

55

Des chauves-souris géantes tournaient autour de l'appartement.

Brady en était persuadé. Immenses et fourbes, elles savaient prendre de l'altitude ou piquer à l'abri des arbres dès qu'il approchait de la fenêtre pour les observer. Bien qu'il ne parvienne pas à les voir, il les devinait. Il les *sentait.* L'une d'entre elles se mit à ramper sur le toit, en direction du salon et de son dôme en verre d'où elle pourrait l'épier avant de lancer l'attaque.

Brady devait se défendre. Une arme. Un pieu. Il fallait viser le cœur.

Un cri d'enfant jaillit au-dehors, sur la promenade surplombant la baie. Elles s'en prenaient à des innocents.

Pour le faire sortir. Pour mieux le dépouiller de sa chair.

Pour boire sa vie à même ses veines. Après quoi elles le lécheraient pour qu'il cicatrise, pour ne pas qu'il meure. Une âme traumatisée, violée et emprisonnée dans un corps devenu répugnant, suintant la bave de ces monstres.

Il n'aurait plus qu'une solution : se donner la mort.

Se libérer.

L'enfant cria à nouveau, pour jouer. Un autre lui répondit.

Brady battit des paupières. Il était allongé sur son sofa.

Une ombre immense passa à l'extérieur, assombrissant la pièce. Il se redressa d'un bond pour découvrir un gros nuage occultant le pâle soleil de décembre. Les enfants riaient au loin.

Avec les nuits de cauchemar qu'il supportait, il avait espéré qu'une sieste lui serait profitable.

J'ai besoin d'un vrai repos. De prendre du recul...

Mais il n'y parvenait pas. La Tribu le hantait. Après Rubis, c'était au tour de ces timbrés.

Ce soir... le rendez-vous.

Si je n'y vais pas, ils me harcèleront jusqu'à ce que je craque. Que cherchent-ils ?

Le mot survint d'un coup, si évident.

Jouer. C'est tout ce qu'ils veulent.

Ils avaient commencé au chalet, dans les Catskill. Ils avaient franchi la ligne, pour s'immiscer dans son intimité, l'effrayer et le provoquer.

Et comme un con j'ai répondu.

Pouvait-il tout interrompre maintenant ?

Pas avec eux. Si je n'y vais pas ce soir, il y aura d'autres enveloppes, d'autres jets de gravier sur les carreaux, jusqu'à ce qu'Annabel soit impliquée.

Allaient-ils l'agresser ? Risquait-il la mort ?

Ils ne procèdent pas ainsi. Ce ne sont pas des tueurs directs, je ne crois pas. Leur truc c'est de détruire à petit feu, user leur victime, comme si tout ce procédé les nourrissait...

Il songea alors au mot qui revenait sans cesse.

Vampires.

Leur look, leur marginalité. La terreur qu'ils inspiraient. *Ils dorment même dans des cercueils ! Et ils ont été capables de rallier New York depuis les Catskill en peu de temps, de nuit alors que la neige recouvrait les routes ! Comme s'ils étaient munis d'ailes géantes !*

Brady secoua la tête.

C'est du grand n'importe quoi tout ça... une mascarade !

Alors comment l'expliquait-il ? Personne ne semblait les avoir aperçus de jour. L'écriture sur la carte postale était magnifique, soignée... *Ancienne ! Ce genre de boucles et de déliés qu'avaient nos arrière-grands-parents...*

Il alla se servir un grand verre d'eau qu'il vida d'une traite.

Quelque chose dans ce qu'il venait de penser lui trottait dans l'esprit sans qu'il réussisse à l'identifier. Convaincu qu'il avait touché un point essentiel sans s'en rendre compte.

Une mascarade ? Les Catskill ?

Brady se resservit et but plus lentement cette fois.

Ils dorment dans des cercueils ! C'est ça ! Qui pourrait supporter un truc pareil ? Personne n'a envie de s'enfermer dans une boîte, dans des souterrains, pour dormir, personne ne s'y sentirait bien ! Sauf ceux qui y sont habitués, qui se sentent plus en sécurité sous terre qu'à la surface.

Les mots de Kermit lui revinrent en mémoire : « *Je connais des centaines de clodos qui ont tellement dormi dehors qu'ils deviennent claustrophobes dès que tu les colles bien au chaud dans un lit entre quatre murs !* »

Les membres de la Tribu vivaient dans les tunnels depuis longtemps, très longtemps. Au point de s'y sentir plus à l'aise que dans les rues, que dans des appartements. *Ils connaissent le labyrinthe sous nos pieds parce qu'ils y ont vécu ! Ils proviennent de la communauté des SDF !*

Brady se jeta sur l'ordinateur portable et opéra une recherche sur Internet. L'équation *Tunnel-Catskill-souterrain-New York* ne tarda pas à donner des résultats concluants.

En 1914, un gigantesque réseau d'aqueducs, de grottes naturelles et de conduites enterrées fut achevé, partant des Catskill pour desservir Manhattan en eau et remplir ses réservoirs. Plus de cent cinquante kilomètres de galeries creusées par l'homme, descendant à parfois plus de quatre cents mètres, notamment pour passer sous la rivière Hudson. Un édifice colossal.

Brady tomba sur le récit de sept journalistes et deux photographes qui tentèrent, le 19 janvier 1914, d'emprunter ce surprenant chemin pour gagner New York. Il s'arrêta aux premières lignes : pour ce faire, ils étaient entrés par un accès tout près de Kingston.

Aller du chalet à Kingston en voiture avait dû être difficile mais faisable. Ensuite la Tribu avait rejoint ce réseau d'approvisionnement en eau pour rentrer. Disposaient-ils d'une petite embarcation à moteur ou de motos si le parcours pouvait s'effectuer au sec ?

Ils sont passés par là, il n'y a pas de mystère, pas de mythe de vampires capables de voler, rien de tout cela, ils se sont contentés de circuler par les voies qu'ils connaissent ! Dans la communauté des marginaux habitant sous la ville, ce genre de passage doit être célèbre.

Cela le rassurait de détruire la légende qu'ils s'appliquaient à construire. *Des hommes comme les autres !*

Son téléphone portable se mit à sonner, il vérifia l'identité de l'appelant et décrocha :

– Pierre ? Je suis content de…

– Écoute-moi, le coupa son ami d'une voix traînante. Il faut que je te parle.

– Tu n'as pas l'air bien, tu es chez toi ?

– Des gens sont venus me voir, des gens étranges, ils m'ont fait peur.

Brady se tétanisa sur sa chaise.

Pas ça. Pas lui.

Pierre haletait. Il poursuivit :

– La nuit dernière. J'ai fait un malaise, je me suis réveillé tout à l'heure.

– As-tu prévenu les secours ?

– Non, attends. Tu dois m'écouter. Ils m'ont parlé de toi. Ils ont affirmé que tu devais t'ouvrir, élargir tes perceptions. Pour mieux vivre ta condition. Pour accepter l'homme en toi. Ils…

– Pierre, appelle une ambulance.

– Non, ce n'est pas la peine. Viens, viens à la maison.

Pierre raccrocha et Brady sauta dans un taxi jusqu'à Manhattan.

Il grimpa les marches à toute vitesse et paniqua en trouvant la porte du loft ouverte.

Pierre était étendu sur son canapé jaune.

– J'ai… j'ai laissé ouvert pour toi, souffla-t-il en le voyant se précipiter. Je crois que… j'ai une… crise.

Brady attrapa le téléphone renversé sur le parquet pour composer le numéro des urgences. La main potelée de Pierre se posa sur la sienne.

– C'est... déjà fait... Ils arrivent, murmura-t-il. Reste avec moi. Le temps qu'ils soient là... Reste avec...

Ses paupières s'affaissèrent doucement. Brady lui donna des claques sur les joues en criant son nom, rien n'y fit. Son cœur battait encore, quelque part sous sa carapace de graisse.

Mais son esprit avait fui.

56

Les volutes de fumée s'enroulaient sur elles-mêmes depuis les cônes d'encens, esquissant des arabesques complexes, ressemblant parfois à des profils qui scrutaient le petit salon.

Janette malaxait son chapelet comme pour en changer la forme.

– Je sais qui sont ses meurtriers, répéta-t-elle.

Annabel sortit son calepin.

– Dites-moi.

– Non, enfin je ne connais pas leurs noms, mais Charlotte avait une amie terrorisée par un groupe d'individus, elle était persuadée qu'ils étaient maléfiques, des bêtes cruelles, et elle voulait une protection contre les démons.

– C'est ce qu'elle a dit, des « démons » ?

– Oui. Elle se sentait menacée, physiquement mais également psychiquement, ça peut sembler débile, mais à vous, petite fille de Mambo, ça vous parle n'est-ce pas ?

– Bien sûr, répliqua Annabel en s'efforçant de paraître naturelle.

Bien qu'élevée dans cette tradition, elle avait appris à en cerner les limites, et à faire la part de ce qu'elle considérait comme de l'autosuggestion.

– Elle a dit qu'ils la pervertissaient, ils l'entraînaient vers l'enfer, elle les craignait vraiment, vous savez. Au point de croire qu'ils n'étaient pas des hommes, mais bien des démons, ce n'était pas un effet de langage.

– Vous vous souvenez de son nom ?

– Oui, elle s'appelle Rubis, c'est aussi une actrice à ce qu'il paraît, mais personnellement je ne l'ai jamais aperçue dans le circuit, faut dire que ce monde est grand.

– Donc Charlotte vous a contactée pour rassurer sa copine Rubis ?

– Exact. C'est pour ça que je suis venue chez Rubis un après-midi, pour lui dessiner ce pentagramme de protection, que le mauvais esprit de ces hommes ne puisse plus entrer. Après ça, elle a pété les plombs, elle était complètement flippée, elle a voulu que je fasse le même chez Charlotte.

– Vous avez accepté.

– Pourquoi pas ? En plus c'est elle qui payait donc je n'allais pas lui dire non. On est parties toutes les trois dans le New Jersey, un endroit glauque, notez qu'ici c'est pas Beverly Hills mais au moins chez moi c'est propre. J'ai marqué la porte du pentagramme et Rubis s'est calmée.

Le massacre de Charlotte venait ébranler la crédibilité de ce rite, songea Annabel.

– Charlotte connaissait ces types ?

– Aucun doute, elle aussi avait l'air de les détester, je pense même qu'elle en avait peur mais pas autant que Rubis. Je crois que c'est un mec, un certain Johnny qui leur avait présenté ces psychopathes. Non, attendez ! Plutôt Lenny.

– Lenny comme Leonard ?

– J'en sais rien.

Cet enfoiré de Leonard Ketter ! s'énerva Annabel. *Depuis le début je sais qu'il me cache la vérité... Il a livré sa copine à une bande de pervers qui se sont amusés avec elle, avant d'inclure Charlotte. Et ces pervers ce sont les frangins Triponelli !*

Annabel imagina le genre de films violents qu'ils pouvaient faire.

Clayton Gunroe était l'homme de l'ombre, à filmer et monter ces productions pour une clientèle friande de sensations fortes.

– Je pense que ce sont ces « démons » qui ont tué Charlotte.

– En tout cas ils sont en train de rôtir en Enfer si nous pensons aux mêmes.

– Vous devriez retrouver cette Rubis.

– Janette, Rubis s'est suicidée.

– Merde ! jura la jeune femme sèchement.

– Les pourritures qui sont responsables sont mortes, il n'y a plus grand-chose à craindre.

– Ils y sont tous passés ?

– Tous sauf un, celui-là je m'en charge personnellement.

Janette reposa son chapelet avant de déclarer :

– Ne le ratez pas.

Les deux femmes s'observèrent, partageant la même colère sourde.

– Je vais devoir vous laisser, je vous remercie pour votre aide, annonça Annabel en se tournant vers la sortie.

– Attendez ! Tenez, prenez ça.

Elle lui tendit un minuscule crucifix tout blanc.

– C'est gentil mais je ne suis pas très...

– Prenez-le, je vous dis. Il vous protégera contre eux.

– Eux ?

– Oui, les démons. Il en reste, j'en suis sûre. Sinon le monde serait déjà meilleur.

Annabel longeait la voie ferrée, le téléphone portable contre l'oreille :

– Jack, voici le topo : Leonard Ketter est un beau fils de pute.

– À part sa propre mère, paix à son âme, la planète le sait déjà !

– Non, je veux dire qu'il s'est foutu de nous et qu'il est responsable de tout ce bordel. Je te refais l'histoire : Ketter débauche deux filles, il les lance dans le porno pour se faire du fric sur leur dos, il est prêt à tout, sauf que ses pouliches ne sont pas très performantes, elles finissent par se griller rapidement dans le métier. Alors il est obligé de voir plus petit, productions indépendantes, puis amateurs. Et même là, ce n'est pas la panacée. Ni Melany ni Sondra ne parviennent à faire illusion, elles n'aiment pas ça et ça se voit. Il ne lui reste plus grand-chose jusqu'à ce qu'il entende parler de types borderline, ils cherchent des filles pour des films trash. Ce sont les frères Triponelli. Ils payent pas mal. Ketter lance Melany qui est au bout du rouleau, c'est la goutte de trop : elle ne supporte pas et se suicide.

– Jusque-là je te suis.

– Pas inquiet pour autant, Ketter leur met ensuite Rubis dans les pattes. Et forcément, pas en meilleur état psychologique que Melany, lentement elle décline. Et au passage, puisque son amie Charlotte ne parvient pas à joindre les deux bouts et que personne ne veut plus d'elle dans le porno traditionnel, il finit par la brancher aussi sur le coup. Rubis se flingue. Charlotte a peur. Tu te rappelles, toi et moi avons eu la même impression : elle nous cachait quelque chose. Elle avait peur de Ketter et surtout de ses « amis », les Triponelli.

– Et que vient faire Clayton Gunroe là-dedans ?

– C'est le type derrière la caméra, celui qui se charge de la technique. Vendredi, Ketter nous voit débarquer chez lui, il prend peur, il appelle les frangins pour leur demander quoi faire, d'autant qu'on a parlé de Charlotte. Les frangins se chargent d'aller la faire taire pour toujours. Lundi on convoque Ketter au Precinct, il ressort en comprenant que ce n'est qu'une question de temps avant qu'on remonte jusqu'aux films avec les Triponelli, il les dresse contre les flics, c'est pour ça qu'ils nous attendaient avec leur arsenal ! Ensuite Ketter prend son courage à deux mains et va cramer Gunroe et toutes les copies.

– C'est propre, ça colle, sinon pour le principal !

– Qui est ?

– De quoi Ketter a-t-il peur ? Ce n'est pas illégal de faire des films pornos.

– Sauf si ces films sont des viols. Le genre d'horreur qui plaît aux Triponelli et je suis hélas certaine qu'il y a une grosse clientèle sur Internet.

– Il craint qu'on trouve les vidéos de ces viols, et que par conséquent un tribunal lui impute la responsabilité dans les suicides d'Odgens et Weaver ? Cette fois, ça ressemble à la pensée d'un criminel moyen, je suis avec toi.

– Avec ça je peux obtenir un mandat pour perquisitionner chez Ketter.

– Attends une minute, s'il a cramé la baraque de Gunroe, alors qui nous a appelés cette nuit-là ?

– Il n'y a que lui. Forcément lui.

– C'est débile ! Jamais on n'aurait fait le rapprochement sans son coup de fil !

– Qui a dit que les criminels étaient des génies ? Disons que dans un excès de fierté et de défi, il a voulu nous conduire jusque-là, pour se venger de nous, pour nous montrer que maintenant on n'avait plus rien, toute preuve partie en fumée. Tu ne crois pas ?

- Si, peut-être. Avec la connerie de ces types, je dois bien avouer que c'est bien possible. Qu'espères-tu trouver chez lui ?

– Les DVD, on ne sait jamais, des fois qu'il en ait oublié un, saisir son téléphone pour vérifier s'il a eu un contact avec les Triponelli, et pourquoi pas une preuve qu'il était chez Gunroe le soir de sa mort.

– Sois concrète avec le juge, il ne délivrera rien s'il n'est pas convaincu. Ce pays est en train de se refermer sur l'obsession du respect de la vie privée, et à moins d'un séisme, ce n'est pas près de changer ! J'appelle les flics locaux et je te retrouve chez Ketter.

– À tout de suite.

– Annabel ?

– Quoi ?

– Bon boulot.

57

Jack Thayer attendait dans sa voiture, deux officiers de police en uniforme dans un autre véhicule, devant le sien. Le soleil se coucha rapidement, laissant Manhattan s'embraser d'un feu artificiel, par les fenêtres des immeubles, les lampadaires et les vitrines des magasins. Les décorations de Noël se reflétaient sur le capot de la Ford.

Les passants se faisaient de plus en plus nombreux, sillonnant les trottoirs enneigés après leur journée de travail, pressés de rentrer dans leur foyer. Des mères avec leur progéniture. Des couples. Et beaucoup de silhouettes solitaires.

Comme moi...

Cette année, Jack s'était promis de ne pas célébrer Noël avec sa famille. Oncles, tantes, neveux, tous rassemblés dans la maison des parents, cette fois c'était impensable. Il avait besoin de repos, pas qu'on le marginalise comme tous les ans. Les regards compatissants parce qu'il vivait seul, les « tu ne peux pas comprendre » parce qu'il n'avait pas d'enfants, il se les épargnerait au moins cette fois-ci.

Il laisserait le monde s'amuser avec sa fête païenne et se consolerait avec un bon livre, ou un film. Il avait très envie de revoir *Le Limier* de Mankiewicz, ce serait l'occasion parfaite.

C'est parce que Annabel fuit la famille pour le réveillon que j'ose également ? Peut-être...

Penser à elle lui serra la poitrine.

Lui mentir l'avait meurtri. Il s'en voulait terriblement.

Mais je n'ai pas le choix ! C'est pour son bien !

Son bien...

Jack s'interrogea sur la notion de bien dans toute cette affaire. Ce qu'il entreprenait dans le dos de sa partenaire, était-ce *bien* ? Qu'allait-il faire ? Ne jamais rien lui dire ? Vivre avec ce secret ?

J'en suis capable.

Pour ça, il n'avait aucun doute. Homme discret, homme cérébral, il pouvait garder de précieux savoirs à l'abri sous son crâne, enfermés pour toujours à double tour, sous le sceau de la probité.

Mais était-ce honnête ce qu'il faisait ?

Était-ce l'honnêteté qui le poussait à agir de la sorte ? N'y avait-il pas là-dessous une sournoise mécanique plus égoïste ?

L'humanité tout entière interagit par profit, par intérêt personnel !

Et c'était justement ce qu'il lui reprochait...

Suis-je finalement aussi faible que le commun des mortels ? Pas meilleur qu'un autre ? Si... normal.

Annabel apparut au bout de la rue et son cœur s'emballa.

Il sortit et vint à sa rencontre, encadré par les deux officiers.

Dès qu'il fut assez près, il reconnut le masque de la colère.

– Qu'est-ce qui se passe ? s'inquiéta-t-il.

– Pas de mandat. Le juge l'a refusé, au nom du quatrième amendement. Pas assez d'éléments probants, rien que « des suppositions et des interprétations évasives ». Voilà.

Jack se tourna vers son escorte :

– Désolé, messieurs, fausse alerte, ce sera pour une autre fois. Merci.

Une fois seul avec sa partenaire, il lui posa la main sur l'épaule.

– Je vois que tu bous, et ce n'est pas bon, tu le sais. Il faut rester serein, c'est comme ça qu'on s'approchera de la solution. Peut-être a-t-on été un peu vite, que tout ne s'est pas passé comme tu le crois.

– Cet enfoiré de Ketter a foutu la vie de trois femmes en l'air ! Et il va s'en tirer ?

– Et s'il nous disait la vérité ?

Annabel déplia un imprimé standard d'autorisation de fouille.

– C'est ce qu'on va voir tout de suite, dit-elle en prenant la direction des immeubles.

Elle frappa à la porte de l'appartement.

– Quoi ? hurla Leonard Ketter de l'autre côté.

– Police, ouvrez, Leonard.

Le verrou cliqueta et la tête de Ketter se faufila. Une barbe naissante venait s'ajouter à sa moustache.

– Putain, vous me lâcherez jamais ?

– C'est justement pour ça que nous sommes ici, signez-nous ce papier et vous n'entendrez plus jamais parler de nous, exposa Annabel en lui tendant la feuille.

– Qu'est-ce que c'est ? fit-il en lisant les premières lignes. C'est pour que je vous autorise à fouiller chez moi ? Et puis quoi encore ?

Il avait l'air abattu, épuisé, les yeux injectés de sang.

– Après vous serez tranquille.

– Allez vous faire mettre, lança-t-il en jetant l'autorisation dans le couloir.

– Ne vous compliquez pas la vie, intervint Jack. Jusqu'à présent nous avons été très corrects avec vous, ceci est la méthode sympathique, sans les gyrophares et tout le tralala. Si vous ne coopérez pas maintenant, c'est toute votre existence qu'on va mettre à poil, vous comprenez ?

– Je vous ai déjà dit tout ce que je savais, je n'ai rien à voir avec la mort de l'autre pétasse dans son trou, et...

Jack s'approcha pour être tout près de son vis-à-vis :

– Dernière chance avant la méthode forte, mentit-il avec conviction.

– Vous n'avez pas lu votre papier ? s'emporta Ketter. Y a marqué qu'aucune menace ne m'a été faite ! Ça ressemble pourtant à une menace, ça !

– Allez au diable, Ketter, soupira Jack en reculant, prêt à partir. Vous venez de vous mettre le NYPD à dos.

– Si vous aviez vraiment quelque chose contre moi, vous ne me demanderiez pas mon autorisation pour entrer ! Tocards !

Ce fut au tour d'Annabel d'avancer, elle pointa son index vers Ketter :

– Je sais comment ça s'est passé avec « vos » filles, vous les avez manipulées, usées jusqu'à la trame, c'est tout juste si vous n'avez pas pressé la détente !

Ketter secoua la tête.

– Vous êtes une dingue ! Cassez-vous ou j'appelle un avocat !

– Vous ne pourrez pas toujours vous planquer, ne l'oubliez pas ce soir en vous endormant.

Le moustachu voulut refermer la porte mais Annabel se jeta dessus pour l'en empêcher.

– Annabel ! gronda Jack en la retenant par le bras.

La jeune détective frappa du poing contre le battant, sa rage transpirait par tous les pores de son visage :

– Vous allez payer, Ketter, pour Melany, Sondra et Charlotte, vous allez payer !

Et elle lui tourna le dos pour disparaître dans le couloir mal éclairé.

58

Le Purgatoire avait son entrée terrestre depuis plus d'un siècle et demi, à Brooklyn, au numéro 500 de la 25e Rue.

Trois tours gothiques hautes d'une vingtaine de mètres, hérissées de clochetons, reliées par des arches de pierre pointues, ciselées comme de la dentelle. Deux immenses portes se dressaient à leurs pieds.

Un rempart de bâtiments de part et d'autre, aux fenêtres étroites et aux toits pentus, terminait de rendre l'accès impossible.

Au-delà, une forêt s'agitait dans le vent, une longue colline de tombes où venaient errer des milliers d'âmes chaque année, en quête d'un souvenir, d'une mémoire à honorer, ou pour mieux encaisser leur propre solitude.

La lune apparut furtivement dans le plafond percé des nuages.

Le cimetière de Greenwood semblait échoué sur un écrin, protégé du reste de la civilisation, cerné d'arbres et de buissons denses. Une plate-forme entre deux mondes.

Brady gara le X5 en face de l'impressionnante façade, digne d'une cathédrale. Qui donc avait pu concevoir un portique pareil ? se demanda-t-il. Entre deux troncs, il distingua la baie de New York en contrebas, et beaucoup plus loin, au-delà des eaux obscures, les lumières du New Jersey, palpitantes et inaccessibles.

La traversée du Styx, songea-t-il en fouillant sa poche de pantalon à la recherche de monnaie. Il déposa une pièce sur le capot de sa voiture.

– Pour me garantir un passage sauf, dit-il à voix haute.

Il disposait encore d'une demi-heure avant le rendez-vous, de quoi contourner les fortifications en espérant repérer un talus ou des branches basses pour passer par-dessus. Aucune trace de présence humaine, cela rassurait Brady qui craignait surtout d'être arrêté par un gardien.

Après deux cents mètres, il remarqua que le mur devenait muret, et il put l'escalader grâce à des crevasses dans la pierre.

Il s'était documenté avant de venir, la chapelle était toute proche. Il traversa une étendue de neige, slalomant parmi les stèles, et rejoignit un chemin plus large qui serpentait entre les squelettes d'arbres gigantesques. Leurs corps puissants et noueux intriguèrent Brady. Les cadavres constituaient-ils un engrais prodigieux ? Il imagina les racines intriquées dans les chairs putréfiées...

L'idée de la mort le renvoya à Pierre. Il détesta ce parallèle aussitôt.

Son ami était à l'hôpital Saint-Vincent, dans un état grave.

Son cancer avait fini par le rattraper.

L'émotion suscitée par l'intrusion de la Tribu avait brisé les dernières résistances.

D'abord ma femme, et maintenant mes amis. Ils ont été capables de remonter jusqu'à lui ! Comment ont-ils fait ?

Ne l'avait-on pas prévenu dès le début ? Kermit lui avait dit de se tenir à bonne distance d'eux, pour sa sécurité, s'il ne voulait pas finir comme Rubis.

Trop tard.

En sortant de l'hôpital, il avait pris la direction de Bedford-Stuy dans Brooklyn pour harceler tous les prêteurs sur gages. Il n'avait pas tardé à obtenir ce qu'il cherchait : un Smith & Wesson Model 36. Non déclaré.

Le sommet d'une coupole se profila au milieu d'un bouquet de conifères

Brady avait suffisamment de balles sur lui pour régler tous les maux de la planète.

Tous ! se répétait-il pour se donner du courage.

Son téléphone portable se mit à sonner. Brady décrocha en voyant le nom de sa femme.

– Je viens juste d'avoir ton message, s'excusa-t-elle, je suis vraiment désolée, comment va Pierre ?

– Il est inconscient. C'est la fin.

Brady parlait tout bas pour plus de discrétion.

- Je te rejoins, à quel hôpital êtes-vous ?

– Je suis sorti, j'ai besoin de prendre l'air. (Il soupira, troublé dans ce qu'il s'apprêtait à faire.) Je préfère être seul.

Annabel marqua le coup d'un long silence.

– Bien, finit-elle par dire. Je comprends. Je suis à la maison.

– Ne m'attends pas, je rentrerai tard.

– Réveille-moi si tu veux parler, n'hésite pas, d'accord ?

– Je t'aime.

Il claqua le clapet du portable et le coupa pour ne plus être dérangé, pas certain de garder sa détermination et son calme s'il continuait cet échange avec Annabel. Plus que jamais, il ressentait l'envie de tout lui confier.

Au nom de notre amour, non ! Soulager ma conscience me fera autant de bien que ça lui fera du mal. Dans quelques heures, tout sera réglé. Il faudra oublier. Se reconstruire. Nous nous aimerons, ma chérie. Je te le promets.

Un édifice gris apparut, posé au centre d'un petit parc.

La chapelle était beaucoup plus grande qu'il ne s'y était attendu. Presque aucune ouverture à la lumière sinon l'entrée et un grand vitrail au-dessus, ainsi qu'une coupole vitrée coiffant la nef.

Il contourna la statue d'un ange les mains jointes vers le ciel et gravit les marches avec l'idée d'attendre là, bien en vue.

De longues esquilles de bois étaient échouées devant la porte.

La serrure fracturée.

Le battant entrouvert.

Brady avala sa salive et posa la main sur la poche de sa veste en cuir pour sentir le poids rassurant du revolver.

Il n'avait aucun doute sur l'identité des intrus.

Et en foutant les pieds là-dedans je me rends complice de leur forfait.

Du bout des doigts il poussa le montant qui grinça en dévoilant un carrelage usé. Des flammes de bougies s'y reflétaient.

Une centaine de cierges allumés diffusaient une clarté ondoyante.

Les ombres des colonnes soutenant les arches dansaient lentement sur le plafond.

La Tribu aimait soigner son style.

Ils se tenaient tous au fond, devant l'autel.

Six hommes. Cuir, manteaux longs, plusieurs couches de vêtements sombres, pendentifs et bagues en argent.

Charismatiques.

Cheveux longs ou ébouriffés, visages blafards, yeux en retrait dans leurs cavités noires. Brady se demanda s'ils se maquillaient pour obtenir cet effet. Certains portaient le bouc, d'autres une barbe taillée en pointe, deux restaient glabres comme des fesses de bébés.

Lèvres roses ou bleutées.

Et pupilles blanches.

Brady reconnut leur leader au centre, avec ses dreadlocks.

– Bienvenue, Brady, dit-il de sa voix d'outre-tombe.

59

Le Christ pleurait des larmes de sang lorsque la lune passa dans son dos.

Le vitrail prit vie avec la lumière argentée qui soulignait ses couleurs.

Brady avança prudemment pour s'arrêter au milieu de la chapelle.

Aucun membre de la Tribu ne bougea.

– Je m'appelle Hadès. Tu es perspicace, commenta le chef. Pour avoir découvert notre sanctuaire sous l'hôtel. Et brave pour t'y être rendu.

– Ou inconscient, murmura Brady.

– Non, je ne pense pas.

Brady fut stupéfait qu'il puisse l'avoir entendu, l'homme avait une ouïe exceptionnelle.

Les souterrains, ils y développent certains sens plus que d'autres, c'est tout…

– Tu n'es pas venu à nous par hasard, continua Hadès. Nous t'avons menacé, nous t'avons effrayé, et pourtant, tu as persévéré. Quelque chose en nous t'a motivé.

– Le dégoût.

Un rictus étira la bouche de Hadès.

– Non, au fond, je ne crois pas, dit-il. De la fascination plutôt.

– J'ai vu ce dont vous êtes capables… pires que des bêtes.

– Chez Clay, n'est-ce pas ?

– Vous avez mis le feu à sa baraque et il était dedans !

– À qui la faute ? Nous ne l'avons pas ligoté ! D'après ce qu'il nous a dit, c'est toi le responsable.

– Vous le saviez ? Vous saviez qu'il était à l'intérieur ? Et vous ne l'avez même pas détaché ?

– Ce qui est arrivé est regrettable, pour la collection de films j'entends. Mais c'est mieux ainsi. Clay n'est qu'un dommage collatéral.

– C'est aussi vrai pour Rubis ?

– Sacrément appétissante, n'est-ce pas ? Tu as vu la vidéo sur son site Internet ? C'était son rituel d'initiation, son petit ami nous l'a offerte. Contre de l'argent, tu imagines ?

– Ne vous dédouanez pas ! C'est vous les porcs !

– Et c'est pourtant lui, son petit ami, qui a eu l'idée de mettre la vidéo en ligne, pour montrer de quoi sa *protégée* était capable !

– Vous l'avez foutue en l'air. Rubis est morte par votre faute !

– Nous n'avons pas fait les règles de cet univers, répliqua Hadès très lentement. Si nous sommes des prédateurs, tant mieux pour la survie de notre espèce. Si l'homme est un jouisseur, alors profitons-en. S'il y a des gens plus faibles que d'autres, la loi de la jungle s'applique, il en a toujours été ainsi. Nous ne faisons que remettre au goût du jour ce que le vernis de cette société s'efforce de gommer, d'oublier.

Ses crocs apparaissaient par intermittence, incisives, canines, toutes biseautées et acérées.

– Ne me dites pas que tout ça n'est que pour la jouissance, protesta Brady un ton plus haut.

– Et pour quoi d'autre ? L'argent ? Non… Nous n'en avons guère besoin, nous n'en manquons pas. Ce n'est qu'une question de plaisir. L'intensité du plaisir. Jouir sans tabou. De tout. Avec tout.

– Vous avez violé Rubis ! Vous avez violé son âme ! s'emporta le journaliste qui ne parvenait pas à oublier les images.

Les pointes luisantes se découvrirent toutes, en même temps, sur un sourire démoniaque. Avec ses lèvres noires, Hadès ressemblait à un clown terrifiant.

– Répandre sa semence à l'intérieur de sa chair, tu sais ce que ça procure comme sensation ? Vois-tu, s'il y a tant de mecs qui détestent mettre des capotes, c'est parce que ça leur coupe la chique ! C'est parce que jouir dans une femme, sans retenue ni barrage, c'est frôler l'éternité ! La possibilité d'une transmission ! Alors imagine ce que c'est que d'enfouir ta semence directement dans sa chair ! Ce n'est plus la possibilité d'une transmission, c'est la garantie que tu feras partie d'elle jusqu'à son dernier souffle, que tu seras un peu dans chaque progéniture qu'expulsera son ventre ! Elle ne t'a pas offert son vagin, non, tu lui as pris tout son être, jusqu'à te diluer dans son âme !

– Des malades, voilà ce que vous êtes... des malades, murmura Brady en enfouissant sa main dans sa poche.

Il palpa la crosse de son arme, prêt à la sortir.

– Ne nous jette pas la pierre, articula doucement Hadès.

Il aime cette situation, remarqua Brady. *Partager son insanité, jouer la comédie du vampire...*

Non, il ne feint pas, il est sincère. C'est un dingue, un psychopathe. La vie dans les souterrains en a fait une bête qui n'a plus aucun respect pour rien, encore moins pour ceux qui vivent à la surface, ceux qui l'ont rejeté ou ignoré.

Alors quel avait été le déclic ? Comment étaient-ils passés de SDF à ces idoles nocturnes ?

– Toi aussi, si tu goûtais ce bonheur, tu ne pourrais plus t'en passer, ajouta Hadès.

– Ne nous comparez pas, je n'ai rien en commun avec vous.

– Hypocrite. Tu es un homme. Tous les hommes sont perpétuellement en quête d'une jouissance.

Brady défit la sécurité du revolver.

Je vise les cuisses. Un par un. Je suis encore à distance, j'ai le temps. Ensuite une balle pour chacun, entre les jambes, pour les priver à jamais de ce qui leur est le plus précieux.

Malgré la certitude que sa liberté et sa rédemption l'attendaient après ce geste, il ne parvenait pas à brandir l'arme.

– Laisse-toi aller, rejoins-nous, proposa Hadès en levant l'index. Laisse-nous planter nos crocs en toi, faire de ta dépouille un sanctuaire et te montrer la voie.

Sous son ongle, Brady aperçut un rectangle miroitant. Un morceau de lame de rasoir. Son artifice pour découper proprement et sans danger les plaies qu'il suçait pour s'approprier une vie, pour signifier qu'il possédait cette personne. Rubis. Le petit livreur totalement soumis. Combien d'autres ?

– Votre place est dans un asile...

– Tu parles sans connaître la saveur de notre vérité.

Hadès semblait sûr de lui, détenteur d'un savoir universel.

– Voilà ce que je te propose, continua Hadès, prouve que tu peux t'éloigner de nous et plus jamais la Tribu ne t'approchera, toi et ceux que tu aimes.

Sa voix résonnait dans la nef, comme s'il était partout à la fois.

– Comment ? demanda Brady, les jambes chancelantes.

– En jouant à Orphée et Eurydice.

– Je ne joue pas avec vous, objecta Brady.

– Tu as tort, nous savons transformer une vie en enfer, il serait malheureux que... comment s'appelle-t-elle déjà ? Ah, oui ! Annabel devienne l'héroïne, non consentante, d'un de nos petits films...

– Laissez ma femme en dehors de ça ! aboya Brady en braquant le Smith & Wesson vers Hadès.

Le visage du monstre s'altéra. Puis se décomposa. Non de peur, mais de rage.

– Nous t'offrons une solution de paix et toi tu nous menaces avec ton arme ridicule ? s'écria-t-il d'une voix plus grave encore.

– Laissez ma femme en dehors de ça, répéta Brady entre ses dents.

– Alors joue avec nous ! Rien que cette fois. Et nous saurons qui tu es.

– Que dois-je faire ?

Le canon tremblait.

– Tu connais la légende d'Orphée et Eurydice ? Orphée, inconsolable de la mort de sa femme, parvient au cœur des Enfers pour la récupérer. Hadès, suzerain du monde souterrain, lui accorda le droit de reprendre Eurydice à la condition qu'il ne se retourne pas jusqu'à la sortie des Enfers. Voilà ce que tu dois faire, sortir d'ici sans jamais te retourner. Sous aucun prétexte.

– Et ensuite j'ai votre parole que vous nous oublierez ?

– Tant que tu te tiendras à distance, nous respecterons la nôtre.

Brady réfléchissait. Où était le coup fourré ?

Ça ne peut pas être aussi simple, pas avec eux.

Mais c'était peut-être sa dernière chance de retrouver la paix.

– J'accepte, dit-il en baissant le bras.

– Alors tout ce que tu as à faire c'est nous montrer ton dos, une bonne fois pour toutes, t'en aller, et surtout, surtout ne pas te retourner. Quoi que tu entendes.

Brady acquiesça mollement. Scrutant les faciès de chacun et le rictus pervers qu'ils affichaient.

Il les haïssait.

– Celui qui s'approche pendant que je m'éloigne, je lui colle une balle dans le cerveau, est-ce clair ?

– Personne ne s'approchera, assura Hadès. Je suis peut-être un criminel à tes yeux, sache cependant que j'ai une parole et une seule. Va, rentre chez toi, prouve-nous que tu peux vivre en ignorant la promesse de notre jouissance. Et ne te retourne pas, tant que tu n'auras pas quitté ce cimetière.

Brady resserra sa poigne sur la crosse, il avait les mains moites. Puis il les toisa un par un avant de pivoter.

La sortie lui sembla soudain bien plus lointaine qu'elle n'aurait dû.

Au bout d'un interminable corridor de pierre, bordé de cierges par centaines.

Il avança un pied, aux aguets, prêt à faire volte-face en cas de danger.

Les flammes tremblaient légèrement dans le courant d'air.

La pénombre bleutée de la nuit se découpait entre les deux battants, un paysage d'ombres floues, l'extérieur n'avait pas plus de consistance qu'un désir.

Le feulement d'un long tissu en train de glisser alerta Brady.

Que faisaient-ils ?

Une plainte. Un gémissement.

Aigu. Terrifié.

Féminin.

60

Une onde glacée remonta le long de la colonne vertébrale de Brady.

Que font-ils ?

Ils se déplaçaient, s'agitaient sans pour autant se rapprocher.

La sortie n'était plus qu'à quelques mètres.

Nouveaux gémissements.

Un sanglot.

Une femme ! Ils avaient amené une femme avec eux.

L'écho d'une macabre célébration se répercutait contre les arches de la chapelle.

Si je vais jusqu'au bout tout sera terminé.

C'était un piège. Un de leurs tours sournois pour jouer avec lui. Quoi qu'il entende, il ne devait pas y jeter un œil.

La femme hurla à travers un bâillon, Brady ne sut si elle appelait à l'aide ou si c'était un cri de peur et de douleur.

Vous n'avez pas le droit.

Pendant une seconde il se crut capable de les abattre. Un par un.

Mais la certitude se dissipa au pas suivant.

Elle n'a pas l'air de simuler ! Elle hurle comme s'ils étaient en train de la vider de son sang !

Les plaintes n'arrêtaient plus, il lui sembla qu'elle tentait de se défendre. Des ricanements obscènes lui répondirent.

Une meute de hyènes se disputant une proie blessée, agonisante.

Le cadre de la nuit était tout proche. Encore un effort et il pourrait compter sur la forêt pour boire les sons, pour avaler l'horreur.

Les cauchemars ne me quitteront pas, eux.

Et la culpabilité ? Pour sauver la tranquillité de son existence, il était prêt à sacrifier sa conscience.

Je me suis mis dans cette merde tout seul, il est temps d'en sortir, avant qu'elle n'éclabousse ceux que j'aime.

Il n'avait pas su préserver Pierre.

Annabel serait la suivante.

Annabel...

La sueur froide imprégna son front.

Et si cette femme derrière lui était la sienne ? Et s'ils avaient capturé Annabel ?

Sa démarche se ralentit.

Elle hurlait dans le fond de la nef.

Brady serra les mâchoires.

Que ce soit elle ou pas, je n'ai pas le droit...

Le battant vibra, la douce fraîcheur de l'extérieur vint lui caresser les joues comme pour l'appeler, pour l'inciter à fuir. Pour sauver son couple.

Je ne peux pas ! Je ne peux pas !

Le bâillon céda et la femme se mit à aspirer l'air en sifflant, elle manquait de s'étouffer entre deux râles.

Brady fit volte-face.

La Tribu tenait des scalpels dans la main à la manière de pinceaux. Des traits pourpres barraient le canevas de peau sur l'autel.

Une jeune fille, nue, les bras attachés par de la ficelle, les yeux exorbités. Hadès au centre, releva la tête vers Brady.

– Perdu, dit celui-ci avec suffisance.

Brady pointa le revolver dans sa direction

– ÉCARTEZ-VOUS ! ordonna-t-il.

Il courait vers l'autel en visant tour à tour les six membres du tableau.

– ÉCARTEZ-VOUS ! répéta-t-il en craignant de perdre le contrôle de ses nerfs.

– Joins-toi à nous, l'invita Hadès. Jouis comme tu n'as jamais joui.

– Laissez-la !

– Tu ne seras plus le même homme ensuite, viens ! susurra Hadès. Croque le fruit défendu ! Affranchis-toi de cette morale hypocrite.

Brady secouait la tête.

– Elle t'est offerte, prends-la !

– Je vais vous flinguer, tous, si vous ne bougez pas tout de suite !

Hadès parut blessé, déçu. Il leva un index et toute la Tribu recula dans l'obscurité.

Brady saisit les poignets de la fille qui sursauta. Il tenta de défaire ses liens mais le nœud était trop serré. Il la prit par l'épaule et l'aida à se relever puis attrapa le drap pour l'y envelopper.

– Je vide mon barillet sur le premier qui nous suit ! prévint-il les tempes gonflées de veines palpitantes.

La fille se serra contre lui et il dut la repousser pour marcher vers la sortie. Le canon visait chaque membre de la Tribu, prêt à l'embrasser de son baiser létal.

Mais le désir n'y était pas.

Brady voulait fuir. Le plus loin.

Le plus vite.

61

Deux ombres filaient entre les tombes grises.

Tourmentées tels des spectres.

Brady aidait la jeune femme à courir, il la tira pour franchir le muret et ils ne prirent le temps de respirer qu'une fois à l'abri dans le 4 × 4.

Son souffle retrouvé, Brady mit le contact, bifurqua vers le sud puis l'est pour rejoindre des artères plus vivantes.

La jeune femme grelottait, emmitouflée dans le drap taché de son sang.

– Mer... merci..., parvint-elle à articuler après cinq minutes.

– Comment vous appelez-vous ?

– Lydia.

Brady jeta un rapide coup d'œil à sa passagère.

À peine plus de vingt ans. Longs cheveux bruns, frange coupée net au-dessus de ses immenses yeux qui inspectaient le paysage. Des larmes inondaient encore son visage, elle pleurait en silence.

– C'est fini Lydia, vous êtes en sécurité.

– Déposez-moi sur Ocean Parkway, ça ira.

– Je vous conduis à l'hôpital, vous avez besoin de soins.

– Pas la peine, répliqua-t-elle en ravalant ses sanglots.

– Lydia, vos blessures peuvent être profondes et s'infecter !

– Je me débrouillerai.

L'attention de Brady se partageait entre la route et la jeune femme.

– Vous avez eu peur, je comprends, enchaîna-t-il, cependant vous devez vous faire examiner.

– La peur ne partira jamais, murmura-t-elle. Mais on peut vivre avec.

– Il faut porter plainte, réagit Brady brusquement. Vous êtes victime d'une agression, vous pouvez les faire coffrer.

– Bien sûr…

– Je ne plaisante pas, Lydia, c'est l'occasion de les arrêter ! Je vais vous déposer à l'hôpital, ils appelleront la police pour…

– Et vous, vous vous barrerez ?

Brady resta bouche bée un instant, embarrassé.

– Je ne peux pas rester, avoua-t-il.

Lydia ricana :

– Et c'est moi qui dois prévenir les flics ? Comptez là-dessus !

– C'est important, ces gars sont capables de recommencer, avec d'autres filles, il faut agir !

– Ils *vont* recommencer, ils ne font que ça.

Brady la dévisagea.

– Comment le savez-vous ?

– Je sais ce qu'ils sont, tout le monde a entendu parler d'eux là où je vis.

Brady ne l'écoutait qu'à moitié, il avertit :

– Ne rentrez pas chez vous tout de suite. Attendez qu'ils vous oublient. Allez chez quelqu'un de votre famille.

À ces mots Lydia renifla, cherchant à endiguer le flot de larmes qui débordait et envahissait les vallées de part et d'autre de son nez. Elle posa son poing fermé devant ses lèvres pour masquer les filaments de salive qui tissaient des colonnes dès qu'elle parlait.

– Où que j'aille ils me trouveront…, dit-elle en s'effondrant, débordée par l'émotion.

Brady ralentit. Il ne tourna pas en direction de l'hôpital et attendit qu'un feu passe au rouge pour immobiliser son véhicule. Il était pris d'un doute.

– Lydia, où vivez-vous ? voulut-il savoir.

Elle s'efforça de calmer sa respiration pour parvenir à s'exprimer.

– C'est bon..., gémit-elle. Laissez-moi là.

– Vous n'êtes pas en état.

Elle attrapa la poignée qu'elle tira sans que la portière s'ouvre. Brady maintenait le doigt sur le verrouillage centralisé.

– Vous vivez dans la rue, n'est-ce pas ? comprit-il.

– Laissez-moi sortir ! s'écria Lydia.

– C'est Termite qui vous a vendue à ces monstres ? Will ? Teddy ?

Lydia se contracta sous sa carapace de toile. Les pleurs diminuèrent puis elle tourna la tête vers lui.

– Vous les connaissez ? demanda-t-elle tout bas.

– J'ai croisé leur route. Donc vous vivez dans la rue. Sous terre parfois aussi, pas vrai ?

Elle déglutit bruyamment en guise de réponse et resserra le drap sur son corps. Ses seins apparurent, écrasés. Une auréole de sang sur son flanc. Il pointa son doigt vers la tache :

– Il faut que vous...

– Pas d'hôpital, trancha-t-elle, toujours à mi-voix.

Brady inspira longuement en scrutant le carrefour.

Le feu était au vert.

D'un coup de volant Brady vint garer le BMW sur le côté et s'apprêta à sortir :

– Attendez-moi là, j'en ai pour une minute.

Il sortit du drugstore, presque certain que sa passagère se serait évaporée.

Elle l'attendait pourtant, sans bouger.

Il déposa un gros sac de papier entre eux et reprit la route avant de repérer ce qu'il cherchait.

– Où allez-vous ? s'inquiéta Lydia.

Brady tourna pour s'engager sur le parking d'un motel bon marché et fonça à l'accueil prendre une chambre qu'il paya en cash

Il l'aida à grimper à l'étage et ferma à double tour derrière lui. Le sac qu'il déversa sur le matelas contenait des bandages, de l'antiseptique et des pansements ainsi que de l'eau et des paquets de gâteaux.

– Nettoyez vos plaies, dit-il en désignant la salle de bains. Ensuite mettez tout ça, ne lésinez pas. Il faudra tôt ou tard faire recoudre vos plaies si vous voulez mon avis.

Lydia obéit et s'enferma dans la salle de bains.

La douche coula longuement.

Lorsqu'elle revint, elle était nue, les compresses étaient maintenues par des pansements. Brady, mal à l'aise, détourna le regard pendant qu'elle s'enfonçait dans le lit.

– Je repasse demain matin pour vous apporter des fringues, dit-il.

Au moment où il s'éloignait, elle lui saisit le poignet.

– Restez.

– Je ne peux...

– S'il vous plaît, restez encore un peu.

Il songea à sa femme. Elle devait dormir. Craignait-elle quelque chose ?

Son estomac se retourna pour former une boule douloureuse.

Il ne pourrait pas vivre longtemps ainsi, avec cette angoisse au ventre.

Et que faire ? Prévenir la police ? Pour quel motif ? Menaces ? Et me griller une bonne fois pour toutes ?

Brady regarda Lydia qui l'implorait de ne pas s'en aller.

Des cernes noirs creusaient ses traits.

– Le temps que vous vous endormiez, concéda-t-il en s'adossant à la tête du lit.

Elle ne lui avait pas lâché le poignet.

62

L'odeur des toasts grillés réveilla Brady.

Il émergea difficilement, le corps courbaturé.

Annabel mangeait debout dans la cuisine, un mug de thé à la main.

– Tu vas bosser ? dit-il en venant l'embrasser.

– Tout le week-end. Ensuite c'est la quille ! Les vacances ! dit-elle avec enthousiasme. Tu es rentré tard ?

– Oui.

– Pas de nouvelles ?

Brady sonda sa mémoire pour comprendre à quoi elle faisait allusion.

C'était une vérité. Triste et implacable.

Pierre.

– Non, pas que je sache. Les médecins m'ont affirmé que c'était la fin.

– Tu vas aller le voir aujourd'hui ?

– Pour lui tenir la main quelques heures, peut-être.

Annabel s'approcha et lui caressa la joue.

– Il n'est pas encore parti, rappela-t-elle doucement, profites-en pour lui dire au revoir.

Elle se serra contre lui et il sembla à Brady que cela faisait une éternité que ce n'était plus arrivé. Il l'enlaça à son tour.

Lorsqu'elle s'écarta pour quitter la cuisine, Brady la retint :

– Ton enquête sur la fille suicidée, ça en est où ?

– C'est fini, avoua-t-elle avec regret. Je boucle les rapports dans la journée. Plus d'investigation.

Elle leva un bras, dépitée :

– On ne peut pas gagner à tous les coups, ajouta-t-elle avec tristesse.

Brady rejoignit le motel en début de matinée. Il toqua doucement à la porte avant de se servir de son double de clé.

Lydia regardait la télévision depuis le lit, sa lampe de chevet allumée. La chambre sentait le sommeil.

La jeune femme était plus reposée, les traits moins tirés, et pendant un instant Brady se surprit à la trouver séduisante.

– Des vêtements, dit-il en lui tendant un sac, j'espère que la taille vous conviendra, et voici des beignets pour le petit déjeuner.

– Vous êtes gentil.

Elle pressa le bouton de la télécommande et priva le tube cathodique d'énergie.

– Comment vous sentez-vous ? s'enquit le journaliste.

– Mieux.

– Vos blessures ?

– Je changerai les pansements tout à l'heure.

– Vous ne voulez toujours pas voir un médecin ?

Elle secoua la tête.

– Vous pouvez leur faire confiance, vous savez.

- Je ne préfère pas.

Brady ne savait comment aborder la suite. Il vint s'asseoir à côté d'elle.

– Lydia, tôt ou tard il faudra quitter cette chambre.

Elle sortit un bras de sous les couvertures pour lui prendre la main.

– J'ai encore un peu de temps ? demanda-t-elle de sa voix mélancolique.

Oui, bien sûr, mais...

Alors laissez-moi en profiter, dit-elle en se tournant sur le flanc pour mieux le regarder.

Brady était partagé entre le désir de la mettre en garde et celui de la protéger. Elle était jeune, elle devait en baver dans la rue, peu lui importaient les raisons qui l'avaient fait échouer sur les bancs de la société, sa vie devait avoir un goût amer.

– Je vous promets de vous laisser un peu de temps, dit-il, mais avant cela je dois vous poser quelques questions. Vous êtes d'accord ?

– Allez-y.

– Vous vivez à Oz ?

Sa frange noire se déplaça vers le bas lorsqu'elle fit « non ».

– C'est une ville sous terre, expliqua Brady.

– Je connais. C'est juste que c'est trop craignos pour une fille toute seule. Je dors un peu partout, si c'est ce que vous voulez savoir, dans des abris, chez des amis, parfois quand j'ai assez d'argent à l'hôtel.

– Comment vous êtes-vous retrouvée dans les pattes de ces sauvages, hier ?

Ses paupières s'abaissèrent, sa gorge se contracta tandis qu'elle avalait sa salive.

– Un bruit courait qu'une fille pas farouche pouvait se faire au moins cinq cents dollars en une soirée. J'ai été voir Termite, le gars qu'il fallait contacter. Il m'a emmenée à un club, dans le Queens.

– Le *Pit-hole* ?

– C'est ça. Là il m'a présentée à la Tribu. J'ai tout de suite su qui ils étaient, il y a des rumeurs à leur sujet. J'ai voulu partir. (Ses mâchoires se serrèrent.) Ils m'ont retenue. Ils ont dit qu'ils connaissaient le monde de la rue mieux que quiconque, qu'ils pourraient me pister et me saigner si je n'obéissais pas. J'ai eu peur, je les ai suivis. Voilà.

– Pourquoi avoir peur de la police ? Ils pourront vous protéger et ces salauds seront derrière les barreaux !

– Pour combien de temps ? Trois semaines ? Six mois ? Et après ? Non, de toute façon les flics ne croient pas les vagabonds, ils me mettront dehors en gueulant que je leur fais perdre leur matinée.

– Je connais une détective qui vous écouterait, tant que vous ne mentionnez pas ma présence.

– Non.

– Je vous garantis qu'elle...

– Je ne veux pas ! S'il y a une plainte, on va me demander mon nom, tout sera enregistré, et mon mari pourra me retrouver !

Brady reçut l'information comme un coup de poing. Mariée ? Si jeune...

– Ce connard me cognait, poursuivit-elle, et s'il me retrouve, il va me tuer, vous pouvez en être sûr ! Alors pas de flic, pas d'hôpital, rien.

Brady acquiesça.

– Je comprends..., chuchota-t-il encore sous le coup de la surprise.

Les grands yeux marron de Lydia le contemplaient.

– Vous allez rester avec moi ? Toute la journée ?

– Je...

– S'il vous plaît.

Sa fragilité le désemparait.

– Je vais vous tenir compagnie un moment, c'est d'accord.

Lydia se mit à sourire, la gaieté lui allait bien, dévoilant sa beauté.

– Vous allez enfin me parler de vous ? demanda-t-elle. Depuis hier vous n'arrêtez pas de me poser des questions, mais je ne sais rien de vous.

– C'est vrai.

Lydia recula pour laisser une place à son bienfaiteur et il s'installa sur la couverture. Il se dévoila un peu. Son métier. Ses voyages. Ce fut seulement lorsqu'elle pointa un doigt vers son alliance qu'il réalisa qu'il n'avait pas inclus Annabel dans son récit.

– Elle est jolie ? voulut savoir Lydia. Votre femme.

– Très.

– C'est pour elle que vous étiez dans cette église hier ?

– Pas seulement. Pour moi aussi.

– Ils vous ont fait du mal ?

– Pas physiquement. Pas directement. Mais ils pourraient.

– Alors pourquoi ne les fuyez-vous pas ?

Brady prit le temps de la réflexion avant de répondre :

– Une femme s'est tuée devant moi. Elle a réveillé toutes mes angoisses de mari. J'ai entrepris une quête pour remonter à la source de mes doutes. Savoir pour guérir. J'y ai cru.

– Et savoir ce qu'ils représentent vous a soigné ?

– Non. Ils ne sont que régression. Les bas instincts de l'humanité.

– Et si c'était le cœur des hommes qui était nocif à l'humanité ?

– Comment ça ?

– Si je cerne votre problème, vous vous êtes rapproché de la Tribu pour mieux vous connaître, pour avoir moins peur de ce que vous êtes, mais il n'y a rien de rassurant. Ni chez eux, ni en vous.

Brady se retint de rire. Une gamine de vingt ans dressait son portrait en cinq minutes.

Elle le sortit de ses pensées :

– Qu'allez-vous faire maintenant ?

Brady se massa les tempes.

– Pour eux tout ça est un jeu, un abominable jeu dans lequel il faut absolument un gagnant. Je ne sais pas encore.

– Je veux dire : maintenant. Tout de suite.

Elle se redressa légèrement et le drap glissa de sa poitrine, dévoilant ses seins ronds et pâles.

Lydia posa la main sur celle de Brady et se pencha vers lui.

Elle sentait l'animalité.

Le désir.

Il vit qu'elle ouvrait les genoux sous l'épais couvre-lit.

Ses mamelons roses se durcirent. Elle appliqua une paume ferme contre sa nuque et l'attira à elle.

Ses lèvres chaudes l'engloutirent. Sa langue fougueuse le pénétra.

Brady se laissait faire.

Le baiser dura une longue minute avant qu'elle ne le relâche.

– Vous êtes gentil avec moi, dit-elle tout bas.

Brady avait la tête qui tournait.

La pulsion rôdait dans les méandres de son cerveau comme une panthère en cage, prête à jaillir.

Il se leva et but une longue lampée d'eau.

– Je m'excuse, ajouta Lydia.

– Oublions ce qui vient de se passer.

– Non, ne l'oublions pas, dit-elle tout alanguie, mais restons-en là.

Brady préféra s'installer dans le fauteuil. Elle le troublait. L'excitait. Il se focalisa sur les choix qu'il devait faire dans un avenir proche, face à la Tribu.

Lydia alla prendre une douche et revint avec la robe en laine et les Leggings opaques que Brady lui avait achetés.

– Vous avez bien vu pour la taille ! s'amusa-t-elle. Fortiche !

– J'ai aussi pris des mocassins, il y a plus de marge d'erreur.

Ils regardèrent la télévision ensemble jusqu'à ce que Brady lui propose d'aller déjeuner dans un restaurant des environs. Elle se confia sur sa vie auprès d'une mère démissionnaire qui la détestait pour être jolie, son âge : vingt et un ans, et son mariage avec un type qui l'avait séduite sur un terrain de basket. Un homme violent. Après qu'elle eut cru mourir sous ses coups pour la troisième fois, elle avait décidé de s'enfuir. Foyers sociaux qu'elle avait rapidement appris à éviter pour ne pas être retrouvée et parce que la promiscuité y était dangereuse pour les femmes. Elle s'était fait des amis sur le trottoir, découvrant des squats, puis Oz.

En début d'après-midi, Brady s'excusa et prit son téléphone pour appeler l'hôpital Saint-Vincent.

– Je voudrais des nouvelles de Pierre Lebaron s'il vous plaît. Oui, c'est moi qui l'ai accompagné hier. Merci.

Un médecin prit le relais.

– Il est sorti du coma à deux reprises depuis cette nuit, brièvement, mais je ne peux vous garantir que ça se reproduira.

– Pour combien de temps en a-t-il ?

– Nous l'avons placé sous morphine pour apaiser ses souffrances, maintenant cela dépend des résistances du corps. Je ne peux pas vous dire.

Brady termina sa conversation et raccrocha.

Lydia le guettait avec une expression étrange, presque soupçonneuse.

– Pierre Lebaron ? répéta-t-elle. Un gros bonhomme avec un accent ?

– Vous le connaissez ?

Brady n'en revenait pas.

– Je l'ai croisé à une soirée avec d'autres filles. Il est malade ?

– Oui. Il... Le cancer. Quand était-ce ?

– Je ne sais pas, il y a deux semaines environ.

Brady tiqua.

– Il y a deux semaines ? répéta-t-il, l'esprit ailleurs.

Rubis.

– Oui, c'est ça, un samedi soir.

– Vous auriez aperçu une jeune femme, très belle, un visage particulier...

– C'est pas ce qui manquait ce soir-là ! L'organisateur avait embauché tout ce qu'il avait trouvé de nanas mignonnes et bien foutues pour soigner le décor, si vous voyez ce que je veux dire. C'est une fille que j'avais rencontrée dans un foyer qui m'a rencardée, elle se payait l'hôtel au moins dix jours par mois avec ce genre de plan.

Brady fut stupéfait qu'on puisse engager des SDF pour faire bien dans une soirée. En une seconde il brossa un tableau de ces pratiques. *Elles coûtent moins cher que des hôtesses professionnelles, il suffit de les habiller et de leur offrir une heure dans un institut de beauté pour qu'on ne remarque rien ! Elles sont moins regardantes sur les horaires et pas mal de mecs allongent le cash en espérant se les faire dans les toilettes !*

Ce monde le dégoûtait de plus en plus. Il se souvint soudain de la photo de Rubis imprimée à Kingston plusieurs jours auparavant. Il fouilla sa poche et lui tendit le papier tout froissé.

– Elle s'appelle Rubis, ça ne vous dit rien ?

– Ah, si ! Je vois très bien. Une actrice de film porno, c'est comme ça qu'on me l'a présentée. Elle a passé pas mal de temps avec nous, je crois qu'elle s'emmerdait. Et votre Pierre ne la lâchait pas justement !

Brady fronça les sourcils.

– Comment ça ? Ce n'est pas elle qui est venue vers lui ?

– Non, je ne crois pas. Je me souviens qu'il voulait lui demander un service ou lui proposer un job, je ne sais plus bien.

– Quoi ? s'énerva Brady.

– Un truc avec un journaliste justement. Il a insisté et ils ont fini par s'éclipser ensemble. Après ça, je ne l'ai plus revue. Pourquoi ? C'est grave ?

Brady se mit à trembler.

63

L'encre scella la vérité.

Celle, officielle, de la justice.

D'une signature Annabel mettait un terme à l'investigation sur la mort de Sondra Anna Weaver, statuant sur un suicide. Il ne manquait que le rapport définitif du laboratoire pour garantir les comparaisons ADN. Annabel l'attendrait pour prévenir officiellement la famille. À en croire le témoignage de Charlotte, ils feindraient quelques larmes pour s'empresser de demander de quoi ils pouvaient hériter, et Annabel avait retardé le moment de les appeler.

Sondra Ann Weaver allait quitter son casier froid pour le moelleux de la terre. L'étiquette Jane Doe à son pied ne serait même pas corrigée, juste déchirée avant le départ pour un salon funéraire, un dossier agrafé sur la housse de transport.

Les connexions entre elle et le suicide de Melany Ogdens n'avaient rien donné de concluant. L'assassinat de Charlotte Brimquick concernait leurs collègues du New Jersey et la mort des meurtriers présumés allait clore l'affaire également.

Leonard Ketter s'en tirerait à bon compte.

Tout était terminé.

Elle disposa les feuilles encore chaudes d'être passées par l'imprimante dans une pochette cartonnée, y reporta le numéro de l'enquête, la date, tamponna et alla la déposer dans la bannette du capitaine Woodbine.

Thayer était parti en urgence prêter main-forte à deux autres détectives pour l'arrestation de plusieurs jeunes suspectés d'agressions.

Annabel en profita pour faire du tri dans ses dossiers. Jack allait assurer une partie du boulot tout seul pendant son absence. Il fallait que tout soit clair.

Un cas de vol avec violence était resté en suspens.

Non, Woodbine l'a refilé à Attwel, je les ai entendus en discuter l'autre jour...

Annabel réalisa qu'elle n'avait pas été très sérieuse. La fièvre de Jack, persuadé d'avoir un homicide déguisé, l'avait gagnée au fur et à mesure des jours. Au point d'en délaisser le reste. Elle ne s'était plus portée volontaire pour aucune démarche, elle n'avait participé à aucune réunion citoyenne, aucun comité, tous les courriers et les emails s'étaient accumulés.

Il est grand temps de remettre un peu d'ordre là-dedans !

Elle classa la paperasse en petits tas.

Jack entra dans le bureau en milieu d'après-midi.

– Alors ? demanda Annabel. Bien passé ?

– La jeunesse est en perdition ! s'exclama-t-il en s'affaissant sur sa chaise. Au fait, je viens de croiser Woodbine, il nous envoie une vieille dame pour une histoire de fraude à l'assurance, tu es au courant ?

– Absolument pas.

Jack secoua la tête.

– Fraude ! De mieux en mieux. Je vais éclaircir ça, dit-il en tendant la main vers son téléphone.

La sonnerie de celui d'Annabel l'interrompit.

– Détective O'Donnel, j'écoute.

Un long souffle lui répondit, grésillant contre le combiné.

– Allo ? fit-elle.

– Je... Je m'excuse pour tout le mal que j'ai pu faire.

– Pardon ? Qui êtes-vous ?

– Leonard Ketter. Je suis désolé. Pour toutes ces filles. Vraiment désolé.

Et il raccrocha.

Jack la fixait, devinant un malaise chez son équipière.

– Qu'y a-t-il ?

– Je crois que la vieille dame va attendre un peu. Viens, il faut filer chez Ketter. Tout de suite.

Le doigt ganté de Hadès se retira du bouton « Off » du téléphone portable.

– C'est très bien, dit-il. Tu as accompli un bon travail.

Ketter avait les yeux rouges, des traces de larmes séchées entre les poils de sa barbe naissante.

– Je... J'ai fait comme vous vouliez, balbutia-t-il.

Hadès approuva d'un geste, ses dreadlocks s'agitèrent comme les pattes d'une araignée. Il leva un revolver chromé devant lui, pointant le canon vers le plafond du hangar.

– Ce flingue que tu avais chez toi, il est légal ? demanda-t-il.

– Oui... Oui, je l'ai acheté en Pennsylvanie pour contourner les lois de New York mais oui, vous pouvez le prendre si vous voulez !

Ketter était prêt à tout pour les contenter.

– C'est très serviable à toi, toutefois je vais décliner l'offre, tu en feras meilleur usage.

– Non, non, prenez-le, c'est un cadeau, allez-y.

Hadès se pencha pour être à la même hauteur que l'homme à genoux. Sa lèvre supérieure se retroussa sur ses crocs jaunes.

– Je ne peux pas faire ça, expliqua-t-il, tu vas en avoir besoin.

– Moi ? Pourquoi ? Non... Je ne...

Hadès inclina l'arme vers Ketter.

– Comment vas-tu te suicider si tu n'as plus ton arme ?

– Quoi ? Non, non, je ne vais pas... Oh, non ! S'il vous plaît... non !

– Si la chance est de notre côté, les flics boucleront toute l'affaire après ça. Bye-bye, Lenny.

– NON !

La détonation claqua dans le hangar.

La cervelle de Leonard Ketter jaillit, brûlante, liquéfiée, pour s'écraser avec un bruit mou derrière lui, traçant un trait sur le sol, une trajectoire.

Le nuage de poudre retomba lentement sur son corps tandis que Hadès lui plaçait la crosse dans la paume.

Il vérifia que le portefeuille dans la poche du cadavre comportait bien son identité et recula pour contempler la scène. Ketter renversé sur les genoux, la moitié de son crâne étalé derrière lui.

La lumière du jour filtrait par l'entrée, coupant Ketter en deux, une moitié dans l'obscurité, l'autre dans un rayon doré.

– Digne d'un tableau de maître, se félicita Hadès.

64

Brady ferma le poing, prêt à l'enfoncer dans le visage de Lydia.

Elle lui mentait.

Elle l'avait manipulé. Depuis le début.

Avait-elle dissimulé une caméra quelque part ? Pour filmer son baiser et le faire chanter ? Pour torturer son couple ?

– J'ai dit un truc grave ? s'alarma-t-elle en le dévisageant.

Pierre était un ami. Honnête et fidèle.

Lydia, elle, n'était dans sa vie que depuis la veille.

C'était encore un coup de la Tribu, un de leurs jeux. Le faire passer pour un sauveur pour mieux l'infiltrer. Lydia tentait de le monter contre ses proches. Elle mentait.

La rage s'amplifiait.

Tu t'es bien foutue de moi !

Pourtant plusieurs contradictions jaillirent.

Il avait abordé le sujet de la soirée avec Rubis, *il* avait mentionné Pierre. Depuis qu'ils étaient ensemble, Lydia n'avait rien fait ou dit pour semer la confusion. Attendait-elle le bon moment ? Le prétexte idéal ? C'était risqué, il aurait pu ne jamais venir…

Sa terreur hier n'était pas feinte. Ni ses blessures.

Pierre…

– Vous commencez à me faire flipper, gémit-elle.

Pourquoi Pierre lui aurait-il menti ? Pour quelle raison aurait-il poussé Rubis dans ses bras ?

Un aspect dans le récit de Pierre ne collait pas avec la personnalité de Rubis. Brady l'avait effleurée ce jour-là sur la jetée. Écorchée vive. Elle prenait la réalité en pleine face, sans artifice. Il ne l'imaginait pas se droguer et pourtant Pierre affirmait l'avoir rencontrée en partageant de la cocaïne. *Je ne peux pas savoir, je ne la connaissais pas !*

Aucune trace de drogue chez elle non plus. *Ça ne veut rien dire.*

Une phrase qu'elle avait prononcée, sur la jetée, lui revint en mémoire : « C'est vous qui voyez, moi j'obéis. » Il avait réagi à cet étrange aveu en songeant qu'elle se soumettait à sa décision, comme elle avait trop l'habitude de le faire sur les plateaux de tournage.

Et si par là elle avait voulu dire qu'elle obéissait aux ordres. Qu'elle était au service de quelqu'un ?

Malgré tout, Brady ne parvenait pas à comprendre pourquoi Pierre aurait fait une chose pareille. Pour lui rendre service ? Non, ce n'était pas dans ses méthodes…

Une autre hypothèse, bien plus glaçante, émergeait lentement.

Brady refusait de l'étudier. Trop inconcevable.

Vicieuse.

Pierre n'était pas derrière toute cette histoire.

Impossible.

L'argent que la Tribu gagnait provenait de leur trafic de films.

Mais au tout début ? Comment ont-ils pu produire leur premier film ? Qui a financé ?

Et pourquoi sont-ils sortis de leurs souterrains ? Quel déclencheur a pu donner envie à une bande de marginaux de se grimer de la sorte, d'investir dans des vêtements, dans des bijoux, et d'arpenter à nouveau la surface ?

Pierre œuvrait dans des foyers, plusieurs heures chaque mois auprès des toxicomanes et des SDF. Il pouvait les y avoir rencontrés.

Non…

Sa mémoire participait à l'effort d'assemblage, elle fit ressurgir un autre souvenir. La gardienne des chalets affirmait avoir vu leur chef. « Un bonhomme *imposant.* » Brady l'avait pris dans le sens « inquiétant » il pouvait néanmoins s'agir de « gros ».

Pierre savait pour le chalet dans les Catskill. Il avait pu y envoyer la Tribu.

Ainsi tout s'expliquait.

Pierre n'est absolument pas comme ça !

Lydia recula jusqu'au seuil de la salle de bains.

– Je suis navré, intervint Brady. Je dois filer. La chambre est payée jusqu'à demain. Je... Je suis content de t'avoir rencontrée. J'espère qu'on se recroisera un jour.

Il leva la main en signe d'au revoir, maladroit, puis sortit à toute vitesse pour chercher de l'air frais.

Pierre gisait dans un lit incliné. Des sondes et des aiguilles dans le corps. Ses paupières tremblaient de temps à autre depuis les tréfonds de son coma.

Brady referma la porte de la chambre et vint s'asseoir à côté de celui qui avait été son ami pendant presque dix ans.

L'imposante silhouette semblait à présent si vulnérable.

Brady se pencha pour que leurs visages soient le plus proches possible. Il ne voulait pas avoir à hausser le ton.

– J'ai besoin de te parler, Pierre, dit-il tout bas. Que tu me répondes. J'ai... J'ai peur de voir en toi plus que ce qu'un ami devrait. Je ne sais plus où j'en suis, tu vois ? Il faut qu'on ait une vraie conversation. Allez, reviens-moi, Pierre, je compte sur toi. J'ai *besoin* de toi.

Il lui chuchota ainsi à l'oreille durant une heure, avant de s'enfoncer dans le dossier de son fauteuil. Il attendit.

Le soleil déclinait lentement, relayé par les décorations de Noël suspendues dans la rue.

Brady reprit son monologue, patiemment, puis il se fatigua.

Il somnola un moment, se réveilla en sursaut et reprit le fil de son discours.

Il refusa de quitter la chambre lorsqu'une infirmière le lui demanda. Pierre mourait à petit feu et elle accepta de se laisser convaincre qu'une compagnie lui était nécessaire.

Brady se rendit compte qu'il n'avait prévenu personne, à part sa femme, de l'hospitalisation de Pierre. Vingt-quatre heures sans nouvelles, tout son carnet d'adresses devait être en train d'appeler les hôpitaux de la ville pour se renseigner.

Au diable les vautours...

Lorsqu'il voulut à nouveau observer son ami, Brady découvrit avec stupeur qu'il avait les yeux ouverts.

– Pierre...

– Je t'attendais, dit-il faiblement.

– Les types qui sont venus chez toi jeudi soir, dis-moi que tu ne les connaissais pas.

Les pupilles noires guettèrent Brady, analysant son émotion.

– Tu as compris ? murmura-t-il.

Brady baissa la tête.

– Non, pas ça. Pas toi, dit-il.

– Vous vous êtes rencontrés, n'est-ce pas ? Ce que tu as été inventif pour... remonter jusqu'à eux. Tu nous as souvent... devancés.

Son élocution était lente, gênée par le tuyau d'oxygène qui entrait par ses narines.

– Tu m'as menti ! Depuis le début, tu m'as menti... Pourquoi ?

– Pour t'ouvrir les yeux.

– Sur quoi ? Les films pervers que tu produis en douce avec une bande de tarés ?

– Sur le véritable sens de nos vies.

– Lequel ? Celui de faire souffrir les gens qu'on aime ?

– La... jouissance, souffla-t-il tandis que ses poumons sifflaient. Je t'ai vu te scléroser au fil des ans, Brad. T'enfermer dans tes certitudes réconfortantes. Tu t'es laissé fondre dans le moule.

– Tu as perdu la raison !

– Non, écoute-moi. Ce n'est pas la crise des quarante ans qui te rendait la vie de couple, ou la vie tout court, difficile. Des bêtises tout ça, le malaise survient lorsqu'on a oublié ce pour quoi son corps est fait. Jouir. Répandre sa semence partout. Loin de la routine du mariage. L'homme est ainsi. Il n'aime vraiment que sur le court terme, biologiquement c'est le temps de garantir la protection de sa femelle engrossée. Une fois le petit en âge de survivre, l'homme se détourne vers d'autres femelles. L'appel de la jouissance.

– Tu délires, Pierre. C'est la maladie qui t'a rendu fou ?

– Chut. Écoute, je te dis. Écoute. (Sa respiration était de plus en plus lourde.) Nous sommes des machines à jouir pour assurer la propagation de l'espèce, il ne faut pas aller contre notre nature.

– Nous ne sommes plus des hommes préhistoriques, qu'est-ce que tu racontes ?

– Trois millions d'années d'évolution avec ce comportement ! C'est ancré dans nos gènes ! Ce ne sont pas tes deux ou trois mille ans de civilisation qui auront changé trois millions d'années de certitude !

Le visage de Rubis s'arracha à nouveau sous le regard bouleversé de Brady.

– Tu t'es... servi d'elle, bredouilla-t-il, incrédule. Tu as manipulé Rubis pour qu'elle me lance dans cette histoire. Elle s'est tuée, Pierre ! Elle s'est tuée devant moi !

– Et crois-moi... ce n'était pas prévu. Je savais qu'il fallait t'initier progressivement, te confronter à tes... pulsions d'homme, et Rubis était une fille extraordinaire pour ça. Rappelle-toi ce que tu étais plus jeune, ces conversations... que nous avons eues, ton rejet de l'hypocrisie ambiante ! Rubis avait cette beauté juvénile, je sais qu'elle t'a plu... elle t'a renvoyé à tout ça.

– Elle a préféré se tuer *devant moi* ! Tu comprends ce que ça veut dire ?

– Son sacrifice a servi notre cause. Je n'ai plus beaucoup de temps... Je veux te voir nous rejoindre... T'accepter tel que tu es. Toi, mon... ami.

– Ne dis pas ça ! Comment... comment as-tu pu faire une chose pareille ?

Un râle gras résonna lorsque Pierre inspira. Ce qui ressemblait à un sourire joua sur ses lèvres.

– Justement. Je veux profiter de ça avec toi... Rappelle-toi qui tu étais avant d'être formaté par ta vie de couple !

– J'étais un original, pas un extrémiste !

– Tu as l'étoffe pour nous… ressembler.

Brady referma sa paume sur les draps et serra de toutes ses forces pour maîtriser la violence qu'il sentait grandir en lui.

– Tu as trouvé tes sbires dans un foyer, n'est-ce pas ? continua-t-il. Tu les as décrassés, habillés, endoctrinés, jusqu'à ce qu'ils y croient eux-mêmes ! Tu as pris des types influençables !

– J'ai cherché longtemps. Pendant des années j'ai fait mon marché dans ces foyers, un petit gars par-ci, un autre par-là, pour un fantasme ou juste pour tirer un coup. Et puis je les ai rencontrés. Un potentiel phénoménal ! Des bêtes sauvages qu'il suffisait d'aiguiller ! Ils étaient tout prêts !

Une violente toux le secoua et Brady hésita à appeler l'infirmière. Pierre se calma et prit le temps de respirer avant de poursuivre :

– Si tu les avais vus. Fiers et rebelles, des âmes errantes, en colère contre le système, et aux aguets ! Ils n'attendaient que ça ! J'ai trouvé des gens sur Internet, pour nous aider à mettre au point nos films, deux frères complètement détraqués qui nous ont trouvé un autre larron pour la technique. Mes protégés pour acteurs, les autres pour fabriquer et distribuer nos virus. J'appelle ça des virus, car ces films vont titiller les fantasmes de tous les mâles de la planète, réveiller leur bestialité et répandre notre déviance jusqu'à ce qu'elle redevienne une norme.

Brady était écœuré. À mesure que le cancer le rongeait, Pierre n'avait pas vu la maladie lui dévorer la santé mentale. Et à mesure que l'échéance finale approchait, il avait tout fait pour entraîner avec lui son ami dans l'abîme.

– Nous sommes les garants de l'espèce humaine, déclara-t-il.

– Je ne te reconnais plus…

– Tu dois te laisser aller, rejoins-les, tous ces maux qui sont les tiens aujourd'hui n'auront plus de raison d'être.

– C'est ta proposition de société parfaite ? s'énerva Brady. L'orgie planétaire et sanglante ?

– Retourner à l'essence même de notre nature, n'est-ce pas la tendance ? Écouter nos corps. Nos instincts.

– Tu es fou, Pierre, et je l'ai été tout autant de ne pas m'en rendre compte plus tôt. Tu m'as plongé dans ce puits, alors à toi de me dire comment en sortir.

– Tu t'y es mis tout seul, répliqua Pierre avec difficulté. Je t'ai montré le chemin avec la vidéo de Rubis, et toi tu t'es empressé de remonter jusqu'à la source. N'est-ce pas la preuve que c'est en toi comme en tout homme ?

Brady se leva et Pierre se mit à tousser.

– Comment je fais pour que la Tribu nous laisse en paix ?

Le Français s'enfonçait dans ses oreillers.

– Pierre ! s'écria le journaliste. Comment je fais ?

– Il reste une étape, murmura-t-il.

– Laquelle ?

Les paupières se refermèrent.

Brady l'attrapa par les épaules et le secoua vigoureusement

– Pierre ! Comment je me débarrasse de ta horde ?

Mais le millionnaire avait refermé sur lui la porte de son coma.

65

Leonard Ketter ne répondait pas.

Annabel frappa encore à sa porte sans plus de succès.

– Tu crois vraiment qu'il était sur le point de faire une connerie ? interrogea Thayer.

– Il en avait tout l'air.

– Bon, je considère que c'est un appel à l'aide qui nous autorise à pénétrer chez lui. Je vais chercher le concierge. Il a certainement un passe ou un double des clés.

Lorsque les deux hommes revinrent, ils purent entrer dans l'appartement et s'assurer qu'il n'y avait personne. Aucun mot en évidence non plus.

– Il s'est foutu de nous ? proposa Jack.

– Ou bien il est sorti faire ça ailleurs.

De retour dans la Ford, Annabel prit la radio pour diffuser un message de vigilance concernant Leonard Ketter suspecté de vouloir se suicider, et elle donna son signalement.

Ils étaient presque arrivés à leur Precinct lorsque la radio se mit à répéter :

« Nous avons un 10-84 qui vous concerne sur Staten Island, je répète, un 10-84 sur Staten Island à Bay street. »

10-84, le code pour un cadavre.

Annabel prit l'adresse exacte et informa le dispatcher qu'ils se rendaient sur place immédiatement.

La Ford traversa tout Brooklyn jusqu'à prendre le gigantesque Pont de Verrazano.

– Vous partez quand ? demanda Thayer en doublant un semi-remorque.

– Tu veux dire aux Maldives ? Mercredi. Pourquoi, tu cherches une place dans ma valise ?

Jack, plutôt enclin à s'amuser avec ce genre de réplique, afficha une mine embarrassée.

– Vous êtes heureux ?

La question surprit Annabel. Jack n'était pas du genre à se mêler de sa vie privée ; même s'il ne tarissait pas de conseils, jamais il ne s'était montré invasif. Était-il… jaloux ? Plusieurs fois depuis le début de leur collaboration, elle s'était interrogée sur lui, ce qu'il ressentait à son égard sans jamais se sentir menacée. Attentionné, parfois paternaliste, mais jamais séducteur. Au fil du temps elle avait appris à le cerner, et il était devenu une sorte de grand frère.

– Qu'est-ce que c'est que cette question ?

– Je… Je me fais du souci, c'est tout, tu sais que notre profession a le taux de divorce le plus élevé, c'est difficile.

– Jack, rassure-toi, je suis tombée sur une crème, lui aussi a ses horaires et ses humeurs, on respecte ça chez l'autre et tout va bien.

Il approuva sans détacher son attention de la route, mais Annabel devina qu'il n'était pas convaincu. *Et puis mince ! C'est ma vie ! C'est moi que ça regarde*, se dit-elle en optant pour le silence.

Pourtant, après une minute, elle ajouta :

– Pour être franche, si je sentais que j'allais le perdre je serais prête à tous les sacrifices, même quitter ce job s'il le fallait.

– Dieu du ciel…, lâcha Jack du bout des lèvres.

– Tu deviens croyant maintenant ?

– Non. Sauf si je me sens totalement dépassé, fit-il, songeur.

Annabel croisa les bras sous sa poitrine et elle s'interrogea sur le sens de ces mots. Jack avait parfois le don de se comporter comme les personnages des pièces ou des romans qu'il lisait à tout bout de champ. Avec excès, emphase et parfois une certaine dose de mystère. Une attitude qui pouvait se révéler agaçante.

Ils mirent presque une heure à rejoindre l'extrémité nord de l'île.

La présence du camion de la télé locale confirma qu'ils approchaient du bon hangar. Puis ils aperçurent deux voitures de police, une ambulance et deux autres véhicules derrière un cordon jaune.

À l'intérieur du bâtiment vétuste, une demi-douzaine de personnes discutaient pendant qu'un homme en blouse blanche effectuait des photos de la scène de crime.

– Il paraît que vous recherchez ce monsieur ? déclara un homme en surpoids et en costume.

– C'est Leonard Ketter ? s'enquit Annabel.

– C'est en tout cas ce que son portefeuille semble indiquer. Vous le confirmez ?

Annabel se pencha au-dessus du corps. Le point d'entrée de la balle n'était pas très gros, le visage était préservé.

– Oui, c'est bien lui, soupira-t-elle.

– Pour nous c'est un suicide, le technicien a relevé des traces de poudre sur ses manches et ses mains. Il a le background qui collerait à cette hypothèse ?

Annabel acquiesça.

– Nous le soupçonnions d'être mêlé à un meurtre, voire à plusieurs, révéla Thayer. Il se savait sous pression. Apparemment, il n'a pas encaissé.

– Vous n'opérez aucun prélèvement ? s'étonna Annabel.

– À quoi bon ? C'est un suicide, non ?

– Pour qu'il n'y ait aucun doute.

– Vous en avez, vous ? De toute façon le service n'a pas les budgets, jamais on ne me validera les formulaires de demande !

Jack haussa les sourcils.

– Différent secteur, même punition, ironisa-t-il.

Annabel inspecta Ketter. Paupières rougies. Filet de bave au coin des lèvres. Impact sur le front, œillet lugubre et os brisé.

Pour le coup l'investigation était définitivement bouclée.

Tous les protagonistes morts.

Trois suicides, deux meurtres et deux décès par le SWAT.

Si la presse faisait le lien entre tous, New York n'aurait pas fini d'en entendre parler. La police du New Jersey, celle de Staten Island, de Brooklyn et du Queens, toutes harcelées de questions. Le département dépêcherait un des attachés de presse du One Police Plaza[1] pour maîtriser la communication. Cela voudrait dire que ni elle ni Jack ne seraient approchés.

Ce n'était pas la plus tordue des affaires de sa carrière, mais elle avait eu son lot de surprises. D'autres suivraient, elle l'espérait en le craignant. *Si le monde pouvait bannir tout crime, mon métier deviendrait obsolète. En serais-je pour autant une femme plus épanouie ?*

L'heure était venue de tourner la page.

Ses vacances tombaient plutôt bien.

– Viens, dit Jack, on rentre, nous n'avons plus rien à faire ici.

Le soir, elle retrouva son appartement, encore absorbée dans ses pensées. Brady était sous la douche. Elle l'y rejoignit et le trouva accoté contre les parois en verre de la cabine. La salle de bains s'était transformée en sauna.

Elle se déshabilla et se glissa sous le jet d'eau chaude.

– Tu t'es endormi ?

Il secoua la tête.

– Je rêve.

– À quoi ?

– Au plaisir de partir rien que tous les deux, loin de cette ville.

– Lundi j'attaque les valises. Ça va devenir sérieux.

Il la prit contre lui et l'embrassa tendrement avant de sortir.

Brady ne dîna pas, parla peu.

Il est plongé dans ses idées de reportage, incapable de se sortir totalement du dernier et pas encore complètement dans le prochain, comme à son habitude.

Annabel le connaissait mieux qu'il ne se connaissait lui-même, du moins le croyait-elle.

---

1. Quartier général de la police new-yorkaise – centre des relations publiques du NYPD.

La perte imminente de son ami devait également le perturber. Il s'y était préparé, il savait l'inéluctable approcher, malgré tout, la peine serait forte.

Soudain leurs images de vacances contrastèrent avec celles d'un mourant sur un lit d'hôpital.

– Chéri, je suis désolée de n'y avoir pas pensé plus tôt, peut-être que tu veux repousser le départ, pour… pour être avec Pierre.

– Non. Le bonheur de mon couple aussi est vital. Ce voyage est important pour nous.

– Je sais, mais c'est ton ami.

Brady se perdit dans le néant. Puis il revint.

– Pierre est déjà mort, dit-il, tout ce qui reste de lui, c'est une coquille qui attend de se fendre pour retourner à la poussière. Mais le vrai Pierre, celui-là n'est plus.

Brady caressa le front de sa femme, noya ses doigts dans la jungle de ses tresses, l'air fatigué.

– J'ai déjà fait mon deuil, ajouta-t-il. Maintenant je vais me recentrer sur nous deux. Sur toi et moi, rien d'autre. Je suis prêt à tous les sacrifices pour nous.

66

Le mensonge comme terreau de l'amour.

Depuis qu'il manipulait sa femme, Brady remarquait que son attachement grandissait. Plus il s'enfonçait dans ses mensonges, plus il tenait à Annabel. Leur union fragilisée par la vie commune, du moins à ses yeux, s'était renforcée à mesure qu'il approchait de la Tribu.

L'effet du danger planant au-dessus de leur tête ?

Toute trahison devait prendre fin.

Toute quête se résoudre.

Tout péril s'affronter.

Les angoisses nourrissant les déviances et les cancers, Brady devait vaincre les siennes une bonne fois pour toutes. Pierre n'avait pas tout à fait tort, il avait désigné un chemin que Brady s'était empressé de suivre, sans jamais douter de la destination malgré le paysage de plus en plus cauchemardesque. Il s'était jeté sur la Tribu comme sur la réponse à ses propres doutes.

Qu'avait fomenté son inconscient pendant tout ce périple ?

Avait-il, comme Brady en venait à le soupçonner, découvert en eux son propre négatif ? L'envers d'un miroir qui se serait désolidarisé de son original, pour mieux le torturer ?

Et si la Tribu était sa Némésis ?

La vaincre pour retrouver l'harmonie, l'intégrité de son être.

Brady fit semblant de dormir lorsque Annabel se leva. Il ne voulait surtout pas qu'elle se pose des questions. Il avait tenu bon jusque-là, il était près du but et ne pouvait se permettre d'être démasqué. Il allait tout résoudre aujourd'hui, d'une manière ou d'une autre. Il trouverait une solution. Avant leur départ, leurs retrouvailles.

Il attendit qu'elle soit prête à partir pour la rejoindre.

– Je ne t'ai pas réveillé, dit-elle, je ne savais pas si tu allais à l'atelier, comme c'est dimanche...

– Je vais passer acheter des pellicules pour notre voyage, et puis j'ai un dernier tirage photos à faire pour l'article sur Gaudí, mentit-il, un excès de perfectionnisme, ainsi je partirai l'esprit libre.

– Bonne journée alors.

Il lui prit la main avant qu'elle ne sorte.

– Je passerai chez le traiteur, dit-il, pour un petit repas en amoureux ce soir, d'accord ?

Elle l'embrassa en souriant et disparut dans l'escalier.

Pierre était mort.

Les moniteurs autour de son lit indiquaient pourtant le contraire.

Il ne réagissait pas aux mots de Brady. Quatre heures qu'il se tenait à son chevet pour l'inciter à reprendre conscience, et pas le plus infime mouvement.

De son coma dépendait la décision de Brady.

Il avait fait le tour de ses options.

Ne rien faire et espérer que son départ tasse les choses, qu'avec la mort de Pierre, la Tribu se dissolve ou au moins l'oublie, en constituait une. La plus lâche, la moins directe.

Il avait définitivement écarté l'hypothèse de la police. Il ne sacrifierait pas Annabel à ses démons.

Le midi, Brady s'absenta pour acheter un sandwich au distributeur et il retourna le manger à côté de Pierre.

Il reste une étape, avait-il dit. Avant quoi ? Que la Tribu le laisse tranquille ?

Non, depuis le début le plan est de m'initier, de me confronter à mes fantasmes, à mes pulsions les plus taboues, pour que j'entre dans la danse, qu'à mon tour j'accepte la jouissance totale !

Qu'avait fomenté Pierre ? Un complot pour rendre à l'homme sa virilité ancestrale ? Pour préserver l'espèce humaine d'une intellectualisation grandissante de sa sexualité ? Pierre craignait à terme, siècle après siècle, que le plaisir pur, sans devoir ni conditionnement, se perde. Avec une diminution progressive de la fécondité ?

Non, il se foutait de ça ! Il a toujours été un épicurien convaincu, le cancer n'a fait qu'envenimer ses convictions, il a perdu la raison...

Il se remémora ses paroles, deux semaines auparavant, sur la violence inhérente à l'homme. Déjà il sombrait dans l'excès, prédisant l'autodestruction de l'espèce.

Il veut revenir à un plaisir primitif, total, pour jouir du temps qu'il reste... À moins que ça ne soit sa solution pour nous sauver ?

L'après-midi filait. Brady n'avait pas pris de décision. De temps en temps, il s'adressait à Pierre, tout bas :

– Tu me dois encore une explication, et tu le sais. Tu as voulu me mettre dans la boucle, maintenant il faut aller jusqu'au bout. Me dire quelle est cette foutue dernière étape. Réveille-toi, fais-le, tu me le dois.

Rien ne se produisit.

Jusqu'à dix-huit heures.

Brady était devenu fataliste et s'en était remis aux événements. Si Pierre ne lui offrait aucune solution, c'était qu'il devait attendre. Ne pas intervenir. La Tribu l'oublierait.

Et moi ? Pourrai-je en faire autant ?

Il n'en savait rien, n'espérait qu'une chose : que son voyage et sa femme apaisent sa détresse. Que sa colère s'essouffle, que son ressentiment s'évapore.

Et tandis qu'il ressassait ses questions, il entendit soudain :

– La dernière étape. Détruire le lien... qui te rattache à la société.

Pierre gardait les paupières fermées. Brady se pencha vers lui.

– Quel lien ? demanda-t-il en sentant une boule grossir dans son ventre.

– La Tribu... mes garçons... vont le faire. Fais-leur... confiance.

Il parlait avec la langueur d'un être gavé de morphine. Plus maître de son esprit.

– Quel lien ? répéta Brady plus fort.

– Ta femme, répondit Pierre en souriant, l'air groggy.

Brady se jeta sur lui, agrippa le col de sa chemise. Les paupières se soulevèrent à peine sur des pupilles dilatées.

– Qu'est-ce qu'ils vont lui faire ? s'écria le journaliste.

– Dès que je leur… donnerai le… signal.

La drogue agissait comme un désinhibiteur.

– Dis-moi ! Dis-le !

– Ils la tueront.

Brady relâcha son étreinte et un long sifflement s'échappa de la gorge de Pierre.

– Tu ne vas rien dire, ordonna-t-il, l'œil mauvais.

– Si je ne le fais pas… ils guetteront l'annonce de… ma mort. Et… ils agiront.

Brady frappa le matelas du poing.

– Tu dois… lâcher prise…, ajouta Pierre. Croire en… nous. Je te le dis… pour que… tu te prépares, pour que… ça vienne de toi.

– Comment tu as pu faire ça ? hurla Brady les larmes aux yeux. Comment ?

– Un jour… tu… me… remercieras.

Brady frappa le mur, les moniteurs tremblèrent.

Il se sentait perdre le contrôle en scrutant tous les tuyaux fragiles qui entraient et sortaient de Pierre. Il retenait son geste à grand-peine.

La solution s'imposa d'un coup.

– Puisses-tu souffrir jusqu'à ton dernier souffle, implora-t-il en coupant le débit de la morphine.

Puis il se précipita dans le couloir.

67

Les portes dorées.

Passage vers les profondeurs.

Brady traversa la rue étrangement calme pour l'heure.

La nuit était tombée, faisant palpiter les décorations de Noël entre les lampadaires.

Le journaliste remonta la sangle du sac de voyage qu'il portait à l'épaule et s'engagea dans le bâtiment.

Il savait exactement ce qu'il lui restait à faire.

La tension et l'épuisement accumulés par des nuits agitées, trop courtes, s'étaient dissipés. Brady avait retrouvé son élan naturel, cette façon de conquérir le sol à chaque pas.

Il descendit l'escalier métallique en prenant soin de ne pas faire trop de bruit, palier après palier.

Les trains crissaient au loin lorsqu'il pénétra dans le vaste hall.

La nacelle.

Brady s'y faufila, attentif au moindre déplacement, se préparant à voir surgir une ombre.

Personne.

Les cercueils étaient vides.

Il referma les couvercles et contempla les lieux pour adapter son plan.

Les attendre. Il n'y a que ça.

Et les cachettes ne manquaient pas.

Il retourna au niveau des rails abandonnés et s'installa dans une niche, loin des ampoules jaunes, complètement plongé dans la pénombre.

Son précieux sac à ses côtés.

Il attendit.

Une heure.

Et s'ils sont déjà partis s'en prendre à Annabel ? Non. Pierre n'a pas donné le signal et il n'est pas encore mort. Elle est encore en sécurité.

En sursis.

Plus pour longtemps ! Je vais régler le problème. C'est allé trop loin. Beaucoup trop loin. Les flics ne me croiront pas, je n'ai pas de preuves, si je vais me griller ça n'aura servi à rien.

Deux heures.

Annabel était déjà rentrée. Elle allait s'inquiéter.

La prévenir ?

Non. Pas tant que tout ça ne sera pas terminé. Bientôt.

Bientôt...

Des voix dans un tunnel parallèle.

Puis des silhouettes.

La Tribu rentrait dans sa tanière.

Par un autre chemin, ils viennent des voies de la gare !

– ... il va se manifester, laissez-lui le temps.

– Et s'il est mort ?

– On ne tardera pas à le savoir.

Ils discutaient de Pierre. Brady se souvint du malaise de celui qu'il avait considéré comme son ami. Ce n'était pas lié à leur visite, Pierre l'avait probablement appelé pour le pousser dans leurs pattes, pour être certain qu'il irait au rendez-vous le soir dans la chapelle. Il se sentait partir et ne pouvait plus attendre. Tant pis si le journaliste n'était pas encore mûr.

Les six hommes surgirent sous une arche et s'engagèrent dans les marches de la nacelle.

– Trois heures de sommeil maxi, ensuite au *Pit-hole*, ce soir je veux cette fille, la rousse, lança Hadès.

Brady vit les ombres à travers les fenêtres crasseuses, ils s'installaient dans leurs cercueils.

De vrais malades. Mais ça fait partie de leur légende, de ce qu'ils veulent instiller. Ils ne jouent pas un rôle, ils croient vraiment en ce qu'ils sont. C'est pour ça que Pierre les a sélectionnés, ce sont des extrémistes.

Patience. Ne pas se précipiter. Trois heures, avait dit Hadès. Brady se donna une heure avant de sortir de son trou.

Il s'en félicita lorsqu'il aperçut le gardien dix minutes plus tard en train d'effectuer une ronde. Il portait une veste réfléchissante brodée aux initiales de la compagnie gérant le réseau technique de la gare.

Et toi ? Pourquoi fais-tu ça ? Tu as ta part de jouissance ? Ou Pierre te paye généreusement ? Probablement. Pierre connaît tout le monde. Et il y a peu de gens qu'il ne peut acheter. Quand le mécène sera mort et que la Tribu ne sera plus, tu retourneras à l'anonymat, tu les oublieras…

Le gardien sonda les environs puis repartit en direction des tunnels en service.

Combien de temps avant qu'il ne repasse par ici ? Dix minutes ? Une heure ? Deux ?

Brady compta un quart d'heure de plus pour vérifier.

Personne n'était revenu.

Il décida d'intervenir. Il n'en pouvait plus.

Ces psychopathes allaient s'en prendre à sa femme…

Ça n'arrivera pas. Jamais. C'est vous ou elle.

Brady avait choisi en sachant exactement comment procéder.

Plus d'hésitation. Une détermination froide. Celle de l'amour, de la survie.

La loi de la jungle, pas vrai, Pierre ?

Tuer ou être tué.

Il ouvrit son sac et en sortit les deux jerricans de cinq litres.

68

L'intérieur de la nacelle grinçait comme la cale d'un navire.

Brady tenait sa lampe-torche entre ses dents.

Le rayon découpait des tranches blanches dans la poussière en suspension.

Les six cercueils.

Ce n'était pas six vies qu'il s'apprêtait à prendre. Il débarrassait le monde de six démons. Plus qu'une vengeance personnelle, c'était un acte de libération. De préservation.

Oui, c'est ça ! Je dois penser grand, toutes les vies sauvées. Les tortures qu'ils n'infligeront pas.

Ses mains tremblaient, il tenait à peine sur ses jambes.

Brady dut bientôt respirer par la bouche pour trouver assez d'oxygène.

Il s'approcha du fond de la pièce, un jerrican dans les bras.

Dépêche-toi. S'ils se réveillent, t'es foutu.

Chaque pas entraînait encore plus de couinements et de craquements tout autour, comme si les murs, le plafond et le sol ne faisaient qu'un.

Il remarqua une tablette couverte de bagues à tête de mort, de pendentifs en argent et tout un nécessaire à maquillage.

Le masque des vampires tombait.

Disposaient-ils d'une chambre à l'hôtel au-dessus ? Payée par Pierre. De quoi se reposer vraiment de temps en temps, se nettoyer. Pour mieux repartir ensuite.

Malgré le contexte, un rictus déforma les lèvres de Brady. N'était-ce finalement pas légitime que la société soit menacée par ceux-là mêmes qu'elle avait rejetés ? S'ils n'avaient pas échoué sous les trottoirs, les membres de la Tribu seraient-ils devenus ces sociopathes ? En les repoussant au plus profond de ses entrailles, pour les oublier, cette ville leur avait fait perdre tout repère, participant au morcellement de leur personnalité, jusqu'à ce que leur sens moral s'étiole complètement. La colère, la haine et l'égoïsme avaient comblé les vides. Pierre n'avait fait que leur offrir un moyen de se venger.

Un instant, Brady imagina le peuple-taupe tout entier se sou levant, détruisant les câbles enterrés d'électricité, d'eau, de gaz, des télécommunications, et partant à la reconquête du monde. Était-ce un hasard s'ils s'étaient enfouis auprès de tout ce maillage si vital aux gens de la surface ? Viendrait peut-être un jour où une voix s'élèverait parmi eux, pour les guider. Viendrait alors pour ceux qui les avaient ignorés le temps de payer.

Brady frissonna.

Il s'était immobilisé devant la dernière bière. Une longue boîte ornée d'un crucifix inversé.

Il y a un homme là-dedans. Et je m'apprête à le brûler vivant.

Exactement ce qu'ils avaient fait à Clay Gunroe.

Clay était une ordure aussi, rien que pour avoir participé aux films avec les gamins il méritait de mourir !

Brady s'adjugeait la triple casquette : juge, jury et bourreau.

Non, pas de jugement. Car je n'ai aucun choix possible sinon celui de protéger ma femme !

Il remarqua alors les grilles apposées sur le dessus et les côtés des cercueils.

Des trappes pour respirer. L'essence va les imbiber dès que je la verserai. Il va falloir agir vite. Très vite. Avant qu'ils ne puissent sortir.

Il songea un instant à disposer des poids sur les couvercles pour les piéger, mais il n'avait pas le temps de courir en chercher dans le hall. C'était maintenant ou jamais.

Et si Pierre délirait ? Si ses hommes n'avaient pas l'intention de tuer Annabel ? En étaient-ils seulement capables ?

Les images de la Tribu s'activant sur Rubis couverte de sang, entaillée au rasoir sur tout le corps, surgirent tel un flash.

Et enfin Rubis, prise de tous côtés, violée dans sa chair.

Ils étaient capables de tout, il ne pouvait en douter.

Brady leva le jerrican devant lui.

Il transpirait, des gouttes glacées puis brûlantes.

L'air lui manquait. Il suffoquait.

Allez ! Ne fléchis pas ! Tu n'en as pas le droit ! Pour Annabel !

Il renversa le bidon et l'essence couvrit le sarcophage. Brady inonda le deuxième, puis le suivant. Il courut s'emparer de l'autre jerrican et le vida à son tour jusqu'à la porte.

– Hadès, je te présente Hybris, s'esclaffa-t-il à bout de nerfs.

L'odeur devint vite étourdissante.

Le cercueil du fond se souleva et un homme arborant une barbe taillée en pointe en jaillit, les yeux exorbités, les narines palpitantes.

Brady recula sur le palier et sortit une allumette de son paquet.

– Qu'est-ce que tu fais ? gronda la créature.

Brady craqua l'allumette qui s'embrasa et l'inclina pour que la vaguelette jaune se propage et gagne en assurance.

– NON ! hurla le monstre.

L'allumette s'envola.

Les vapeurs d'essence s'illuminèrent, un nuage bleu apparut en émettant un souffle sec.

Puis la mer de flammes se déchaîna.

Les prédateurs surgirent de leurs boîtes en se tordant d'agonie, puis ils se mirent à courir pour gagner la sortie. La tempête de feu s'enroula autour d'eux, léchant leurs visages, faisant fondre le cuir sur leur peau.

Brady était terrorisé. Il claqua la porte et serra la poignée de toutes ses forces. C'était un cauchemar. Il fallait tenir encore une minute, il allait se réveiller.

Toute cette histoire n'était qu'un mauvais rêve dont il s'apprêtait à s'extraire.

La marée humaine s'abattit de l'autre côté, poussant et hurlant.

Les cris étaient insupportables.

Le chambranle se mit à craquer.

Brady comprit qu'il ne pourrait plus les retenir. Il sauta vers le vide, survola l'escalier de la pointe des pieds, parvenant à conserver l'équilibre grâce à la rambarde. Il toucha le sol et s'écrasa dans les graviers où il roula. Son dos heurta une poutrelle qui le stoppa net en lui arrachant un cri de douleur.

Des boules de feu dévalaient les marches.

Elles feulaient comme sorties tout droit de l'Enfer.

Brady se redressa sur un coude.

Les masses incandescentes rampaient dans toutes les directions pour échapper à leur supplice.

L'une s'agitait plus encore que toutes les autres, s'affairant à éteindre le brasier, se débarrassant de ses vêtements.

Il s'agissait de Hadès.

Le cercueil que Brady avait à peine aspergé, en dernier, faute d'essence.

Hadès le vit.

Un regard fou.

Il s'élança en rugissant, ses longues dreadlocks fumantes se soulevèrent, ses bras puissants s'ouvrirent, prêts à frapper, les muscles de ses cuisses contractés dans un seul but : atteindre Brady.

Le journaliste voulut fuir immédiatement.

Un élancement violent le saisit le long de l'échine et il s'affaissa sur place.

Hadès s'écrasa sur lui, amplifiant la souffrance dans son dos, et ses poings s'abattirent sur Brady.

Sa pommette craqua dans un flash aveuglant.

Son nez s'enfonça et propagea la résonance du choc jusqu'à son cerveau.

Un bouillon chaud se déversa aussitôt par ses narines.

Puis ses dents s'entrechoquèrent, l'une fendit celle du dessus, deux se télescopèrent, la langue coincée au milieu s'ouvrit comme la pulpe d'une banane écrasée se précipite dans les fentes de sa peau.

Un autre coup claqua contre son oreille, puis sa mâchoire se déboîta.

Brady n'était plus qu'une onde émettant un seul et unique signal : celui de la douleur. Un bourdonnement lancinant aux piques insupportables menaçant de le plonger dans l'inconscience.

Il ne se focalisait plus que sur ses doigts.

La crosse.

Le cran de sûreté.

La détente.

Incapable de sortir l'arme de sa poche.

Les détonations lui parurent lointaines, irréelles, absorbées par le passage d'un train quelque part dans le labyrinthe de tunnels.

Combien de fois avait-il tiré ?

Sa respiration se bloqua, le torse écrasé par le poids de son assaillant.

Hadès expira dans son oreille. Un long sifflement ultime.

Brady voulut le repousser et le flash tétanisant lui traversa le dos à nouveau.

Il bougea les pieds, les jambes.

La moelle épinière n'était pas sectionnée.

Et son visage n'était plus qu'une douleur palpitante.

Le brasier ronflait au sommet de l'escalier, tandis que la Tribu terminait de se consumer.

Brady ne pouvait plus se relever. Il ne voyait presque rien non plus.

Il tâta sa poche et en sortit son portable.

Aucun réseau.

Il soupira, un morceau de dent tomba dans un filet de sang.

Il était incapable de remonter à la surface.

Il avait besoin de secours.

Je dois quitter cet endroit... je dois fuir...

Il essaya à nouveau de se mettre sur les genoux et chuta en criant.

Il n'arrivait plus à penser.

Vite... vite... Avant que je perde conscience.

Son regard accrocha un rectangle métallique suspendu à un mur.

Une vieille cabine téléphonique.

Elle n'est plus en fonction !

Il chercha ailleurs une solution et n'en trouva pas.

Alors il se mit à ramper, chaque mètre lui arrachant des larmes. Il tendit la main vers le combiné mais ne put s'en saisir. Il se cramponna à la tablette et se hissa.

La tonalité. Un miracle.

Il avait besoin de soins, de toute urgence. Il ne pouvait appeler sa femme.

Il ne restait qu'une personne.

Un être en qui avoir confiance, un être susceptible de gérer cette situation.

Alors il composa le numéro.

Et Brady fit ce qu'il n'avait plus fait depuis son adolescence.

Il pria.

Pour qu'on décroche.

69

La nacelle n'était plus qu'une coque de braises crépitantes.

Brady entendit des talons résonner depuis le puits de marches qui remontaient à la surface.

Une lumière zigzaguait.

Jack Thayer apparut enfin, le visage fermé.

Il se figea sur le seuil du hall, le temps de prendre la mesure des dégâts puis aperçut Brady et vint vers lui, l'arme au poing, scrutant chaque recoin pour prévenir tout danger.

– Qu'est-ce qui s'est passé ? demanda-t-il en s'agenouillant face au journaliste.

– Annabel, tu ne lui as rien dit, n'est-ce pas ? articula Brady malgré l'état de sa bouche.

Il avait l'impression d'avoir mâché du verre pendant une heure.

Jack secoua la tête.

- Tu dois m'aider à sortir de là, Jack.

– C'est d'une ambulance dont tu as besoin.

Brady lui attrapa le poignet.

– Non ! Surtout pas ! J'ai… tué ces types. Je les ai tous tués.

Thayer pivota pour sonder les environs. Il repéra les six formes humaines dont cinq étaient carbonisées. Il se cacha le menton derrière la paume.

– Qu'as-tu fait ? chuchota-t-il.

– C'est pour. Annabel. C'est pour elle..

Thayer vit Hadès et s'en approcha avant de remarquer les impacts de balles. Il se prit le front dans la paume et considéra le spectacle apocalyptique, médusé.

Lorsqu'il revint vers Brady il désigna le Smith & Wesson posé sur la cuisse du journaliste.

– Tu comptes encore t'en servir ?

Jack n'exprimait aucune compassion.

Hagard, Brady mit un certain temps avant de comprendre. Puis il s'empara de son arme et la tendit au détective.

– Ça a dégénéré, regretta Brady.

Thayer le fixa, glacial.

– Que se passe-t-il dans notre pays ? demanda-t-il.

– Quoi ?

– Tout le monde devient dingue.

– Je ne pige pas. Aide-moi, tu veux ?

Le ton monta brusquement :

– Bordel ! Sondra ne t'a pas suffi ?

Brady tenta de faire face à Thayer, totalement déconcerté par la colère qui venait de jaillir.

– Quoi ? Comment ça, Sondra ?

– Je sais tout, Brad. Tout.

– Je... Je ne te suis pas.

Les mots fusèrent, libérant le cœur du détective :

– Pendant mon enquête j'ai vérifié les appels entrant et sortant de chez elle le jour de sa mort. Le dernier numéro correspond à un atelier dans Dumbo. Ton atelier. Mercredi je suis passé chez vous pendant ton absence, j'ai papoté avec Annabel et j'en ai profité pour subtiliser des cheveux à toi dans la salle de bains pendant que j'allais aux toilettes. J'ai reçu la confirmation hier : c'est ton ADN qui était dans la flaque de vomi. C'est toi qui l'as flinguée !

– Qu'est-ce que tu racontes ?

– C'était ta maîtresse ?

– Non, Jack, tu te trompes...

– La science ne se trompe pas ! s'énerva-t-il. Ne me dis pas que tu n'y étais pas !

– Si, si, c'est vrai, j'étais avec elle quand ça s'est produit, mais...

– L'autre soir lorsque je t'ai demandé pour ton voyage, j'avais flairé l'embrouille avec Melany Ogdens.

– Avec qui ?

– Comme par hasard, ta femme te croyait en Espagne pendant que tu réglais le problème de la petite Melany, c'est ça ?

– Jack, tu délires, j'ai les photos de ce voyage !

– Ne me dis pas que tu as eu besoin de quinze jours pour ça ! Je vois clair dans ton petit jeu. Bon sang ! (Il grimaça, comme si la douleur de cette confession l'ébranlait jusque dans sa propre chair.) Comment tu as pu faire ça à Anna ? À elle, si... si... innocente !

– Tu te fais des idées, je te jure... On va s'expliquer et tu vas comprendre.

Jack lui jeta un regard noir.

– Je crois... Je crois que je n'en ai pas envie.

– Merde, Jack ! Je pisse le sang, faut que tu m'aides à remonter, on parlera de tout ça là-haut, aide-moi !

Brady tendit la main vers lui et Jack s'écarta vivement.

– Ne t'avise pas de m'approcher ! cracha-t-il.

– Putain ! Jack ! C'est ton job qui te retourne les méninges ! Je n'ai rien fait ! s'écria le journaliste.

Jack fut secoué par un ricanement amer, son sourire était celui d'un homme blessé.

– L'incendie chez Clayton Gunroe, c'est bien ta signature, pas vrai ? (Il désigna du pouce la nacelle fumante.) Tu récidives. Figure-toi qu'en épluchant la paperasse j'ai découvert qu'une patrouille était passée quelques heures avant le feu. Une voisine a vu un rôdeur, et tu sais quoi ? Elle a même pris une photo ! Pas de chance pour toi, je suis passé la récupérer hier.

Jack sortit un polaroïd de sa poche et le brandit devant Brady.

– Je t'accorde qu'on ne voit pas grand-chose, dit-il l'écume aux lèvres, mais ce type de dos, toi et moi savons très bien de qui il s'agit ! Tu reconnais la veste, non ?

– Jack, je peux t'expliquer.

– C'était quoi leur plan ? Ils t'ont filmé en train de sauter Sondra Weaver, et ils te faisaient chanter, c'est ça ? C'est pour ça que tu les as tués ? Tu as tout cramé pour détruire les vidéos ?

– Non ! Tu délires !

Les deux hommes hurlaient.

– Mais est-ce que tu imagines une seconde ce qu'Annabel va devenir en l'apprenant ?

– Non, non ! Elle n'en saura rien, Jack !

Thayer haletait, il retint sa respiration une seconde puis lâcha, froidement :

– Tu as raison. Elle n'en saura rien.

70

La douleur physique était à présent remplacée par les cris silencieux de son âme.

Brady s'était enfermé tout seul dans un piège. Il l'avait soigneusement préparé avant de bondir à pieds joints dedans.

Et Jack était aveuglé par son amour pour Annabel.

Il la protégeait de l'innommable. D'une humiliation dont elle ne pourrait se relever.

Et tandis que Jack Thayer pointait le canon de son arme sur lui, Brady lui demanda, calmement :

– Tu l'aimes, n'est-ce pas ?

Jack s'humecta les lèvres. Le front humide.

– Pas comme tu le crois.

– Peu importe, tu l'aimes.

– Je serai toujours là pour elle. Jamais je ne la trahirai, moi.

– Tu es en train de le faire !

Thayer nia. Des mouvements trop amples du menton, il perdait le contrôle de ses nerfs.

– Annabel ne saura jamais, objecta-t-il tout tremblant. Ni l'ordure que tu es, ni ce que tu es devenu. Ce sera mieux ainsi. Beaucoup mieux. Il faudra du temps, qu'elle oublie, se reconstruise sans toi. Mais je serai là.

– Quoi que tu fasses ici, maintenant, ce n'est pas ça qui te rapprochera d'elle, Jack, fais-moi confiance.

– Ce n'est pas ce que je veux, tu n'y es pas du tout. Je pourrais passer la fin de mes jours à ses côtés sans avoir à lui déclarer ce que je ressens, ce n'est pas ça ! Mais toi, ce que tu lui as fait est impardonnable. Tu vas la briser. Tôt ou tard, si elle reste avec un criminel comme toi, elle sera *détruite.*

Il avait insisté sur le dernier mot en grimaçant comme s'il lui arrachait la langue.

– Ne fais pas ça, implora Brady.

Thayer semblait ailleurs, désincarné. Soudain ses traits se décomposèrent et pendant un instant, Brady crut qu'il allait se mettre à pleurer.

Puis le masque s'afficha à nouveau sur son visage. Jack n'était pas dépassé par ses émotions comme il l'avait cru au début, non, Brady comprit qu'une raison froide et calculatrice étouffait celle plus modérée du quotidien.

– Je pourrai vivre avec mon geste, dit-il sur le ton de la confession. Et je pense même qu'avec les années, je finirai par me convaincre que ça n'est pas arrivé. Je veillerai sur elle, tu sais. Je veillerai sur elle comme tu aurais dû. Toi, tu auras simplement... disparu.

– Ne fais pas ça, Jack. Ne fais pas ça.

Thayer poursuivit, sur le même ton détaché, les yeux voilés par le refus de la réalité :

– J'ai une maison dans le Connecticut, tu sais ? Isolée, paisible. Avec un grand jardin. Tu y seras bien, près des roseaux. Peut-être que je viendrai te parler quand la culpabilité surgira. Je suis sûr que ça m'apaisera. Le temps d'oublier. Dans ces moments-là je dirai à Annabel que je suis avec une femme, pour la rassurer sur mon compte, ce sera notre petit secret à toi et moi.

– Non, s'il te plaît, dit Brady lentement.

Il n'y eut soudain plus de panique dans sa voix, une simple résignation, sans espoir.

Car il comprenait son voyage.

Il avait considéré Rubis comme son spectre, il pensait que les fantômes n'existent qu'à travers ceux qui leur survivent.

Il savait désormais que les fantômes ne sont que les manifestations de nos désirs enfouis. De nos pulsions inassouvies.

Il croyait avoir suivi celui de Rubis pour mieux la connaître, là où il n'avait fait que remonter vers ses propres fantasmes. En les explorant.

Il avait ouvert le Puits. Cette parcelle de ténèbres, dans chaque homme. Ce trou où il pouvait enfouir les secrets inavouables, les horreurs, les fantasmes obscènes.

Un Puits ancestral, rivé à l'instinct essentiel de l'homme : son désir sexuel.

Celui-là même qui avait construit tout homme depuis l'aube des temps, son instinct le plus fort, celui de ses origines, et de son avenir.

Le viol de Rubis sur son site Internet avait ouvert ce Puits. En ne parvenant pas à l'y enterrer, Brady avait fait pire : il avait laissé la porte entrouverte. Et tout ce qui était au fond était remonté, progressivement.

Des images, des murmures.

Pour le pousser à poursuivre. Pour se rapprocher de la Tribu. Pour se frotter aux pires vices.

Des murmures qui devinrent tensions. Obsessions.

Avec la promesse d'un réconfort extrême, un soulagement jouissif.

Un espoir qui l'avait fait revivre, qui avait rallumé les passions éteintes par le temps, par une vie rangée et soumise à cette société.

Brady aurait pu tout arrêter maintes fois, et pourtant, jour après jour, il avait continué, il s'était introduit chez Rubis, il était parvenu jusqu'à Kermit, s'était perdu dans les sous-sols de la ville, il avait écouté cette promesse de sérénité, de mieux-être.

Il comprenait à présent qu'il ne pouvait s'équilibrer dans l'obscurité.

Il s'était laissé dévorer par l'ombre.

Il avait écouté la promesse des ténèbres.

Celle-là même qui guidait Jack Thayer à l'instant.
Cette source bouillonnante en chaque homme.
Le canon froid se posa sur son front.
– Puisse Dieu nous pardonner, dit Jack, la gorge serrée.

REMERCIEMENTS

La plupart des lieux décrits dans ce roman existent. Y compris le dédale des souterrains. Dans un souci d'authenticité j'ai tenté d'être le plus réaliste possible, parfois en indiquant de véritables adresses telles que l'entrée du quai 61 sur la 49e Rue, ou le terminus des tramways d'Essex et Delancey Street. Ces lieux, aussi magiques soient-ils, ne sont pas à visiter, ils sont dangereux, les précisions ne sont là que pour renforcer la crédibilité du récit, pour rappeler que ces mondes sont réels, celui des sans-abris sous New York, celui du porno underground, la fiction est ailleurs. Mais n'allez pas vous perdre là-dessous, il est déjà si facile de se perdre à la surface.

Dans le chapitre 37, ce cher Termite mentionne une étudiante sans la citer, permettez-moi de corriger ici sa mémoire défaillante en précisant son identité : elle s'appelle Jennifer Toth, et son étude du peuple-taupe a débuté par la publication de *The mole people*, je vous invite à vous procurer son ouvrage si le sujet vous intéresse, il a ouvert la voie à de nombreux livres, documentaires et études sociologiques. L'existence du peuple-taupe est tout simplement incroyable et dramatique.

Ce que Thayer et Annabel sont devenus par la suite est relaté dans le roman *In Tenebris*.

Merci à Françoise et toutes les équipes d'Albin Michel pour votre soutien, vos précieux conseils. D'habitude les gens qui savent n'écoutent pas, ils parlent ; non seulement vous m'entendez mais j'ai la chance de bénéficier de vos talents pour travailler et tracer ma voie, livre après livre.

Thanks à Seb avec qui j'ai parcouru ces rues pour la première fois, à Steve pour m'avoir initié au monde du dessous, et aux French Relous pour les promenades à idées dans Coney Island.

Enfin, merci à Jessica qui tient notre bougie allumée, pour me guider et me ramener à la surface, lorsque les mots me font rester trop longtemps dans les tunnels.

www.maximechattam.com